dtv

Nicol Ljubić

Ein Mensch brennt

Roman

dtv

Dies ist ein Roman. Mit Ausnahme Hartmut Gründlers sowie der aus Politik und Publizistik bekannten Personen sind sämtliche Figuren frei erfunden. Eventuelle Ähnlichkeiten mit lebenden oder verstorbenen Personen sind rein zufällig.

Ausführliche Informationen über unsere Autoren und Bücher www.dtv.de

MIX
Papier aus verantwortungsvollen Quellen
FSC® C083411

Originalausgabe

Die auf den Seiten 115/116 sowie 117/118 zitierten Auszüge aus den Briefen Manfred Schülers an Hartmut Gründler bzw. Hans Matthöfer werden im Bundesarchiv Koblenz verwahrt (B196).
Gesetzt aus der Adobe Garamond
Satz: Fotosatz Amann GmbH & Co. KG, Memmingen
Druck und Bindung: CPI books GmbH
Gedruckt auf säurefreiem, chlorfrei gebleichtem Papier
Printed in Germany · ISBN 978-3-423-28130-0

In Erinnerung an Wilfried Hüfler

In den Wochen nach Fukushima hatte meine Mutter einen ausgeprägten Drang, mit mir über Hartmut zu reden. Heute ist mir klar, dass sie Abschied nahm, und zwar anders, als sie mich glauben machte. Sie verabschiedete sich nicht, wie ich gehofft hatte, von Hartmut, sondern vom Leben. Das wurde mir aber erst später klar. Sie wusste: Die einzige Möglichkeit, mich für Hartmut zu gewinnen, war, mir die Aussicht zu vermitteln, ihn dadurch ein für alle Mal loszuwerden. Ich dachte, nachdem er in verschiedenen Zeitungen Erwähnung gefunden hatte, hätte meine Mutter ihr Ziel erreicht oder könnte sich zumindest einreden, ihr Ziel erreicht zu haben. Dass sie mir von Hartmut erzählen wollte, interpretierte ich dahin gehend, dass sie sich alles von der Seele reden wollte, um sich von ihm lösen zu können und sich einem Leben jenseits von Hartmut zu widmen. Nur deswegen ließ ich mich darauf ein. Letztlich, und es ist erstaunlich, dass ich das nicht gleich begriffen habe, wollte sie nur sichergehen, dass ich gut vorbereitet war auf das Erbe, das sie mir hinterlassen würde. Jetzt sitze ich da mit all den Aktenordnern und Erinnerungen und könnte versuchen, mich von ihnen zu befreien, aber ich habe es nicht mal geschafft, die Dokumente zu entsorgen. Wie ich die Erinnerungen loswerden soll, weiß ich nicht, erst recht nicht, nachdem meine Mutter mich zum Alleinerben in Sachen Hartmut gemacht hat. Der Versuch, alles aufzuschreiben, ist der Versuch, alles hinter mir zu lassen und gleichzeitig der Verpflichtung nachzukommen, die meine Mutter mir ungefragt aufgebürdet hat. Auch wenn die Geschichte eine andere wird, als sie meiner Mutter vorgeschwebt hat, und sie enttäuscht wäre, weil meine Geschichte nicht zur Heldengeschichte taugt. Dass meine Mutter nicht mehr lebt, lässt mich befreiter schreiben, weil ich ihre Sicht nicht fürchten muss, ihren bedingungslosen Glauben an die Wahrheit, als gäbe es in Bezug auf Hartmut nur eine einzige, während ich lieber meiner Erinnerung und Fantasie vertraue: Die Möglichkeit, dass etwas so gesagt wurde, wie ich es erinnere, reicht mir als Wahrheit.

Hartmut, das muss man ihm lassen, hatte richtiggelegen. Er hatte die Katastrophe vorhergesagt. Dreiunddreißig Jahre nach seiner Selbstverbrennung, genau genommen dreiunddreißig und ein Drittel Jahre, darauf hatte meine Mutter mich hingewiesen, bebte in Japan die Erde und löste eine Katastrophe aus.

33 ⅓, das war mehr als eine Vorhersage, 3 war die Zahl des Göttlichen. Man denke nur an die Dreifaltigkeit! Das konnte kein Zufall sein. Hartmut hatte eine, wenn schon nicht göttliche, so doch zumindest prophetische Gabe. So hatte es meine Mutter zeitlebens gesehen, wahrscheinlich als Einzige, aber die Katastrophe von Fukushima im März 2011 hat sie in ihrer Meinung bestätigt. Wer denkt, meine Mutter hätte sich ob dieser Genugtuung genüsslich auf ihrem Küchenstuhl zurückgelehnt und ihren Triumph schweigend genossen und ihn vielleicht mit einem bescheidenen Lächeln garniert – über den, der das denkt, kann ich eines mit Sicherheit sagen: Er ist meiner Mutter nie begegnet.

Als ich sie ein paar Tage nach dem GAU besuchte, erwartete sie mich auf der Schwelle ihrer Wohnungstür. Weil sie schon 71 war und nicht mehr ganz sicher auf den Beinen, stützte sie sich mit einer Hand am Türrahmen ab, und noch bevor ich sie zur Begrüßung umarmen konnte, sagte sie, während sie mich siegesgewiss ansah, als hätte sie eine Wette gewonnen: »Er hat es gewusst! Hartmut hat es gewusst!« Und natürlich war sie, das musste sie nicht noch eigens erwähnen, die Einzige gewesen, die an Hartmut geglaubt und in ihm mehr gesehen hatte als einen Spinner. Vielleicht hatte sie sogar recht mit ihrer Einschätzung, aber ich kann nicht einfach vergessen, was war, all die Jahre, in denen wir für Hartmut gelebt haben, in denen Hartmut das Maß aller Dinge war. Dass ich nun derjenige bin, dem die Deutung über sein Leben zukommt, ist vielleicht so etwas wie die Ironie des Schicksals oder einfach nur das Recht des Spätgeborenen.

An jenem Tag begrüßte ich meine Mutter, wie ich es jedes Mal tat; fasste sie leicht bei den Schultern, legte meine Wange an ihre und sagte: »Ich habe Kuchen mitgebracht, ohne Ei, Butter und Milch, so wie du ihn magst.« Dieser Kuchen nannte sich Zebrakuchen und war zu hundert Prozent vegan, wie mir die Verkäuferin, eine junge Frau mit Dreadlocks, versichert hatte. Ich hatte dem Impuls widerstanden, ihr zu erklären, dass der Kuchen nicht für mich war, sondern für meine 71-jährige Mutter, die anlässlich des weltweiten Katastrophentags etwas zu feiern und mich deswegen gebeten hatte, Kuchen mitzubringen.

Die Geschichte, die ich über Hartmut erzähle, ist eine andere als die, die meine Mutter erzählt hätte. Am Anfang ähneln sich unsere Geschichten noch, auch sie hätte mit dem Tod angefangen, als wäre es vor allem der Tod, der Hartmuts Leben eine Bedeutung gegeben hat. Auch sie hätte von Helmut Schmidt erzählt, der damals Bundeskanzler war und Menschen wie Hartmut für grüne Spinner hielt und schon vor dem entscheidenden Parteitag im November 1977 gedroht hatte, sich einem Mehrheitsentscheid gegen die Atomkraft zu widersetzen. Aber über die Rolle, die Helmut Schmidt in dieser Geschichte spielt, waren wir unterschiedlicher Auffassung. Meine Mutter war davon überzeugt, dass es sein Starrsinn war, der Hartmut in den Tod getrieben hat, und er somit eine Mitschuld trägt. Ich sehe in ihm einen reaktionären Politiker, dessen Wirken in keinem Verhältnis zu seiner öffentlichen Wahrnehmung steht, ein Politiker, an dem Hartmut schlichtweg verzweifelt ist. Eine Auffassung, gegen die sich meine Mutter immer energisch gewehrt hatte. Für sie war es keine Verzweiflungstat. Hartmut, insistierte sie, habe es mit dem DDR-Dissidenten Rudolf Bahro gehalten und sich auf die Langzeitwirkung jedes wirklich in den Kern eines Problems vordringenden Gedankens verlassen. Er sei mit absoluter Ernsthaftigkeit an die Dinge herangegangen, mit aller Aufrichtigkeit und Konsequenz. Er habe nicht nur seinen Verstand, sondern seine staatsbürgerliche Existenz in die Waagschale geworfen. Wer ihm Verzweiflung unterstelle, wisse nicht, wie Hartmut wirklich gewesen sei, und verkehre seine Tat ins Gegenteil: in eine menschliche Schwäche. Dabei sei die Größe seiner Tat kaum zu ermessen. Es sei ein Akt des Mutes und der Entschlossenheit und der Liebe gewesen. Und dann machte sie aus Hartmut einen zweiten Jesus, denn, so habe Jesus gesagt: Niemand habe größere Liebe als der, der sein Leben hingebe für Freunde. So sei Hartmut gewesen: »Er hat sein Leben hingegeben für uns alle.« Auch das sehe ich, im Abstand von mittlerweile fast 34 Jahren, etwas anders. In meiner Geschichte haben wir unser Leben hingegeben für Hartmut. Er hat weniger sich selbst geopfert als vielmehr uns, die wir ihm – ob wir wollten oder nicht – nahestanden.

Es ist schon seit jeher so: Wem auch immer ich meine Geschichte erzähle, muss den Eindruck bekommen, meine Mutter sei nicht ganz bei Trost gewesen. Eine Schlussfolgerung, die sich geradezu aufdrängt, die sich aber niemand in dieser Deutlichkeit zu äußern traut, zumindest nicht in meiner Gegenwart. Stattdessen suchen die Menschen nach Worten, um ihre Schlussfolgerung möglichst schonend zu umschreiben. »Das klingt ja tragisch« ist ein oft gehörter Satz. Oder sie fragen, wie es für mich gewesen sei, das Leben mit solch einer Mutter. Sie fragen nach meinem Vater. Einer ließ sich zu der Frage hinreißen, ob meine Mutter schon mal in Behandlung gewesen sei, und als hätte ich es missverstehen können, fügte er hinzu: »Nicht bei irgendeinem Arzt, sondern beim … du weißt schon.« Eine Bekannte war überzeugt, dass meine Mutter das alles aus Liebe getan habe, aus Liebe zu Hartmut, die sie nicht offen gelebt und sich vielleicht selbst nicht einzugestehen gewagt habe. Im Grunde genommen könne man ihr Verhalten als eine Art Übersprungshandlung deuten. Dann sah die Bekannte mich an und schien sich in dem Moment erst bewusst zu werden, was sie da eben mir gegenüber geäußert hatte, und war empathisch genug, ihre Theorie nicht weiter auszuführen. Was sollte ich zu all dem sagen? Keine der Reaktionen überraschte mich, weil all diese Gedanken mich auch schon beschäftigt haben. Ich bin mittlerweile 44 Jahre alt, man könnte sagen, ein erwachsener Mann. Ich habe, wie es sich gehört, eine Therapie hinter mir, mit anfangs wöchentlichen Sitzungen. Schon beim Erstgespräch hatte die Psychologin meine Mutter als diejenige identifiziert, an der ich mich abzuarbeiten hätte. Um mir meinen Seelenzustand bildlich darzustellen, verglich sie mich mit Obelix und meine Mutter mit dem Hinkelstein, den ich tagein, tagaus zu schultern hatte; im Unterschied zu Obelix sei ich leider als Kind nicht in ein Fass mit Zaubertrank gefallen. Folglich hätte ich zwei Möglichkeiten: Entweder ich würde so stark, dass mir der Hinkelstein keine Last sei. Oder ich müsse den Hinkelstein so behauen, dass er seine Größe und Schwere verliere. Beides, so machte sie mir schnell klar, bedurfte mindestens zweier Termine in der Woche. Ich weiß nicht, wie viele Stunden ich auf ihrer Couch verbrachte, es ist Jahre her, aber ich weiß, dass ich diese Form der Aufarbeitung aus heutiger Sicht für die falsche halte. Weil man regrediert. Als erwachsener Mann über seine Mutter zu reden, fühlt sich an, als würde man im zu kleinen Nicki-Pyjama mit Winnie-Puuh-Motiv auf der Brust in die Bettdecke gekuschelt auf dem Sofa sitzen und Apfelschnitze ohne Schale essen. Als Ersatz für die Therapie hatte ich angefangen zu boxen. Bis der alte DDR-Trainer mich zum ersten Sparring in den Ring holte und mir erklärte, wie wichtig die Deckung sei, meine Handgelenke umfasste und meine Fäuste vor mein Gesicht schob, dann probehalber mit seiner Linken gegen meine Deckung boxte und ich mir, weil ich auf die Wucht nicht vorbereitet war, mit meinem eigenen Handschuh die Nase blutig schlug. Danach wurde ich Mitglied in einem Fitnessstudio und betrieb das Hanteltraining durchaus exzessiv, was der Therapeutin eine wunderbare Vorlage geboten hätte. Stichwort: Hinkelstein.

Meine Mutter hatte den Tisch gedeckt, sie hatte die guten Teller aus dem Schrank geholt, die schlichten weißen von Rosenthal mit dem Goldrand, die dazu passenden Tassen und die oxidierten Silbergabeln, die ihren Glanz schon damals, in meiner Kindheit, verloren hatten. Sie hatte Kaffee gekocht, entkoffeinierten, den sie ein paar Jahre zuvor für sich entdeckt hatte. Sie kam nicht damit klar, dass ich Milch trank, Milch von Kühen wohlgemerkt, und mir Kaffee ohne Milch zu stark war und Herzrasen auslöste. Immerhin duldete sie es, dass ich eine H-Milch in ihrem Kühlschrank aufbewahrte, im untersten Fach, wo ich sie dann jedes Mal unter dem Kohlrabi, den Kartoffeln und Lauchstangen hervorholen musste. Im Laufe der Jahre war meine Mutter nachsichtiger geworden, zumindest was die Ernährung betraf. Ich erinnere mich noch gut an die Zeit, als Hartmut die Waerland-Kost für sich und damit leider auch für uns entdeckt hatte. Meine Mutter wurde eine große Anhängerin Waerlands, eine Zeit lang zumindest. Die meisten Krankheiten, so hatte sie mir damals erklärt, seien die Folge falscher Ernährung. Der Mensch sei kein Allesfresser. Fleisch, Fisch und Eier würden den Körper übersäuern und dazu führen, dass sich Fäulnisbakterien im Dickdarm ansiedelten, die den Menschen krank machten. Wir sollten uns ein Beispiel an den Menschenaffen nehmen, die ernährten sich vegetarisch und hätten mehrmals täglich einen breiigen Stuhlgang. Die meisten Menschen würden denken, sie hätten Durchfall, aber nicht Are Waerland, für ihn war ein solcher Durchfall das

Beste, was einem Menschen passieren konnte, weil er ein Zeichen war für die optimale Ernährung. Das führte dazu, dass meine Mutter anfing, meinem Vater und mir morgens eine Gemüsebrühe vorzusetzen, in die sie am Abend zuvor Leinsamen und Kleie eingeweicht hatte. Dazu gab es Obst und Dickmilch und zu Mittag immer häufiger Pellkartoffeln und Kräuterquark, abends dann das sogenannte Kruska, Vollkornbrei mit Weizenkleie und Rosinen. Und jede Menge Rohkost mit der Maßgabe, sie eine halbe Ewigkeit zu kauen, was ich aber nie tat, weil mir nach ein paar Minuten schon die Kiefermuskeln schmerzten und ich meiner Mutter erklärte, ich bekäme davon Muskelkater. Meine Mutter aber trug manchmal stundenlang den Brei einer Karotte im Mund mit sich herum, was meinen Vater dazu brachte, sie als Wiederkäuer zu bezeichnen. Es war auch die Zeit, in der meine Mutter anfing, sich für ihren eigenen und später auch für meinen Stuhlgang zu interessieren (der meines Vaters schien ihr egal zu sein), und regelmäßig die Konsistenz erfragte. Nach den Sitzungen musste ich mit dem Spülen warten, bis meine Mutter einen Blick in die Schüssel geworfen hatte. Manchmal nickte sie zufrieden, manchmal verordnete sie mir zwei Karotten mehr am Tag und ein Glas Buttermilch zum Frühstück, dann wieder stocherte sie mit einer Art Schaschlikspieß in meinen Ausscheidungen herum und wirkte äußerst besorgt. Mir wurde ihre Verdauungsvisite zunehmend peinlich, und dankenswerterweise verzichtete meine Mutter bald schon auf das persönliche Begutachten. Stattdessen beließ sie es beim Nachfragen. In meinen Antworten beschränkte ich mich auf die Kategorien »fest«, »weich« und »dunkel«, »hell«. Irgendwann aber verweigerte ich jegliche Auskunft. Schwieg, wenn meine Mutter fragte. Schwieg auch, wenn sie nicht lockerließ. Ein Mal noch, das war kurz vor Hartmuts Tat, ich war damals zehn, versuchte meine Mutter, mich von der Wichtigkeit der richtigen Ernährung zu überzeugen. »Wenn du dich falsch ernährst«, sagte sie, »führt das zur Übersäuerung deines Körpers, und daraus wird Krebs. Und was Krebs bedeutet, ist dir ja wohl klar. Denk an Oma.« Meine Oma mütterlicherseits war an Krebs gestorben. Ich war damals sechs Jahre alt gewesen und hatte natürlich – wie vermutlich jedes Kind, das zum ersten Mal vom Krebstod hört, gedacht, sie sei während ihres Urlaubs an der Nordsee beim Baden umgebracht worden, und zwar von einem Riesenkrebs. Das Missverständnis löste sich erst auf, als ich im selben Sommer mit meinen Eltern eine Woche am Bodensee verbrachte und mich partout weigerte, auch nur einen Fuß ins Wasser zu setzen. Mein Vater wollte wissen, was mit mir los sei, und klärte mich anschließend über den Krebs auf, der meine Oma auf dem Gewissen hatte, einen Krebs, der weder im Wasser lebte noch Scheren besaß. Insofern wusste ich, was Krebs bedeutete, als meine Mutter mir zu erklären versuchte, dass ich diesen Krebs bekäme, wenn ich nicht gesund äße, das hieß: Dickmilch, Pellkartoffeln, Weizenkleie und Rosinen. Statt Nudeln mit Ketchup, Pfannkuchen mit Zimt und Zucker und Fischstäbchen. Es lag allein an mir: Entweder ich aß, was ich am liebsten aß, und bekäme Krebs. Oder ich aß Dickmilch und Pellkartoffeln und würde 120 Jahre alt. Das war damals keine leichte Entscheidung für mich. Ich erinnere mich, dass ich Zettelchen beschriftete mit »Dickmilch« und »Pfannkuchen«, sie zusammenknüllte und als Lose in ein Schüsselchen legte. Und immer wenn ich Dickmilch zog, das Los für ungültig erklärte und noch mal zog. Ich war froh, dass mir am nächsten Morgen die alles entscheidende Frage einfiel. Beim Frühstück fragte ich meine Mutter, wie alt denn dieser Waerland geworden sei. Und meine Mutter, die gerade einen Apfel klein schnitt, hielt inne und fing an, mir eine Geschichte zu erzählen von einem kleinen Jungen, der schon kränklich auf die Welt gekommen sei, viel dünner als andere Kinder. Ohne dass er etwas dafür konnte, sei er von Anfang an schwach gewesen. Der Junge habe oft Kopfschmerzen und Bauchweh gehabt. Und das quäle natürlich. Es sei wie mit den Kindern in Afrika, die auch ganz mager zur Welt kämen und nie so gesund und kräftig würden wie – und dabei sah sie mich an – ich zum Beispiel. »Aber er hat doch dann Dickmilch getrunken und Weizenkleie gegessen«, sagte ich. »Das stimmt«, sagte meine Mutter. »Und wie alt ist er dann geworden?«, fragte ich. Meine Mutter antwortete: »Neunundsiebzig.« Und ich sagte: »Da ist ja sogar Oma älter.« Die andere Oma, die Mutter meines Vaters, wohnte bei uns im Haus, im Erdgeschoss. Sie rauchte und das nicht nur ab und zu, sondern, wie meine Mutter sagte, wie ein Schlot, und nicht irgendwelche Zigaretten, sondern Roth-Händle, die damals schon als »Tot-Händle« bekannt waren. Dass Rauchen nicht gesund war, wusste ich von meiner Mutter, und ich brachte sie offenbar in Erklärungsnot mit meinem Hinweis, dass die Tot-Händle rauchende Großmutter älter geworden war als der Rohkost kauende Waerland. Seitdem hatte mich meine Mutter weitestgehend verschont mit Gemüsebrühe und Weizenkleie.

Meine Mutter schenkte mir Kaffee ein. Ich musste »Halt« sagen, weil sie mir sonst die Tasse randvoll füllte, es war jedes Mal so und ihre Form des Protests gegen meinen Milchkonsum. Sie setzte sich mir gegenüber. Die Küche war klein und eng. An einer Wand stand ein alter Holztisch mit zwei Klappstühlen, an der gegenüberliegenden Wand war die Küchenzeile, die ich – mit ein wenig Vorbeugen – vom Stuhl aus erreichen konnte. Zum Inventar gehörte die wöchentlich gelieferte Holzkiste vom Biobauern mit kleinen, wurmstichigen Äpfeln, schrumpeligen Möhren und zwei sehr dünnen Salatgurken. Eine Zeit lang hatte meine Mutter mir zum Abschied ein paar Äpfel und Möhren zugesteckt. Bis ich ihr erklärte, dass ich meine eigene Biokiste nach Hause geliefert bekäme, was allerdings nicht stimmte.

Meine Mutter setzte ihre Lesebrille auf, die neben ihrem Teller auf ein paar zusammengefalteten Zeitungsseiten lag.

Sie hatte lange auf diesen Tag gewartet. Was sie all die Jahre nicht geschafft hatte, machte der GAU von Fukushima möglich: nämlich Hartmut dem Vergessen zu entreißen, ihn aus der Versenkung zu holen, aus der Bedeutungslosigkeit, in die er schon kurz nach seinem Tod gefallen war. Meine Mutter schob mir zwei Artikel über den Tisch zu, einen aus der ›Frankfurter Allgemeinen Zeitung‹, in dem Frank Schirrmacher »die neun Gemeinplätze des Atomfreunds« anführte und beim dritten auf Hartmut zu sprechen kam. Meine Mutter tippte mit dem Zeigefinger auf die entsprechende Zeile. »Das musst du lesen«, sagte sie. Und ich las: »Der leider heute vergessene Hartmut Gründler hat bereits vor Jahrzehnten auf die Manipulation durch Sprache im atomaren Zeitalter hingewiesen.« Dann schob sie mir noch einen anderen Artikel aus der ›Frankfurter Allgemeinen Zeitung‹ herüber, in dem sie einen Satz unterstrichen hatte: »Hartmut Gründler – einer der rechtschaffensten Menschen seiner Zeit.« Bei der Unterstreichung hatte sie allerdings einen Halbsatz unterschlagen. In vollem Wortlaut stand da: »Hartmut Gründler – einer der rechtschaffensten und, wenn man die Gewalt, die er sich selbst antat, betrachtet, zugleich entsetzlichsten Menschen seiner Zeit.« – »Hier ist noch einer«, sagte meine Mutter und zog einen weiteren Artikel unter dem Tisch hervor, als hätte sie nur auf dieses Überraschungsmoment gewartet. Ich war verblüfft und fragte mich, wo sie den wohl hergezaubert hatte. Mit einer Hand hielt sie die Zeitungsseite hoch. Mit dem Zeigefinger der anderen deutete sie auf die Überschrift und konnte ihren Stolz nicht verbergen. »Das musst du dir ansehen! Eine ganze Seite!« Es war ein ausführlicher Artikel aus der ›Zeit‹ mit der Überschrift: »Flammende Wahrheit. Die Geschichte des Hartmut Gründler, der sich 1977 aus Protest gegen die Lügen der Atomindustrie selbst verbrannte.« – »Fukushima sei Dank«, sagte meine Mutter, und die Freude stand ihr ins Gesicht geschrieben.

Aus der Distanz von acht Monaten würde ich sagen, so gelöst und zufrieden hatte ich meine Mutter seit Jahren nicht gesehen. Was einerseits nicht verwundert, weil sie für diesen Moment gelebt hatte, diesen einen Moment, in dem sich die Welt an Hartmut erinnern würde. Meine Mutter verbrachte jeden Tag in ihrem Arbeitszimmer, legte Ordner um Ordner an. Sie sammelte jeden Zeitungsartikel, jeden Zettel, den Hartmut verfasst hatte, protokollierte jede Erinnerung, die sie und andere an Hartmut hatten, sie stöberte in Archiven und in ihrem Gedächtnis. Sie betrachtete es als ihre Aufgabe, die Erinnerung wachzuhalten, Hartmut den ihm gebührenden Platz im kollektiven Gedächtnis zu verschaffen. Sie wollte ihm ein Denkmal errichten, nicht nur im übertragenen Sinn. Sie hatte schon mal über eines aus Marmor nachgedacht, die Idee dann aber verworfen, als ihr bewusst wurde, was ein solches Denkmal kostet, vor allem wenn es nicht in Gartenzwerggröße ausfallen soll, und dass man ein Denkmal nicht einfach ungefragt in der Stadt aufstellen kann. Und dann waren da auch noch die Tauben als natürliche Feinde eines jeden Denkmals, und das konnte schließlich nicht in ihrem Sinne sein, dass sich die Tauben an Hartmut vergriffen. Sie träumte von einer Straße, die nach Hartmut benannt würde (einer Hauptstraße, wenn möglich, auf keinen Fall eine Stichstraße in einer Neubaugegend), von einem Museum oder zumindest von einer Dauerausstellung im Haus der Geschichte der Bundesrepublik Deutschland.

Sie versuchte sich an einer Biografie, kam aber über das Vorwort nicht hinaus. Kurz vor ihrem Tod hatte sie Kontakt zu einem Journalisten aufgenommen und mich instruiert, weil sie wohl ahnte, dass sie das Erscheinen dieser Biografie nicht mehr erleben würde. Ich solle darauf achten, sagte sie, dass er mit Hans Behling spreche und mit Wolfgang Siedemann. Mit Peter und Anke aus dem Arbeitskreis Lebensschutz. Mit Annemarie Luchs. Udo Sindhagen. Elisabeth Jeske nicht zu vergessen. Professor Bertram und Egon Stumpf hätten auch einiges zu erzählen. Und Marie Gräfe. Auch Werner Köhler sei mit Sicherheit eine gute Quelle. Er solle sich gut überlegen, womit er anfange. Vielleicht mit Hartmuts Geburt. Oder besser mit dem Ende. »Er soll sein Leben von hinten nach vorne erzählen. Zu Beginn vielleicht ein Vorwort. Um die historische Bedeutung Hartmuts zu verdeutlichen.« Auf Hartmuts Grabstein stehe: Ein Leben für die Wahrheit, ein Tod gegen die Lüge. Das müsse die zentrale Aussage des Buches sein. Die Menschen müssten endlich erfahren, wer Hartmut wirklich war. Und gegen welche Lügen er in all den Jahren zu kämpfen hatte. »Er sollte mit dem Tod anfangen«, sagte sie, »damit die Leser die Tragweite dieser Geschichte verstehen. Und die Ausweglosigkeit, in die Hartmut geriet.«

Meiner Mutter zuliebe habe ich den Journalisten angerufen, aber schon am Telefon wurde mir klar, dass die Biografie über Hartmut auf seiner Prioritätenliste nicht sonderlich weit oben stand. Es hatte eher den Anschein, als habe sein Interesse weniger Hartmut als vielmehr meiner Mutter und ihrer Besessenheit gegolten. »Wie schade«, sagte er, als ich ihm von ihrem Tod erzählte. Er fragte mich nach den Umständen ihres Todes und »wie das so war« mit meiner Mutter, worauf ich spontan keine

Antwort wusste und stattdessen auf das Buch zu sprechen kam, was ihn aber wesentlich weniger zu interessieren schien. »Wissen Sie«, sagte er und brachte damit das Gespräch zum Abschluss, »das Problem mit diesem Hartmut ist ganz banal: Keiner kennt ihn. Am Ende war auch er nur einer dieser Fanatiker, denen man besser nicht zu Aufmerksamkeit verhelfen sollte. Eigentlich ist es wie mit diesen islamischen Gotteskriegern. Die opfern sich auch im Glauben an eine bessere Welt.« Hartmut mit diesen verblendeten Attentätern zu vergleichen, hatte eine ungenierte Chuzpe und zur Folge, dass ich mich gezwungen fühlte, Hartmut zu verteidigen, was in meinem Leben wirklich äußerst selten vorgekommen war. Hartmut war ein Verfechter von Gewaltlosigkeit gewesen, und er hat niemanden mit in den Tod gerissen. Die bessere Welt, an die er glaubte, war eine ohne Atomkraftwerke und keine, in der Andersgläubige ermordet werden. Mit einer Sache hatte dieser Journalist allerdings recht: Außer uns, die wir mit ihm zu tun hatten, erinnerte sich so gut wie niemand an Hartmut. Was letztlich der Grund dafür war, dass es meiner Mutter im Leben nicht langweilig geworden war. Sie hatte eine Aufgabe. Und jeder Einzelne, dem sie von Hartmut erzählen konnte, war einer mehr, der von ihm gehört hatte, einer mehr gegen das Vergessen und somit einer mehr, der Hartmuts Tod einen Sinn gab. Dass keiner, dem ich begegnete, je von ihm gehört hatte, erzählte ich weder meiner Mutter noch dem Journalisten. Wenigstens sind nahezu alle immer ganz ergriffen von Hartmuts Tat und wundern sich selbst, dass ihnen der Name noch nicht untergekommen ist. Dass meine Mutter an jenem Tag, an dem sie mir die Artikel zeigte, so gelöst und glücklich wirkte, macht mich im Nachhinein trauriger als damals am Küchentisch.

Weil ihr Tod mir vor Augen führt, wie bescheiden ihre Erwartungen geworden waren – drei Artikel, die genau genommen nichts bewirkten. Dass meine Mutter wenige Monate später starb, war kein Zufall, davon bin ich überzeugt. Sie hatte endlich loslassen können.

»Ausgerechnet die ›Zeit‹«, sagte sie, »erinnerst du dich noch an den Artikel nach Hartmuts Tod? Der überschrieben war mit der Zeile: ›Gründler? – Kenn' ich nicht!‹ Zwei Wochen nach seinem Tod sei er schon wieder vergessen.«

Ich erinnerte mich nicht. Aber dass meine Mutter sich noch so genau erinnerte, wunderte mich nicht. Sie erinnerte sich an alles, was irgendwie mit Hartmut zu tun hatte.

»Dieselbe Zeitung widmet Hartmut jetzt eine ganze Seite. So ganz vergessen kann er dann wohl doch nicht sein. Ich bin gespannt, ob sich auch die ›Süddeutsche Zeitung‹ erinnern wird. Die hat sich damals sogar geweigert, eine Todesanzeige zu drucken.« Grund genug für meine Mutter, die ›Süddeutsche Zeitung‹ ihr Leben lang zu boykottieren.

»Du siehst«, sagte sie, »Menschen wie Hartmut lassen sich nicht aus der Geschichtsschreibung tilgen, man kann die Größe seiner Tat nicht dauerhaft verschweigen. Genauso wenig wie die Gefahr durch die Atomkraft.«

Meine Mutter sah mich an, und ich meinte, Tränen in ihren Augen zu sehen.

»Hartmut hat recht behalten«, sagte sie, »sein Tod war kein schreckliches Unglück, sondern eine Notwendigkeit. Er hat sich in den Dienst an der Notwendigkeit gestellt.«

Um zu verstehen, warum ich 33 ⅓ Jahre nach Hartmuts Tod am Küchentisch meiner Mutter saß und zur Feier des GAUs von Fukushima Zebrakuchen aß, später noch mit Sekt anstieß und mir anhörte, was ich schon so oft gehört hatte, muss man die Geschichte kennen – meine Geschichte oder, wie es die Hinkelstein-Therapeutin nannte, die Geschichte eines Missbrauchs. Wogegen ich mich aber bis heute wehre, weil dieser Begriff viel zu leichtfertig verwendet wird. Und er die Erinnerung an meine Kindheit trübt. Ich hatte nämlich eine glückliche Kindheit. Zumindest bis Hartmut in unser Leben trat. Damals wusste ich noch nicht, dass alles im Leben einer Kausalität folgt, das habe ich erst viel später begriffen. Denn alles lässt sich erklären, dazu bedarf es nur ausreichend Fantasie. Es gibt keine Gegenwart ohne Vergangenheit, und zu jeder meiner Entscheidungen und jeder meiner Handlungen lässt sich eine Verbindung herstellen zu Erlebnissen in meiner Kindheit. Das könnte auch ein nettes Spiel sein. Es erinnert mich an diese Zeichnungen für Kinder, bei denen man Punkte verbinden muss, die mit Zahlen markiert sind, und am Ende entsteht ein Bild. Und weil jedes Malen nach Zahlen einen Anfangspunkt haben muss, eine 1, könnte man es sich im Leben einfach machen und mit der Geburt beginnen, aber ich denke – und das soll nicht nach Selbstmitleid klingen –, dass meine Geburt nicht das wesentliche Ereignis in dieser Geschichte ist. Es ist der Tod, Hartmuts Tod. Der Logik verpflichtete Menschen könnten einwenden: Warum sollte uns Hartmuts Tod tangieren? Schließlich haben wir ihn nicht gekannt. Dem kann ich natürlich nicht widersprechen, und für einen Moment (oder auch zwei) denke ich darüber nach, ob es nicht sinnvoller wäre, mit dem Tag zu beginnen, an dem Hartmut vor unserer Tür stand, im Sommer 1975, zwei Jahre vor seinem Tod. Und ja, vermutlich ist es sinnvoller, um die ganze Tragweite dieser Geschichte zu verstehen, die weniger eine Geschichte über Hartmut ist als vielmehr eine über uns, die Kelsterbergs, Vater, Mutter, Sohn (und Großmutter, die aber nur eine Randerscheinung bleiben wird), eine ganz normale Familie, die, was meinen Eltern erst im Laufe der Monate und Jahre bewusst wurde, einen der beharrlichsten und auf seine Weise konsequentesten Umweltaktivisten seiner Zeit aufgenommen hatte, der sich allerdings im Gegensatz zu manch anderen (es waren die Jahre der RAF und vieler gewalttätiger Proteste, zudem gab es Gerüchte über eine Stadtguerilla, die den Kampf nach lateinamerikanischem Vorbild aufnehmen wollte) Gandhi zum Vorbild genommen und sich der Gewaltlosigkeit verschrieben hatte. So gesehen hatten wir Glück mit dem gewaltlosen Hartmut, und meinen Eltern blieben Schlagzeilen wie »Razzia in der Keplerstraße«, »Polizei hebt radikale Zelle aus«, »Vermeintlicher Lebensschützer in Wirklichkeit Guerillero« im ›Schwäbischen Tagblatt‹ erspart.

Hartmuts Tod war eine Zäsur, für uns alle. Danach driftete auseinander, was bis dahin noch eine Einheit gewesen war. Vielleicht aber ließ sich nach seinem Tod auch einfach nur die Illusion von Familienglück nicht mehr aufrechterhalten. Dass es so weit kommen konnte, war eine stetige, aber anscheinend unaufhaltsame Entwicklung, die an jenem Tag im August 1975 einsetzte, als Hartmut vor unserer Tür stand.

Natürlich war nicht abzusehen, wie sehr sich mit diesem fremden Mann unser Leben verändern sollte. Ich stand damals kurz vor meinem achten Geburtstag und hätte jedem, der mich gefragt hätte, geantwortet, dass wir eine glückliche Familie waren. Was insofern ein wenig an den Haaren herbeigezogen wäre, weil niemand ein siebenjähriges Kind fragt, ob es glaubt, in einer glücklichen Familie zu leben, und zwar aus gutem Grund. Ein Siebenjähriger interessiert sich nicht für seine Eltern und deren Sehnsüchte und Vorstellungen und Schwierigkeiten. Erst später ist mir klar geworden, dass wir damals offensichtlich doch nicht so glücklich waren, wie ich es empfunden hatte, was weniger an mir als vielmehr an meinen Eltern und vermutlich am meisten an meiner Mutter lag.

In dem Jahr, als Hartmut bei uns einzog, war sie vierunddreißig geworden. Acht Jahre zuvor hatte sie meinen Vater geheiratet. Wir lebten in einem ausgesprochen geräumigen Haus, das drei Stockwerke hatte: vier Zimmer im obersten Stockwerk, Küche, Wohn- und ein Gästezimmer im mittleren. Meine Großmutter war ins Erdgeschoss gezogen, nachdem mein Großvater gestorben war. Meine Mutter war im Ruhrgebiet aufgewachsen, meine Großmutter mütterlicherseits (die mit dem Krebs) war Stenotypistin gewesen, der dazugehörige Großvater in Russland geblieben, wie es damals hieß. Meine Mutter war das einzige Kind, sie machte Abitur und nahm ein Studium auf. Erst später stellte sich heraus, dass Hartmut und sie vier Semester an derselben Pädagogischen Hochschule in Jugenheim an der Bergstraße studiert hatten, wo sie sich aber – ihrer Erinnerung nach – nie begegnet waren. Weil er schon damals offenbar seine Zeit lieber in der Bibliothek verbrachte und weder im Chor war wie meine Mutter noch an den Wochenenden tanzen ging. Auf einer Party lernte sie meinen Vater kennen, der übers Wochenende in Frankfurt war, um einen Freund zu besuchen, und der sie anschließend in seinem Citroën DS in ihr Wohnheim brachte. Mein Vater hatte stets großen Wert auf außergewöhnliche Autos gelegt. Als Hartmut einzog, fuhr mein Vater immer noch einen DS, inzwischen allerdings einen DS 21 mit Vierzylinder-Reihenmotor und hydropneumatischer Federung. Wie Zauberei kam mir das damals vor: Kaum saßen wir im Auto, hob sich der Wagen wie von Geisterhand, was jedes Mal wieder ziemlich aufregend war. *La déesse* nannte man sie, die Göttin, es war das Auto, in dem Präsident de Gaulle zu allen offiziellen Anlässen vorfuhr. Mein Vater hatte damals, als er meine Mutter traf, sein Studium der Betriebswirtschaft abgeschlossen und war in das Tiefbau-Unternehmen meines Großvaters eingestiegen, das er dann kurz vor meiner Geburt übernahm, mit 50 Angestellten, dazu einigen Baggern und Planierraupen. In dem Jahr, als Hartmut bei uns einzog, wurde mein Vater einundvierzig, und dem Unternehmen ging es prächtig. Es gab also keine finanzielle Notwendigkeit, die Wohnung im Souterrain zu vermieten. Aber schon meine Großeltern hatten eine gute Tat darin gesehen, Studenten eine Möglichkeit zu geben, günstig unterzukommen. Außerdem zeugte es von einer gewissen Offenheit, jemanden, der nicht zur Familie gehörte, bei sich wohnen zu lassen. Dieser Tradition fühlte sich mein Vater anscheinend verpflichtet. Und ich glaube, er gefiel sich in der Rolle des Gönners. (Etliche Jahre zuvor hatte übrigens ein Student namens Erhard Eppler in der Wohnung gewohnt. Er schrieb, wie ich herausgefunden habe, damals an seiner Promotion zu dem Thema: »Der Aufbegehrende und der Verzweifelnde als Heldenfigur der elisabethanischen Tragödie.« Was für ein Vorbote des Schicksals! Derselbe Eppler erinnerte später auf einem Parteitag an seinen Nachmieter Hartmut und sprach von ihm als dem Mann, der ein Zeichen gesetzt hatte.)

Das Zimmer war klein, kleiner als mein Kinderzimmer im zweiten Stock, es hatte nur ein schmales, längliches Fenster zur Straßenseite hin, so weit oben, dass ich nicht hindurchsehen konnte. Hartmut war schon vierundvierzig, als er bei uns einzog. Er hatte kurz zuvor noch mal angefangen zu studieren und sich für Pädagogische Psychologie und Allgemeine Sprachwissenschaft an der Uni Tübingen eingeschrieben.

Ich stand neben meiner Mutter, als sie diesem fremden Mann die Tür öffnete. Er sagte, er habe erfahren, dass wir ein Zimmer vermieteten, und fragte, ob es noch zu haben sei. Wenn ich heute, nach mehr als dreißig Jahren, versuche, mir meinen ersten Eindruck von Hartmut zu vergegenwärtigen, dann war es vor allem seine Stimme, die mir auffiel, weil sie ungewöhnlich hoch war für einen Mann. Ein bisschen klang er wie die Sänger einer Band, deren Songs zu jener Zeit oft im Radio liefen: die Bee Gees.

Meine Mutter fragte, ob er allein sei, was ich nicht gleich verstand, weil er offensichtlich allein war, zumindest sah ich niemanden außer ihm. Später, als er längst weg war, sagte meine Mutter zu mir: »Ich hoffe, er hat es nicht falsch verstanden.« Und dann erklärte sie mir: »Ich wollte doch nur wissen, ob er vielleicht Frau und Kind hat, weil die Wohnung so klein ist.«

Wir waren zusammen ins Souterrain gegangen, um ihm die Wohnung zu zeigen. Er hatte sich umgesehen und genickt. Und als meine Mutter fragte, ob ihm das Zimmer nicht zu klein sei, sagte er, er habe keine großen Ansprüche. Und dann sprach er von Gandhi, und ich wusste nicht, wer das war, und hielt ihn für einen Freund und fragte, als er weg war, ob sie zu zweit in die Wohnung zögen. Meine Mutter begriff zuerst nicht, wen ich meinte. Und als ich sagte, der Gandhi und der Herr Gründler, lachte sie und erklärte mir, dass Gandhi ein Inder sei und Indien befreit habe und freiwillig in Armut gelebt habe und dem Herrn Gründler offenbar ein Vorbild sei.

Jahre später hat meine Mutter einen Artikel über Hartmut geschrieben, aus dem ihre große Bewunderung herauszulesen ist. »Fast mönchisch«, schrieb sie, »führte er in aller Bescheidenheit ein Leben wie der Mahatma. Redlich bemühte er sich um spirituelle Vervollkommnung, machte Zen-Meditationen und empfahl sie, übte sich selbstdiszipliniert im Verzicht, lebte in selbstgewollter Armut, in rastloser Hingabe an seine Aufgabe, in wacher Bereitschaft zur Selbstkritik. In der politischen Auseinandersetzung baute er wie Gandhi auf den Einsatz der Existenz als ›letztem Druckmittel‹, und zwar in mehrfachen unbefristeten Hungerstreiks bis hin zu seinem Flammenopfer, so wie Gandhi zuletzt eine Ein-Mann-Kampagne des Fastens bis zum Tode riskierte. Seine Selbstachtung duldete keine Verletzung der Menschenwürde, entehrend wäre der Verlust der Glaubwürdigkeit gewesen.«

Hartmut war, wenn man so sagen kann, das Gegenteil von meinem Vater, auch körperlich. Er war groß und schmal und hatte eingefallene Wangen. Es gab Menschen in Tübingen, die nannten ihn »Gespenst«. Mein Vater war viel dicker und breiter. Er wog mehr als hundert Kilo. Wenn er auf die Waage stieg, sausten die Zahlen an der Nadel vorbei, 40, 50, 60, 70, bis sie sich der 100 näherten und langsamer wurden und irgendwo zwischen 105 und 108 zum Stehen kamen. Ich lief ihm oft hinterher, wenn er ins Bad ging, weil ich hoffte, er würde sich auf die Waage stellen, was er mir zuliebe auch meistens tat. Dann stand ich neben ihm, und wir beide gaben einen Tipp ab, bei welcher Zahl die Nadel stehen bliebe, es war so etwas wie ein selbst erfundenes Kilo-Roulette. Manchmal versuchte er auch zu schummeln und stellte ein Bein neben die Waage, um sich abzustützen und leichter zu machen, was ich aber jedes Mal bemerkte. Danach musste ich mich auf die Waage stellen. Ich erinnere mich, dass mein Vater dann meist übertrieben den Kopf schüttelte und sagte: »Junge, wenn du so weitermachst, siehst du irgendwann aus wie dieser Gründler.«

Einen Tag nachdem Hartmut zum ersten Mal geklingelt hatte, stand er wieder vor der Tür. Dieses Mal mit einem Koffer, jeder Menge Bücherkisten und einer Schreibmaschine. Mehr brachte er nicht mit. Offenbar war es wirklich so, dass er nicht viel brauchte. Am selben Abend gingen mein Vater und ich ihn besuchen. Es waren Sommerferien und ich durfte länger aufbleiben. Mein Vater nahm eine Flasche Rotwein in die eine Hand und zwei Zigarren in die andere und sagte: »Komm, wir schauen uns mal den neuen Mieter an.« Wir stiegen die Treppe ins Souterrain hinunter. Mein Vater klopfte an die Tür, und dann standen wir dort eine Weile und warteten, dass Hartmut uns öffnete. Er war da, er musste an seiner Schreibmaschine sitzen, das Tippgeräusch war deutlich zu hören. Dann wurde es still, aber statt Schritten hörten wir wieder das Tippen. Dieses Geräusch verbinde ich bis heute mit Hartmut. Es schien, dass er fast immer, wenn er im Zimmer war, an seiner Alpina-

Schreibmaschine saß, das Tippen drang ins Treppenhaus und im Sommer, wenn er sein Fenster geöffnet hatte, auch in den Vorgarten. Während der Jahre bei uns verfasste er unzählige Flugblätter, die bis an die Ränder beschrieben und kaum lesbar waren, weil so dicht und eng mit Buchstaben gefüllt. Mehrere Hundert solcher Seiten hatte meine Mutter im Laufe ihres Lebens zusammengetragen und sie in Klarsichthüllen aufbewahrt. Schon am ersten Abend vor der Tür sagte mein Vater: »Der scheint ein großes Mitteilungsbedürfnis zu haben.« Womit er recht behalten sollte. Er klopfte dann noch mal. Endlich hörten wir Schritte, und kurz darauf ging die Tür auf. »Sie müssen Herr Gründler sein«, sagte mein Vater, »Hanno und ich wollten Ihnen mal einen Besuch abstatten und Sie willkommen heißen. Ich bin übrigens Kurt, Ihr Vermieter.« Hartmut sah meinen Vater an und sagte: »Ich heiße Gründler. Aber das wissen Sie ja bereits.«

Hartmut wirkte in allem, was er tat, etwas steif und auch angespannt, als sei er getrieben von seiner Mission und dürfe keinen Moment ungenutzt lassen, sich nie zurücklehnen und mal entspannen. Auch darin war er ganz anders als mein Vater, der alles mit einer gewissen Behäbigkeit oder auch Gemütlichkeit tat. Einer seiner liebsten Sprüche war: »Ein alter Mann ist doch kein D-Zug.« Und das, obwohl er noch nicht mal Mitte vierzig war. Aber er hatte sich von Anfang an einen Spaß daraus gemacht, bei allem, was er tat, die Geduld meiner Mutter, die viel agiler und in gewisser Weise auch angespannter war, auf die Probe zu stellen. »Kommst du, Kurt?« – wie oft hatte ich als Kind diese Frage gehört! Bei jeder Gelegenheit trieb meine Mutter meinen Vater an. Worauf er stets mit dem D-Zug antwortete oder wahlweise auch: »Bin schon unterwegs«, um dann weitere zehn Minuten verstreichen zu lassen. Vielleicht war meine Mutter sogar dankbar, dass mit Hartmut ein Mensch ins Haus kam, der sich nicht der Behaglichkeit verschrieben hatte und der ihr als Gegenmodell diente, wenn sie mal wieder mit dem Phlegma meines Vaters haderte. Da war einer, der brannte, der keine Minute ruhte. Ich erinnere mich an ein gemeinsames Erlebnis auf dem Fußballplatz: Hartmut rannte an der Seitenlinie auf und ab, während mein Vater und ich am Spielfeldrand standen und Bratwurst aßen. Irgendwann sagte mein Vater: »Schau dir diesen Gründler an, der ist verrückt.« Mein Vater und ich gingen damals öfter zu den Spielen der TSG Tübingen (die Mannschaft war gerade in die 2. Amateurliga Württemberg aufgestiegen). Meine Mutter hatte gesagt, wir sollten Hartmut doch fragen, ob er mitwolle, und dass er sich sicherlich freuen würde. Er war dann tatsächlich mitgekommen, aber statt sich wie alle anderen in Ruhe das Spiel anzusehen, lief er rastlos hin und her und war anschließend völlig außer Atem. Ich weiß bis heute nicht, was ihn dazu veranlasst hatte, ob er einfach nicht still sitzen konnte oder vielleicht doch verrückt war. Auf jeden Fall hat es mein Bild von Hartmut geprägt. Seine Getriebenheit brachte es auch mit sich, dass ihm die Geduld (oder Muße) fehlte, sich auf Menschen einzulassen. Schon seine Art zu reden bewahrte ihn davor, allzu tiefe Verbundenheit aufzubauen. Immer ernst, etwas umständlich, verkopft, oder wie Peter, einer seiner Mitstreiter im Arbeitskreis Lebensschutz später einmal sagte: Er sei zu wissenschaftlich eingestellt gewesen, und auf der Straße, beim Verteilen von Handzetteln, habe er immer so ernst dreingesehen, dass die Menschen einen Bogen um ihn gemacht hätten.

Mir schenkte Hartmut an jenem Abend, als mein Vater und ich ihn in seiner Wohnung besuchten, keine besondere Beachtung, was mir ganz recht war. Mein Vater stellte mich vor: »Das ist Hanno, mein Sohn. Dürfen wir hereinkommen, Herr Gründler? Ich habe auch etwas mitgebracht, zu dem Sie nicht nein sagen können.« Und dann hob er seine Hände und hielt Hartmut den Rotwein und die Zigarren unter die Nase.

»Ihnen ist schon klar, dass hier strenge Regeln herrschen«, sagte mein Vater, als wir Hartmut durch den Flur ins Zimmer folgten. »Nachtruhe ist um acht, es herrscht absolutes Rauchverbot und Damenbesuche sind natürlich auch nicht gestattet. Warum sollten Sie es hier unten besser haben als ich oben? Oder was meinst du, Hanno?« Dann lachte mein Vater. Er konnte sehr laut lachen, und manchmal kamen ihm dabei sogar die Tränen. Hartmut reagierte gar nicht darauf, stattdessen räumte er einige Stapel Papier vom Tisch und ein paar Bücher von den Stühlen.

Ich wusste, dass Studenten viele Bücher hatten, aber so viele wie bei Hartmut hatte ich noch nie gesehen. Die Wohnung roch nach Papier und Druckerschwärze. Bücher, überall Bücher, die sich entlang der Wände und in den Regalen stapelten.

Mein Vater stellte die Weinflasche auf den Tisch und legte die Zigarren daneben. »Wir bräuchten noch einen Korkenzieher«, sagte er. Aber Hartmut hatte weder Korkenzieher noch Aschenbecher. Zum Leidwesen meines Vaters rauchte und trank Hartmut nicht.

Mein Vater sah ihn an, und dieses Mal klang sein Lachen anders, fast so, als habe er sich verschluckt und müsse husten. Wahrscheinlich war er sich nicht sicher, ob Hartmut nicht vielleicht einen Scherz gemacht habe. Aber Hartmut hatte inzwischen eine Flasche Apfelessig aus der Küche geholt und auf den Tisch gestellt.

Ich glaube, meinem Vater war es unangenehm, dass er gelacht hatte. »Entschuldigen Sie«, sagte er, »ich wusste nicht ...« Mehr sagte er nicht. Im Weltbild meines Vaters konnte es nur einen Grund geben, warum ein Mann auf Wein und gute Zigarren verzichtete. Dieser Gründler war krank.

Er hatte die Weinflasche vom Tisch genommen und sie neben seinen Stuhl auf den Boden gestellt. Die Zigarren hatte er in die hintere Hosentasche gesteckt und sie dann später weggeworfen, weil sie in der Mitte gebrochen waren.

Er bat Hartmut um ein Glas Leitungswasser. Es war das erste und letzte Mal, dass ich meinen Vater Leitungswasser trinken oder besser: nippen sah. Wir saßen zu dritt am Tisch, und mein Vater versuchte, mit Hartmut ins Gespräch zu kommen.

»Und, Herr Gründler, was machen Sie so?«, fragte mein Vater.

»Ich widme mich dem Lebensschutz«, sagte Hartmut.

»Kann man davon leben?«, fragte mein Vater.

»Davon nicht«, sagte Hartmut, »aber dafür.«

»Und wovon leben Sie?«

»Ich unterrichte Deutsch als Fremdsprache.«

»Und wie schützen Sie Leben, wenn ich fragen darf?«

Ich dachte natürlich gleich an Insekten und andere Tiere, stellte mir vor, dass Hartmut vielleicht keine Fliegen totschlug, weil er deren Leben schützen wollte, dass er wahrscheinlich auch keine Hummeln fing, sie in ein Glas sperrte und ersticken ließ. Vielleicht half er sogar Kröten über die Straße. Davon hatte ich schon gehört: Mein Vater hatte mir von so Leuten erzählt, die offenbar zu viel Zeit hatten. Ich weiß nicht, was sich mein

Vater unter Lebensschutz vorgestellt hatte, aber sicherlich nicht das, worüber Hartmut anfing zu reden und was ich rekonstruieren kann, weil ich in der Sammlung meiner Mutter ein Flugblatt gefunden habe, in dem Hartmut den Lebensschutz erklärt:

Lebensschutz ist, wie der Name bereits sagt, von A bis Z Gegenstand von Konflikten: Ziel-, Rollen-, Interessenskonflikten. Die Fronten laufen nicht zwischen den Völkern, Klassen, Einzelnen, sondern quer durch die Völker, Klassen, Einzelnen hindurch. All die Schwarz-Weiß-Gemälde von Kapitalisten, Faschisten, Marxisten werden der bunten Wirklichkeit nicht gerecht. Lebensschutz aber muss sich um Gerechtigkeit bemühen, und man wird dem Menschen nur gerecht, wenn man zwei Menschen in ihm sieht: den des naiven Egoismus, Mensch 1, und den des Gewissens und der Verantwortung, Mensch 2. Und gewaltfreie Aktion also trennt die Tat vom Täter, nennt Lüge Lüge und Mord Mord, aber sie hütet sich, den Täter mit seinem Menschen 1 gleichzusetzen und ihn Lügner oder Mörder zu nennen, als bliebe nicht auch nach der Lüge und Mord noch unzerstörbar etwas im Täter, das Lüge und Mord überwinden kann. Gewaltfreie Aktion sieht im Widersacher von heute den Verbündeten von morgen, sie ist ebenso unbeugsam wie versöhnungsbereit, sie spricht vom Gegner, nicht vom Feinde, und gesteht ihm Ebenbürtigkeit und gleiches Daseinsrecht zu.

An jenem Abend dauerte seine Ausführung noch viel länger, und ich bereute schon, nicht in meinem Zimmer geblieben zu sein, um mit meiner Heiße-Räder-Autorennbahn zu spielen, die mir mein Vater geschenkt hatte, eine mit orangen Schienen, die man ineinanderstecken konnte, und einem automatischen Rundenzähler. Ich weiß nicht, wie oft ich die Autos im Kreis hätte fahren lassen können, während Hartmut vom Lebensschutz erzählte, aber mehr als hundert Runden wären es sicherlich gewesen.

Irgendwann, als Hartmut fertig war, sagte mein Vater: »Ich verstehe, Mensch 1 und Mensch 2.« Er schaute auf seine Uhr. »Ich muss sagen, Mensch 1 würde ja gern noch bleiben, Mensch 2 sagt mir aber, dass wir wieder hoch sollten, Hanno muss mal langsam ins Bett.« Seitdem machte sich mein Vater einen Spaß daraus, von Mensch 1 und Mensch 2 zu sprechen.

Beim Frühstück am nächsten Morgen legte er drei Schnitten Brot übereinander mit mehreren Scheiben Schinken dazwischen und sagte: »Mensch 2 weiß, wie wichtig es ist, auf seine Linie zu achten, glücklicherweise aber sitzt gerade Mensch 1 am Tisch.« Meine Mutter hatte natürlich keine Ahnung, wovon er sprach. Ich war es, der ihr hinterher erklärte, was uns der neue Mieter erläutert hatte: In jedem von uns steckten zwei Menschen; warum das so war und was sie voneinander unterschied, hatte ich nicht verstanden. Meine Mutter fand das aber nicht so interessant, stattdessen fragte sie mich, ob ich auch das Gefühl hätte, dass der neue Mieter krank sei. Ich erzählte ihr, was mein Vater gesagt hatte: dass er aussehe wie Opa, als der von der Front kam. Und dass kein Mann freiwillig so aussehe. So dünn. Und dass das, was eigentlich weiß im Auge sein sollte, bei Hartmut gelblich sei, und auch seine Haut sei gelblicher als bei anderen Menschen, was, meinem Vater zufolge, nur zwei Möglichkeiten zuließe: entweder eine Leberkrankheit oder einen chinesischen Vorfahren, aber da er sonst nicht wie ein Chinese aussehe, könne er nur krank sein.

Als ich aus der Schule kam, saß meine Mutter am Küchentisch und hatte unser dickes medizinisches Nachschlagewerk vor sich liegen, aufgeschlagen bei »H« wie Hepatitis. Dasselbe Buch, das ich in ihrem Arbeitszimmer fand, als ich ihre Wohnung aufgelöst habe, und das nun, mit all den anderen Dokumenten, mittlerweile im Regal neben meinem Schreibtisch steht. Darin waren zwei Arten von Hepatitis aufgeführt, A und B. Gemeinsam versuchten wir damals herauszufinden, welche auf Hartmut zutraf. A wird vor allem fäkal-oral übertragen, infolge mangelnder Hygiene. Sah Hartmut aus wie ein Mensch, der sich nicht wusch? Nein. Das passte nicht zu Hartmut. Im Gegenteil. Er achtete immer sehr darauf, ordentlich auszusehen. A war also auszuschließen. B übertrug sich durch Spritzen mit infiziertem Blut. B überging meine Mutter. In ihrer Wahrnehmung sahen Heroinabhängige, die damals immer häufiger in den Nachrichten auftauchten, anders aus. Rückblickend ist die Vorstellung, Hartmut hätte sich Heroin gespritzt, auch vollkommen absurd. So als wäre Roland Mall Torschützenkönig geworden. (In 48 Erstligaspielen für den VfB Stuttgart hat er exakt null Tore geschossen.) Ausgerechnet Hartmut, der weder trank noch rauchte und sich am liebsten von Magerquark und Wasser ernährte. In neueren Nachschlagewerken ist unter B auch noch von Sperma als Übertragungsweg die Rede und davon, dass die Hepatitis B nicht nur, aber vor allem unter homosexuellen Männern verbreitet ist. Ich weiß nicht, ob meine Mutter die Frage, ob Hartmut schwul gewesen sein könnte, jemals ernsthaft beschäftigt hat, ich erinnere mich aber daran, dass sie mich irgendwann fragte, ob ich ihn mit einer Frau gesehen hätte. Aber ich hatte keine Frau bei ihm gesehen. Nur Männer. Manchmal, wenn ich im Garten spielte und durch das Fenster in die Souterrainwohnung spähte, saßen da Männer um den Tisch herum, vor sich stapelweise Zettel und Briefumschläge. Spätestens aber, als sie die Briefe fand, die sich Hartmut mit Petra Kelly schrieb, wird sie für sich entschieden haben, dass er nicht schwul war.

Am Abend verließ meine Mutter die Küche mit einem Topf voller Hühnerbrühe in den Händen. Was nicht ungewöhnlich war, weil meine Mutter öfter für meine Oma mitkochte, vor allem Suppen. Ich lief ihr nach und sagte, ich wolle Oma die Suppe bringen. Ich machte das gern, weil meine Oma mir hin und wieder eine Mark zusteckte, wenn ihr braver Bub, wie sie mich nannte, ihr das Essen brachte. Meine Mutter sagte: »Das ist nicht für Oma«, und verließ die Wohnung. Ich weiß noch, dass mein Vater und ich uns ansahen, weil wir offenbar beide rätselten, wem meine Mutter die Suppe brachte. »Vielleicht dem Mann im Keller«, sagte ich. Und mein Vater sagte: »Ja, wahrscheinlich.«

Es dauerte eine ganze Weile, bis meine Mutter wiederkam. Mein Vater und ich saßen längst vor dem Fernseher. Als meine Mutter sich irgendwann in ihren Sessel setzte und das Buch aufschlug, das auf dem Hocker neben dem Sessel lag, fragte mein Vater, was sie so lange da unten gemacht habe, und sie sagte: »Er hat mir erklärt, was es mit dem Lebensschutz auf sich hat.«

»Das war wirklich sehr interessant«, sagte mein Vater und knuffte mich in die Seite. »Hanno war auch ganz begeistert, stimmt's?«

»Ja«, sagte meine Mutter, »das ist wahr. Es sind interessante Gedanken, die er hat.« Dann vertiefte sie sich in ihr Buch.

Im Gegensatz zu meinem Vater verbrachte meine Mutter viel Zeit mit Lesen. Sie liebte Christa Wolf und die Gedichte von Paul Celan. War es still im Haus, wusste ich, dass meine Mutter in ihrem Lesesessel saß und las. Und kam ich ins Zimmer, brauchte sie einen Moment, bevor sie mich wahrnahm, es war, als wachte sie auf und müsste sich erst orientieren, bevor sie mich ansah und fragte, wie spät es sei und ob ich schon Hunger hätte. Im Wohnzimmer stand eine Regalwand, die voll war mit Büchern, die überwiegend meiner Mutter gehörten, bis auf eine kleine Ecke im untersten Regal, in die sie einige Bücher meines Vaters gestellt hatte. Dort standen ein paar Romane von Konsalik, aber auch die Bedienungsanleitungen für seine Telefunken-Anlage, eine Acusta Hifi 250, und seine anderen technischen Geräte. Meine Mutter hätte sich gern über die Bücher, die sie las, ausgetauscht, aber mein Vater war kein Mensch, der in seiner freien Zeit besonders viel las oder sich philosophischen Betrachtungen hingab. Wahrscheinlich war sie auch deswegen ganz froh über unseren neuen Untermieter. Endlich hatte sie jemanden, mit dem sie über Bücher und Gedanken reden konnte und der diese nicht, wie mein Vater, als Hirngespinste von Schriftstellern abtat und fragte, warum man sich Gedanken über Menschen machen sollte, die nur in Büchern lebten und die es in Wirklichkeit gar nicht gab. Auch ich verbrachte meine Zeit lieber vor dem Fernseher als mit einem

Buch. Ich sah ›Die Waltons‹, liebte ›Kung Fu – Die Serie‹, in der ein Kung-Fu-Kämpfer auf der Suche nach seinem Halbbruder durch den Wilden Westen zieht. Zusammen mit meinem Vater sah ich ›Die Straßen von San Francisco‹ und ›Drei mal Neun‹ mit Wim Thoelke und Wum und Wendelin. Ich kann mich noch gut an den Abend erinnern, als Uri Geller allein kraft seiner Gedanken Gabeln und Messer verbog und es hinterher großen Ärger gab, weil Zuschauer das ZDF verklagten. Auch ich war an jenem Abend in die Küche gelaufen und hatte nachgesehen, aber uns hatten seine Kräfte nicht erreicht. Immer wieder hatte ich es daraufhin versucht, indem ich eine Gabel ansah, mich konzentrierte, bis es mir vor den Augen flimmerte, immer wieder in Gedanken »Bieg dich, bieg dich« sprach und dann enttäuscht abließ. Manchmal sah meine Mutter mit uns fern, was mich aber tendenziell eher nervte, weil ich ihr jedes Mal erklären musste, wer wer war und worum es ging. Mit echtem Interesse verfolgte sie nur die Nachrichten.

Nach dem gemeinsamen Abend im Souterrain dauerte es einige Tage, bis mein Vater und ich Hartmut wieder begegneten, es war nachmittags, wir verließen gerade das Haus. Mein Vater und ich wollten uns mal wieder ein Spiel des TSG Tübingen ansehen. Es waren immer noch Ferien, und mein Vater hatte sich den Nachmittag freigenommen. Hartmut trug eine braune Aktentasche unter dem Arm, ich kann mich gut an sie erinnern, weil er sie fast immer dabeihatte, auch später, als meine Mutter und ich mit ihm unterwegs waren.

Hartmut besaß zwar einen alten Käfer, aber er nahm meist sein Rad, das an unserer Hauswand lehnte, wenn er zu Hause war. (Die Akribie, mit der meine Mutter später Hartmuts Leben rekonstruierte, machte auch vor seinem Käfer nicht Halt. In ihrem Archiv finde ich datierte Vermerke: »27.7.73 Austausch Vergaser bei Fina, Reutlinger Str. 46« oder »18.3.74 Gangschaltung defekt, Kilometerstand 14.590« oder »9.4.74 HG erbittet von VW für einen Änderungsvorschlag [Gepäckraumklappe] als Prämie einen Zuschuss für Fachbücher oder eine Reise nach Cambridge [Fachtagung der Uni] im Mai 74.«)

Meiner Erinnerung nach wollte Hartmut gerade auf sein Rad steigen, als mein Vater ihn fragte: »Wohin des Wegs, Herr Gründler?«, und Hartmut antwortete, er müsse in die Unibibliothek. »Lassen Sie den Drahtesel mal stehen, Hanno und ich bringen Sie hin«, sagte mein Vater, der eine durchaus resolute Art haben konnte. Was zum einen an dem ernsten Unterton in seiner sonst heiteren Stimme lag, zum anderen schlicht an seiner Statur. Vielleicht wollte Hartmut aber auch einfach, nach der Sache mit dem Wein und den Zigarren, meinem Vater gegenüber nicht schon wieder als Spielverderber dastehen. Er lehnte sein Fahrrad also zurück an die Hauswand und folgte uns zur Garage. Während mein Vater das Tor öffnete, fragte er: »Sind Sie schon mal DS gefahren?« Hartmut schüttelte den Kopf, und ich glaube, er wusste nicht mal, was das war, ein DS. Nachdem mein Vater den Wagen rückwärts aus der Garage gesetzt hatte, stiegen wir ein, ich hinten und Hartmut vorn. Er war der Einzige von uns, der zum Sicherheitsgurt griff und sich anschnallen wollte. »Sie sind ja wie meine Frau«, sagte mein Vater. Und es war wirklich so, dass meine Mutter sich immer anschnallte, obwohl mein Vater ihr schon oft erklärt hatte, dass sie sich mit dem Anschnallen in Gefahr brachte, und von Autos erzählte, die sich überschlagen hatten, und der Beifahrer sich als Einziger nicht aus dem Auto hatte retten können, weil er an den Sitz gefesselt war. Aber meine Mutter brachte sich lieber in Gefahr, als unangeschnallt neben meinem Vater im Auto zu sitzen. Ich kann mich auch noch erinnern, wie aufgebracht mein Vater war, als 1976 die Gurtpflicht auf den Vordersitzen eingeführt wurde. Nicht nur, dass er darin eine Gefahr sah, er wollte sich schlicht nicht vorschreiben lassen, was er in seinem Auto zu tun hatte, denn das Auto gehöre wie die Wohnung zur Privatsphäre, und es könne ihm schließlich auch niemand vorschreiben, wie er am Küchentisch zu sitzen habe. Mein Vater widersetzte sich der Gurtpflicht; zeitlebens weigerte er sich, angeschnallt zu fahren. Ob das sein Glück oder Unglück war, als er später von der Straße abkam, weiß ich nicht. Auf jeden Fall machte Hartmut einen Fehler, als er damals im Auto als Erstes zum Gurt griff, weil er meinem Vater einen Anlass gab, sich über ihn lustig zu machen.

Als wir auf die Straße bogen und mein Vater diesem Gründler, wie er später meiner Mutter erzählte, ein Gefühl für die Beschleunigung gab, klammerte sich Hartmut mit der rechten Hand an den Türgriff. Mein Vater war stolz auf seine *Déesse:* 2175 cm^3, fünffach gelagert, 100 PS bei 5500 Umdrehungen die Minute. In 15 Sekunden auf hundert. Er bot Hartmut an, einen Abstecher auf die Autobahn zu machen. Er zwinkerte mir im Rückspiegel zu. »Jetzt beißen Sie mal auf Ihre Prothesen«, sagte mein Vater zu Hartmut und trat aufs Gaspedal. Ich fand es aufregend, über die Autobahn zu rasen, während die Landschaft an uns vorbeizog wie die Bilder unserer Urlaubsfilme, wenn mein Vater die Spulen des Super-8-Projektors schneller laufen ließ. Ich fühlte mich immer sicher auf der Rückbank, obwohl es damals nicht mal Gurte gab. Dass eine solche Autofahrt tödlich enden könnte, war mir keinen Gedanken wert. Vielleicht auch weil ich Angst im Auto nur verspürte, wenn meine Mutter am Steuer saß, die auf der rechten Spur dahinkroch, nicht aber mit meinem Vater, der für solche Sonntagsfahrer nur einen verächtlichen Blick in den Rückspiegel übrighatte.

Wir nahmen eine der nächsten Ausfahrten und fuhren wieder zurück in die Stadt. Hartmut sprach während der ganzen Fahrt kein Wort. Und irgendwann blickte mein Vater zu ihm herüber und fragte: »Herr Gründler, ist Ihnen schlecht? Sie sehen so blass aus.« Ich glaube, es war das einzige Mal, dass es Hartmut die Sprache verschlagen hatte. Und mein Vater ließ es sich nicht nehmen, meine Mutter noch jahrelang damit aufzuziehen, vor allem wenn sie mal wieder erzählte, was Hartmut

Tolles gemacht oder gedacht hatte. »Du hättest ihn mal sehen sollen, deinen Gründler, damals im Auto, ganz blass um die Nase, tief in den Sitz gesunken, keinen Ton hat er herausgebracht!«

Ich habe mir so manches Mal gewünscht, dass ich im Wesen mehr nach meinem Vater geraten wäre, mehr Lebemann, mehr Leichtigkeit. Als ließe sich ein Charakter erben, der immun ist gegen äußere Umstände und Einflüsse und einen Menschen ohne wesentliche Beschädigungen durchs Leben manövriert. Wäre es nur so einfach! Die Wirklichkeit aber ist ein Wechselspiel zwischen Erbanlagen und Erlebtem. Ein Pingpong. Was habe ich kürzlich gelesen? Wer von seiner genetischen Veranlagung her zur Geselligkeit neige, werde diese beim Feiern kultivieren und dadurch weiter geprägt, wer hingegen Anlagen zum Alleinsein in sich trage, werde sich eher zurückziehen und diese Lebensweise vertiefen. Zugleich beeinflusse das Erlebte die Gene und verursache biologische Veränderungen im Gehirn. Und ist es nicht oft so, dass dem Lebemann der Lebemann als Tarnung dient? Wenn ich über das Leben meines Vaters nachdenke, kann ich mich dieses Eindrucks nicht erwehren. Vor allem wenn ich seinen Tod nicht als Folge eines Unfalls betrachte, sondern als letzten Punkt einer Linie, die ihren Anfang nahm an dem Tag, als Hartmut bei uns einzog, auch wenn das Ende damals für keinen der Beteiligten abzusehen war.

Es gibt ein Foto, auf dem sich mein Vater an den Kotflügel seiner *Déesse* lehnt. Ich habe es kürzlich einer Freundin gezeigt, ich selbst hatte das Foto lange nicht in der Hand gehabt und war überrascht, wie korpulent mein Vater wirkte, ich hatte ihn nicht so dick in Erinnerung. Die Freundin versuchte, eine Ähnlichkeit zu entdecken zwischen ihm und mir. Die ließ sich allerdings nur im Gesicht suchen, weil die Statur meines Vaters mit meinem eher schmalen Körper (daran hatte auch das Gewichtestemmen nichts geändert) nichts gemein hatte. Sie nahm das Foto, betrachtete abwechselnd das Bild und mich. »Auf jeden Fall nicht die Nase«, sagte sie, »die Nase deines Vaters ist viel breiter und runder, deine hat etwas Spitzes. Auch nicht die Lippen. Am ehesten die traurigen Augen.« Das überraschte mich, weil ich nie auf den Gedanken gekommen war, ich könnte die Augen meines Vaters haben.

»Findest du?«, fragte ich.

»Ist dir das noch nie aufgefallen?«

Sie reichte mir das Bild. Ich betrachtete meinen Vater. Er war kein schöner Mann, das ließ sich wirklich nicht behaupten, aber er wirkte zufrieden mit sich, in sich ruhend, heiter, was an seinen Lachfalten liegen mochte. Und vielleicht auch an der Art, wie er dastand, ein Knie leicht angehoben, lässig sollte es aussehen und wirkte doch gehemmt, weil er vermutlich Angst hatte, er könnte mit seinem Gewicht eine Beule ins Blech seiner *Déesse* drücken. Ich hatte immer nur die Heiterkeit gesehen, aber die Freundin hatte hinter dieser Fassade die Traurigkeit in seinen Augen entdeckt. Und sie hatte recht, zumindest was dieses Foto betraf. Betrachtete ich seine Augen und ließ alles andere außer Acht, erschien sein Blick getrübt, man konnte auch eine gewisse Melancholie ausmachen, und je länger ich mich auf die Augen konzentrierte, desto mehr wirkte alles andere wie eine Pose, als habe er die Heiterkeit bloß vorgetäuscht.

Ich nehme das Fotoalbum zur Hand, das jahrelang zwischen einigen Bildbänden in meinem Bücherregal stand und inzwischen auf dem Boden neben meinem Schreibtisch liegt, zusammen mit einem halben Dutzend Aktenordnern, die ich aus der Wohnung meiner Mutter mitgenommen habe. In diesen Ordnern befindet sich alles, was meine Mutter über Hartmut gesammelt hat, Briefe, Artikel, Flugblätter, Erinnerungsskizzen, alles chronologisch abgeheftet. Ich will wissen, von wann das Foto ist, und löse es vom Papier, in der Hoffnung, auf der Rückseite einen Hinweis auf den Zeitpunkt der Aufnahme zu finden. Da steht aber nichts. Der einzige Anhaltspunkt ist das Auto, aber ich kenne mich zu wenig aus, um die verschiedenen DS-Modelle voneinander zu unterscheiden. Eigentlich will ich nur wissen, ob das Foto aus der Vor- oder Nach-Hartmut-Ära stammt. Meine Mutter hatte unser Leben in zwei Phasen unterteilt, in ein Davor und ein Danach, und es auf einigen Dokumenten entsprechend durch ein »v. Har.« und ein »n. Har.« gekennzeichnet. Wenn ich so darüber nachdenke, fehlt eine dritte Zeit, die vielleicht prägendste, die Mit-Hartmut-Zeit, und ich denke, dass das Foto vermutlich in dieser »m. Har.«-Zeit entstanden ist, kurz bevor die »n. Har.«-Ära begann. Als abzusehen war, dass die Ehe meiner Eltern nicht mehr zu retten sein würde.

Als Kind habe ich mich nicht gefragt, was meine Mutter wohl an meinem Vater fand und umgekehrt. Eltern gehörten einfach zusammen. Vater und Mutter waren eben, wie sie waren. Dass es etwas geben könnte, das meine Mutter an meinem Vater störte, kam mir nicht in den Sinn. Wenn ich mich aber später fragte, warum meine Eltern sich füreinander entschieden hatten, kam ich auf unterschiedliche Beweggründe. Was meinem Vater an meiner Mutter gefallen hatte, schien offensichtlich: Sie war als junge Frau sehr attraktiv gewesen und hatte sich gut gemacht an seiner Seite (nicht nur in der *Déesse*). Dank ihr wurde er sogar zu einem schwungvollen Tänzer, obwohl meinem Vater, wie sie mal sagte, keinerlei Taktgefühl in die Wiege gelegt worden sei und er sich beim Tanzen bewege wie ein Rhinozeros. Meine Mutter war fast zwei Köpfe kleiner als mein Vater. Sie achtete auf ihre Linie und ließ sich von der ersten ›Brigitte‹-Diät im Jahr 1969 zu ihrer ersten Schlankheitskur inspirieren. Sie hatte mir mal stolz Fotos aus jenem Jahr gezeigt: meine Mutter im Mini-Rock, die fast schon etwas Twiggyhaftes an sich hatte. Mehr als tausend Kalorien am Tag waren nicht erlaubt. Was vermutlich der Menge entsprach, die mein Vater während einer Mahlzeit allein schon mit dem Schweinebraten zu sich nahm, wenn es denn mal Schweinebraten gab, was nach Hartmuts Einzug immer seltener vorkam. Die Frage lautete also: Warum hatte sich meine Mutter für meinen Vater entschieden? Der Familie meiner Mutter war es nie so gut gegangen wie der meines Vaters. Ich erinnere mich, dass meine Mutter mir mal von Jahren des Hungerns erzählte, nach dem Krieg, von Maisbrot und Lebensmittelkarten, und von Zeiten, in denen meine Großmutter billiges Hühnerfutter für sich und meine Mutter kaufte. Mit 14 Jahren musste meine Mutter, weil sie sehr gut in der Schule war, Nachhilfestunden geben, und ist nach der Schule mit dem Fahrrad in die umliegenden Dörfer gefahren, um anderen Kindern bei ihren Hausaufgaben zu helfen, wofür sie ein paar Mark, vor allem aber etwas zu essen bekam. Ich glaube, anfangs war es der Lebemann in meinem Vater, der meine Mutter beeindruckt hatte. Er genoss das Essen und vor allem das Trinken. Er hatte einen ganzen Keller voller guter Weine. Und im Wohnzimmerschrank einen Humidor, in dem seine Cohiba lagerten. Er fuhr mit mir und meiner Mutter in den Urlaub, nach Italien und Spanien, und einmal, 1974, hatte er sogar eine Atlantiküberfahrt gebucht, weil er schon als Kind davon geträumt hatte, die Skyline von New York vom Schiff aus zu sehen. Mein Vater war durchaus spendabel. Besonders meiner Mutter gegenüber. Und vielleicht war es vor allem das, was ihr an meinem Vater gefallen hatte.

Es wäre sicherlich falsch, Hartmut die alleinige Schuld daran zu geben, dass sich meine Eltern auseinanderlebten. Es muss schon vor Hartmut unbefriedigte Bedürfnisse gegeben haben, die meiner Mutter vielleicht erst durch ihn bewusst geworden sind. In meiner Wahrnehmung ist es meine Mutter, die offenbar zunehmend unzufrieden war in der Beziehung mit meinem Vater. Schwer zu sagen, wann genau diese Entwicklung einsetzte. Ich krame in meinen Erinnerungen an die Zeit v. Har. Man konnte nicht behaupten, dass meine Mutter ein Dasein im Schatten meines Vaters geführt hätte, wie viele Mütter meiner damaligen Freunde, die wie selbstverständlich Hausfrauen waren und Haushaltsgeld von ihren Männern bekamen. Zwar hat auch meine Mutter gekocht und sich um den Haushalt gekümmert, aber sie hat daneben als Lehrerin in einer Volksschule gearbeitet, was mein Vater für nicht notwendig hielt. Schließlich brachte er genügend Geld nach Hause. »Du musst doch nicht arbeiten, wenn dir das zu viel ist«, sagte er manchmal, wenn meine Mutter abends noch am Küchentisch saß und Klassenarbeiten korrigierte. Er konnte sich offenbar nicht vorstellen, dass es wichtig war für sie zu arbeiten, weil sie sich so ihre Unabhängigkeit bewahrte. Oder vielleicht war auch gerade das etwas, was er nicht wollte. Ich glaube, dass die damalige Zeit mit all den Frauengruppen, die sich gründeten und gegen den Abtreibungsparagrafen mobil machten, meine Mutter nicht unberührt ließ. Im Februar 1975 hatte das Bundesverfassungsgericht ein Urteil gesprochen, das auch dem werdenden Leben im Mutterleib das Recht auf körperliche Unversehrtheit zugestand. Im Gegensatz zu meinem Vater machte sich meine Mutter Gedanken über die Gesellschaft, die Rolle der Frau in dieser Gesellschaft und ihre eigene Rolle in der Familie. Es war auch nicht so, dass meine Mutter in der Zeit v. Har. unpolitisch gewesen wäre. Schon die Schulzeit hatte sie geprägt. Sie war an ihrer Schule eines von nur acht Mädchen unter Hunderten von Jungen gewesen und die Sprecherin dieser acht Mädchen. 1953 hatte sie sich dafür eingesetzt, dass die Bundestagsdebatte um die Wiederbewaffnung in der Aula übertragen wurde, aber der Rektor hatte es untersagt. Daraufhin war meine Mutter mit einigen anderen Schülern in einer Art Schweigemarsch in die nächstgelegene Kneipe gezogen, um dort am Transistorradio die Debatte zu verfolgen. Der Rektor nahm es ihr übel: ausgerechnet meine Mutter, die Musterschülerin. Sie und die anderen Mädchen mussten zur Strafe in den Beeten, die hinter dem Schulhof lagen, Unkraut jäten. Rupfen für den Frieden, nannte meine Mutter das und fand es ungerecht, dass die Jungen ohne Strafe davongekommen waren.

Es war meine Mutter, die gern Radio hörte und Nachrichten im Fernsehen sah und mir erklärte, dass die Amerikaner in einem Land, das ihnen nichts getan hatte, unschuldige Menschen bombardierten und dabei Kinder starben. Sie war auch dagegen, dass in Riederich, einem Ort, zwanzig Kilometer von Tübingen entfernt, ein Atomkraftwerk gebaut werden sollte. Dort hatte sich eine Bürgerinitiative gebildet, die den Bau verhindern wollte, und meine Mutter ist sogar einmal mit mir hingefahren, als es dort eine Versammlung gab auf dem Hügel, auf dem das Atomkraftwerk stehen sollte. Ich erinnere mich, dass ich beim Sackhüpfen mitgemacht hatte, während meine Mutter ihre Unterschrift auf Listen setzte und sich an einem Stand über die Gefahren durch das geplante Kraftwerk informierte. Mein Vater konnte mit den Protesten, ob gegen den Vietnamkrieg, den Konsum oder die Atomkraft, wenig anfangen. Als er erfuhr, dass meine Mutter und ich in Riederich gewesen waren, schüttelte er nur den Kopf und sagte: »Marta, du machst dem Jungen unnötig Angst. Die Kernkraft ist sicher und sauber. Und für ihn nicht halb so gefährlich, als wenn er bei dir im Auto sitzt.«

Meine Mutter antwortete darauf nicht, wie sie meistens nicht darauf antwortete, wenn mein Vater seine Sicht der Dinge kundtat. Sie schwieg einfach. Sie schwieg auch, wenn er zu mir sagte: »Deine Mutter ist ein bisschen naiv und versteht die größeren Zusammenhänge nicht«, und ich dann nickte, weil ich weder wusste, was naiv war, noch welche Zusammenhänge er meinte. Dass es sie gekränkt haben musste, wird mir erst jetzt – 37 Jahre später – beim Aufschreiben meiner Erinnerungen klar. Offenbar, und das fällt mir nicht leicht zu schreiben, hat mein Vater es meiner Mutter gegenüber an Feingefühl vermissen lassen. Das habe ich als Kind nicht verstanden und hätte es auch nicht verstehen können, weil es sich jenseits meiner Wahrnehmung abgespielt hat. Ich kann mich an etliche Momente erinnern, in denen er sehr zärtlich war, sogar überraschend sanft für seine ansonsten eher tapsige Art; wie er ihr manchmal zart über den Nacken strich. Und auf dem Schiff, das uns über den Atlantik brachte, hat er sie an der Reling umarmt, ein Bild, das mir blieb, vielleicht auch deshalb, weil sie ihren Kopf an seine Schulter lehnte und mein Vater mich kurz darauf an sich zog und mir einen Arm um die Schultern legte und wir zu dritt auf die Wellen blickten und ich hörte, wie mein Vater sagte, wie gut wir es doch hätten. Es scheint aber, dass mein Vater nicht wirklich wusste, wer meine Mutter war und was in ihr vorging, und als er es allmählich begriff, was auch an Hartmut lag, hat mein Vater die Welt nicht mehr verstanden. Hartmut war wohl so etwas wie ein Beschleuniger oder vielleicht auch Auslöser. Ich habe mich oft gefragt, ob es auch ohne Hartmut zur Trennung gekommen wäre – ich weiß es nicht. Trotzdem habe ich mir oft gewünscht, Hartmut hätte sich ein anderes Zimmer gesucht, bei irgendeiner anderen Familie, oder wir wären an dem Tag, an dem er vor unserer Tür stand, einfach nicht da gewesen, oder die Klingel hätte nicht funktioniert, oder meine Großeltern hätten nie damit angefangen, die Wohnung im Keller zu vermieten. Aber so war es leider nicht. Stattdessen lebte Hartmut fortan unter unserem Dach, und dass wir ihm begegneten, war unausweichlich.

Hartmut wohnte noch keine zwei Wochen bei uns, als meine Mutter und ich einen Schuss hörten. Meine Mutter war dabei, den Küchentisch abzuräumen, und wollte gerade die Butter in den Kühlschrank stellen, als es vor dem Haus knallte, laut genug, dass es durch die geschlossenen Wohnzimmerfenster quer durch die Wohnung bis in die Küche zu hören war. Es klingt wirklich wie ein Schuss, auch nach über dreißig Jahren. Dank meinem Vater habe ich ein paar Tonaufnahmen aus dieser Zeit, er war ein technikbegeisterter Mensch, vor allem was Musik betraf. Im Wohnzimmer stand die Acusta Hifi 250, ein Ungetüm, für das er ein eigenes Sideboard hatte bauen lassen. Im Auto hatte er den Kassettenrecorder AC 221 von Grundig, mit dem man auch aufnehmen konnte. Wenn ich laut genug sprach, war meine Stimme sogar vom Rücksitz aus zu hören. Mich faszinierte das. Manchmal ging ich in die Garage, setzte mich ins Auto und sprach blödsinnige Sätze oder machte komische Geräusche, nur um sie mir hinterher anzuhören. Mein Vater besaß außerdem eine Uher-Bandmaschine, ein Tischgerät mit Mikrofon und zwei Bandspulen, die er gekauft hatte, als ich meine ersten Worte brabbelte. Mein Vater wollte meine Sprachentwicklung dokumentieren, hatte aber offenbar irgendwann die Lust daran verloren. Als ich nach dem Tod meiner Mutter ihren Haushalt auflöste, fand ich im Keller in einem Karton das Tonbandgerät mitsamt einigen Bändern. Das Erstaunliche war, dass es noch funktionierte und ich auf einmal Aufnahmen hörte aus längst vergangenen Zeiten: Kindergebrabbel, die Stimme meines Vaters, der mir Worte vorsagte und sich freute, wenn ich sie nachplapperte, auch wenn das, was ich sagte, kaum Ähnlichkeit hatte mit dem, was er gesagt hatte. Das Lachen meines Vaters. Ich hörte, wie er meine Mutter aufforderte: »Sag du doch auch mal was«, und sie im Hintergrund zu hören war: »Was soll ich denn sagen?« – »Irgendwas.« – »Hallo? Ich weiß gerade nicht, was ich sagen soll. Deshalb sage ich jetzt mal: Hallo!« – Und auf einem der Bänder waren auch die Schüsse zu hören. Ich hatte an jenem Morgen in der Küche mit dem Aufnahmegerät gespielt. Ich hörte meine Stimme, von der ich wusste, dass sie meine war, die ich aber, hätte ich es nicht gewusst, niemals als meine erkannt hätte.

»Was war das?«, fragte ich.

»Ich weiß es nicht«, sagte meine Mutter.

Ich sehe meine Mutter vor mir: Mit der einen Hand hatte sie den Kühlschrank geöffnet, in der anderen hielt sie die Butter. In dieser leicht gebückten Haltung verharrte sie.

Ich dachte, es sei ein Schuss, weil es sich angehört hatte wie ein Schuss. Obwohl ich Schüsse nur aus dem Fernsehen kannte; mein Vater mochte Western, und hin und wieder ließ er mich mitschauen, was meine Mutter nicht so toll fand für einen kleinen Jungen, aber mein Vater sagte, es sei ja nur ein Film, und er habe mir schließlich schon erklärt, dass es im Film keine echten Toten gebe und das Blut nichts anderes als Ketchup sei. Ich hatte mich so erschrocken, weil ich zum ersten Mal einen Schuss hörte, der nicht aus dem Fernseher kam. Und kurz darauf einen zweiten. Meine Mutter schloss den Kühlschrank, schien für einen Moment nicht zu wissen, was sie tun sollte, hielt immer noch die Butter in der Hand.

»Schießt da jemand?«, fragte ich.

»Du bleibst hier«, sagte sie und schlich vorsichtig aus der Küche. Sie stand eine Weile im Flur, bevor sie die Tür zum Wohnzimmer öffnete. Ich fand es ziemlich aufregend, was vielleicht auch daran lag, dass ich mir nicht vorstellen konnte, wie ein Mensch in echt erschossen wurde. Meine Vorstellung war von Ketchup geprägt, und Ketchup war zu der Zeit mein Lieblingsgericht (die Zeit der Waerland-Kost sollte erst noch kommen), ich aß Ketchup mit Pommes, Ketchup mit Fischstäbchen und sogar Ketchup mit Spinat (meiner Mutter zuliebe).

Ich konnte natürlich nicht in der Küche bleiben, während meine Mutter ein Abenteuer erlebte. Ich schlich ihr nach, spähte hinter der Wand hervor, kroch dann hinter den Sessel. Meine Mutter näherte sich seitlich dem Fenster, sodass sie im Schutz der Wand blieb. Dann schob sie mit der freien Hand die Gardine etwas zur Seite und blickte vorsichtig hinaus. Ich hatte mich so leise herangeschlichen, dass sie zusammenzuckte, als ich neben ihr auftauchte, und die Butter fallen ließ. Als sie sich bückte, nutzte ich die Gelegenheit und stemmte mich aufs Fenstersims, um besser hinausschauen zu können. Ich weiß nicht, ob ich wirklich Indianer in der Keplerstraße erwartet hatte. Gesehen habe ich nur Hartmut. Meine Mutter drängte sich neben mich. Hartmut stand neben seinem Käfer, blickte sich um, ging dann zum Heck und öffnete die Klappe. Dann ging er einmal ums Auto herum und setzte sich ans Steuer. Es dauerte eine Weile, bis er wieder aus dem Auto kam, dieses Mal schlug er die Tür zu und ging über die Straße. Ich wusste immer noch nicht, woher die Schüsse gekommen waren. Aber auf einmal stürzte meine Mutter aus dem Wohnzimmer, sie lief in den Flur, ich hörte, wie die Tür zuschlug und sie die Treppe hinunterhastete. Ich sah, wie sie vor das Haus trat und auf

Hartmut zulief. Ich wunderte mich, dass sie keine Angst mehr hatte und dass Hartmut einfach so über die Straße ging, ohne sich zu ducken. Sie sprachen miteinander, dann lief meine Mutter zurück ins Haus, sie kam die Treppe hoch, holte etwas aus der Wohnung und lief wieder hinunter. Ich beobachtete, wie sie Hartmut zur Garage führte. Es dauerte eine Weile, bis ihr Renault aus der Garage gekrochen kam. Ich sah, wie Hartmut mit dem Rückwärtsgang kämpfte, die weißen Lichter am Heck mehrmals kurz aufleuchteten und ihr Auto dann aus der Garage und an ihr vorbeirollte, in die Hölderlinstraße bog und damit außer Sichtweite war.

Am Abend erzählte ich meinem Vater von den Schüssen. Er lachte, und ich hörte zum ersten Mal von einer Fehlzündung. »Und dann?«, fragte er.

»Dann habe ich ihm mein Auto geliehen«, sagte meine Mutter, »er musste dringend weg.«

»Der arme R4«, war das Einzige, was mein Vater dazu sagte.

Am nächsten Tag brachte Hartmut das Auto zurück. Meine Mutter saß am Küchentisch und bereitete ihren Unterricht vor, das neue Schuljahr sollte in wenigen Tagen beginnen. Ich öffnete die Tür, nachdem es geklingelt hatte. Vor mir stand Hartmut und fragte, ob meine Mutter da sei. Ich drehte mich um, aber bevor ich nach meiner Mutter rufen konnte, sah ich sie schon aus der Küche kommen.

»Möchten Sie nicht hereinkommen?«, fragte sie.

Als wir in die Küche kamen, sagte meine Mutter: »Setzen Sie sich doch«, und deutete Richtung Küchentisch.

Meine Mutter stellte den Wasserkessel auf den Herd. Dann setzte sie sich zu uns. Sie schob das Übungsheft und das

Deutschbuch beiseite. »Sie sind doch auch Lehrer, wenn ich mich recht erinnere.«

»Das ist richtig«, sagte Hartmut, »ich bin Deutschlehrer, zuletzt habe ich Franzosen unterrichtet.«

Hartmut war damals Lehrer für Deutsch als Fremdsprache am Goethe-Institut.

»Und jetzt fangen Sie noch mal an zu studieren?«

»Ja.«

»Welches Fach?«

»Sprachwissenschaft.«

»Und wieso Sprachwissenschaft?«

Es ist das einzige Tondokument von Hartmut und meiner Mutter, das ich habe. Sie mussten beide mitbekommen haben, dass ich das Aufnahmegerät eingeschaltet hatte, es stand schließlich auf dem Tisch, und dass die Spulen sich drehten, war nicht zu übersehen. Ich glaube, meiner Mutter war nicht klar, dass all die Jahre hindurch ein Tondokument von Hartmut und ihr im Keller lagerte. Hätte sie es gewusst, wäre es mit Sicherheit niemals dort gelandet. Natürlich habe ich versucht, im Nachhinein aus dem Gesagten mehr herauszuhören; zum Zeitpunkt der Aufnahme waren sich Hartmut und meine Mutter aber erst wenige Male begegnet. Und vor allem Hartmut klang so, wie ich ihn in Erinnerung hatte: ein wenig blechern, mit seiner zu hohen Stimme, und sehr ernst. Und dann war da dieses eine Wort am Ende ihres Gesprächs, das mir beim Hören sofort auffiel.

»Mich beschäftigt die Sprache. Lebensschutz ist in erster Linie Bewusstseinsschärfung. Und die funktioniert wiederum in erster Linie über die Sprache. Sie müssen sich vorstellen: Der Mensch macht neue Erfahrungen, ganz überraschende, beglückende, bestürzende – die Worte für jede Erfahrung aber sind alt und vertraut, man könnte sagen: uralt und urvertraut. Wir versuchen, die Erfahrung in Worte zu fassen, sie uns mundgerecht zu machen, die Worte aber, auch wenn sie neu tun, benutzen altüberlieferte sprachliche Bausteine. Ist das nicht ein Widerspruch in sich? Alle oder so gut wie alle Wörter der Gegenwart wurzeln in der Vergangenheit. Nehmen Sie das Wort Eisenbahn. Das Denken mag noch so kühn im Vorgriff auf die Zukunft sein, die Sprache sieht sich zum Rückgriff auf die Vergangenheit gezwungen: auf Eisen plus Bahn. Das Mosaik der Sprache wechselt, die Bausteine aber bleiben.«

»Darüber habe ich in dieser Weise noch nie nachgedacht. Die Welt verändert sich, schneller denn je, die Erde ist keine Scheibe mehr, nicht mal eine Kugel, sondern eine Ellipse. Es wird nicht mehr lange dauern und der Mensch wird den Mond bewohnen, er kann fliegen, es gibt Autos, Raketen und die Atombombe, nur die Sprache bleibt. Das ist ein interessanter Gedanke«, sagte meine Mutter.

»Steine sind vorgegebenes, Sie können auch sagen, naturgegebenes Material«, fuhr Hartmut fort. »Darin steckt das Wort *mater*, im Lateinischen die Mutter. Material ist also ein Geschenk von Mutter Natur. Steine lassen sich behauen, schleifen, polieren, einbauen und umbauen, wie die archaischen Säulentrommeln in den perikleischen Mauern der Akropolis zeigen. Aber sie lassen sich vom Menschen nicht gebären, das bleibt der großen Gebärerin, der Natur, vorbehalten.«

»Sie meinen, wir Menschen können nur modellieren? So gesehen wäre unser ganzer Fortschritt nichts weiter als ein ständiges Modellieren mit Materialien, die uns die Natur geschenkt hat? Wir können nur etwas aus dem erschaffen, was dank Mutter Natur schon existent ist. Sogar im Denken. Das ist wirklich interessant.«

Zu hören ist sogar, wie meine Mutter Tee in die Tassen gießt.

»Aber Sie müssen bedenken«, sagte er, »Worte können verwittern wie Steine, bis zur Unkenntlichkeit ihres Ursprungs, und es gibt echte und unechte, vorgetäuschte, imitierte Steine, und bei den unechten wiederum eine gleichsam ehrliche Schauspielerei und eine unehrliche, die auf Betrug hinausläuft. Wir haben drei Arten des Zwiedenkens in drei Arten des Redens zu unterscheiden: erstens das naturgegebene, mit der Natur der Sprache und damit dem Menschen gegebene Reden, zweitens das unbewusst und ungewollt unechte Reden, drittens das bewusst und gewollt verfälschende Reden.«

Sie führte ihre Tasse zum Mund und nahm einen Schluck vom frisch aufgebrühten Pfefferminztee.

»Was würden Sie sagen, wenn Sie gefragt würden, ob Ihnen der Tee schmeckt?«

»Sie meinen, ob es auf eine ehrliche oder unehrliche Schauspielerei hinausliefe? Sein und Wahrheit, so besagt das Sanskrit-Wort *satya*, sind ein und dasselbe. Zerstörung und Selbstzerstörung beginnen mit der Lüge, die der Wahrheit, wie das Deutsche hellsichtig sagt, Gewalt antut. Überwindung der Gewalt und Überwindung der Lüge sind eines. Gewaltfreie Aktion ist somit in ihrem innersten Kern Liebe und Treue zur Wahrheit. Und der fühle ich mich zutiefst verpflichtet. Ich würde sagen: Der Tee ist zu wässrig. Ist eher gekochtes Wasser als Tee.«

»Da hast du recht«, sagte sie, und es war dieses Du, das mir sofort auffiel. Es muss das erste Mal gewesen sein, dass meine Mutter ihn duzte.

In den kommenden Wochen fing meine Mutter an, für Hartmut mitzukochen. Wir warteten meist mit dem Essen auf meinen Vater. Der dann, wenn er zu uns in die Küche kam, als Erstes zum Herd ging, die Deckel der Töpfe anhob und sich mit der Hand den Essensduft unter die Nase wedelte. Um seine Figur hatte sich mein Vater nie Gedanken gemacht, dafür aß er zu gern. Und in seinen Augen war jeder Mann unter hundert Kilo kein Mann, sondern eine halbe Portion. »Wie ich sehe«, sagte er, »meinst du es mal wieder gut mit uns.« Er umarmte meine Mutter von hinten und drückte ihr einen Kuss auf den Hals. Als wir dann aber am Tisch saßen und mein Vater ein zweites Mal zum Löffel griff, um sich mehr vom Rotkohl zu nehmen, sagte meine Mutter: »Kurt, das reicht. Lass noch was übrig.«

»Du meinst für später?«, fragte er.

»Nein«, sagte sie, »für Hartmut.«

»Hartmut?«

»Unseren Mieter.«

Mein Vater legte die Gabel beiseite.

»Ich wusste nicht, dass ihr schon beim Du seid«, sagte er, »und du für ihn mitkochst.«

»Du hast doch selbst gesagt, wie mager er ist und dass er krank sein muss«, sagte meine Mutter. »Und wenn ich schon koche, kann ich auch ein bisschen mehr kochen. Das macht doch keine Umstände.«

Als wir fertig waren und meine Mutter den Tisch abgeräumt hatte, brachte sie Hartmut sein Essen (der anfangs erstaunlicherweise offenbar nichts gegen Schweinebraten und Fleisch generell einzuwenden hatte). Schwierig wurde es für meinen Vater, als im Laufe der Zeit immer weniger Fleisch auf den Teller kam. Es verschwand nicht von heute auf morgen, sondern schien vor unseren Augen von Tag zu Tag zu schrumpfen und sich zu verändern. Immer seltener gab es Braten, dafür immer öfter Putenschnitzel, statt des Hacks irgendwann Grünkern. Meine Mutter sagte, das sei viel gesünder als Fleisch, und führte so auch zunehmend Hülsenfrüchte ein, die ich nicht ausstehen konnte. Ich weiß noch gut, wie mein Vater eines Abends am Tisch saß, es muss im Jahr nach Hartmuts Einzug gewesen sein, und sich in jedes Ohr eine grüne Bohne steckte. Ich fand das lustig und steckte mir auch Bohnen in die Ohren. Rückblickend war das vielleicht der erste Protest meines Lebens. Nur führte er leider zu nichts. Wir waren meiner Mutter ausgeliefert, weil weder mein Vater noch ich kochen konnten beziehungsweise mein Vater es nicht als seine Aufgabe ansah. Die Essensgeschichte erreichte ihren Höhepunkt (oder auch Tiefpunkt), als wir eines Tages nur einen gedeckten Tisch vorfanden, leere Teller, Gabel, Messer, Gläser, auf dem Herd standen Töpfe, und als mein Vater die Deckel nacheinander anhob, blickte er in leere Schlünde. Meine Mutter saß währenddessen am Tisch, so wie mein Vater sonst dort saß, die Hände links und rechts neben dem Teller, dann fing sie sogar an, mit den Fingern auf die Tischplatte zu trommeln. »Und?«, fragte sie, »was gibt's heute Schönes?« Ich setzte mich auch an den Tisch, weil ich spürte, dass es ein Spiel war, das meine Mutter begonnen hatte, ein Spiel, bei dem ich mitmachen wollte. Meine Mutter sah mich an und sagte: »Ich glaube, heute gibt es was ganz Feines, Luftschnitzel mit Luftkartoffeln, vielleicht noch einen leckeren Luftpudding zum Nachtisch. Was meinst du?«

»Vielleicht auch einen Luftschweinebraten«, sagte ich, »mit Luftpommes und ein Lufteis zum Nachtisch, Vanille und Schokolade.«

»Ein Luftschweinebraten! Wie lecker!«, rief meine Mutter.

Mein Vater stand immer noch am Herd, er hatte sich umgedreht und sah uns an. Ich hielt mittlerweile Messer und Gabel in die Höhe, schlug dann damit rhythmisch auf den Tisch und rief: »Luft-schweine-brat-en! Luft-schweine-brat-en!« Was gar nicht so leicht war, denn das Wort ließ sich nur schwer in einen Takt fügen. Meine Mutter tat dann sogar so, als hätte sie den Braten schon auf dem Teller liegen, stach mit der Gabel hinein, schnitt sich ein Stück ab, hielt die Gabel vors Gesicht, drehte sie hin und her und schob sie sich in den Mund. »Der beste Braten, den ich je gegessen habe«, rief sie, »dein Vater ist ein wahres Kochgenie!«

Ich war mir damals sicher, dass sich mein Vater am Spiel beteiligen würde, schließlich war er es, der für jeden Spaß zu haben war, der im Garten hinter mir herlief und dann übertrieben laut zu schnaufen begann, sich die Seiten hielt und sagte: »Hanno, du bist viel zu schnell für mich«, der, als ihm mal die Hose beim Treppensteigen gerissen war, die Hand hineinschob und mir durch den Riss im Schritt zuwinkte, der mir erklärte, Gänsewein sei ein ganz besonderes Getränk und mache betrunken, und dann, nachdem er sich ein Glas Wasser eingeschenkt und geleert hatte, durch die Küche torkelte. Ich erinnere mich an so viele Situationen, in denen mein Vater solche kleinen Späße machte. Deswegen war ich auch damals in der Küche davon ausgegangen, dass er die leeren Töpfe zum Tisch tragen und uns Luftessen auf die Teller legen würde, dass er mit uns essen und sich vielleicht den Bauch reiben würde, weil es ihm so gut geschmeckt hatte. Heute denke ich, es wäre eine Möglichkeit gewesen, einen Moment der Zusammengehörigkeit zu erleben, der uns daran hätte erinnern können, dass wir zu dritt waren und es gut miteinander hatten. Wir hätten uns am Ende alle drei die Bäuche reiben und lachen können. Wie befreiend hätte dieses Lachen wirken können! Ich habe so etwas zwar noch nie erlebt, aber davon gehört: dass gemeinsames Lachen kathartische Wirkung haben kann. Mein Vater aber stimmte nicht mit ein. Er setzte sich auch nicht zu uns, stand nur eine Weile vor seinem Stuhl, die Hände auf die Lehne gestützt, blickte meine Mutter an, sehr ernst, wie ich fand, öffnete seinen Mund, als wollte er etwas sagen, sah dann aber zu mir, was zur Folge hatte, dass ich augenblicklich aufhörte, nach dem Luftbraten zu rufen. Er schüttelte kurz den Kopf und verließ dann die Küche. Meine Mutter schwieg. Irgendwann stand sie auf und schnitt Brot und legte mir zwei Scheiben auf den Teller. Sie duldete sogar, dass ich sie mit Nutella bestrich, und sah mir beim Essen zu. Ich war es, der schließlich das Schweigen brach und sie fragte: »Was ist mit Papa los?« – »Ach«, sagte meine Mutter, »mach dir keine Sorgen. Papa arbeitet viel in letzter Zeit, und du kennst ihn ja. Wenn er nach Hause kommt, hat er Hunger, und wer Hunger hat, ist schlecht gelaunt.«

»Aber warum hast du denn nichts gekocht?«, fragte ich.

Meine Mutter sah mich an. Ich dachte, sie wolle etwas sagen, aber dann schien sie es sich doch anders zu überlegen. Sie blickte aus dem Fenster. Nach einer Weile wandte sie sich wieder zu mir und sagte: »Jeden Tag koche ich. Seit ich deinen Vater geheiratet habe, koche ich. Kannst du dich an einen einzigen Tag erinnern, an dem ich nicht gekocht habe?« Noch bevor ich darüber nachdenken konnte, sprach sie einfach weiter. »Weißt du, ich hatte einfach keine Lust. Einmal in all den Jahren wollte ich mal nicht kochen.« Ich konnte mich allerdings an einen Tag erinnern, an dem sie nicht gekocht hatte, genau genommen sogar an noch einen weiteren, an viele sogar. Im Urlaub hatte meine Mutter nicht gekocht und wenn mein Vater uns zum Essen ausgeführt hatte. Wir waren öfters im Wienerwald gewesen, mein Vater hatte es jedes Mal mit den Worten angekündigt: »Heute bleibt die Küche kalt.« Bestimmt dreißig Mal oder sogar fünfzig Mal, die Urlaube eingerechnet, hatte meine Mutter nicht gekocht. Ich wollte sie schon daran erinnern, ließ es aber bleiben. Stattdessen fragte ich sie, ob ihr Kochen denn keinen Spaß mache, und sie sagte: »Eigentlich nicht.« – »Und weiß Papa, dass es dir keinen Spaß macht?«, fragte ich.

»Keine Ahnung«, sagte sie.

»Und warum sagst du es ihm nicht?«

»Weil er es nicht verstehen wird.«

Das wiederum konnte ich nicht verstehen, weil es schließlich nicht schwer zu verstehen ist. Aber später glaubte ich doch zu verstehen, was sie meinte. Nachdem ich mit meinem Vater darüber gesprochen hatte. Es war nach einem Fußballspiel, dem vorletzten der Saison 1976/77, Stuttgart gegen Regensburg, ein denkwürdiges Spiel, nicht nur, weil der VfB noch in der Zweiten Liga Süd spielte, sondern weil es 8:0 ausging, Ottmar Hitzfeld sechs Tore geschossen hatte und der Aufstieg sicher war. Mein Vater und ich waren im Stadion, bis zum sechsten Tor war mein Vater jedes Mal aufgesprungen, beim siebten und achten blieb er sitzen, schüttelte nur den Kopf und sagte: »Hat man so etwas schon erlebt?!« Noch nie hatte ich so viele gut gelaunte Menschen an einem Ort gesehen, und nach dem Spiel spendierte mein Vater eine doppelte Portion Bratwurst, zwei Würste für ihn, zwei für mich, mit der doppelten Menge an Ketchup und Pommes. Ich weiß nicht, warum, aber ich musste daran denken, was meine Mutter über das Kochen gesagt hatte, und erzählte es meinem Vater. Ich erinnere mich so gut daran, weil ich überrascht war von seiner Reaktion. Er wurde von einem auf den anderen Moment ernst, was besonders auffiel in dieser Menge aus fröhlichen und feiernden Menschen um uns herum. »Glaubst du, mir macht die Arbeit immer Spaß? Glaubst du, ich gehe jeden Tag gern ins Büro?«, fragte er. Wenn er schon so fragte, lag die Antwort auf der Hand. Und damals dachte ich auch nicht darüber nach, was es über sein Rollenbild aussagte. Es klang einleuchtend und einfach. Jeder machte gewisse Dinge, weil er musste. Das war eben so im Leben. Mein Vater ging zur Arbeit und verdiente das Geld. Ich ging zur Schule, um später mal Geld verdienen zu können. Und meine Mutter ging zwar auch zur Schule, aber nur den halben Tag, und dann war es an ihr zu kochen. Es wäre schließlich ungerecht gewesen, wenn mein Vater abends auch noch hätte kochen müssen. Als ich wiederum anschließend meiner Mutter sagte, dass man manche Dinge einfach tun müsse, auch wenn sie keinen Spaß machten, so wie ich zur Schule ginge und mein Vater arbeitete, fragte sie, ob mein Vater das gesagt habe. Und dann überraschte mich meine Mutter mit ihrer Reaktion. »Hast du dich schon mal gefragt, warum die Frau das Essen kochen muss?« Um ehrlich zu sein, hatte ich mich das bis dahin noch nie gefragt. Es war einfach so. Und wenn meine Mutter mir Zeit gelassen hätte, über eine Antwort nachzudenken, hätte ich vielleicht gesagt, dass sie es besser könne, was durchaus ein Kompliment gewesen wäre. Aber das hätte mich noch viel tiefer in den Schlamassel gerissen. »Offenbar nicht«, sagte meine Mutter, »und das ist genau das Problem. Es ist einfach so, dass die Frau am Herd steht. Weil es schon immer so war. Du musst nur deinen Vater fragen, er ist der Ansicht, das ist Aufgabe der Frauen. Aber ich sag dir was: Es gibt Männer, die moderner sind, die kochen auch. Und putzen sogar. Und machen die Betten. Das kann sich dein Vater nicht vorstellen. Weil er ein konservativer Mann ist.«

Das Wort kannte ich damals nicht, musste aber an Konserve denken. Ich wusste, dass Konserven nichts Gutes waren, zumindest nichts Gesundes, nichts Frisches.

Aus heutiger Sicht ist der Konflikt zwischen meinen Eltern äußerst simpel zu erklären. Meine Mutter hatte sich im Laufe der Jahre emanzipiert, ein Vorgang, den mein Vater zunehmend befremdlich fand, weil er eben die Konserve verkörperte. Hartmuts Einzug hatte die Entwicklung vielleicht nicht ausgelöst, aber sicherlich beschleunigt. Und auch das wird mein Vater gespürt haben. Hartmut lebte allein. Es war auch nicht so, dass er sich nicht gern bekochen ließ: Als meine Mutter anfing, ihm das Essen hinunterzubringen, nahm er es bereitwillig hin, zumindest legte er keinen Protest gegen diesen Lieferservice ein, was für einen Vorreiter der Emanzipation durchaus konsequent gewesen wäre. Hartmut war, soweit ich es aus Kindersicht beurteilen konnte, ein ordentlicher Mensch. Ich erinnere mich, dass die abgespülten Teller und Tassen immer auf einem Geschirrtuch neben der Spüle trockneten. Im Flur standen Hausschuhe, in die wir schlüpfen mussten, bevor wir seine Wohnung betraten. Ich weiß das noch so genau, weil sie mir viel zu groß waren und mir, bis ich das Zimmer erreicht hatte, ein paarmal von den Füßen gerutscht waren. In Hartmuts Wohnung lag nie Kleidung herum, und im Klo fanden sich auch keine Spuren von der letzten Benutzung. Das kann ich mit Sicherheit sagen, weil ich, was das betraf, schon damals sehr eigen war. Eine nicht geputzte Kloschüssel führte zu akuter Verstopfung, selbst wenn es äußerst dringlich war. Nur Hartmuts Manuskript- und Büchertürme verliehen der sonst so ordentlichen Wohnung einen Hauch von Chaos. Anders als meinem Vater konnte man Hartmut nicht absprechen, dass er in der Lage war, einen Haushalt zu führen. Aber er tat es, wie gesagt, notgedrungen und nicht aus einer geschlechterpolitischen Motivation heraus. Hartmut war nicht daran gelegen, meiner Mutter ihre häusliche Rolle vor Augen zu führen, sie zu mehr Unabhängigkeit anzustiften, zumindest nicht, was den Haushalt betraf. Hartmut ging es nur um seine Sache, er brauchte willfährige Helfer; ob meine Mutter nun die Betten machte oder nicht, war ihm, da bin ich mir sicher, egal, solange sie bereitstand, wenn er sie brauchte. Letztlich waren es vermutlich die Sache und Hartmuts Bereitschaft, sich ihr zu unterwerfen, seine Hingabe, seine Besessenheit, seine Konsequenz, sein Glaube, die meine Mutter zweifeln ließen an ihrem bisherigen Leben. Etwas sehr Großes hatte mit Hartmut Einzug ins Haus gehalten, Idealismus war eine Zeit lang so ein Wort dafür, und meine Mutter bekam offenbar zunehmend den Eindruck, dass sich Kochen und Weltretten nicht miteinander vertrugen. Insofern hat Hartmut indirekt dazu beigetragen, dass meine Mutter sich von ihrem Leben und somit auch von meinem Vater emanzipierte, und so gesehen hatten wir auch den Luftschweinebraten genau genommen Hartmut zu verdanken. Was mir damals natürlich nicht bewusst war, meinem Vater aber vermutlich schon.

Dass Hartmut doch nicht allein bei uns eingezogen war, zeigte sich schon im Laufe der ersten Wochen. Eines Tages klebte unter seinem Namen auf dem Briefkasten ein weiteres Etikett: »AK Lebensschutz«. Und seit dem Tag kam so viel Post ins Haus wie noch nie zuvor. Hartmuts Briefkasten quoll förmlich über, manchmal lag ein Stapel von Briefen sogar darunter. Hartmut hatte unsere Kellerwohnung zum Sitz seines Arbeitskreises Lebensschutz gemacht, den er, wie ich viel später erfuhr, kurz zuvor gegründet hatte, weil er aus dem Bund für Umweltschutz, dessen Gründer er ebenfalls war, ausgetreten war, nachdem es unter den Mitgliedern unterschiedliche Auffassungen darüber gegeben hatte, ob Gewalt ein legitimes Mittel im Kampf für die Umwelt sei oder nicht.

Ich erinnere mich an den Tag, an dem Hartmut zum ersten Mal Besuch von den Lebensschützern bekam, wenige Wochen nach seinem Einzug. Ich hatte gerade meiner Oma das Essen gebracht und war, den Topf in den Händen, auf dem Weg zurück in unsere Wohnung, als es im Keller läutete. Ich blieb auf der Treppe stehen. Ich wusste, dass man nicht lauschte, aber ich stellte mir vor, wie ich meiner Mutter von den Besuchern erzählen könnte, und dass es sie interessieren würde, wer denn da gekommen war. Dann war es sowieso schon zu spät. Ich hörte, wie Hartmuts Tür aufging und er zur Haustür hochstieg. Zwischen den hölzernen Geländerstangen hindurch konnte ich ihn sehen. Es war dämmrig im Treppenhaus, und die Lampe, die er eingeschaltet hatte, beleuchtete nur das untere

Stockwerk. Ich musste mich dann allerdings übers Geländer beugen, um alles sehen zu können. Vor der Tür stand ein Mann, er hatte etwas längere Haare und trug eine Brille. Mir fiel auf, dass sie sich nicht die Hand gaben, stattdessen folgte er Hartmut gleich in den Keller. Ich hörte, wie Hartmut sagte: »Du bist der Erste.« Nachdem sich die Tür zu Hartmuts Wohnung geschlossen hatte, nahm ich die restlichen Stufen und brachte den Topf zurück in die Küche, wo meine Mutter gerade abspülte. »Der Mann im Keller hat Besuch bekommen«, sagte ich. Meine Mutter stellte den Teller, den sie gerade abgewaschen hatte, zum Abtropfen neben die Spüle.

»Hast du gesehen, wer es ist?«, fragte sie.

»Ein Mann mit langen Haaren«, sagte ich.

Mir fiel ein, dass Hartmut zum Mann mit den langen Haaren gesagt hatte, er sei der Erste, was nur bedeuten konnte, dass er noch mehr Gäste erwartete.

»Vielleicht hat er Geburtstag«, sagte ich.

»Wie kommst du darauf?«

»›Du bist der Erste‹, hat er zu dem Mann mit den langen Haaren gesagt. Das heißt doch, dass noch mehr kommen müssen. Wenn du willst, kann ich mal nachschauen.«

Ich war ein eher ängstliches Kind, was sich schon darin zeigte, dass ich allein den Gedanken, mich an ein Fenster heranzuschleichen und hineinzuspähen, ohne dabei entdeckt zu werden, aufregend fand. (Ich habe bis heute nicht vergessen, wie ich einmal mit meinem Freund Paul abends in einen Neubau geklettert bin, durch ein Fensterloch, das nur mit Folie abgeklebt war. Wir hatten Taschenlampen dabei, und eigentlich liefen wir lediglich vor Angst bebend durch die leeren Räume mit ihren unverputzten Wänden und stiegen eine Betontreppe ohne Geländer in den ersten Stock hoch. Dennoch brauchte ich die halbe Nacht, um mich wieder zu beruhigen.)

»Wie willst du nachschauen?«, fragte meine Mutter.

»Durchs Fenster«, sagte ich und nahm an, dass meine Mutter sagen würde, das tue man nicht, anderen Leuten nachzuspionieren. Auf jeden Fall hatte ich nicht damit gerechnet, dass meine Mutter ihre Hände am Geschirrtuch abtrocknete und sagte: »Dann gehen wir mal nachschauen.«

Es ist für mich eine ganz besondere Erinnerung, wie meine Mutter mir leise die Treppe hinunterfolgte, sich mit mir ums Haus schlich und dann neben dem Fenster zu Hartmuts Wohnung hinkniete und mich flüsternd fragte, was ich sähe, und ich ihr flüsternd antwortete: »Sechs Männer.« Dieses gemeinsame Spionieren war etwas, das uns verband, nicht nur während wir an der Hauswand hockten, auch später noch, weil wir ein Geheimnis miteinander teilten, von dem ich, ohne dass meine Mutter mich darum gebeten hätte, meinem Vater nie etwas erzählt hatte. »Und? Was machen sie?«, fragte meine Mutter. »Zwei sitzen auf dem Sofa, die anderen auf dem Boden. Da liegen ganz viele Stapel von Zetteln, und auf dem Tisch steht eine komische Maschine mit einem Hebel.« Offenbar konnte sich meine Mutter darauf keinen Reim machen. »Lass mich mal«, flüsterte sie, und wir tauschten die Plätze. »Und?«, flüsterte ich. Meine Mutter drehte sich wieder zu mir und flüsterte: »Sie wollen Briefe verschicken.« Was ich dann sah, ist mir in den Jahren danach vertraut geworden, weil ich oft mitgeholfen habe. Es war eine eingespielte Arbeitsteilung: Der Erste nahm das Blatt vom Stapel und faltete es, reichte es dem Nächsten, der es in einen Briefumschlag steckte, der vom Dritten mit einem Adressaufkleber und einer Briefmarke versehen wurde.

Die Adressaufkleber wiederum wurden von zwei anderen angefertigt, die an der Maschine mit einer Art Kurbel saßen, die sie abwechselnd bedienten. An dieser Etikettiermaschine sollte ich später den einen und anderen Nachmittag verbringen. »Was sind das für Briefe?«, fragte ich meine Mutter, als wir zurück in unserer Wohnung waren.

»Keine Ahnung«, antwortete sie.

Ich spürte, wie gern sie es gewusst hätte. An dem Abend kam sie noch mal in mein Zimmer, als ich schon im Bett lag. Das Licht war zwar schon aus, aber ich lag mit der Taschenlampe unter meiner Bettdecke und blätterte in meinem Fußball-Sammelalbum, um die Gesichter meiner Stuttgarter Helden zu betrachten. Das gehörte damals zu meinem Einschlafritual. An jenem Abend überraschte mich meine Mutter, weil sie lange nach dem Gute-Nacht-Sagen noch einmal in mein Zimmer kam, das machte sie sonst nicht. Ich knipste schnell die Taschenlampe aus, legte das Album auf meinen Bauch und tat so, als schliefe ich. Meine Mutter zog sich meinen kleinen Schreibtischstuhl ans Bett, setzte sich und sagte, sie wisse, dass ich noch nicht geschlafen hätte. Ich dachte darüber nach, ob sie mir eine Falle stellen wollte, und rührte mich nicht.

»Hanno«, sagte sie, »ich habe noch mal über die Briefe nachgedacht. Und ich frage mich wirklich, was das für Briefe waren. Hast du nicht vielleicht doch etwas erkennen können?«

Ich versuchte, möglichst flach zu atmen, als würde sich ein schlafender Mensch dadurch auszeichnen, dass er möglichst flach atmete. Ich kniff die Lider so fest zusammen, dass meine Augäpfel schmerzten. Ich wusste nicht, wie dunkel es im Zimmer war, das Licht hatte meine Mutter nicht eingeschaltet, aber der Mond schien hell, und vor den Fenstern hingen nur dünne

Vorhänge. Ich fragte mich, ob sie sehen konnte, dass meine Augenlider vor lauter Zudrücken zitterten.

»Hanno«, sagte sie, »denk doch noch mal genau nach. War da irgendetwas?«

Und als ich mich immer noch nicht regte, sagte sie: »Ich weiß, dass du nicht schläfst. Du hast unter der Decke gelesen. Ich habe das Licht gesehen.«

Dass sie das Licht meiner Taschenlampe bemerkt hatte, hieß nicht, dass ich noch wach sein musste, schließlich war das schon einige Minuten her, und ich hätte, nachdem ich die Lampe ausgeknipst hatte, durchaus einschlafen können. Aber das wäre dann doch sehr unwahrscheinlich gewesen. Froh, dass sie mir offenbar keine Vorhaltungen wegen des heimlichen Lesens machte, öffnete ich schließlich die Augen.

»Ich …«, sagte ich und wusste nicht weiter. Aber so wie meine Mutter auf mein Schweigen reagierte, ungeduldig: »Was?«, fragte, »Was, Hanno?«, kam ich auf den Gedanken, dass ich diese Situation durchaus für meine Zwecke nutzen konnte, und das bedeutete: Ich durfte auf keinen Fall zu schnell zu viel preisgeben.

»Ich glaube, da war was«, sagte ich.

»Was meinst du? Was war da?«, fragte meine Mutter.

»Ich muss mich konzentrieren.«

Ich atmete mehrmals tief ein und aus. Ich spürte, wie meine Mutter unruhig wurde. Es ist seltsam und eigentlich unerklärlich, dass man menschliche Regungen spüren kann, ohne sie zu sehen. Genauso wie man durch bloße körperliche Präsenz von Menschen angezogen oder abgestoßen wird, ohne sie zu kennen. Ich habe schon oft darüber nachgedacht und es mir mit Energien erklärt, die von Menschen ausgehen. Ähnlich wie die Kräftediagramme aus dem Physikunterricht, wahrscheinlich die einzige Disziplin, die mir halbwegs lag, weil sie wenig mit Zahlen zu tun hatte. Kräfte können in unterschiedliche Richtungen wirken und dann hat man diese Linien, F_1 und F_2, und das Parallelogramm, aus dem man die resultierende Kraft F_{res} ableiten kann. Kräfte, die in dieselbe Richtung wirken, addieren sich. So ließen sich wohl auch Energien zwischen zwei Menschen darstellen, und anhand dieser Schaubilder bekam man eine Ahnung davon, wie gut sie zueinander passten. Und während ich das schreibe, frage ich mich, wie sich wohl das Kräftediagramm zwischen mir und meiner Mutter zeichnen ließe. Es wären wahrscheinlich Kräfte, die sich weder addieren noch voneinander abziehen ließen, sondern die in einem Winkel zueinander stünden, mit viel Wohlwollen in einem Winkel kleiner als 90 Grad.

Ich spürte, wie schwer es ihr fiel, mich in meiner Konzentration nicht zu stören. Ich bildete mir ein, dass sie auf jede meiner Regungen achtete, lauschte, und irgendwann, weil sie es nicht mehr aushielt, meinen Namen flüsterte. Vielleicht aus Angst, ich könnte eingeschlafen sein. In Wahrheit hatte ich nichts gesehen, was weiteren Aufschluss über die Briefe hätte geben können. Während ich die Augen geschlossen hielt, dachte ich über mögliche Gründe nach, weshalb Hartmut in seiner Wohnung so viele Briefe hatte und an wen er sie wohl schicken würde. Aber mir fiel beim besten Willen nichts ein. Was blöd war, weil ich meiner Mutter sagen musste, dass ich mich wohl doch getäuscht und nichts gesehen hatte, was ihre Neugierde befriedigen würde.

»Es waren Briefe«, sagte ich.

Ich hatte inzwischen die Augen wieder geöffnet. Zum Glück

aber war es zu dunkel, als dass ich meiner Mutter ihre Enttäuschung hätte ansehen können.

»Du hast nichts gesehen«, sagte sie.

»Doch«, sagte ich, »da war was.«

Meine Mutter horchte auf.

»Was?«, fragte sie. »Was war da?«

»Auf den Briefen stand etwas geschrieben.«

Die Spannung, die ich versucht hatte aufzubauen, verpuffte. Spätestens jetzt hatte meine Mutter mich durchschaut.

»Ja, Hanno«, sagte sie, »das haben Briefe so an sich, dass da etwas geschrieben steht. Was soll's, ist auch nicht so wichtig. Schlaf jetzt.« Sie schob den Schreibtischstuhl zurück und verließ mein Zimmer.

Einige Monate später brachte mich mein Vater auf eine Idee, was ich hätte sagen können. Beim Abendbrot fragte er meine Mutter, ob sie sich sicher sei, dass sie sich nicht einen Bombenleger ins Haus geholt hätte. Kurz zuvor war der Berliner Kammergerichtspräsident von der RAF erschossen worden. Von der RAF hatte ich schon gehört, die Terroristen waren damals in aller Munde. In der Bank- und der Postfiliale hingen Plakate mit ihren Gesichtern. Ich ärgerte mich ein wenig, dass ich an jenem Abend im Bett nicht auf die Idee gekommen war, meiner Mutter zu erzählen, dass ich diesen roten Stern mit dem Maschinengewehr, den ich aus dem Fernsehen kannte, auf den Briefen entdeckt hätte, und ich stellte mir vor, wie meine Mutter wohl reagiert hätte, ob sie der Polizei oder wenigstens meinem Vater davon erzählt oder es für sich behalten hätte. Doch noch während ich diesen Gedanken nachhing, meinte ich schon meine Mutter zu hören: »Wie kommst du bloß auf solchen Quatsch? Hartmut ist kein Terrorist.« Ich weiß nicht, ob sie bis dahin überhaupt einmal darüber nachgedacht hatte, dass Hartmut ein Terrorist sein könnte oder zumindest einer der gewaltbereiten Radikalen, die es, da war sich mein Vater sicher, zuhauf gab.

Damals machte mir der Gedanke, Hartmut könnte einer dieser Terroristen sein, keine Angst, sondern versetzte mich vielmehr in eine kindliche Aufregung. Die Spähaktion war nur der Auftakt gewesen. Nachdem mein Vater die Terroristen ins Spiel gebracht hatte, schwang ich mich heimlich zum Detektiv auf, der es sich zur Aufgabe machte, Hartmut zu überführen. Ich hatte schließlich genügend ›Fünf Freunde‹-Bücher gelesen, um mir vorstellen zu können, in welches Abenteuer ich mich damit begab. Und natürlich wusste ich, wie es enden würde: Ich hätte Hartmut überführt, ihn dingfest gemacht, ihn vielleicht in seiner Wohnung eingeschlossen, während ich auf die Polizei wartete, oder ihn, womit auch immer, gefesselt und mich dann auf ihn gesetzt. Und die Polizisten würden mir anerkennend auf die Schulter klopfen und meinen Eltern erklären, wie stolz sie auf ihren Sohn sein könnten, diesen Helden, der einem Terroristen das Handwerk gelegt und dem Land einen Riesendienst erwiesen hatte.

Meine Mission begann damit, dass ich mir einen Hund wünschte, natürlich ohne zu sagen, wofür ich ihn brauchte. Die Begeisterung meiner Eltern hielt sich in Grenzen. Ich versuchte ihnen zu erklären, dass ich jemanden zum Spielen vermisste und mir als Alternative auch ein Brüderchen vorstellen konnte. Ich schlug es nur deshalb vor, weil ich davon ausging, dass meine Eltern mir eher einen Hund als ein Brüderchen schenken würden, was mir auch viel lieber war, weil ich auf das

Brüderchen viel zu lange würde warten müssen, und bis es dann überhaupt in der Lage wäre, mich in meiner Detektivarbeit zu unterstützen, würden nochmals Jahre vergehen. Meinem Vater erschien diese Idee gar nicht so abwegig. Er sah meine Mutter an und fragte: »Na, wie wäre es mit einem Brüderchen für Hanno?« Aber meine Mutter ging nicht darauf ein. »Ich nehme auch den Hund«, sagte ich. »Das wiederum ist keine gute Idee«, entgegnete mein Vater. Und dann erklärte er mir, was auf mich an Aufgaben zukäme, würden wir uns einen Hund anschaffen. Gassi gehen, morgens vor der Schule, und zwar jeden Tag, auch im Winter, bei Regen, wenn ich aus der Schule käme und abends noch mal. Ein Hund brauche Auslauf. Ein Hund sei auch mal krank, und wenn er noch jung sei, würde er den einen oder anderen Haufen auf den Teppich machen, ob ich Lust hätte, die wegzuputzen? Vom Futter mal ganz abgesehen, er kenne nämlich Hunde, die ein sehr eigenwilliges Fressverhalten hätten, nur Pansen, und wie die Fürze eines nur Pansen fressenden Hundes röchen, wolle ich gar nicht wissen. Ich glaube, mein Vater sah mir die Enttäuschung an, das war nämlich alles andere als das, was ich hatte hören wollen. Kein Kind, das sich einen Hund wünscht, möchte etwas von Fürzen und Gassigehen hören. Auf diese Weise lässt sich jede Liebesbeziehung schlechtreden. Ich hätte entgegnen können, dass auch mein Vater gelegentlich furzte und sich das Essen servieren ließ und dazu noch schnarchte. Aber diesen Gedanken hatte ich damals vermutlich nicht. Mein Vater schlug dann vor, ich könne mir doch mal einen Hund ausleihen, und wusste auch schon, welchen. Die Dogge aus dem Nachbarhaus, ich solle doch mal fragen, ob ich mit der nach der Schule eine Runde drehen könne. Ich wollte mir aber keinen Hund ausleihen, schon gar nicht die Dogge von nebenan. Mir blieb also vorerst nichts anderes übrig, als Hartmut auf eigene Faust zu überführen.

Ich fing an, ihn zu observieren. Weil mein Zimmer nach hinten hinaus lag, musste ich mich, um den Hauseingang im Blick zu haben, vor das Fenster im Wohnzimmer stellen. Schon nach einem Nachmittag merkte ich, wie sehr sich meine Vorstellung von der Realität unterschied. In meiner Vorstellung beobachtete ich, wie Männer unser Grundstück betraten, sich verstohlen nach links und rechts umschauten, bevor sie ins Haus huschten. Sie trugen lange Haare, weil ich von meinem Vater wusste, dass man denen mit langen Haaren nicht trauen konnte. In meiner Vorstellung gab es eine Menge zu beobachten. In Wirklichkeit blickte ich eine Stunde lang durchs Fenster, sah ein paar Autos vorbeifahren, sah auch den Jungen mit der Dogge an der Leine oder eher die Dogge mit dem Jungen an der Leine, aber ich sah niemanden, der unser Grundstück betrat. Auch Hartmut war nicht zu sehen. Irgendwann hatte ich einen Stuhl ans Fenster geschoben, nur um festzustellen, dass ich im Sitzen nicht aus dem Fenster schauen konnte, weil ich schlicht zu klein war. Nach anderthalb Stunden im Stehen brach ich die Aktion ergebnislos ab.

Nach dem Abendessen fragte ich meine Mutter, ob sie für Hartmut mitgekocht habe und ob ich ihm das Essen bringen solle, was meine Mutter freute und meinen Vater weniger. »Wusste nicht, dass er Fünf-Sterne gebucht hat«, sagte er, aber mehr zu sich selbst. Meine Mutter überging es einfach, häufte Bohnen auf einen Teller, dazu ein paar Kartoffeln. Den Braten ließ sie weg. Ich nahm den Teller, und auf dem Weg in den Keller schossen mir hundert Gedanken durch den Kopf. So richtig vorbereitet hatte ich mich nicht und wusste nicht, wie ich mich verhalten sollte. Irgendwie musste ich in seine Wohnung gelangen. Beim letzten Mal hatte er einfach den Teller entgegengenommen und dann die Tür zugemacht. Ich konnte auch nicht sehr lange überlegen, sonst wäre das Essen kalt geworden. Irgendetwas müsste mir spontan einfallen.

Als ich klingelte, hielt ich den Atem an, um seine Schritte besser hören zu können. Die Tür ging auf, und dann stand Hartmut vor mir und sah mich an und sagte nichts und schien mit den Gedanken ganz woanders zu sein. Ich sagte auch nichts und reichte ihm den Teller. Er sah über mich hinweg, nach links und rechts, als könnte außer mir noch jemand da sein. Er nahm den Teller und wollte wieder in der Wohnung verschwinden, aber ich drückte schnell meine Knie aneinander und sagte, ich müsse ganz dringend, woraufhin er für einen Moment zu überlegen schien, dann aber zur Seite trat und mich hineinließ. Ich musste natürlich nicht, sondern nutzte die Zeit, um mich in seinem Badezimmer umzusehen. Aber außer einem Kamm, einer Zahnbürste, Seife und einem Rasierer war da nicht viel. Ich spülte zur Tarnung. Als ich wieder in den Flur trat, hörte ich Schreibmaschinengeklapper, ich ging die paar Schritte ins Zimmer und entdeckte Hartmut an dem kleinen Tisch, mit dem Rücken zu mir. Ich sah mich kurz im Zimmer um, auf dem Boden lagen noch einige Papierstapel und Umschläge, und mir kam der Gedanke, dass sich meine Mutter sicherlich freuen würde, wenn ich ihr einen dieser Briefe mitbrächte. Hartmut schien so ins Schreiben vertieft, dass er mich nicht wahrnahm. Ich nahm meinen ganzen Mut zusammen und fragte: »Was schreiben Sie da?« Meine Frage schien ihn für einen Moment zu verwirren, dann aber drehte er sich wieder zur Schreibmaschine, nahm das Papier, das über der Walze lag, und fing an, mir vorzulesen. Es war ein Brief an Helmut Schmidt. Meine Mutter hat alle Briefe, die Hartmut geschrieben hat, gesammelt und archiviert, auch jenen, den er mir damals vorgelesen hatte. In dem Brief ging es um Ehrlichkeit, weil Helmut Schmidt es offenbar mit der Ehrlichkeit nicht so genau nahm. Hartmut forderte ihn auf, das Volk gewissenhaft zu informieren, weil Helmut Schmidt den Menschen verschweige, wie gefährlich die Atomkraft wirklich sei. Und wenn er nicht bald die Wahrheit sage, werde er, Hartmut, in den Hungerstreik treten. An den Teil des Briefes kann ich mich gut erinnern, weil kurz zuvor einer dieser Terroristen nach einem Hungerstreik im Gefängnis gestorben war. Damals hatte ich zum ersten Mal von einem Hungerstreik gehört, doch wie das genau funktionierte mit dem Hungern, wusste ich nicht. Ich fragte Hartmut, warum er von diesem Brief so viele Kopien habe, auf dem Schreibtisch lag ein ganzer Stapel. Hartmut erklärte mir, dass er den Brief auch an viele andere Menschen schicke, damit die über den Brief an Helmut Schmidt Bescheid wüssten. Ich fragte, ob ich einen dieser Briefe mitnehmen könne, damit auch meine Eltern Bescheid wüssten. Hartmut nahm einen vom Stapel und gab ihn mir.

Heute wundere ich mich, dass er sich offenbar keine Gedanken darüber machte, welche Folgen dieser Brief haben könnte. Ich glaube, dass er die Sicht meines Vaters auf Hartmut veränderte. War Hartmut für meinen Vater bis dahin eher ein harmloser Spinner gewesen, so war er sich nach diesem Brief vermutlich nicht mehr sicher, ob dieser Spinner wirklich so harmlos war. Und somit hatte, ohne dass es mir klar war, meine detektivische

Tätigkeit recht schnell zum Erfolg geführt. Aber leider auch dazu beigetragen, dass sich der Konflikt zwischen meinen Eltern zuspitzte. An jenem Abend rannte ich mit dem Brief in der Hand die Treppen hoch, stürzte in die Küche und hatte nicht bedacht, dass mein Vater auch anwesend war und nichts vom Interesse meiner Mutter an den Briefen unseres Mieters wusste. Ich wedelte mit dem Brief und bemerkte erst, was ich angerichtet hatte, als mein Vater mich fragte: »Was hast du denn da?« Ich sah meine Mutter an und begriff in dem Moment, dass ich unser Geheimnis verraten hatte. Ich war zwar erst neun, aber trotzdem wusste ich, was das bedeutete. Schließlich hat jedes Kind schon mal diese Erfahrung gemacht: Da ließ man einen guten Freund beim Indianerehrenwort schwören und die Fingerspitzen des Zeige- und Mittelfingers küssen, bevor man ihm sagte, was wirklich strengstens geheim bleiben musste, nämlich welches Mädchen man toll fand, und dann erfuhr man später, dass eben dieser Freund es überall herumerzählt hatte. Es fühlte sich nicht nur wie Verrat an, es war Verrat. Das Problem war nur: Mir fiel nichts ein, womit ich die Situation hätte retten können. Mich dumm zu stellen, hätte nichts gebracht: »Äh, nichts habe ich hier, wie kommst du darauf?« Es half also nichts. Ich reichte meinem Vater den Brief und sagte, der sei von unserem Mieter. »Von diesem Gründler?«, fragte mein Vater. Ich nickte. Mein Vater nahm den Brief, faltete ihn auseinander, und ich sah, wie sich meine Mutter hinter ihn stellte und mitzulesen versuchte, was mein Vater, als er es bemerkte, zu verhindern suchte, indem er ihr den Rücken zudrehte und den Brief tiefer hielt. Es war zwar nur eine Seite, die aber war dicht mit Schreibmaschine beschrieben, sodass es eine Weile dauerte, bis mein Vater alles gelesen hatte. Er hielt den Brief kurz hoch, um ihn dann, wie mir schien, ein zweites Mal zu lesen. Ich stand die ganze Zeit neben ihm und sah meine Mutter an, weil ich herausfinden wollte, ob sie mir böse war. Sie würdigte mich keines Blickes. Mein Vater legte den Brief vor sich auf den Tisch. Er schwieg, und das musste meine Mutter ziemlich nervös machen. Auch diese Situation war mir vertraut. Unser Deutschlehrer machte das auch immer so, wenn er Klassenarbeiten zurückgab und vor meinem Tisch stehen blieb und mit der Arbeit in der Hand so tat, als müsste er sie noch mal in Ruhe betrachten, und meine Aufregung größer und größer wurde, bis es in meinem Hals zu pochen begann, weil ich nicht wusste, ob ich besonders schlecht oder besonders gut abgeschnitten hatte. Dann, endlich, hörte ich die Stimme meines Vaters. »Der Mann ist verrückt«, sagte er, »der will in den Hungerstreik treten.«

»In den Hungerstreik?«, fragte meine Mutter. »Warum denn das?«

»Er will, dass Helmut Schmidt die Wahrheit sagt, die Wahrheit über die Atompolitik. Was glaubt dieser Gründler eigentlich, wer er ist?«

»Was ist denn ein Hungerstreik genau?«, fragte ich.

Meine Eltern drehten sich fast gleichzeitig zu mir um, als hätten sie gerade erst wahrgenommen, dass ich auch noch da war.

»Ein Hungerstreik«, sagte meine Mutter, »ist eine Form des Protests. Manche Menschen, das weißt du ja, gehen zum Demonstrieren auf die Straße, und andere hören auf zu essen.«

Mir war nicht gleich klar, was das Demonstrieren mit dem Nicht-Essen zu tun hatte. Von den Demonstranten hatte ich schon gehört und auch schon welche gesehen, weil es damals viele von ihnen gab. Oft, wenn ich mit meiner Mutter in der Stadt war, sahen wir sie. Meistens versammelten sie sich auf der Neckarbrücke, was die Autofahrer ziemlich wütend machte, die auf beiden Seiten der Brücke zu hupen und schimpfen begannen, was wiederum den Demonstranten zu gefallen schien. Sie hielten den Autofahrern ihre bemalten Plakate entgegen und hatten offenbar auch keine Angst vor den vielen Polizisten, die ringsherum standen. Diese Demonstranten riefen ihnen entgegen: »Wer hat dich, du grüner Wald, hingestellt und schlecht bezahlt!« Was ich erst nicht verstanden hatte, bis meine Mutter mich darüber aufklärte, dass damit die Polizisten gemeint waren. Aber dass ein Erwachsener aber nicht essen wollte, davon hatte ich erst im Zusammenhang mit diesem Terroristen gehört. Ich bekam immer Ärger mit meiner Mutter, wenn mir das Essen nicht schmeckte und ich anfing, darin herumzustochern. »Das wird schön aufgegessen«, sagte sie dann. Im ersten Moment fand ich es ungerecht, dass Hartmut offenbar nicht essen wollte und das auch noch allen möglichen Leuten schrieb. Vielleicht sollte ich in Zukunft einfach nicht mehr sagen, dass es mir nicht schmeckte, sondern mir etwas anderes einfallen lassen. Ich esse nicht, weil ich nicht mehr in die Schule will. Oder: weil ich abends länger aufbleiben möchte. Aber es war, wenn ich darüber nachdachte, auch ziemlich dumm, denn wenn ein Mensch nichts aß, starb er, und wenn er tot war, konnte ihm erst recht niemand mehr zuhören. Aber diese Logik, dass ein Mensch nichts aß, um gehört zu werden, schien nur von Erwachsenen verstanden zu werden und für Kinder nicht zu gelten. Als ich ein paar Tage darauf den Wirsingeintopf nicht essen mochte – welches Kind mag schon Wirsingeintopf? –, erzählte meine Mutter mir von den hungernden Kindern in Afrika, und ich sagte, die könnten meine Portion gern haben, woraufhin meine Mutter sagte, ich sei egoistisch, und das sei eine schlechte Eigenschaft, die ich wohl von meinem Vater hätte, und ich solle mir ein Beispiel an Hartmut nehmen, was ich ja eigentlich getan hatte.

Ich fragte mich, was daran so außergewöhnlich war, mal nicht zu essen. Nicht dass es oft vorkam, aber hin und wieder, wenn wir unterwegs waren oder meine Mutter mal nicht zu Hause war, ließen wir eine Mahlzeit ausfallen. Dann knurrte zwar der Magen, aber sonst war es nicht schlimm, weil ein Mensch, das hatte ich in der Schule gelernt, dreißig Tage ohne Essen auskommen konnte, aber nur drei Tage ohne Trinken. Und aufs Trinken schien Hartmut nicht verzichten zu wollen. Ich musste an meinen Vater denken, der auch schon mal aufs Essen verzichtet hatte, weil meine Mutter fand, dass er zu dick war. Dann fraß er nur noch die Hälfte, so nannte er das, es gab sogar eine Abkürzung dafür, FdH. Es führte aber schon am ersten Tag zu einer Diskussion zwischen meinem Vater und meiner Mutter, weil sie sich uneins darüber waren, was denn nun die Hälfte war. Mein Vater nahm sich die gleichen Portionen wie zuvor, sagte aber, es sei nur die Hälfte dessen, was er sonst aß, und meine Mutter sagte, dass er nicht abnehmen würde, wenn er sich selbst belog. Aber das mit Hartmut, so viel begriff ich, war anders.

»Warum will er denn nicht mehr essen?«, fragte ich.

»Weil er ein Spinner ist«, sagte mein Vater.

»Und wie lange will er nicht essen?«, fragte ich.

»Das ist eine gute Frage«, sagte mein Vater. »Wenn es nach diesem Gründler geht, dann hungert er, bis Helmut Schmidt seine Politik ändert, aber dann müsste er verhungern. Das wäre ja noch schöner, dass die Regierung einknickt, weil irgendein Spinner beschließt, nichts mehr zu essen. Stell dir das mal vor! Dann würde ständig jemand in den Hungerstreik treten. Sehr geehrter Herr Bundeskanzler, mein Name ist Kurt Kelsterberg, ich habe beschlossen, in den Hungerstreik zu treten, weil ich keine Lust mehr habe, Steuern zu zahlen. Was meinst du, Hanno? Würde die Regierung dann sagen: Na dann verzichten wir in Zukunft eben auf die Steuern? Du siehst, was für ein Quatsch das ist. Eine Regierung darf sich nicht erpressen lassen, weder von Terroristen noch von Spinnern.«

Was mein Vater sagte, leuchtete mir ein. Wenn auf einmal tausend Menschen beschlossen zu hungern, und jeder stellte irgendwelche Forderungen – das ging wirklich nicht. Aber das beschäftigte mich gar nicht so sehr. Mich ließ ein anderer Gedanke nicht los: dass Hartmut verhungern müsste. Was durchaus die logische Folge war, wenn Helmut Schmidt, wie mein Vater es ausdrückte, sich nicht erpressen ließ.

»Da hast du uns aber jemanden ins Haus geholt!«, sagte mein Vater. Dann wandte er sich an mich: »Mach dir keine Sorgen, dieser Gründler wird sich das dreimal überlegen.« Ich sah, wie meine Mutter den Brief an sich nahm.

Als ich an jenem Abend im Bett lag, kam meine Mutter in mein Zimmer. Sie machte kein Licht, ließ aber die Tür einen Spalt breit offen, sodass ein Lichtschein vom Flur in mein Zimmer fiel und kurz vor meinem Bett endete. Ich war froh, dass meine Mutter kam, obwohl ich unser Geheimnis verraten und befürchtet hatte, sie wolle nichts mehr mit mir zu tun haben.

»Schläfst du schon?«, fragte sie flüsternd.

Ich dachte kurz darüber nach, was wohl besser wäre: zu tun, als schliefe ich, oder ihr zu antworten.

»Nein«, sagte ich.

»Ich wollte noch mal mit dir über den Brief sprechen«, sagte sie und suchte nach meiner Hand. Sie berührte meinen Arm, tastete sich hinunter und legte dann ihre Hand auf meine.

»Hartmut ist kein Spinner«, sagte sie, »ich habe seinen Brief gelesen. Er hat einfach Angst vor diesen Atomkraftwerken. Die können nämlich ganz schön gefährlich sein. Du weißt ja, wie gefährlich die Atombombe ist. Und so ein Atomkraftwerk ist wie eine Atombombe, die jederzeit explodieren kann.«

Ich kann mich so gut an die Worte meiner Mutter erinnern, weil es das erste Mal war, dass sie mir Angst machte. Ich weiß bis heute nicht, ob ihr eigentlich bewusst war, was sie mir damals erzählte und welche Wirkung es auf einen neunjährigen Jungen haben würde. Ich wusste, dass es Atomkraftwerke gab, das konnte damals nicht mal einem Kind entgehen. Es gab schließlich Proteste gegen den Bau, und ich war mit meiner Mutter schon bei einer dieser Demonstrationen gewesen. Wie so ein Atomkraftwerk funktionierte, darüber hatte ich mir nie Gedanken gemacht. Nach diesem Abend aber hatte ich zum ersten Mal ein klares Bild vor Augen. Ich sah eine Atombombe, und zwar in dieser ovalen Form, wie sie manchmal im Comic vorkam, allerdings ohne Zündschnur, sie lag auf dem Boden, einem kargen Betonboden, in einem Raum, der aussah wie die Abstellkammer im Keller, nur dass der Raum leer war – bis auf die Bombe. An der hingen Drähte, durch die der Strom geleitet wurde. Um diesen Raum herum war ein Gebäude gebaut mit dicken Wänden, und ich fragte mich, ob diese Wände halten würden, wenn die Bombe explodierte. Aber da ich schon mal ein Foto gesehen hatte von Hiroshima, wo von den Wänden der Häuser nicht mehr viel übrig geblieben war, bezweifelte ich, dass die Wände halten würden. Und wenn eine Atombombe explodierte, das wusste ich auch, würde es kaum Überlebende geben.

»Und weil Hartmut Angst hat, will er nichts mehr essen?«, fragte ich und hoffte, meine Mutter könne mir den Zusammenhang erklären.

»Er tut das für uns, die Menschen, deswegen ist er ja auch nicht verrückt. Verrückte machen Dinge immer nur für sich, sie denken dabei nicht an andere.«

Ich wollte wissen, warum mein Vater ihn dann für verrückt hielt, und meine Mutter erklärte mir, dass mein Vater das nicht verstehe. Und wenn man nicht verstehe, was andere Menschen machen, dann sage man gern, die anderen seien verrückt. Meine Mutter nahm wahrscheinlich an, dass ich darüber nachdachte, weil ich nichts sagte. Sie schwieg auch eine Weile, dann sagte sie: »Oder kannst du dir vorstellen, dass dein Vater freiwillig auf das Essen verzichten und hungern würde?«

Nein, das konnte ich beim besten Willen nicht.

»Siehst du«, sagte meine Mutter, »deshalb denkt er, Hartmut sei verrückt.«

»Wie lange wird er denn nichts essen?«

»Bis Helmut Schmidt die Wahrheit sagt, so steht es zumindest in seinem Brief.«

»Und wenn Helmut Schmidt nie die Wahrheit sagt?«

Das war eine Frage, auf die meine Mutter ganz offensichtlich auch keine Antwort wusste.

»Dann muss er sterben«, sagte ich, »oder nicht?«

Und das brachte meine Mutter ins Schlingern. »Nein«, sagte

sie, »er muss nicht sterben«, aber dann hielt sie inne und schien das Dilemma zu begreifen, in das sie mit ihrer vorschnellen Antwort geraten war, nämlich dass sie Zweifel ließ an Hartmuts Überzeugung und Konsequenz.

»Also meint er das gar nicht ernst?«, fragte ich.

»Doch«, sagte sie, »ich denke schon, dass er es ernst meint, sonst würde er diesen Brief nicht verschicken.«

»Aber wenn dieser Helmut Schmidt nicht die Wahrheit sagt, fängt Hartmut trotzdem wieder an zu essen? Was bringt das dann?«

»Manchmal muss man auch mal ein Zeichen setzen«, sagte meine Mutter, und ich hatte den Eindruck, sie war ganz froh darüber, dass ihr diese Ausflucht eingefallen war. »Du musst keine Angst haben«, fügte sie noch an. Und zumindest war es ihr gelungen, mir die Angst zu nehmen, dass wir demnächst womöglich einen Toten im Haus haben würden. Dafür wurde eine andere Angst größer, nämlich die vor Atomkraftwerken. Und die konnte mir nicht mal mein Vater nehmen, obwohl er sagte, das sei Quatsch, und die Atomkraftwerke seien sicher. Die seien so gebaut, sagte er, dass sie einen Flugzeugabsturz unbeschadet überstehen könnten. Woraufhin ich mir abends im Bett Bilder von Flugzeugabstürzen ausmalte. Auch darüber hatte ich bis dahin noch nie wirklich nachgedacht, obwohl wir schon geflogen waren – nach London einmal und auf die Kanarischen Inseln.

»Du musst keine Angst haben«, waren ihre letzten Worte an jenem Abend, sie strich mir noch mit der Hand über die Stirn und ging dann aus dem Zimmer.

Jedes Kind kennt diesen Satz, jede Mutter, jeder Vater hat ihn im Repertoire, und letztlich drückt sich wohl in kaum einem anderen Satz so viel Hilflosigkeit aus. Nicht nur, weil Angst ein irrationales Gefühl und in dieser Wortkombination der Widerspruch offensichtlich ist. Gerade der Angst ist nicht mit dem Verstand beizukommen. Im Flugzeug sitze ich mit rasendem Puls, nicht fähig, mich auf irgendetwas zu konzentrieren, was mich ablenken könnte, kein Gespräch, kein Buch, keine Musik, ich starre hinaus, meine Sinne wie die feinsten Seismografen für Erschütterungen, die außer mir niemand sonst wahrnimmt. Du musst keine Angst haben – und dann wird mir die Wahrscheinlichkeit vorgerechnet, mit der es zum Absturz kommen kann, werden mir die technischen Fähigkeiten des Flugzeugs erläutert. Aber was bleibt, ist die Angst. Gefühle lassen sich nicht mit einem Warum fassen. Es ist die falsche Frage. Warum sehne ich mich so oft ausgerechnet nach der Liebe, die mir nicht guttut? Es lässt sich erklären, aber die Erklärung ändert nichts. Es gibt und gab hundert Gründe, warum ich keine Angst haben müsste. Und trotzdem hatte und habe ich Angst.

Ich wüsste gern, ob meine Mutter damals Angst hatte. Der Hungerstreik war vermutlich das Ungeheuerlichste, was sie bis dahin hautnah miterlebt hatte, dass sich einer umbringen wollte für eine Sache – und zwar schleichend umbringen. Das musste meiner Mutter Angst gemacht haben. Vor allem weil es nicht bei der Ankündigung blieb.

Ich erinnere mich, wie wir nach der Katastrophe von Fukushima beim Kaffee zusammensaßen und über den Tag sprachen, an dem ich mit dem Brief in die Küche gekommen war, und meine Mutter mir erzählte, dass Hartmut sie damals gefragt habe, ob er den Hungerstreik bei uns im Haus machen könne. Er wollte in seiner Wohnung im Keller hungern und meine Mutter sollte sich um ihn kümmern, ihm Saft bringen und nach dem Rechten sehen. Ich konnte es kaum glauben. Wie verbohrt und ignorant musste ein Mensch sein, der im Haus einer Familie in den Hungerstreik treten wollte? Vor den Augen eines Kindes? Dass Hartmut sich darüber offenbar keine Gedanken gemacht hatte, machte mich noch nach mehr als dreißig Jahren wütend. Wie sie reagiert habe, wollte ich wissen.

»Ich habe gesagt, dass ich erst meinen Mann fragen müsse.«

»Und was hat Papa gesagt?«

»Er hat gefragt, ob der Gründler noch ganz bei Trost sei.«

»Und was hast du Hartmut dann gesagt?«

»Dass es nicht geht, weil mein Mann das nicht möchte.«

»Und du? Wie hättest du entschieden, wenn es nach dir gegangen wäre?«

Meine Mutter zögerte.

»Ich weiß es nicht, ich meine, man tut es nicht für den Menschen, der hungert, sondern für die Sache. Verstehst du? Man muss sich zwischen Sache und Mensch entscheiden. Und ich weiß nicht, ob ich damals in der Lage gewesen wäre, diese Entscheidung zu treffen. Ich kannte Hartmut doch noch nicht wirklich, ich war gerade erst dabei, ihn kennenzulernen.«

Es war nicht eben das, was ich hatte hören wollen. Es hätte genügend Gründe gegeben, die sie davon hätten abhalten sollen, einem Mann in unserem Haus beim Hungern zu helfen. Wenn man sich schon einen hungernden Menschen ins Haus holt, dann nur, um ihm dabei zu helfen, wieder zu Kräften zu kommen. Aber man lässt keinen gesunden Menschen hungern. Vor allem jedoch lässt man kein Kind Anteil nehmen am körperlichen Verfall eines Menschen. Meine Mutter hätte sagen müssen, dass sie einen Hungerstreik in einem Haus, in dem ein Kind lebt, nicht dulde, und sie hätte ihn fragen können, ob er sich darüber gar keine Gedanken gemacht habe, ob er so besessen sei von seiner Sache, dass ihm die Menschen um ihn herum egal seien. Aber all das hatte sie offenbar nicht gesagt, sondern meinem Vater die Entscheidung überlassen.

»Hast du deine unterlassene Hilfeleistung im Nachhinein bereut?«, fragte ich.

Ich sah sie an. Aber meine Mutter wirkte nicht so, als ginge ihr mein Einwand sonderlich nah. Eines hat mich oft erstaunt und auch verletzt: ihre Geistesabwesenheit. Ich habe mich immer wieder gefragt, ob sie mir überhaupt zugehört hatte, ob sie mit ihren Gedanken ganz woanders war oder ob sie einfach keinen Anlass für eine Regung sah. Es konnte vorkommen, dass sie einfach weitersprach, als wäre nichts gewesen, oder mich fragte, ob ich noch Kaffee wolle, in einem völlig neutralen Ton.

Statt also meine Frage zu beantworten, fing sie an, von der Notwendigkeit zu sprechen, die Hartmut keine Wahl gelassen habe. Schließlich habe Helmut Schmidt auf Hartmuts Brief nicht reagiert, und so sei Hartmut nichts anderes übrig geblieben, als seine Ankündigung wahrzumachen. Er hätte sonst seine Glaubwürdigkeit aufs Spiel gesetzt. Ich erfuhr, dass Hartmut versucht hatte, meine Mutter von seinem Vorhaben zu überzeugen. Dass Schmidt als Bundeskanzler einen Schwur geleistet habe, dass er seine Kraft dem Wohle des deutschen Volkes widmen und Schaden von ihm wenden und seine Pflichten gewissenhaft erfüllen werde. So wahr ihm Gott helfe. Seine wichtigste Pflicht, so hatte es Hartmut meiner Mutter erklärt, sei die Informationspflicht, und zwar in doppelter Weise: Er habe die Pflicht, zum einen sich selber und zum anderen das Volk gewissenhaft zu informieren. Anders nämlich könne das Volk weder seine Würde bewahren noch seine Souveränität ausüben noch sich entfalten oder Leben und körperliche Unversehrtheit erhalten. Und so wie die Regierung über die Atomenergie informiere, sei das eine fortgesetzte Pflichtverletzung. Nämlich durch Beschönigungen, Verharmlosungen, Vertuschungen und unterdrückte Meldungen über Unfälle, die dann Störfälle genannt wurden. Wann habe die Regierung das Volk jemals aufgeklärt über Plutonium? Cäsium? Über die Schädigung des Erbmaterials, über die kurz- oder mittelfristige Bedrohung? Über Katastrophenpläne? Geredet wurde immer nur über den Aufschwung, der vom Atomstrom erwartet wurde. Und weil schon Gandhi gelehrt hatte, dass Worte ohne das letzte Druckmittel, nämlich den Einsatz der Existenz, keine Wirkung haben, sah Hartmut sich gezwungen, seinen Argumenten mithilfe eines Hungerstreiks Nachdruck zu verleihen. Es sei die einzige Möglichkeit, hatte er gesagt. Und dann hatte er seine Hand auf den Arm meiner Mutter gelegt, was sie damals sehr überrascht hatte, Hartmut war ja sonst kein Mensch der Nähe. Er brauche Unterstützer, hatte er gesagt, Menschen, die an die Wahrheit glaubten, die sich heraushoben aus der schweigsamen Masse. Helfen Sie mir beim Hungerstreik, hatte er zu meiner Mutter gesagt. Und zu mir sagte sie: »Du kannst dir vorstellen, dass ich damit nicht gerechnet hatte. Und mir ziemlich blöd vorkam, weil das Einzige, was ich entgegnete, war: Ich müsse meinen Mann fragen. Hartmut hat zwar daraufhin nur genickt, aber ich habe in seinen Augen diesen Hauch von Verachtung gesehen. Er scheute den Einsatz seiner Existenz nicht, und ich musste meinen Mann fragen. Das zeugte nicht gerade von einer Frau mit Haltung. In seinen Augen muss ich mich ziemlich bloßgestellt haben. Ich habe das gleich gemerkt und versucht, davon abzulenken, indem ich fragte, wie er sich den Hungerstreik vorstelle und ob er keine Angst davor habe, wie sein Körper reagieren werde. Aber darauf ging er nicht weiter ein, weil es ihm wohl zeigte, dass ich nicht begriffen hatte, um was es eigentlich ging. Und dann verabschiedete er sich und sagte, er könne dann wohl nicht mit meiner Unterstützung rechnen. Und ich sagte, doch, ohne wirklich darüber nachgedacht zu haben. Ich weiß nicht, ob du das verstehst, aber es ging um mich, es ging darum, ein Mal eine Entscheidung zu treffen, ein Mal für etwas zu kämpfen. Ich habe deinem Vater gesagt, dass Hartmut es ernst meint mit dem Hungerstreik, und da hat er schon den Kopf geschüttelt und gesagt, dass er verrückt sei, dieser Gründler, aber wenn er sich zu Grunde richten wolle, nur zu, wir lebten schließlich in einem freien Land. Und dann habe ich ihm gesagt, dass Hartmut mich gefragt habe, ob er den Hungerstreik in seiner Kellerwohnung machen könne, woraufhin dein Vater mich entsetzt ansah, als hätte ich ihm gerade eröffnet, ich wolle auch in den Hungerstreik treten. ›Erstens ist es *unsere* Kellerwohnung.

Und zweitens hast du ihm doch wohl hoffentlich gesagt, dass er eine Meise hat. Wie stellt der sich das vor, der Verrückte? In unserem Haus zu hungern? Will er uns zu Sympathisanten machen? Was sollen denn die Leute denken? Und hat er mal an Hanno gedacht? Der Junge ist erst neun! Soll der mit ansehen, wie sich ein erwachsener Mann ins Unglück stürzt und das auch noch für eine gute Sache hält? Der soll sich umbringen, aber nicht in unserem Haus!‹ Weißt du, Hanno«, sagte meine Mutter und sah mir das erste Mal in die Augen, »es klingt vielleicht komisch, aber ich konnte deinem Vater nicht sagen, dass ich Hartmut gesagt hatte, ich müsse ihn fragen. Ich hätte meine Existenz preisgegeben. Ich habe also nichts weiter gesagt zu deinem Vater, und ich glaube bis heute, dass es dieser Moment war, der uns letztlich auseinandergebracht hat. Du denkst vielleicht, dass es nicht sein kann, dass ein Moment nicht ausreicht, um ein Leben zu verändern. Aber es gibt diese Momente. Momente der Erkenntnis, die alles verändern. Ich hatte damals einen solchen Moment, und dein Vater hat es gespürt und konnte nicht damit umgehen. Und weißt du, Jahre später bekam ich einen Anruf von Adele Trampitz, ihr Mann war auch in der Anti-Atomkraft-Bewegung engagiert. Sie hatten auch ein Kind. Sie rief mich an, weil sie wusste, dass Hartmut bei uns gewohnt hatte. Wir sprachen über Hartmut, und dann offenbarte sie mir, dass ihre Ehe gescheitert war, weil Hartmut bei ihnen im Haus einen Hungerstreik machen wollte. Du siehst, so was kann ein Leben verändern.«

Auch von dem Anruf hörte ich an jenem Tag in ihrer Küche zum ersten Mal. Klaus Trampitz sagte mir etwas, er war Österreicher und einer der Vorkämpfer im Streit um das damals in Planung befindliche Atomkraftwerk Zwentendorf. Ich erfuhr, dass Hartmut gemeinsam mit Klaus Trampitz in den Hungerstreik hatte treten wollen und seine Frau daraufhin offenbar an der Zurechnungsfähigkeit beider Männer zweifelte und ein Jahr später die Scheidung einreichte. Ich war irritiert, weil diese Geschichte eigentlich ein Beleg dafür hätte sein müssen, wie unverantwortlich ein Hungerstreik im Haus einer Familie war. Aber offenbar hatte meine Mutter andere Schlüsse aus dieser Geschichte gezogen. Dass ich die Frau gut verstehen könne, sagte ich. Woraufhin meine Mutter entgegnete, so einfach sei das nicht, das persönliche Interesse gegen das Interesse der Gemeinschaft abzuwägen. Und dass niemand nur zum Spaß in den Hungerstreik trete.

Also hatte Hartmut noch andere Ehen auf dem Gewissen. Hungerstreiks in Familien gehörten offenbar zu seinem Kalkül.

Mittlerweile weiß ich, dass er Mütter und Kinder vor allem in der letzten Phase seines Kampfes zu instrumentalisieren versuchte. Das lässt sich aus den Notizen herauslesen, die sich meine Mutter gemacht hat. Ich muss an ein Foto denken, das viele Jahre auf dem Schreibtisch meiner Mutter stand. Wir zusammen in einer Menschenkette, Hand in Hand, ich zwischen Hartmut und meiner Mutter, am Bildrand ein Wall aus Polizisten mit Helmen und Schlagstöcken. Hartmut sah sich als Soldat im Krieg gegen die Atomlobby. Entsprechend war auch seine Rhetorik. In seinen Briefen und Flugblättern finden sich immer wieder Formulierungen wie »blutiger Witz«, »unhaltbare Stellungen«, »geordneter Rückzug«, »Sturmangriff«, »Sturmgepäck« und »Nahkampf«.

Mir war damals nur nicht klar, dass auch ich ein Soldat war, ein Kindersoldat. Mütter sollten ihre Kinder an die Hand nehmen und gemeinsam den Polizisten die Stirn bieten. Weil, so der perfide Hintergedanke, Polizisten kaum auf Mütter und Kinder einprügeln würden. Ich frage mich, wie meine Mutter den glücklichen Gesichtsausdruck ihres Sohnes auf dem Foto interpretierte. Als Glück eines Kindes an der Hand seiner Mutter oder als Glück eines Kindersoldaten im Kampf für das Gute.

Notizen in ihrem Archiv ist auch zu entnehmen, dass Hartmut zuletzt oft von den neun Vorarlberger Müttern gesprochen hat, die in Wien vor dem Bundeskanzleramt in den Hungerstreik getreten waren, um gegen das geplante Atomkraftwerk in Zwentendorf zu demonstrieren. Und auch die Weiber von Weinsberg führte er an, die der Sage nach ihren Männern das Leben retteten, indem sie dem Stauferkönig Konrad, der die Burg Weinsberg belagerte und drohte, alle zu töten, das Versprechen abrangen, allen Weibern freies Geleit zu schenken mitsamt dem, was sie tragen konnten. So trugen sie dann ihre Männer in die Freiheit.

Seinen Hungerstreik machte Hartmut dann weder bei den Trampitz' noch bei uns, sondern in Kassel. Es war im Dezember 1976. Ich erinnere mich gut an diesen Tag, für mich war es die erste von einem Dutzend Fahrten mit meiner Mutter: nach Grohnde, Köln, Dortmund, Hamburg. All diese Reisen standen im Zusammenhang mit Hartmut, und es ging um nichts weniger, als die Menschheit vor der Atomgefahr zu bewahren. Die Fahrt nach Kassel fand an einem Samstag statt, das weiß ich noch so genau, weil samstags immer Bundesliga war, und wenn wir nicht im Stadion waren, dann haben wir die ›Sportschau‹ geguckt, mein Vater und ich. An jenem Samstag aber hatte meine Mutter etwas anderes mit mir vor. Wir würden eine Freundin besuchen, die hätte auch einen Sohn in meinem Alter, sagte sie beim Frühstück. Ich hatte keine große Lust, eine Freundin meiner Mutter zu treffen und mit einem Sohn zu spielen, den ich nicht kannte. Das waren immer die schlimmsten Verabredungen, wenn Eltern dachten, nur weil man im selben Alter war, müsse man sich verstehen, und dann stand man in der Tür und wurde irgendeinem Benjamin vorgestellt, der einen dann in sein Zimmer mitnehmen sollte, und weil einem nichts anderes übrig blieb, folgte man ihm, während die Mutter hinterherrief: »Spielt mal schön!« Ich wollte nicht mit. Ich sah meinen Vater, der mit uns am Tisch saß, hilfesuchend an. Oft klappte das, weil er wohl auch nicht immer Lust hatte, wenn meine Mutter einen Besuch ausgemacht hatte und sich dann anhören musste, dass sie so selten unter Leute kämen und ob es denn zu viel verlangt sei, mal ein paar vergnügliche Stunden mit anderen Menschen zu verbringen. »Ach, Marta, lass Hanno doch hier, ich wollte mit ihm noch die Garage aufräumen« – manchmal funktionierte das, obwohl er natürlich nicht immer die Garage vorschob, sondern auch mal zusammen mit mir den Rasen mähen wollte oder irgendetwas besorgen, was wir dann aber selten taten. Stattdessen unternahmen wir eine Spritztour mit seiner Göttin oder wir gingen ins Kino. Zusammen mit meinem Vater sah ich ›Sie nannten ihn Plattfuß‹ und ›Zwei außer Rand und Band‹. Wir liebten Bud Spencer und Terence Hill und sahen uns ihre Filme so oft an, dass wir die Dialoge mitsprechen konnten und mein Vater mir öfter einen »Satz heißer Ohren« androhte. Auch kultivierten wir eine Zeit lang das Rülpsen, bis meine Mutter anmerkte, wir sollten uns vielleicht mal andere Filme anschauen. Wir sahen dann den ›Weißen Hai‹, und ich hatte einige schlaflose Nächte. An jenem Samstag aber sprang mir mein Vater nicht bei. Im Nachhinein ließe sich natürlich vermuten, dass es mit dem Moment zu tun hatte, von dem meine Mutter sprach. Damals sagte er nur: »Deine Mutter möchte gern einen Ausflug mit dir machen, also fährst du mit.« – »Und warum kommst du nicht mit?«, fragte ich, woraufhin er antwortete: »Mich hat sie nicht gefragt.« Meine Mutter machte aber auch nicht den Versuch, ihn noch nachträglich zu fragen. Und mein Vater sagte: »Die Frauen wollen unter sich bleiben, da will ich nicht stören.«

Am späten Vormittag stiegen meine Mutter und ich dann ins Auto, und erst als wir schon auf der Ausfallstraße waren, sagte meine Mutter, dass wir nicht zu einer Freundin führen, sondern zu Hartmut. Dass Hartmut nicht mehr bei uns wohnte, wusste ich seit einem Abend vor drei Wochen, als ich ihm wie üblich was zu essen bringen wollte. Meine Mutter hatte gesagt, dass Hartmut vorübergehend ausgezogen sei, er würde aber bald wiederkommen. Wie bald, wollte ich wissen, und sie hatte gesagt, sie wisse es nicht genau, vielleicht in zwei, drei Wochen. Erst im Auto erfuhr ich, dass er nun in Kassel lebte. »Was macht er da?«, fragte ich. Und da bekam die Stimme meiner Mutter einen anderen Ton, den ernsten, ruhigen Ton, mit dem sie mir auch erklärte, warum es wichtig sei, gute Noten in der Schule zu schreiben, weil es um meine Zukunft gehe und ich doch nicht als Straßenarbeiter enden wolle. »Hanno«, sagte sie, »du erinnerst dich doch noch an Hartmuts Brief?«

»Ja«, sagte ich.

»Es ist so, dass Hartmut vorübergehend ausgezogen ist, weil er jetzt wahr macht, was er angekündigt hat. Hartmut ist in den Hungerstreik getreten.«

»Also hatte Papa recht«, sagte ich, »dieser Helmut Schmidt hat ihm nicht geantwortet.«

»Es scheint so«, sagte meine Mutter.

»Und wie lange hungert er schon?«

»Seit einer Woche.«

Ich weiß noch, dass ich mich damals fragte, ob man wohl schon seine Rippen sehen könne. Für mich war das damals der ultimative Beweis fürs Dünnsein. Ich konnte meinen Bauch so weit einziehen, dass man meine Rippen zählen konnte. Ich war von all meinen Freunden damals der Dünnste und stolz darauf, dass die anderen beim Bauch-Einzieh-Wettbewerb nicht mithalten konnten. Beim dicken Jan zum Beispiel merkte man kaum einen Unterschied, sodass wir sagten: »Jetzt zieh doch mal den Bauch ein«, und er mit gepresster Stimme antwortete, er ziehe ihn doch schon ein. Ich zog gern den Bauch ein, weil mein Vater dann immer erschrak, sich manchmal die Augen zuhielt und rief: »Junge, das kann ich gar nicht mit ansehen!«

»Warum hast du Papa nicht gesagt, wohin wir fahren?«, fragte ich.

»Papa würde das nicht verstehen«, sagte sie.

»Lügen wir ihn also an?«

Meine Mutter schien zu überlegen. Wie immer saß sie sehr aufrecht im Sitz, anders als mein Vater, der beim Fahren die Rückenlehne sehr weit nach hinten gekippt hatte und meist nur mit einer Hand lenkte. Das wirkte viel lässiger, vor allem beim Überholen, was mit meiner Mutter am Steuer ohnehin so gut wie nie vorkam. Wir fuhren eine ganze Weile auf der rechten Spur, und als ich schon nicht mehr mit einer Antwort rechnete, sagte sie: »Ja, das bleibt unser Geheimnis. Papa muss ja nicht alles wissen.«

Heute bin ich mir sicher, dass meine Mutter damals im Auto mit sich gehadert hat. Sie hat von dem Moment gesprochen, davon, dass sie Haltung zeigen wollte, und dann entschied sie sich doch wieder für die Lüge. Und wahrscheinlich hat sie ihre Schwäche meinem Vater angelastet.

Bis Kassel sprachen wir nicht mehr über Hartmut, ich sah hinaus, während sie sich aufs Fahren konzentrierte. Im Radio wurde über den Sohn von Dr. Oetker berichtet, der am Tag zuvor entführt worden war. Den Namen Oetker kannte ich von den Packungen mit dem Pudding, den ich so gern aß. 21 Millionen D-Mark verlangten die Entführer für die Freilassung. Ich hatte nicht gewusst, dass man mit Pudding so reich werden konnte. Ich fragte meine Mutter, wie viel sie für mich zahlen würden, wenn mich jemand entführen würde. Und meine Mutter sagte, niemand würde mich entführen und dass ich mir keine Sorgen machen solle. »Aber wenn doch?«, fragte ich. Und sie sagte: Dann würden sie alles verkaufen, was sie hätten. »Das Haus? Die Firma? Die Autos? Alles?«, fragte ich. »Ja«, sagte meine Mutter, »alles.« – »Das ist viel wert, oder?«, fragte ich. Und sie sagte: »Ja, aber immer noch weniger als du.« Später fragte ich meinen Vater nach dem Wert des Hauses und der Firma und der Autos, und er sagte, auf jeden Fall mehr als eine Million, vielleicht zwei, und fragte, warum ich das wissen wolle, und ich sagte: »Nur so.«

Irgendwann am Nachmittag, nachdem wir uns mühsam durchgefragt hatten, standen wir dann vor einem zweistöckigen Haus. Es war nicht gerade so, dass wir uns unseren Weg durch eine Meute von Journalisten hätten bahnen müssen. Außer uns schien sich niemand für Hartmut zu interessieren.

Meine Mutter klingelte, und ein junger Mann öffnete. Meine Mutter sagte, wir wollten Hartmut besuchen, und der junge Mann ließ uns hinein. Er führte uns in den zweiten Stock, an mehreren Zimmern vorbei. Eine Tür stand offen, sodass ich einen Blick hineinwerfen konnte. Die Wände waren grün gestrichen, auf dem Boden lag eine Matratze, als Nachttisch diente eine umgedrehte Obstkiste, überall lag Kleidung verstreut, und an der Wand hing ein Poster mit dem Gesicht eines Mannes mit langen Haaren und einer Mütze, der offenbar Che hieß, ein Name, den ich noch nie gehört hatte. Der junge Mann, von dem sich herausstellte, dass er Student war, blieb dann vor einer der Türen stehen und klopfte. Später erfuhr ich, dass sie zu acht in diesem Haus lebten und dass es sich um eine

Wohngemeinschaft handelte. In einer Wohngemeinschaft, so erklärte mir meine Mutter, lebten Menschen zusammen, Frauen und Männer, die sich mit dem Kochen und Saubermachen abwechselten und über alles abstimmten. Diese Wohngemeinschaft hatte Hartmut aufgenommen, nachdem er im Studentenwohnheim, wo er zuerst war, keine Ruhe gefunden hatte.

Hartmut öffnete die Tür, was mich überraschte. Ich weiß gar nicht, was ich erwartet hatte, jedenfalls nicht, dass er persönlich an die Tür kommen würde. Es schien alles wie sonst, und ich fragte mich, was denn das Besondere am Hungerstreik war. Hartmut trug einen Pullover, sodass ich nicht mal sagen konnte, ob seine Rippen zu sehen waren. Ob er schmaler im Gesicht war, konnte ich auch nicht beurteilen, weil Hartmut auch vorher schon hager war. Der Student sagte, wenn wir etwas bräuchten, sollten wir uns melden, und ließ uns allein.

Ich war enttäuscht oder vielleicht eher verwirrt. So also sah ein Hungerstreik aus? Ich hatte angenommen, es sei etwas Gefährliches, mein Vater hatte vom Sterben gesprochen, aber Hartmut sah gar nicht aus, als würde er sterben, obwohl ich ehrlicherweise nicht hätte sagen können, wie ein Mensch aussah, der sterben würde. Ich hatte noch nie einen Toten gesehen.

Der Nachmittag war für mich unglaublich langweilig, sodass ich mir schon wünschte, wir wären doch zu der Freundin mit dem Sohn gefahren. Ich saß in diesem kleinen Zimmer auf einem Schreibtischstuhl und sah hinaus. Irgendwann legte mir meine Mutter einige Blatt Papier und ein paar Buntstifte hin, und ich fing an, Tore zu malen. Ich war ganz gut darin, Tore zu malen, Latte, zwei Pfosten, und für das Netz hatte ich mir eine

Zeichentechnik angeeignet, die das Netz auch als Netz erkennbar machte. Dann zeichnete ich einen Torwart als Strichmännchen, einen Spieler und dessen Laufweg. Mit Pfeilen markierte ich die Flugbahn des Balles, der auf jedem Bild an einer anderen Stelle im Netz landete. Währenddessen unterhielten sich meine Mutter und Hartmut. Sie hatten sich aufs Bett gesetzt, weil es keine andere Möglichkeit gab in dem kleinen Zimmer. Ich hörte zwar ihre Stimmen, achtete aber nicht auf das, was sie sagten. Irgendwann zog ich den Raider-Riegel, den ich mir für die Fahrt mitgenommen hatte, aus meiner Jackentasche. Ich riss die Verpackung auf, drückte einen der beiden Riegel heraus, sah den entsetzten Blick meiner Mutter, überlegte kurz, warum sie mich so ansah, und dachte, es sei, weil ich vergessen hatte, Hartmut etwas anzubieten. (Von ihr wusste ich, dass sie Schokolade nicht mochte.) Ich drehte mich um und hielt ihm die Packung hin und sagte: »Sie können gern einen haben.« Er blickte mich ziemlich unfreundlich an, wie ich fand. Und ich fragte mich, warum. Ich wusste, dass es meiner Mutter wichtig war, dass ich gute Manieren an den Tag legte, auch wenn es mir nicht sonderlich gefiel zu teilen, besonders nicht einen Raider-Riegel. Umso stolzer war ich, dass mir an jenem Nachmittag noch eingefallen war, Hartmut etwas anzubieten. Ich dachte darüber nach, ob er vielleicht Raider nicht mochte, aber dann hätte er mich nicht so wütend ansehen müssen, hätte »Nein, danke« sagen können – auch darauf achtete meine Mutter, dass ich höflich blieb, wenn mir jemand etwas anbot, was ich nicht mochte. Hartmut schob meinen Riegel von sich. Und ich sah meine Mutter an, weil ich nicht wusste, was los war. Vielleicht vertrug er keine Schokoriegel, so wie einer aus meiner Schule keine Haselnüsse vertrug. Dem schwollen dann – ich hatte es einmal erlebt – die Augen zu und er bekam keine Luft, weil offenbar auch sein Hals innen anschwoll. Ich wandte mich wieder meinen Zeichnungen zu und traute mich nicht, meinen Riegel zu essen. Ich hörte, wie sich meine Mutter bei Hartmut entschuldigte, und verstand gar nichts mehr. Sonst entschuldigte sie sich, wenn ich nichts anbot, und auf einmal entschuldigte sie sich, weil ich meinen Riegel teilen wollte. Auf der Rückfahrt erfuhr ich dann, dass ich Hartmut auf eine ziemliche Probe gestellt hatte, weil er durchaus eine Schwäche hatte für Schokolade (was ich natürlich nicht gewusst hatte) und zudem seit einer Woche nichts gegessen hatte. »Das war sehr unbedacht von dir«, sagte meine Mutter. »Hättest du nicht warten können, bis wir wieder im Auto sind?« Ich sagte nichts. Ich fand es ziemlich gemein von meiner Mutter, schließlich hatte ich nur höflich sein wollen, und dass Hartmut nichts essen wollte, war nicht meine Schuld, und trotzdem fühlte es sich hinterher ein bisschen so an.

Meinem Vater erzählte ich nichts von Hartmut und der WG, obwohl ich durchaus mit dem Gedanken spielte, allein aus Trotz. Als er fragte, ob ich mich amüsiert hätte, tat ich erst so, als hätte ich ihn nicht gehört, weil ich wusste, dass ich meiner Mutter auf diese Weise einen Schrecken einjagen konnte. Dass wir Hartmut besucht hatten, sollte schließlich ein Geheimnis bleiben. Sie war gerade dabei, den Tisch zu decken, und es sah aus, als sei sie von einem Moment auf den anderen erstarrt, sie hatte gerade einen Teller auf den Tisch gestellt, der Arm war noch ausgestreckt. Mein Vater sah mich an, ich aber betrachtete den Sportteil der Zeitung, der vor mir auf dem Tisch lag. Ich mochte es, mir die Fotos von den Spielen anzusehen und mir vorzustellen, ich sei einer von den Spielern, die gerade zum Kopfball hochstiegen oder im jubelnden Pulk der Mitspieler verschwanden. »Hanno?«, fragte er. »Ich habe gefragt, ob du dich amüsiert hast?« Ich tat, als hätte ich ihn vorher nicht gehört, hob den Blick von der Zeitung und sah ihn an. Und aus den Augenwinkeln beobachtete ich meine Mutter, die sich zwar wieder aufgerichtet hatte, aber immer noch vor dem Tisch stand. Ich nickte. Und nach einer weiteren Pause sagte ich: »Ja, wir haben ›Mensch ärgere Dich nicht‹ gespielt.« Mein Vater nickte zufrieden. »Siehst du«, sagte er, »war doch gut, dass du mitgefahren bist.« Ich wandte mich wieder der Zeitung zu, wartete, bis meine Mutter alle Teller auf den Tisch gestellt und das Besteck neben die Teller gelegt hatte. Dann fragte ich meinen Vater: »Was macht eigentlich dieser Gründler?«

»Wie kommst du denn jetzt auf den?«, fragte mein Vater.

Ich versuchte, meine Mutter nicht anzusehen.

»Fiel mir gerade so ein, weil er doch hungern wollte und ich mich frage, ob dieser Helmut Schmidt ihm geantwortet hat.«

»Junge«, sagte mein Vater, »du glaubst doch nicht wirklich, dass Helmut Schmidt als Bundeskanzler diesem Verrückten antwortet? Stell dir mal vor, er würde jedem antworten, dann wäre er nur mit Briefeschreiben beschäftigt. Der Mann hat ein Land zu regieren.«

»Heißt das, Hartmut muss jetzt hungern?«

»Ich weiß nicht, was er macht und wo er ist. Das interessiert mich auch nicht sonderlich. Ich glaube, da musst du deine Mutter fragen.« Er drehte sich um und sah meine Mutter an, die hinter ihm stand. »Du weißt doch bestimmt, wo dieser Gründler steckt?«

»Ich …«, setzte meine Mutter an, und dann atmete sie tief ein. Bis heute ist mir dieser Moment in Erinnerung geblieben. Ich bin mir sicher, meine Mutter hatte meinem Vater erzählen wollen, dass auch sie nicht wisse, wo Hartmut steckte, aber dann muss sie es sich anders überlegt haben. Sie holte tief Luft und hielt anschließend ihr erstes Plädoyer in Sachen Hartmut, und ich glaube, mein Vater war so erstaunt darüber, dass er gar nicht auf die Idee kam, sie zu unterbrechen. Und auch als sie fertig war, blickte er sie nur schweigend an. Sie erklärte ihm und wohl auch mir, weil sie mich ebenso anschaute wie ihn, dass Hartmut in den Hungerstreik getreten sei, weil er keine Wahl gehabt habe. Er sei eben von seinem Handeln überzeugt, davon, das Richtige zu tun, weil er nicht nur an sich denke, wie die meisten anderen, sondern an die Menschheit, er kämpfe für die Wahrheit, und Helmut Schmidt habe als Bundeskanzler einen Schwur geleistet, dass er seine Kraft dem Wohle des deutschen Volkes widmen und Schaden von ihm wenden und seine Pflichten gewissenhaft erfüllen werde und so weiter.

So hatte ich meine Mutter bis dahin noch nicht erlebt. Und mein Vater offenbar auch nicht. Er reagierte überhaupt nicht darauf. Dass sich etwas verändert hatte, merkte ich aber daran, dass an jenem Abend niemand mehr sprach. Jeder aß still vor sich hin, und irgendwann stand mein Vater auf und ging ins Wohnzimmer. Kurz darauf hörte ich Musik. Mein Vater mochte Demis Roussos. Er hatte alle seine Platten. Manchmal saß er in seinem Sessel, steckte sich eine Zigarre an und schloss die Augen, während Roussos' Stimme durchs Haus schallte.

Es hatte eine Zeit gegeben, da hatte sich meine Mutter zu ihm ins Wohnzimmer gesetzt und gelesen. Dieses Bild habe ich noch in Erinnerung: die friedliche Koexistenz meiner Eltern.

Nach Hartmuts Einzug aber zog sich meine Mutter immer öfter in ihr Zimmer zurück, und das Plattenhören bekam etwas Einsames. Manchmal setzte ich mich dann zu meinem Vater, obwohl ich die Musik nicht mochte. An jenem Abend aber blieb ich in der Küche und starrte meine Mutter an. Es war seltsam: Ich hatte den Eindruck, sie habe sich verändert, obwohl sie aussah wie immer.

Mein Vater sollte nicht recht behalten, das bekam ich an einem Wochenende zwei Wochen später mit, als meine Mutter uns mitteilte, Schmidt habe sich gemeldet. Das verkünden zu können, schien ihr eine große Genugtuung zu bereiten. Sie war den ganzen Tag unterwegs gewesen, während ich bei meinem Vater geblieben war. Wir hatten am Vormittag eine Fahrt mit der Göttin gemacht, auf der Autobahn, weil man sie nur dort ausfahren konnte. Mein Vater liebte die Geschwindigkeit, er entspannte sich dabei, und auch ich mochte es, wenn die Landschaft am Fenster vorbeizog. Im Auto herrschten Ruhe und Frieden, vielleicht weil mein Vater so ganz eins mit sich war. Weg von der Welt. Wir hatten beide die Tachometernadel im Blick, die bei 190 den Punkt erreicht hatte, an dem auch sie zur Ruhe kam. Erst später, als wir uns im Physikunterricht mit Einstein beschäftigten, konnte ich mir das Prinzip der Trägheit der Masse dank unserer Autofahrten erklären. Je schneller wir fuhren, desto schwerer und träger wurden wir, alles im Auto verharrte: die Nadel, der Arm meines Vaters auf der Türlehne, ich auf der Rückbank, nur die schneebedeckte Landschaft zog vorbei. Wir schossen die A5 Richtung Freiburg entlang. Mittags aßen wir im Wienerwald, Schnitzel mit Pommes und Ketchup, mein Vater trank ein Bier. Als meine Mutter nach Hause kam, saßen mein Vater und ich schon vor dem Fernseher und sahen uns die ›Sportschau‹ an. Sie kam ins Wohnzimmer, blieb im Türrahmen stehen und rief: »Er hat gewonnen!« Und weil weder mein Vater noch ich reagierten – schließlich sahen wir die ›Sportschau‹ –, fügte sie hinzu: »Schmidt ist eingeknickt.« Zumindest ich wurde hellhörig, weil ich an Peter Schmidt denken musste, die Nummer 291 im Album, FC Saarbrücken, der einzige Schmidt unter den vielen Spielern, was erstaunlich war, weil es sonst so viele Schmidts gab, aber komischerweise nicht im Fußball. Dass ich an Peter Schmidt dachte, lag daran, dass »gewonnen« für mich ein Begriff aus der Welt des Fußballs war und mein Hirn, einmal auf dieser Fährte, schlussfolgerte: Peter Schmidt war wohl im Training umgeknickt, was aber dann doch keinen Sinn ergab, weil das definitiv keine Nachricht gewesen wäre, die meine Mutter interessiert hätte. Abgesehen davon hätte sie es ohnehin nicht mitbekommen. Mein Vater aber wusste offenbar sofort, wen meine Mutter meinte. »Völlig ausgeschlossen«, entgegnete er, aber so ganz überzeugt schien er nicht zu sein, weil er nichts mehr sagte, als meine Mutter von einem Bürgerdialog anfing, der Grund dafür sei, dass Hartmut aufgehört habe zu hungern.

Sie erzählte es mir dann später, als ich im Bett lag. Sie sei bei Hartmut gewesen, und er müsse nicht mehr hungern, weil Helmut Schmidt ihm versprochen habe, dass die Regierung ehrlich über die Atompolitik sprechen werde. Ich glaube, dies war eine Art Schlüsselerlebnis für meine Mutter: Hartmuts Hartnäckigkeit hatte doch zum Erfolg geführt.

Am nächsten Tag kehrte Hartmut dann zurück in seine Souterrainwohnung. Es war Nachmittag, und meine Mutter hatte ganz offensichtlich auf ihn gewartet, weil sie immer wieder zum Wohnzimmerfenster gegangen war und gesagt hatte: »Wo bleiben die denn?« oder: »Die müssten längst da sein.«

Als es dann klingelte, war sie oben in ihrem Zimmer, ich war vor ihr an der Tür. Meine Mutter kam die Treppe heruntergeeilt. Ich hatte den Summer betätigt, aber meine Mutter wartete nicht, sondern lief aus der Wohnung ins Treppenhaus. Ich folgte ihr mit etwas Abstand und sah mich zum zweiten Mal in meinen Erwartungen enttäuscht. Aus irgendeinem Grund hatte ich in meiner Vorstellung nur den Gewinner gesehen, aber nicht bedacht, dass der Gewinner seit drei Wochen nichts mehr gegessen hatte. Er wurde von zwei Männern gestützt, die ich nicht kannte. Sie hatten Hartmut in ihre Mitte genommen. Er stand gebeugt und war noch schmaler als sonst. Er hatte dreizehn Kilo abgenommen, wie ich später erfuhr. Als er uns sah, hob er den Kopf, nickte uns kurz zu und ließ sich in den Keller bringen, wo er die nächsten Tage überwiegend auf dem Sofa lag. Meine Mutter machte ihm eine Kartoffelsuppe, die er förmlich in sich hineinkippte. Hartmut wollte einen Nachschlag, aber meine Mutter sagte, das ginge nicht, weil er sich erst wieder ans Essen gewöhnen müsse. Offenbar hatte sie sich darüber informiert, wie man einen Menschen nach längerem Hungern wieder ans Essen heranführte.

Ich erinnere mich, dass ich in jener Zeit eine Figur modelliert habe, die Hartmut darstellen sollte. Ich hatte meiner Mutter eine Freude machen wollen und nachmittags ein wenig mit Fimo geknetet, auch wenn ich kein großes Talent dafür hatte. Ich nahm die Fimo-Masse zwischen meine Hände und formte sie zu einer länglichen Wurst, dann rollte ich vier weitere, dünnere, und drückte sie als Arme und Beine an. Fehlte noch ein Gesicht. Flach, münzgroß, mit eingeritzten Augen, Nase und

Mund. Eine Figur, dünn, hager, groß, die nicht stehen konnte, nur liegen. Diesen Fimo-Hartmut hat meine Mutter all die Jahre hindurch behalten, er lag noch auf ihrem Schreibtisch, als ich ihre Wohnung auflöste.

Hartmut hatte mit seinem Hungerstreik gezeigt, dass es sich lohnte, konsequent zu bleiben, dass man selbst Helmut Schmidt zum Einlenken bewegen konnte. So sah es meine Mutter. Diese Konsequenz hat ihn in den Tod geführt, weil es keine Steigerung mehr gab zum Hungerstreik. Er hätte seine Glaubwürdigkeit verloren, wenn er noch einen und noch einen und noch einen angekündigt hätte. Hartmut brach den Hungerstreik ab, nachdem sich Manfred Schüler, Chef des Bundeskanzleramtes, schriftlich an ihn gewandt und ihm das Angebot eines Bürgerdialogs unterbreitet hatte. Wie alles andere hat meine Mutter auch diesen Briefwechsel archiviert. »Du musst bei Briefen schauen und dann bei Kanzleramt.« Ich habe die Stimme meiner Mutter noch im Ohr. Sie hatte große Sorge, dass ich mich nicht zurechtfinden könnte in ihren Ordnern.

»Sehr geehrter Herr Gründler, seit mehreren Monaten stehen verschiedene Stellen der Bundesregierung mit Ihnen in einem regelmäßigen und z.T. intensiven Brief- und Gesprächskontakt.«

Es folgt ein fünf Seiten langer maschinengeschriebener Text, in dem Kanzleramtschef Manfred Schüler die Position der Bundesregierung zur Atompolitik darlegt. Besonders verwahrt sich Schüler gegen Hartmuts Vorwurf, die Regierung würde sich einer gesellschaftlichen Debatte um die Atomkraft enthalten:

»Der Vorwurf einer irreführenden amtlichen Darstellung zur Entsorgung ist unzutreffend und wird zurückgewiesen.« Und weiter: »Die Bundesregierung führt seit mehr als zwei Jahren die öffentliche Diskussion über alle mit der friedlichen Nutzung der Kernenergie zusammenhängenden Fragen.« Weiter: »Die drastische Verknappung der herkömmlichen Energiequellen Öl und Gas und die daraus herrührenden weltweiten energiepolitischen Risiken für die nächsten Jahrzehnte zwingen uns, alle zur Verfügung stehenden Optionen und Alternativen zum Öl zu entwickeln. Hierzu gehört nach Auffassung der Bundesregierung auch der maßvolle und stetige Ausbau der Kernenergie.«

Der Brief endet mit den Worten: »Lassen Sie mich, sehr geehrter Herr Gründler, abschließend zum Ausdruck bringen, dass ich Ihre Einstellung zur friedlichen Nutzung der Kernenergie und Ihre ablehnende Grundhaltung zur Politik der Bundesregierung auf diesem Gebiet respektiere. Ich bitte Sie aber gleichzeitig zu beachten, dass hier nicht moralische Verantwortung für eine, in diesem Fall Ihre Position, reklamiert werden, der anderen Seite hingegen Irreführung, Heuchelei, Lüge und damit Verantwortungslosigkeit und Unmoral unterstellt werden kann. Fragen politischer Entscheidung sind immer auch Fragen ethischer Verantwortung.«

Es ist seltsam, diesen Brief zu lesen. Und ich frage mich, warum. Ich wusste, dass Hartmut immer wieder Briefe an Helmut Schmidt geschrieben hatte, mir war aber nicht klar gewesen, dass das Kanzleramt ihn so ernst genommen hatte, dass man sich die Mühe machte, seitenlange Antworten zu verfassen. Ich war stets davon ausgegangen, dass Hartmut den Status eines Spinners hatte, zumindest den eines Menschen, den man mit ein paar freundlichen Floskeln abzuwimmeln versuchte, keiner, dem man persönliche Briefe schrieb. Ich frage mich, ob ich ein falsches Bild von Hartmut hatte, ein falsches Bild von seiner Wirkung in der Öffentlichkeit. Ich weiß nicht, ob ich weiterblättern soll oder lieber den Ordner beiseiteschieben. Ich weiß auch nicht, warum ich mir die Briefe überhaupt ansehe. Warum beschäftige ich mich mit Hartmut? Hat er mich nicht schon genug beschäftigt in all den Jahren? Warum klappe ich den Ordner nicht einfach zu? Weil ich damit offenbaren würde, dass ich an meinem Bild von Hartmut festhalte, so wie es mir am besten in den Kram passt, und damit belegen, dass ich genauso verbohrt bin, wie es meine Mutter war? Dass jeder von uns sich seinen Hartmut geformt hat? Ich bleibe am Briefkopf des nächsten Schreibens im Ordner hängen. Adressiert ist der Brief an »den Bundesminister für Forschung und Technologie Herrn Hans Matthöfer«. Der Absender: Manfred Schüler. »Eilt« steht neben der Anschrift, von Hand geschrieben und doppelt unterstrichen.

»Sehr geehrter Herr Bundesminister, die Ankündigung von Herrn Hartmut Gründler, ab 1. Juli 1977 in Hamburg erneut in den Hungerstreik zu treten, gibt nach meiner Auffassung Veranlassung zu prüfen, wie wir gemeinsam die Wiederholung eines derartigen spektakulären Auftretens rechtzeitig beeinflussen können. Es hat sich im Januar/Februar 1977 gezeigt, dass die öffentliche Anteilnahme an den Hungerstreiks von Herrn Gründler uns dazu zwang, auf sehr hoher Ebene Appelle an Herrn Gründler, seinen Hungerstreik aufzugeben, zu richten. Dieses Verfahren ist auf die Dauer nicht angemessen und lässt sich auch nicht beliebig oft wiederholen. Es erscheint mir deshalb geboten, im Verlaufe dieses Monats im Voraus rechtzeitig das Notwendige zu tun.«

Er kündigt ein von ihm (oder dem Herrn Bundeskanzler) zu unterzeichnendes veröffentlichungsfähiges Schreiben an Hartmut an, das in eindeutiger und abschließender Form zu seinen Vorwürfen betreffend die Problematik der Endlagerung hochaktiven atomaren Mülls Stellung bezieht.

Meine Mutter hat mir erzählt, die Regierung habe Angst vor Hartmut gehabt, für sie ein Beweis dafür, dass er nicht der Einzelgänger gewesen war, als der er immer dargestellt worden sei.

Und wenn schon, denke ich, das ändert nichts daran, dass ihn heute kein Mensch mehr kennt, und das ändert auch nichts daran, dass ihr Einsatz zu hoch war, viel zu hoch. Sie hatte alles auf ihn gesetzt, alles, was sie hatte, ihr Leben, mein Leben, das Leben meines Vaters. Dann hat die Regierung ihn eben ernst genommen. Zumindest ernst genug, um ihm einen Brief zu schreiben. Aber nicht ernst genug, um die Atompolitik zu ändern. Nicht mal ernst genug, um die Gefahren ernst zu nehmen. Die Asse ist abgesoffen und mit ihr Tausende von Atomfässern. Hartmut hatte schon damals davor gewarnt, aber hat die Regierung auf ihn gehört? Hatte sie so große Angst vor ihm, dass sie sich besser um die Endlagerung gekümmert hätte? Nein. Das Einzige, was Hartmut erreicht hat, war: uns das Leben zu nehmen, indem er meiner Mutter die Verantwortung für die Welt übertrug, die Verantwortung, vor der er sich mit seinem Tod gedrückt hat. Er wusste, dass er nichts würde erreichen können, dass dieser Kampf, das Hungern, die Briefe, die Proteste, die Sturheit, die Enthaltsamkeit, seine ganze Askese und Freudlosigkeit, umsonst waren, weil er die Welt nicht würde ändern können. Und seine Entschlossenheit, die meine Mutter so bewundert hat, war in Wahrheit eine unglaubliche Eitelkeit, eine Selbstgefälligkeit. Er konnte sich nicht eingestehen, dass er gescheitert war, also hat er sich lieber umgebracht. Hatte meine Mutter es jemals aus dieser Perspektive betrachtet? Er hat sie allein gelassen. Er hat sie den Kampf führen lassen, statt ihr zur Seite zu stehen. Konnte sie das wirklich tugendhaft finden? Warum hat er nicht an sie gedacht? Und an die anderen, die ihm zur Seite standen? Der Kampf war doch noch lange nicht vorbei. Könnte es sein, dass er sich einfach gedrückt hat? Letztlich war Hartmut desertiert. Ausgerechnet er, der sonst so gern von soldatischen Tugenden sprach und Kinder an der Hand ihrer Mütter in den Kampf schicken wollte. Ausgerechnet Hartmut, der den Strohtod so sehr verdammte, einen Tod, der nicht im Kampf erlitten wurde. Aber was war seine Tat anderes, als den Strohtod zu sterben? Anstatt das einzusehen, wollte meine Mutter die Erinnerung an ihn wachhalten. Und ich helfe ihr auch noch dabei. Aber ich tue es nicht für Hartmut und auch nicht aus Protest gegen die Atomkraft, ich kann nicht einmal behaupten, dass ich es für eine bessere Welt tue, für die nachkommenden Generationen, für die Kinder, die ich nicht habe. Ich tue es für meine Mutter. Nein, nicht mal das kann ich sagen, so altruistisch bin ich nicht. Ich tue es für mich.

Die einzige Möglichkeit, meiner Mutter nahe zu sein, war, Seite an Seite mit ihr in den Kampf zu ziehen. Das war schon damals so, als Hartmut noch lebte und wir gemeinsam nach Grohnde fuhren und nach Köln und nach Kassel und in seiner Kellerwohnung saßen und Briefe eingetütet haben. Ich weiß nicht, ob meine Mutter dachte, es mache mir Spaß. Viel lieber ging ich mit meinem Vater zum Fußball. Richtig glücklich aber war ich, wenn wir etwas zu dritt unternommen haben, was aber nach Hartmuts Einzug immer seltener vorgekommen ist. An einen Tag allerdings erinnere ich mich noch gut, den Tag, den wir zu dritt auf einem Reiterhof verbrachten. Wir wollten meiner Mutter eine Freude machen, weil meinem Vater eingefallen war, dass sie als Mädchen immer davon geträumt hatte, ein Pferd zu besitzen. Wir hatten ihr nicht gesagt, wohin wir fuhren. Und sie fand das nicht gut, weil sie eigentlich zu irgendeinem Bürgerausschuss wollte. Aber wir hatten sie überredet. Ich hatte den Frühstückstisch gedeckt, als Überraschung für sie. Es sollte *ihr* Tag werden – und dann wurde es *unserer,* und ich weiß noch, wie selig ich abends im Bett lag. Ich glaube, auch mein Vater hatte nach dem Tag wieder Hoffnung, weil meine Mutter so zufrieden wirkte. Ich musste mich zurückhalten, nicht schon auf der Hinfahrt zu verraten, wohin die Reise ging, weil meine Mutter die meiste Zeit aus dem Fenster schaute und verärgert aussah, während mein Vater alles daransetzte, um ihre Laune zu heben; das Radio anmachte, aufs Lenkrad trommelte und immer wieder sagte: »Wenn deine

Mutter wüsste, wo es hingeht!« und mir dabei im Rückspiegel zuzwinkerte. Kurz vor dem Ziel verband ich ihr die Augen. Nachdem wir geparkt hatten, nahm mein Vater meine Mutter an die Hand und führte sie zu einer Koppel. »Wir wollen ein Mädchen glücklich machen«, sagte er und nahm ihr das Tuch von den Augen. Ich stand neben ihr und schaute sie aufmerksam an, weil ich sehen wollte, ob sie sich freute. Und ich habe es gesehen: Sie hat gelächelt, ganz still, und dann hat sie mich angesehen und mir über die Haare gestrichen. »Hanno«, hatte mein Vater gesagt, »ich glaube, das war die richtige Idee.« Und dann standen wir eine Weile an der Koppel und sahen den Pferden zu. Ich hatte damals nichts übrig für Pferde. Ehrlich gesagt hatte ich Angst vor Pferden, weil sie so groß waren. Und ich hatte auch Angst, als sich meine Mutter auf das Pferd setzen sollte. Mein Vater hatte ihr eine Reitstunde geschenkt. Und ich malte mir aus, wie sie herunterfiel oder das Pferd – ich weiß sogar noch den Namen, Lucy, wie die Lucy aus diesem Lied der Beatles – bockte und meine Mutter abwarf, ich hatte Angst, dass irgendetwas geschehen könnte, was ihr den Tag verderben, was sie bereuen lassen würde, mitgekommen zu sein. Aber es kam ganz anders: Meine Mutter wollte gar nicht mehr runter von Lucy, und mein Vater hat alles gefilmt mit seiner Super-8-Kamera. Ich bilde mir ein, noch vor Augen zu haben, wie sie diese hüpfenden Bewegungen im Sattel machte, überhaupt meine Mutter im Reitdress mit den hohen schwarzen Stiefeln, so hatte ich sie noch nie zuvor gesehen. Als sie vom Pferd abgestiegen war, hat sie Lucy über die Nüstern gestreichelt, und dann hat sie die Zügel dem Reitlehrer übergeben und ist zu mir gekommen, der ich immer noch am Gatter stand, und hat mich auf die Stirn geküsst. Was man aber im Film nicht mehr sehen konnte. Man sah auch nicht, wie wir zu dritt in den Gasthof gingen, der zum Hof gehörte. Hand in Hand, ich in der Mitte. Meine Mutter hat dann erzählt, wie es war, wie hoch man saß und von dort oben einen anderen Blick hatte auf alles. Sie habe nicht gewusst, ob ihr so ein großes Pferd gehorchen würde, und wie sie und das Pferd dann den Rhythmus gefunden hatten und eins wurden. Mein Vater hat ihr wie gebannt zugehört, und es war offensichtlich, dass es ihn richtig froh machte. Ich erinnere mich, dass sich mein Vater später den Film angeschaut hat, allein. Meine Mutter war unterwegs, ich weiß gar nicht, wohin, es war auf jeden Fall nach Hartmuts Tod, kurz vor dem Sommer, in dem meine Mutter und ich nach Berlin zogen. Wahrscheinlich wusste mein Vater schon oder ahnte es zumindest, dass wir ihn verlassen würden. Ich hatte den Nachmittag bei Paul verbracht, einem Klassenkameraden, ich war oft bei Paul zu der Zeit. Als ich nach Hause kam, dachte ich zuerst, es sei niemand da, aber dann hörte ich das Rattern der Spulen aus dem Wohnzimmer, und als ich die Tür öffnete, sah ich meinen Vater gedankenverloren in seinem Sessel sitzen. Er hatte nicht bemerkt, dass ich nach Hause gekommen war, und bemerkte mich auch nicht, als ich in der Tür stehen blieb. Er hatte die Leinwand vor die Anrichte gestellt, der Projektor stand auf dem Wohnzimmertisch. Die Gardinen waren zugezogen und das fast gleißende Licht aus dem Projektor flackerte. Auf der Leinwand sah ich meine Mutter auf dem Pferd, wie sie ihre Runden hinter dem Gatter drehte. Ihn so zu sehen, so allein – meine Mutter auf der Leinwand, ich glaube, oder vielleicht bilde ich es mir auch nur ein, sie hat sogar einmal gewinkt, als Lucy mit ihr an der Kamera vorbeitrabte –, machte mir Angst, ohne dass ich damals verstanden hätte, warum. Vermutlich spürte ich, dass es ein Abschied war. Mitten in die Stille hinein sagte ich, ich hätte Hunger und ob es etwas zu essen gebe. Es dauerte, bis mein Vater meine Anwesenheit wahrnahm und meine Worte in sein Bewusstsein gedrungen waren und er sich mir zuwandte. Er sah mich an. Und es dauerte wieder eine Ewigkeit, hinter ihm drehten sich die Spulen, das Licht flackerte. »Hanno«, sagte er, »da bist du ja.« Er schaltete den Projektor aus, stand auf, machte Licht, legte mir eine Hand auf die Schulter. Mein Vater hatte so große Hände, sie waren breiter als meine schmalen Schultern. Er fragte, ob ich den Körbel endlich hätte. Körbel war der Einzige, der mir von Eintracht Frankfurt fehlte, die Nummer 61. Er versprach, am nächsten Tag mit mir zum Kiosk zu fahren und so viele Packungen zu kaufen, bis Körbel dabei sei. Ich konnte dann kaum einschlafen, weil ich mir die ganze Zeit vorstellte, wie ich eine Packung nach der nächsten aufriss und die Bildchen herauszog und schon am Haarschnitt zu erkennen versuchte, ob es Körbel war. Allein die Vorstellung war so aufregend, dass meine Hände fast zu zittern begannen. Und ich hoffte, dass er nicht gleich in der ersten Packung wäre.

Im ersten Kiosk kauften wir alle Packungen auf, fuhren dann zum nächsten, kauften wieder alle Packungen auf, aber erst beim dritten Kiosk war dann Körbel dabei. Insgesamt hatte mein Vater mir 72 Packungen gekauft. Als meine Mutter dann all die Bildchen sah, die ich in einer Tüte nach Hause gebracht und auf meinem Schreibtisch gestapelt hatte, sagte sie nur: »Ihr und der Fußball. Als gäbe es nichts Wichtigeres auf der Welt.«

Mehr als 30 Jahre später, an einem der Nachmittage an ihrem Küchentisch, hatte ich das Album von damals mitgebracht. ›Fußball 77/78. Das aktuelle Bergmann-Sammelalbum‹, Vorläufer der Panini-Alben, die Päckchen kosteten 30 Pfennig. Die Bilder waren noch nicht selbstklebend, zum Einkleben brauchte ich meinen Pritt-Stift. Ich zeigte meiner Mutter das Heft. Es war das erste Mal, dass sie es zur Hand nahm und durchsah. Ihr muss aufgefallen sein, wie zerlesen es war, das Papier war an den Rändern vom ständigen Umblättern schon sehr dünn, etliche Seiten hatten Eselsohren, einige Bögen hatten sich längst aus der Heftung gelöst. Ich hatte gar kein allzu großes Interesse ihrerseits erwartet, ich war schon froh darüber, dass sie es sich überhaupt ansah.

Sie klappte das Heft schließlich zu und ließ es mit der Rückseite nach oben vor sich auf dem Tisch liegen. Ich sah die beiden Mannschaftsfotos vom Vorjahresmeister Borussia Mönchengladbach und dem Pokalsieger 1. FC Köln. Selbst nach all den Jahren und mit einem flüchtigen Blick erkannte ich noch mehr als die Hälfte der Spieler. »Mag sein«, sagte meine Mutter, »dass ich eifersüchtig war.« Ich starrte weiterhin auf die beiden Fotos, aber ich spürte, wie die Spieler ihre Konturen verloren, wie mein Herz schneller zu schlagen begann, wie sich meine Kehle verengte und mein Atem aussetzte, wie meine Hände unwillkürlich zu zittern begannen in Erwartung dessen, was folgen würde.

Ich wollte hören, dass sie eifersüchtig war auf den Fußball, weil er Ausdruck war für die Verbundenheit mit meinem Vater, für das Glück meiner Kindheit, an dem meine Mutter so wenig teilhatte, ich wollte hören, dass sie es bereute, so viele Glücksmomente mit mir verpasst zu haben. Aber dann machte sie mir klar, dass sie nicht den Fußball meinte, der mich mit meinem Vater verband, sondern den Fußball als solches. »Ich war eifersüchtig auf diese Leidenschaft«, fuhr sie fort. »Wenn all die Menschen, die jedes Wochenende in den Stadien, vor den Radios und Fernsehern sitzen, wenn all die Millionen und Milliarden mit derselben Leidenschaft angingen gegen alles, was schiefläuft in unserer Gesellschaft, auf der Welt, dann wäre die Menschheit längst gerettet. Aber der Fußball hält sie davon ab. Und die Spieler werden zu Halbgöttern verklärt, weil sie irgendwann mal ein Tor geschossen haben. Du musst zugeben, das ist irrational. Ja, und es ist auch frustrierend. Es ist frustrierend, dass ein Fußballer wichtiger zu sein scheint als ein Mann, der sich dafür geopfert hat, dass wir sicherer leben.«

Je mehr ich über Hartmut und meine Mutter nachdenke, desto besser verstehe ich, warum sie gescheitert sind, oder, ja: scheitern mussten. Ihr Denken basierte auf einer falschen Grundannahme. Hartmut war davon ausgegangen, dass derjenige, der ein Kind ertrinken sieht, selbstverständlich in den Fluss springen würde, um es zu retten. Ein ganz natürlicher Reflex. Er folgerte daraus, dass das Wahrnehmen eines Unglücks oder auch eines Missstands dazu führte, dass Menschen tätig würden. Aber es ist natürlich etwas anderes, auf das Ertrinken eines Kindes zu reagieren als auf eine abstrakte Gefahr. Und mich verwundert es, dass sowohl Hartmut als auch meine Mutter offenbar nicht begriffen haben, warum die Menschen nicht geschlossen gegen die Atomkraft auf die Straße gegangen sind: Die Gefahr war einfach zu abstrakt. Außerdem hatten die Menschen nicht lange davor erlebt, was es bedeutete, vom Öl abhängig zu sein. Als im November 1973 am Totensonntag ein Fahrverbot für Autos ausgesprochen wurde, dem drei weitere autofreie Sonntage folgen sollten, dazu eine Geschwindigkeitsbegrenzung von 80 km/h auf Landstraßen und 100 km/h auf Autobahnen, war mein Vater außer sich. Ich erinnere mich daran, weil er, statt eine Spitztour zu machen, seine *D*éesse vor der Garage gewaschen und mir die Aufgabe übertragen hatte, anschließend die Stoßstange und die Türgriffe zu polieren. Das Radio lief, und mein Vater schimpfte auf die Araber und die Israelis, die Krieg gegeneinander führten, und er deswegen in Deutschland nicht fahren durfte.

Ich erinnere mich auch, dass mein Vater einmal mit Hartmut vor unserem Haus aneinandergeriet und ihn fragte, wie Hartmut sich das vorstelle, ohne Atomstrom, wenn der Ölhahn von den Arabern wieder zugedreht würde, dann könnten wir in Zukunft zu Fuß gehen und wieder Feuer machen, ob er das wolle, zurück in die Steinzeit? Und Hartmut erzählte etwas von anderen Möglichkeiten, von Zelten, riesigen Zelten in Wüsten, in denen sich die Luft erhitzte und beim Entweichen durch eine Öffnung im Zeltdach in Energie umgewandelt würde. Auf diese Weise könnten wir alle mit Energie versorgt werden. Und er sprach von irgendwelchen Möglichkeiten, Strom aus Ebbe und Flut zu erzeugen. Mein Vater schüttelte nur den Kopf (zu der Zeit war er schon nicht mehr gut auf Hartmut zu sprechen) und sagte: »Dann fangen Sie doch schon mal an, Ihre Zelte zu nähen.« Zu mir sagte er daraufhin im Auto: »Hanno, Leute wie dieser Gründler sind grüne Spinner, da hat der Schmidt ganz recht. Wenn es nach denen ginge, müssten wir in Zukunft alle mit dem Rad fahren.«

Meine Mutter hingegen nannte Hartmut einen Visionär. So unterschiedlich können Wahrnehmungen sein.

Fukushima war nicht die erste Katastrophe. Davor gab es schon Tschernobyl. Als es am 26. April 1986 zum GAU kam, sagte meine Mutter, dass es so habe kommen müssen, weil sich die Menschen offenbar nicht überzeugen ließen, bevor ein Unglück passierte. Sie ging davon aus, dass spätestens jetzt die Menschen alles daransetzen würden, die Atomkraft abzuschaffen, und zwar ein für allemal. Aber selbst nach dem GAU lebte der Großteil weiter wie zuvor.

Zu dem Zeitpunkt hätte meine Mutter einsehen können, dass die Menschen keine sicherere Welt wollten, lieber das Risiko in Kauf nahmen und Hartmut sich vergebens geopfert und meine Mutter ihre Energie all die Jahre vergeblich eingesetzt hatte. Sie hätte aufgeben können. Aber das kam für sie nicht infrage. Sie hat stur weitergemacht. Meine Mutter war sogar noch auf ihre alten Tage regelmäßig draußen unterwegs, obwohl sie Schmerzen gehabt haben musste. Ich dachte, es läge am Alter, dass sie langsamer ging, aber nachdem ich sie endlich dazu gebracht hatte, einen Arzt aufzusuchen, wurde eine Hüftgelenksarthrose diagnostiziert. Ich hatte Schmerztabletten in ihrem Badezimmerschränkchen gefunden und sie zur Rede gestellt. Sie hatte sich anfangs gegen einen Rollator gewehrt, überhaupt lehnte sie jede Form von Gehhilfe ab, sie weigerte sich auch, von mir gestützt zu werden. Doch dann kam sie auf die Idee, den Rollator für ihre Zwecke zu nutzen. Eigentlich handelte es sich bei ihrem Rollator eher um einen Demo-Lator. Sie hatte ihn (wo auch immer) umbauen lassen, links und rechts waren Holzleisten angebracht worden, und zwar so genau bemessen, dass ihr Gefährt in den Fahrstuhl passte. An die Leisten hatte sie Fotos von Hartmut geklebt und kleinere Plakate, auf denen zu lesen war, dass Hartmut sich geopfert hat wegen Asse II und der Energiepolitik-Lügen. »Gegen die Atom-Lügen!« stand da und: »Plutonium? Nein danke!« Außerdem hatte sie vorn einen kleinen Korb angeklemmt, in dem selbst verfasste Infobroschüren auslagen. Sie machte keinen Schritt mehr ohne ihren Rollator. Jeden Tag schob sie ihn durch ihren Kiez, auch im Winter, was mir Sorgen bereitete, weil sie sich nicht einmal von vereisten Bürgersteigen abschrecken ließ. Ich wusste mir nicht anders zu helfen und habe ihr Spikes gekauft, nachdem mich eine Freundin auf die Idee gebracht hatte. Als Joggerin schwor sie auf diese Spikes, die man unter die Schuhe spannte. Meine Mutter war erst skeptisch, aber dann doch sehr froh, weil sie zwar besessen, aber nicht dumm war und auch wusste, dass ein Bruch in ihrem Alter zu großen Komplikationen führen konnte. Auf keinen Fall wollte sie im Rollstuhl landen wie ihre Nachbarin aus dem ersten Stock, die gestürzt war und sich einen Wirbel gebrochen hatte.

Kurz vor Weihnachten hatte ich sie zum ersten Mal mit ihrem Demo-Lator auf der Straße gesehen. In der Nacht zuvor hatte es geschneit, im Radio waren Temperaturen um die vierzehn Grad unter Null angekündigt worden. Morgens waren Tausende von Autofahrern damit beschäftigt, die zentimeterdicke Eisschicht von ihren Autos zu kratzen, Züge konnten nicht mehr weiterfahren, weil die Oberleitungen vereist waren, in Neukölln war in der Nacht ein Obdachloser erfroren, auf einem Schulhof war ein Drittklässler mit der Zunge am Eisenzaun festgeklebt und hatte einen Notarzteinsatz ausgelöst, in Moabit waren die Heizungen ausgefallen und die Bewohner in Turnhallen gebracht worden, und meine Mutter schob ihren Rollator durch verlassene Straßen. Ich entdeckte sie, als ich mittags in dem Café saß, in dem ich gerne bin, weil es um die Ecke liegt von der Bürogemeinschaft, in der ich ein Arbeitszimmer habe, und im selben Viertel, in dem meine Mutter lebte. Ich wartete auf die Suppe, als ich auf der anderen Straßenseite meine Mutter entdeckte, wie sie einsam ihr Mahnmobil vor sich herschob. Sie trug weder Handschuhe noch Mütze, und so langsam, wie sie vorankam, musste sie schon eine Weile unterwegs gewesen sein und war mit Sicherheit durchgefroren.

Sie stemmte sich gegen den eisigen Wind. Sie war die Einzige auf der Straße. Es war das erste Mal, dass ich mich fragte, was Hartmut wohl denken mochte, wenn er sie von oben sähe, vorausgesetzt er war in den Himmel gekommen und nicht in der Hölle gelandet. Vielleicht würde ihm klar werden, was er uns mit seinem Tod zugemutet hat, ein Leben nämlich in ständiger Erinnerung an sein Opfer. Wie sonst ließe sich erklären, dass eine bald 70-jährige Frau bei diesen Minusgraden ohne Handschuhe einen mit Plakaten beklebten Rollator durch ein menschenleeres Viertel schob?

Ihr Anblick deprimierte mich einerseits. Ich hatte eine Mutter, von der ich nicht erzählen konnte, ohne sie der Lächerlichkeit preiszugeben. Alle meine Freunde haben Geschichten zu erzählen von ihren Eltern, Geschichten von schwierigen Beziehungen, von Konflikten, die spätestens am zweiten Tag eines Besuchs unübersehbar werden. Ich kenne Geschichten von Freunden, die nicht mehr mit ihren Eltern reden oder nicht mehr mit ihnen reden können, die Telefonate führen über das

Wetter oder das Sortiment im Supermarkt oder die sich nach zwei Tagen ins ehemalige Kinderzimmer zurückziehen, sich ins ehemalige Kinderbett legen und ihren iPod aufdrehen, um die Unterhaltung ihrer Eltern in der Küche nicht mit anhören zu müssen. Ich kenne viele Geschichten von Eltern, aber wenn es an mir ist, welche zu erzählen, dann sind meine Zuhörer oft überfordert, weil, so glaube ich, ihnen die Haltung des Erzählers nicht klar ist. Es verunsichert sie, weil sie nicht wissen, ob ich mich lustig mache über meine Mutter (was ich manchmal tue) – allein der umgebaute Rollator ist schon absurd genug –, ob ich sie bewundere für ihre Beharrlichkeit und ihren Glauben an ihre eigene Wirkkraft oder ob ich eigentlich mich selbst bemitleide, weil ich ein Leben lang hinter einer größeren Sache zurückstehen musste. Und damit ich diesen Anschein nicht erwecke, suche ich nach Geschichten vom gemeinsamen Plätzchenbacken, vom Getröstetwerden, ich erinnere mich an die Pflaster, die sie mir auf Schürfwunden geklebt hat, und an die Weihnachtsbäume, die wir zusammen geschmückt haben. Es war auch immer meine Mutter gewesen, die mit dem Glöckchen läutete und mich als Erste in den Arm nahm, um mir frohe Weihnachten zu wünschen. Es war aber auch meine Mutter, die an meinem neunten Geburtstag noch mal weg musste und dann mit Hartmut im Keller Infoblätter in Kuverts steckte, die dringend verschickt werden mussten.

Dass ich beobachtete, wie meine Mutter am kältesten Tag des Jahres ihren Rollator einsam durchs Viertel schob, habe ich noch nie jemandem erzählt. Ich wüsste nicht, wie ich diese Begebenheit erzählen sollte. Sie ließe sich heiter erzählen: eine verrückte alte Frau. Oder tragisch, weil sie als Einzige die Sinnlosigkeit ihres Tuns nicht begriffen hat. Oder eben gar nicht, weil sie mich entlarvt, in meiner Hilflosigkeit, eine Haltung zu ihr zu finden. Wie ausgehöhlt habe ich mich gefühlt. Ich hätte sie zu mir ins Lokal holen und dafür sorgen können, dass sie sich aufwärmte, eine Suppe aß. Ich hätte ihr den Weg versperren können, hätte sie fragen können, was sie vorhabe, was das solle, für wen sie das tue, ob ihr nicht klar sei, wie hirnverbrannt das sei, ob sie sich vorstellen könne, wie es für mich sei, die eigene Mutter mit so einem Mahnmobil zu beobachten, ob sie überhaupt jemals an mich gedacht habe, ich hätte verdammt noch mal alles Recht der Welt gehabt, wütend zu sein. Vor allem aber hätte ich mich entscheiden müssen. Doch ich hatte sie weiterziehen lassen, habe so getan, als kennte ich sie nicht, obwohl ich mitbekommen habe, dass die junge Kellnerin meine Mutter bemerkt hatte, sie stand neben mir und hat den Nebentisch abgeräumt. Sie hat meiner Mutter nachgesehen und den Kopf geschüttelt, ungläubig, vielleicht mitleidig. »Das ist meine Mutter«, hätte ich sagen können. Und was hätte sie erwidern können? Mich fragen, wieso ich sie allein in der Kälte ließ? Mich fragen, was zwischen uns vorgefallen sei? Und was hätte ich antworten können? Dass es eine lange Geschichte sei. Sie hätte stumm nicken können. Sie hätte fragen können, wie die Beziehung sei zu meiner Mutter. »Schwierig«, hätte ich antworten können. Und wenn sie mich gefragt hätte, ob ich sie liebte, was hätte ich geantwortet? Ich hätte »natürlich« sagen können, jedes Kind liebt seine Eltern, oder ich hätte überlegen können und vielleicht gesagt, dass ich nach ihrer Aufmerksamkeit gierte, und falls das ein Zeichen für Liebe sei, dann liebte ich sie wohl. Aber vielleicht war die Sehnsucht nach Aufmerksamkeit nur der Ausdruck einer Mangelerscheinung, so wie die kleinen weißen Flecken in den Fingernägeln. Es gab Zeiten in meiner Kindheit, da betrachtete ich täglich meine Fingernägel, weil meine Mutter mir gesagt hatte, die Flecken deuteten auf einen Kalziummangel hin. Nie hatte ich Nägel ohne weiße Stellen, und obwohl ich wusste, dass Milch reich an Kalzium war, wollte meine Mutter nicht, dass ich zu viel davon trank. Vielleicht war es mit der Liebe ähnlich.

Ich muss an eine Frage der Hinkelstein-Therapeutin denken, eine höchst banale Frage, die sie mir, wenn nicht schon während der ersten, dann spätestens während der zweiten Sitzung gestellt hatte und die mich an die Fragestellung eines Deutschaufsatzes erinnerte: »Was war Ihr/dein schönstes Erlebnis, das Sie/du mit Ihrer/deiner Mutter hatten/hattest?« Ich musste nicht lange überlegen und erzählte von der Woche im Mai 1986, in der wir viel Zeit miteinander verbrachten, weil wir die Wohnung kaum verließen. Aus Angst vor dem sauren Regen. Ich war damals 18, hatte gerade die schriftlichen Abiturprüfungen hinter mir und wohnte noch bei meiner Mutter. Anders als nach Fukushima war meine Mutter nach Tschernobyl nicht in Feierlaune. Was vielleicht daran liegen mochte, dass die Kernschmelze nicht am anderen Ende der Welt geschehen war, sondern keine tausendfünfhundert Kilometer entfernt, und wir die Folgen unmittelbar zu spüren bekamen. Meiner Mutter war von Anfang an klar, was der Vorfall bedeutete, auch wenn die Politiker anfangs versuchten, das Ausmaß herunterzuspielen. Der bayerische Staatsminister für Umweltfragen Alfred Dick hat vor laufender Kamera mit Cäsium belastete Molke gegessen und gesagt: »Des tut mir nix.« Das widersprach natürlich all dem, was ich im Chemieunterricht über Cäsium gelernt hatte. Ich weiß noch, wie wir ihn im Fernsehen gesehen haben und meine Mutter ihn gleich entlarvt hat. »Hast du gesehen, was er gemacht hat?«, fragte sie mich. »Er hat seinen Mittelfinger ins Molkepulver gesteckt und seinen Zeigefinger abgeleckt.«

Während die Menschen um uns herum von Tag zu Tag panischer wurden, blieb meine Mutter erstaunlich ruhig. Im Boxsport heißt es, nur der Schlag, den man nicht kommen sieht, könne einen umhauen. Meine Mutter aber hatte den Schlag kommen sehen und war entsprechend vorbereitet. In unserer Abstellkammer hatte sie schon kurz nach unserem Einzug einen Vorrat angelegt, den sie regelmäßig erneuerte: Dutzende Konserven, mehrere Wasserkisten, Dosenbrot, Hartweizennudeln, Toilettenpapier, Medikamente. Wir mussten uns keine Sorgen wegen der Warnungen machen, etwa vor dem Verzehr von Blattgemüse, das man besonders gründlich waschen sollte, am besten mit lauwarmem Wasser. Auf keinen Fall sollte man Wild essen und auch vor dem Fleisch von freilaufendem Geflügel wurde gewarnt. Es gab Einfuhrbeschränkungen für Milch, Obst, Gemüse und Fleisch aus Osteuropa. Kinder sollten Sandkästen meiden, in manchen Städten wurden Spiel- und Sportplätze geschlossen. Und auf keinen Fall sollte man bei Regen ins Freie gehen. Von einigen meiner Freunde wusste ich, dass sie Jod-Tabletten genommen hatten, die, so hieß es, die Einlagerung von radioaktivem Jod in der Schilddrüse verhinderten. In jenen Wochen drehte sich alles um Tschernobyl. Alle sprachen fortwährend von der Gefahr, die aus dem Osten drohte, der – und das war besonders perfide – unsichtbaren Gefahr, die man weder sehen noch schmecken konnte. Ich erinnere mich noch, mit welcher Seelenruhe sich meine Mutter aus ihrem Sessel erhob, nachdem in der ›Tagesschau‹ zum ersten Mal über den Unfall im Atomkraftwerk berichtet worden war. Sie ging in ihr Zimmer, kam mit einigen Rollen Klebeband zurück und dichtete die Ritzen der Fenster ab. Wenn sie die Wohnung verließ, was in jenen Wochen selten vorkam, sah sie aus, als würde sie zum Angeln gehen. Sie trug eine wasserdichte Latzhose, darüber einen Regenmantel mit Kapuze und Gummistiefel. Fehlte nur noch die Angelrute. Nach ihrer Rückkehr ging sie direkt ins Bad, zog sich aus und spülte ihre Montur unter der Dusche ab.

Nie zuvor und nie danach habe ich so viel Zeit mit meiner Mutter verbracht wie in dieser Woche nach Tschernobyl. Auch ich verließ die Wohnung nur selten, ich war mir der Gefahr, die von der Radioaktivität ausging, durchaus bewusst. Schließlich war ich im Wissen um diese Bedrohung groß geworden, dafür hatten Hartmut und meine Mutter gesorgt. Und spätestens Tschernobyl hatte auch meinen Vater widerlegt, der zeitlebens, technikgläubig wie er war, Atomreaktoren für unzerstörbar hielt. Es ist wahr, dass ich so manches Mal, wenn meine Mutter mich für ihren Kampf gegen die Atomkraft zwangsverpflichtete, lieber zu Hause geblieben wäre und Fernsehen geschaut hätte. Genauso wahr aber ist, dass es manchmal auch etwas von einem Abenteuer für mich hatte. Es gab durchaus aufregende Erlebnisse, auch wenn man sich fragen kann, ob sie ein Kind in dem Alter, in dem ich damals war, nicht überforderten. Allein der Anblick der Polizisten in Kalkar, die in einer dichten Reihe vor uns standen, mit Schutzschilden und Helmen ausgerüstet, vor dem NATO-Draht, mit dem der Zaun verstärkt war. Oder in Grohnde, als ich sah, wie Polizisten zu Pferde keine fünfzig Meter von uns entfernt über Demonstranten hinwegritten. Solche Erlebnisse haben sich in mein Gedächtnis eingebrannt. Ebenso wie das Erschrecken meiner Mutter über das, was dort geschah. Sie wollte nicht, dass ich es sah, sie nahm mich in den Arm, drückte mein Gesicht an ihren Körper und erklärte mir auf der Rückfahrt, dass Hartmut gegen jede Form von Gewalt war, es allerdings nicht leicht hätte, weil es viele Menschen gäbe, die glaubten, nur mit Gewalt etwas erreichen zu können. Meine Mutter mied fortan größere Demos, ich glaube, auch sie fühlte sich an der Front nicht wohl. In Erinnerung sind mir aber nicht nur diese verstörenden Bilder geblieben, sondern auch das Gefühl, meiner Mutter ganz nah gewesen zu sein, was vermutlich auch den außergewöhnlichen Umständen geschuldet war. Sie hat auf mich aufgepasst. Natürlich ließe sich sagen, dass es wohl das Mindeste sei, wenn sie mich schon solchen Umständen aussetzte, aber damals habe ich das eine nicht mit dem anderen verknüpft, sondern spürte, was rational nicht zu erklären ist: Bei ihr war ich sicher. Sie hielt meine Hand, und wenn das nicht reichte, drückte sie mich an sich, und wenn das nicht reichte, ging sie mit mir zurück, wir setzten uns ins Auto und warteten auf Hartmut. So paradox es klingen mag, aber ich fühlte mich an kaum einem anderen Ort so gut aufgehoben wie im Angesicht der Bedrohung während der wenigen Anti-Atomkraft-Demos, bei denen ich dabei war. Zu Hause jedenfalls fühlte ich mich mehr alleingelassen, was natürlich auch daran lag, dass ich viel Zeit in meinem Zimmer verbrachte oder eben meine Mutter in ihrem. Zu Hause schien sie abwesender zu sein als unterwegs. Und weniger zugänglich. Vielleicht, und das ist meine Erklärung im Rückblick, war unser Zuhause für sie zu einem Ort geworden, von dem sie sich mehr und mehr abwendete, an dem sie sich in eine Rolle fügen musste, mit der sie sich immer weniger abfinden wollte. Mein Vater hatte, kein Verständnis für die Mission, der sich meine Mutter verschrieben hatte, und schon gar nicht dafür, dass sie so oft außer Haus war. Ich glaube, er hoffte darauf, dass es sich nur um einen vorübergehenden Spleen handelte, und versuchte, ihre Eskapaden weitestgehend zu ignorieren, was aber im Alltag dazu führte, dass sich beide etwas vormachten und das Unausgesprochene sich förmlich mit Händen greifen ließ. Auch wenn ich als Kind die Gründe nicht verstand, spürte ich natürlich, dass sich die Atmosphäre im Haus verändert hatte, und weil meine Mutter ganz offensichtlich diejenige war, die diese Veränderung herbeigeführt hatte, fühlte ich mich meinem Vater verbundener, stand ihm näher als meiner Mutter und zeigte ihr das auch.

All das muss man wissen, um zu verstehen, warum die Woche nach Tschernobyl für mich so besonders war. Die Bedrohung hatte uns dieses Mal ins Haus verbannt. Wir verschanzten uns, und weil meine Mutter so ruhig blieb und so gut vorgesorgt hatte, fühlte ich mich in jener Woche in unserer Wohnung den Umständen entsprechend sehr sicher und zumindest besser aufgehoben als woanders. Es war ein bisschen wie bei einem Stromausfall: Auf einmal sitzt man mit den Eltern am Küchentisch und spielt Gesellschaftsspiele oder erzählt sich Geschichten bei Kerzenschein.

Wir schauten viel Fernsehen, saßen nebeneinander auf dem Sofa, lasen uns die Zeitung vor, zusammen überlegten wir in der Küche, was man aus den Vorräten kochen konnte, manchmal standen wir am Fenster und schauten auf die Straße und beobachteten die Menschen, die unterwegs waren. Einige zogen Leiterwagen hinter sich her, auf denen ihre Hamsterkäufe gestapelt waren, wir sahen Menschen, die Mützen trugen und langärmelige Kleidung, aber wir sahen niemanden in einem Schutzanzug, überhaupt sahen wir überraschend viele Menschen auf der Straße. Ich glaube, wir waren die Einzigen, die sich so konsequent verbarrikadiert hatten. Ich habe kaum die Wohnung verlassen – nicht aus Angst vor der Radioaktivität, sondern weil ich es schön fand, meiner Mutter so nahe zu sein. Zwischen uns war eine Nähe entstanden, die ich in dieser Intensität weder davor noch danach empfunden habe, die vielleicht auch daher kam, dass sie recht behalten und ich es anerkannt hatte, indem ich mit ihr zu Hause blieb und ihr Verhalten nicht ins Lächerliche zog. Ich hätte aufbegehren können, schließlich war ich volljährig und all die Jahre ihrem Wahn ausgesetzt gewesen. Und dann kam es zum GAU, und vermutlich hätte sie nichts mehr getroffen, als wenn ich die Gefahr als Hirngespinst abgetan und die Meinung des damaligen Innenministers geteilt hätte, der behauptete, eine Gefährdung der Bevölkerung sei absolut auszuschließen. Hätte ich meiner Mutter vorgehalten, maßlos zu übertreiben, wäre hinausgegangen und hätte sie und ihre Ängste ignoriert, dann hätte ich mit meinem Verhalten alles infrage gestellt, wofür sie sich ein Leben lang eingesetzt hatte – und das besonders wirkungsvoll, weil gerade der schlimmste anzunehmende Ernstfall eingetreten war. Aber ich bin kein Mensch der offenen Rebellion, ich scheue Konflikte, seit jeher, ich war schon immer auf der Suche nach Harmonie, und jede Dissonanz liegt mir schwer im Magen. Umso glücklicher war ich über die Selbstverständlichkeit in unserem Umgang und über das Einverständnis, das zwischen uns herrschte im Hinblick auf die Gefahren – und das Vertuschen dieser Gefahren.

Zum ersten Mal seit Jahren half ich ihr wieder beim Versenden von Briefen. Sie hatte Tschernobyl zum Anlass genommen, um an Hartmut zu erinnern. Sie hatte einen Leserbrief verfasst, von dem sie mehr als hundert Kopien machte, um sie an alle möglichen Zeitungen zu schicken. Ich half ihr dabei, die Adressen ausfindig zu machen, was im Zeitalter vor dem Internet eine durchaus mühsame Angelegenheit war. Ich führte zahlreiche Telefonate mit der Auskunft und kaufte am nächstgelegenen Kiosk jeweils ein Exemplar von allen vorrätigen Zeitungen. Dann saßen wir am Wohnzimmertisch und falteten die Briefe, steckten sie in die Umschläge, die wir per Hand adressierten, weil wir keine Etikettiermaschine hatten.

»Wusstest du«, sagte meine Mutter, »dass Klaus Trampitz seine Kinder dazu gezwungen hat, Infoblätter einzutüten?«

Ich wollte wissen, wie er das getan habe, und sie sagte, er habe sie in ihr Zimmer eingeschlossen, wenn sie sich weigerten. »Auch das war ein Grund, warum die Frau sich hat scheiden lassen.«

Ich fragte mich, weshalb meine Mutter mir das erzählte. Für mich klang es danach, als wolle sie mir sagen, dass ich es gut gehabt habe, damals, mit meinem Einsatz gegen die Atommeiler, immerhin habe mich niemand gezwungen. Gleichzeitig aber gab sie mir auch zu verstehen, dass ihr durchaus bewusst war, dass ich mir damals Schöneres hatte vorstellen können, als mit ihr und Hartmut Briefe zu verschicken oder Handzettel zu verteilen.

»Ich habe es dir zuliebe getan«, sagte ich.

»Ich wollte nie, dass du es mir zuliebe tust. Ich wollte dir ein Vorbild sein, so wie Hartmut mir eines war. Es geht um Hingabe, das hat er vorgelebt, und ich glaube, es gibt nichts Größeres als Hingabe. Hingabe kann Begeisterung sein, Leidenschaft, Aufopferung, aber auch Demut und Liebe. Ich habe nie diese Hingabe gehabt wie Hartmut, dessen bin ich mir bewusst, aber so sein zu können, ist auch nur wenigen Menschen vergönnt. Weißt du, ich war stolz auf dich, wenn du so konzentriert die Infoblätter eingetütet und die Briefmarken aufgeklebt hast. Du hast auf dem Boden gekniet und tatest es mit einer Sorgfalt, die dich alles um dich herum vergessen ließ. Ich war auch stolz, wenn ich gesehen habe, dass du nicht nur neben mir standest, sondern auf eigene Faust mit den Handzetteln losgegangen bist und sie den Leuten in der Fußgängerzone hingehalten hast. Ich war stolz, weil ich in solchen Momenten gemerkt habe, dass du es nicht, wie du sagst, mir zuliebe gemacht hast. Sondern der Sache zuliebe.«

Hätte ich darauf an jenem Nachmittag etwas erwidert, ich hätte meine Mutter enttäuschen müssen. So schlimm und beängstigend ich den GAU auch fand, ich saß nicht am Tisch und tütete Briefe ein, um eine weitere Katastrophe zu verhindern. Ich war und bin kein Mensch, der sich hingebungsvoll einer Sache verschreibt, zumindest nicht in dem Maße, wie es meiner Mutter vorschwebte. Nichts im Leben habe ich nur ansatzweise so hartnäckig und leidenschaftlich verfolgt wie meine Mutter ihren Kampf um Hartmuts Erbe. Vielleicht ist mir nichts wichtig genug, vielleicht aber war meine Mutter auch einfach kein gutes Vorbild. Weil es ihr letztlich weniger um die Sache (die Atompolitik) ging als vielmehr um Hartmut, ganz im Gegensatz zu ihm selbst, dem es um niemanden ging, nur um die Sache. An jenem Nachmittag war ich einfach froh über die Nähe zu meiner Mutter, ich wollte sie durch nichts infrage stellen und tütete die Briefe ihr zuliebe, aber genauso mir zuliebe ein.

Meine Mutter brachte die Briefe zur Post und ärgerte sich, dass sich nur zwei von den mehr als hundert Zeitungen zum Abdruck bereit erklärten, und dann auch noch in gekürzter Form. Obwohl der GAU eingetreten war, versuchte man immer noch, Hartmut totzuschweigen. Für meine Mutter war das ein Beleg dafür, dass man nach wie vor Angst davor hatte, Hartmuts Tat könne die Wahrheit über die Atomkraft ans Licht bringen und die Menschen gegen die Atompolitik mobilisieren. Ich hingegen bin mir sicher, dass es eher an der Länge ihres Leserbriefs lag: drei mit Schreibmaschine eng beschriebene Seiten.

Meine Mutter sprach von Hingabe. Und ich frage mich, ob Hingabe nicht einfach die positive Deutung von Besessenheit ist. Wie hat sie es geschafft, seine anderen Eigenschaften auszublenden? Hartmut war ein Mensch, der ziemlich einsam seinen Weg ging. Er war nicht gesellig, galt vielen als Spaßbremse, als miesepetrig geradezu, außerdem stellte er sich oft quer, ließ sich nicht beirren und beharrte so sehr auf seinen Prinzipien, dass er sich selbst entmenschlichte. Ich weiß von einem Brief, der selbst meiner Mutter zu weit ging, obwohl dieser Brief an seine Freunde gerichtet und mit »Die Lüge von Mogadischu« überschrieben war. In diesem Brief ging Hartmut auf die Geiselbefreiung ein. Er warf der Bundesregierung vor, die Geiselnehmer aufs Kreuz gelegt zu haben, indem sie mit Lügen so lange hingehalten wurden, bis die GSG 9 bereit war, das Flugzeug zu stürmen. »Die Selbstverständlichkeit der bei uns von Amts wegen betriebenen Lüge ging damals klar über das von Terroristen aus den Heimatländern von 1001 Nacht gewöhnte Maß hinaus.« Wir würden diese Lügen hinnehmen, schrieb er, die Terroristen nicht, denn sie hätten mehr »Ehre im Leibe« als wir. Mitte Oktober 1977 wurden die Geiseln befreit. Den Brief schrieb Hartmut kurz vor seiner Selbstverbrennung. Einige Lebensschützer aus dem Arbeitskreis, erzählte mir meine Mutter später, distanzierten sich nach dem Brief von Hartmut. Sie hatten das Gefühl, er würde seine Prinzipien über alles stellen und Menschen um der Wahrheit willen opfern. Meine Mutter räumte ein, dass sie seine Ansicht zur Geiselbefreiung nicht teile, dass man natürlich lügen dürfe, wenn es um das Leben von Menschen gehe. Aber auch darin zeige sich seine Konsequenz, sagte sie, seine Hingabe an die Wahrheit. Sie erzählte mir von einer tiefsitzenden Erfahrung, die Hartmut geprägt habe, ein Erlebnis aus der Kindheit. Er hatte für den Zeichenunterricht ein Bild abgemalt und es als sein eigenes ausgegeben, wofür der Zeichenlehrer ihm, als die Sache aufflog, eine Ohrfeige verpasste mit den Worten: »Die ist für die Lüge.« Hartmut war neun oder zehn Jahre alt, und diese Ohrfeige soll ihn so erschüttert haben, dass er von da an ein Leben gegen die Lüge führte. Und letztlich auch gegen die Gewalt. Das Tragische sei gewesen, dass er sich am Ende aus Protest gegen die Lüge die schlimmstmögliche Gewalt angetan habe. »Ich glaube«, sagte meine Mutter, »er war einfach zu groß für uns alle. Deswegen sind auch viele Menschen nicht mit ihm klargekommen.«

Natürlich habe ich mich auch gefragt, ob sie die Hingabe nur vorgeschoben hatte und ob es nicht in Wahrheit um Liebe ging. Schließlich waren aus ihrer Sicht Liebe und Hingabe artverwandt, wenn nicht gar ein und dasselbe. Aber das glaube ich nicht. Ich habe nie bemerkt, dass sie sich nahegekommen wären. Ich bin mir sicher, das wäre mir nicht entgangen, gerade in dem Alter, in dem ich damals war, ein Kind, das spürte, dass etwas in der Ehe seiner Eltern nicht stimmte. Ich bin mir sicher, dass ich jegliche, auch noch so zarte Annäherung, jegliche Aufgeregtheit, selbst einen sehnsüchtigen Gedanken seismografisch erfasst hätte. Aber es gab keinen Kuss, keine Situation, in der ich sie bei irgendetwas ertappt hätte oder den Eindruck hatte, dass sie dachten, ich hätte sie bei etwas ertappt. Vielleicht lag etwas Bewunderndes im Blick meiner Mutter, in der Art, wie sie mit ihm sprach, anders als mit meinem Vater. Nicht dass sie mit Hartmut mehr gesprochen hätte, aber sie redete leiser, zurückhaltender, verständnisvoller. Sie widersprach ihm nur ein einziges Mal, und das sollte, wie ich erst kurz vor ihrem Tod herausfand, verhängnisvolle Folgen haben.

Ich habe sie in keiner kompromittierenden Situation ertappt, was nicht bedeutet, dass meine Mutter nicht die Möglichkeit gehabt hätte, mit Hartmut das zu leben, was man gemeinhin ein Verhältnis nennt. Aber ich kann es mir beim besten Willen nicht vorstellen, einfach weil ich mir weder Hartmut noch meine Mutter in einem solchen Verhältnis vorstellen kann. Das Persönliche lag ihnen nicht. Hartmut hatte gern vom Überpersönlichen gesprochen und damit Dinge gemeint, die wichtiger waren als alles Zwischenmenschliche. Gefühle hätten ihn nur vom Weg abgebracht. Ich kann mich erinnern, dass meine Mutter ihn, als wir einmal zusammen im Auto unterwegs waren, fragte, wo in Jugenheim er damals als Student gewohnt habe. Ich glaube, sie wollte ein wenig in Erinnerungen schwelgen, aber Hartmut war mit keinem Wort darauf eingegangen, er saß auf dem Beifahrersitz und starrte aus dem Fenster. Schließlich wandte er sich meiner Mutter zu und betonte, wie wichtig es sei, dass sie konsequent bleibe, sie dürfe niemandem sagen, dass sie im Besitz des Schlüssels sei, vor allem nicht den Polizisten, selbst wenn diese ruppig und möglicherweise gewalttätig würden. Sie müsse verinnerlichen, dass es nicht um ihn gehe. Sondern um die Sache. Nur so könne man sich lösen von der Sorge um den Einzelnen: indem man das große Ganze im Blick behalte. An jenem Tag im April 1977 waren wir auf dem Weg nach Köln, wo Hartmut eine Aktion geplant hatte. Meine Aufgabe sollte es sein, Fotos zu machen, damit hinterher niemand so tun konnte, als habe es diese Aktion nicht gegeben.

Worum es ging, erzählte mir meine Mutter erst während der Fahrt. Davor hatte sie nur gesagt, dass sie mich brauche, und zwar für eine sehr wichtige Sache. Sie wusste, dass ich in der Lage war, eine Kamera zu bedienen. Ich hatte es mir bei meinem Vater abgeschaut. In jedem Urlaub, bei jedem Ausflug war er derjenige, der die Fotos machte. Nun hatte er nicht gerade ein gutes Auge für Motive; es waren die üblichen Urlaubsbilder: meine Mutter und ich am Strand, am Pool, aus dem Auto winkend, auf dem Balkon unseres Ferienapartments sitzend. Mein Vater fotografierte aus Liebe zu seiner Leica SL, die er sich Jahre zuvor gekauft hatte, weil seiner Meinung nach nur die beste Kamera gut genug war, um Bilder von seinem Sohn zu machen. Als ich älter wurde, durfte ich auch ab und an Fotos machen. Er hatte mir erklärt, wie es sich mit der Schärfe und der Blende verhielt, und freute sich, wenn ich mir die Kamera borgte, um Fotos zu machen. Ich durfte zwar mit seiner Leica das Grundstück nicht verlassen, aber in Haus und Garten durfte ich so viel fotografieren, wie ich wollte. Die Kamera hatte einen Selbstauslöser, und ich verbrachte Nachmittage damit, Sportfotos von mir zu machen, die denen in der Zeitung ähneln sollten. Ich stieg zum Kopfball hoch, ich trat zum Schuss an, ich grätschte und versuchte immer, in dem Moment den Ball zu treffen, in dem sich die Blende der Kamera mit einem Klicken schloss. Das Ärgerliche war, dass ich nicht überprüfen konnte, ob die Fotos so geworden waren, wie ich sie mir vorgestellt hatte, und erst auf die entwickelten Filme warten musste, die dann aber wenig Ähnlichkeit hatten mit den Fotos in der Zeitung, weil ich weder den richtigen Moment noch den richtigen Ausschnitt festgehalten hatte: Statt eines Kopfballes sah man einen Körper ohne Kopf, statt einer

Grätsche einen Kopf ohne Körper. Aber zumindest konnte ich halbwegs mit der Kamera umgehen, und das war dann auch der Grund, weswegen meine Mutter mich dabeihaben wollte. Natürlich durfte ich meinem Vater nichts erzählen, weder dass ich mit Erlaubnis meiner Mutter die Schule schwänzte noch dass ich ihr half, heimlich seine Kamera für ihre Zwecke zu nutzen.

Hartmut plane etwas ganz Geheimes, hatte meine Mutter gesagt, über das dann aber alle Zeitungen berichten würden. Dafür bräuchten sie natürlich auch Fotos, damit die Zeitungen sie abdrucken könnten. Und weil außer uns niemand davon wisse, seien wir die Einzigen, die Fotos machen könnten. »Wir?«, fragte ich. »Du weißt doch gar nicht, wie Papas Kamera funktioniert.« – »Deswegen brauche ich ja dich«, sagte sie.

Ich hatte nicht gerade vor Aufregung eine schlaflose Nacht gehabt, aber ich fragte mich schon, um was für eine hoch geheime Aktion es sich handelte. Nachdem mein Vater morgens aus dem Haus gegangen war, holten wir Hartmut im Keller ab und machten uns gemeinsam auf den Weg nach Köln. 400 Kilometer immerhin. Meine Mutter fuhr. Fahrten im Auto mit Hartmut und meiner Mutter verbrachte ich meist schweigend. Ab und an, so schien es, erinnerte sich Hartmut daran, dass sie da vorne nicht allein waren, sondern noch jemanden auf der Rückbank hatten. Dann drehte er sich zu mir um und fragte, über was ich denn gerade so nachdenke, und meist sagte ich, über den VfB, wohl wissend, dass es kein Thema war, über das man sich mit Hartmut unterhalten konnte. Er hatte es anfangs versucht und erzählt, dass er auch mal in einem Stadion gewesen sei, und als ich ihn fragte, in welchem, konnte er sich nicht erinnern. Dieses Mal aber fragte er, ob ich wisse, wohin wir führen. Nach Köln, antwortete ich. Ob ich wisse, wofür Köln bekannt sei, fragte er, und ich sagte: »Für den FC.« Hartmut aber fing an, mir vom Kölner Dom zu erzählen. Der Dom sei das dritthöchste Kirchengebäude der Welt, mehr als 600 Jahre lang sei an ihm gebaut worden. Seine Bedeutung für die Stadt sei wohl nur zu vergleichen mit der Bedeutung des Eiffelturms für Paris oder der Freiheitsstatue für New York. Deswegen habe er sich für seine Aktion den Dom ausgesucht. Es gehe bei solchen Aktionen nämlich vor allem um Aufmerksamkeit.

Zumindest wusste ich nun, dass der Dom unser Ziel war, auch wenn mir nicht klar war, was Hartmut mit dem Dom vorhatte. Vielleicht wollte er noch mal in den Hungerstreik treten, den in Kassel hatte er nach drei Wochen abgebrochen, weil Helmut Schmidt klein beigegeben hatte. Er hatte Hartmut versprochen, mit den Bürgern über die Atompolitik zu reden. Und so wie ich es damals verstanden hatte, sollte jeder zu Wort kommen, auch Leute wie Hartmut, die gegen die Atomkraft waren. Das wurde als Bürgerdialog bezeichnet.

Der war aber nicht so verlaufen, wie Hartmut ihn sich vorgestellt hatte. Helmut Schmidt war nicht dabei gewesen, und die Idee stammte nicht einmal von Schmidt, sondern von seinem Kanzleramtsminister. Letztlich waren doch nicht alle Kritiker zu Wort gekommen, und für Hartmut muss es sich angefühlt haben, als sei er getäuscht und betrogen worden. (Vielleicht hat er auch diese Enttäuschung in seinem Mogadischu-Brief verarbeitet.)

In Köln parkten wir in der Nähe vom Dom. Er lag gleich neben dem Bahnhof, was insofern gut war, als wir ihn auf Anhieb fanden, weil wir den Schildern zum Bahnhof folgen konnten. Hartmut nahm einen kleinen Rucksack aus dem Kofferraum und sagte: »Dann mal los.« Meine Mutter drehte sich zu mir um und fragte: »Hast du alles? Bist du sicher, dass ein Film in der Kamera ist?« Ich hängte mir die Fototasche über die Schulter und folgte meiner Mutter, die wiederum Hartmut hinterherlief.

Der Dom war wirklich riesig, ziemlich beeindruckend, auch wenn ich das damals Hartmut und meiner Mutter gegenüber natürlich niemals zugegeben hätte. Wir umrundeten den Dom zwei Mal, ich trödelte den beiden hinterher. Offenbar suchte Hartmut etwas, weil er manchmal kurz haltmachte und sich Stellen am Bauwerk anschaute. Dann gingen wir hinein, blieben aber vor dem Gestühl stehen, Hartmut sah sich um, machte kehrt und trat wieder hinaus. Vor dem Eingang nahm er seinen Rucksack von der Schulter, öffnete ihn und zog ein Paar Handschellen heraus. Wollte er jemanden festnehmen? Aber wen? Ich sah, wie er meiner Mutter einen kleinen Schlüssel übergab und sie ihn gleich in die Hosentasche schob. Dann legte sich Hartmut eine der Schellen um das linke Handgelenk, schlang die kleine Kette einmal um das eiserne Geländer, das die Treppen zum Dom hinaufführte, und schloss das andere Ende um sein rechtes Handgelenk. Er hatte sich selbst angekettet, und ich fragte mich, wie blöd man sein musste, um sich selbst festzunehmen. Meine Mutter zog eine Pappe aus dem Rucksack und stellte sie vor Hartmuts Füße. »Für einen echten Bürgerdialog«, stand darauf und: »Gegen die Atompolitik«. Dann entfernten wir uns einige Meter und meine Mutter sagte: »Jetzt.« Ich holte die Kamera aus der Tasche und schaute, so wie mein Vater es mir beigebracht hatte, in den Himmel, um den Sonnenstand zu bestimmen. Es war mittags, bewölkt, aber immer wieder kam die Sonne durch. Ich drehte an den Rädchen und am Objektiv, ich drehte länger, als nötig gewesen wäre, und blickte dann durch den Sucher, trat noch ein paar Schritte zurück, damit ich Hartmut in voller Größe im Bild hatte. Es war das einzige Mal in meinem Leben, dass ich, wie meine Mutter es nannte, ein historisches Bilddokument lieferte: Hartmut in Handschellen vor dem Kölner Dom, der aber nur schwer und vermutlich nur für Kölner als Kölner Dom zu identifizieren war, weil ich den Dom an sich natürlich nicht ins Bild bekam, nur die Stufen, das Geländer und einen Teil des Eingangs. Das Traurige an diesem historischen Bilddokument ist, dass dieses Foto einzig für meine Mutter von historischem Wert war. Außer ihr hat vermutlich niemand Hartmuts Selbstankettung als historische Tat wahrgenommen. Die Aktion hat es weder in die ›Tagesschau‹ geschafft noch in die Radionachrichten oder in überregionale Zeitungen. Einzig im Lokalteil des ›Kölner Stadt-Anzeigers‹ war ein Foto zu sehen, allerdings stammte das nicht von mir, sondern von einem Fotografen, der hinzukam, als zwei Polizisten mit Hartmut sprachen. Unter dem Foto standen zwei Zeilen, in denen von einem einsamen Protest die Rede war, der nach zwei Stunden beendet wurde. (Auch diesen Artikel hat meine Mutter natürlich aufgehoben.)

Schließlich war die Feuerwehr angerückt, aber nicht mit Sirene und Mannschaftswagen, sondern in einem roten VW-Käfer. Zwei Männer waren ausgestiegen, sie hatten einen Werkzeugkasten dabei, und Hartmut wehrte sich nicht, als sie mit einem mühelosen »Schnapp« einer riesigen Zange die Kette der Handschellen durchtrennten. Ich hatte sogar den Eindruck, dass Hartmut eigentlich ganz froh war, nicht mehr an das Geländer gefesselt zu sein. Auch wenn weder Hartmut noch meine Mutter ein Wort darüber verloren, dass die Aktion misslungen war und Helmut Schmidt wohl kaum zur Umkehr in der Atompolitik veranlassen würde, konnte ich ihre Niederlage förmlich spüren. Ich kannte mich mit Niederlagen aus, ich kann mich in all den Jahren, die ich damals Fußball im Verein spielte, nur an zwei Siege erinnern. Mein Vater nahm nach den Spielen oft noch zwei oder drei meiner Mitspieler mit und setzte sie zu Hause ab. Niederlagen durchlebten wir in drei Phasen.

Phase 1: Wir sprachen kein Wort, jeder war mit sich selbst beschäftigt.

Phase 2: Wir taten so, als wäre nichts geschehen, und sprachen über andere Dinge. Welche Lehrer wir blöd fanden oder über Lukas, der beim Turnen mal wieder gegen statt über den Bock gesprungen war.

Phase 3: Wir suchten nach einem Schuldigen. In unserem Fall fanden wir ihn meist im Schiedsrichter, weil der Fouls übersehen und eindeutige Tore für uns nicht anerkannt hatte.

Ich saß also mit meiner Mutter und Hartmut im Auto, auf dem Weg zurück nach Tübingen, und erst schwiegen beide. Dann fragte meine Mutter mich, was ich in den kommenden Tagen so vorhabe, ob ich mich nicht mal wieder verabreden wolle, worauf ich mit »weiß nicht« antwortete. Und dann, nachdem wir Koblenz hinter uns gelassen hatten, sagte sie: »Es sind die Menschen, Hartmut, die Menschen sind ignorant, sie sind Egoisten, die dann anfangen, sich zu wehren, wenn es um ihr eigenes Schicksal geht. Ein Atomkraftwerk interessiert sie erst, wenn es vor ihrem Haus gebaut wird. Aus den Augen, aus dem Sinn. Jemand wie du macht ihnen Angst, weil sie dich nicht verstehen.« Hartmut blickte unentwegt aus dem Fenster. Er wirkte nachdenklich, irgendwie abwesend, was mir auffiel, weil ich ihn so noch nicht erlebt hatte. Wir fuhren eine Weile schweigend weiter, meine Mutter blieb auf der rechten Spur. Auf der Autobahn war an jenem Nachmittag kaum etwas los, sodass sie nicht in die Verlegenheit kam, einen Lastwagen überholen zu müssen. Irgendwann sagte sie: »Die Welt braucht dich.« Das kam so unvermittelt, dass ich im ersten Moment nicht wusste, wen sie meinte, Hartmut oder mich. »Du musst weitermachen«, fügte sie noch hinzu, »eines Tages werden sie dir dankbar sein. Eines Tages werden sie die Meiler abschalten, und dann weißt du, dass es sich gelohnt hat.«

Ich weiß nicht, ob meine Mutter damals wirklich daran geglaubt hat, dass die Atomkraftwerke jemals abgeschaltet würden. Ich glaube eher, dass sie an jenem Nachmittag im Auto selbst so desillusioniert war, dass ihr nichts anderes einfiel, mit dem sie Hartmut trösten konnte. Zum ersten Mal hatte meine Mutter miterlebt, dass Hartmut kläglich gescheitert war. Sie konnte es auf die Menschen schieben, aber das machte die Sache nicht besser. Schließlich galt es, ebendiese Menschen für den Kampf zu gewinnen. Im Nachhinein, im Wissen über den Ausgang der Geschichte, ist es natürlich leicht, Zeichen zu entdecken, die auf Hartmuts tragisches Ende hinwiesen. Auf einmal bin ich mir sicher, auf dem Foto, das ich damals als Neunjähriger gemacht habe, das bevorstehende Ende erahnen zu können. Die Vorstellung, Hartmut hätte bereits während der Rückfahrt aus Köln seinen Entschluss gefasst, lässt mich einiges mit anderen Augen sehen. Hatte meine Mutter es damals schon gespürt? Oder hatte er ihr vielleicht anschließend sogar davon erzählt?

Das Foto stand immer auf ihrem Schreibtisch, leicht nach hinten gekippt, in einem dieser Bilderrahmen mit Stütze. Ich habe es in einer Kiste gefunden, die ich mit in meine Wohnung genommen hatte: Hartmut neben dem Geländer, die Handschellen nicht zu übersehen. Sein Gesicht ist leider nicht gut zu erkennen, weil ich damals so darauf bedacht war, Hartmut ganz ins Bild zu bekommen. Ich wünschte, ich könnte den Ausschnitt vergrößern, sodass seine Augen zu erkennen sind. Sein Körper wirkt schlaff, er lässt seinen Kopf ein wenig hängen. Seine Haltung ist nicht die eines stolzen Soldaten, eher die eines Soldaten in Gefangenschaft, merkwürdig kraftlos, als hätte er den Kampf verloren und ein Einsehen mit sich selbst. Wüsste ich es nicht besser, würde ich vermuten, dass er sich im nächsten Moment auf die Stufen setzen und den Kopf in die linke Hand stützen würde, was ja gar nicht möglich gewesen wäre. Hartmut wurde an jenem Mittag in Köln zwar wahr-, aber nicht ernst genommen. Nicht einmal von den Polizisten, die schon bald aufgetaucht waren. Ganz routiniert hatten sie seine Personalien aufgenommen und dann die Feuerwehr gerufen, sie hatten ihm keinerlei Vorhaltungen gemacht, sondern Hartmuts Selbstankettung einfach zur Kenntnis genommen. Sodass Hartmut gar nicht in die Verlegenheit kam, sich zu erklären oder überhaupt etwas zu erklären. Vielleicht wäre es besser gewesen, meine Mutter hätte einfach den Schlüssel aus der Tasche gezogen und die Handschellen aufgeschlossen. Und wäre dann wortlos mit ihm fortgegangen. Stattdessen mussten wir auf die Feuerwehr warten, die beiden Polizisten unterhielten sich über irgendetwas, das auf dem Revier vorgefallen war, die Menschen gingen an uns vorüber und verschwanden im Dom, und meine Mutter musste so tun, als hätte sie mit all dem nichts zu tun, während ich noch ein paar Fotos vom Dom machte, damit der Film voll wurde.

Später, ich war längst erwachsen, hat mir meine Mutter einmal vorgeworfen, ich hätte den falschen Ausschnitt für das Foto gewählt. »Hartmut sieht so allein aus auf dem Bild«, sagte sie, »du hättest ihn von weiter weg fotografieren sollen.«

Wir standen in ihrem Zimmer, vor ihrem Schreibtisch, und betrachteten das Foto. Ich verteidigte mich: »Er war allein, das weißt du so gut wie ich. Du warst dabei.«

»Es waren viele da, die ihn gesehen haben«, sagte sie. »Und auch wenn sie sich nicht vor Ort mit ihm solidarisiert haben, er hat auf jeden Fall ihr Bewusstsein verändert. Nur darauf kommt es an.«

»Glaubst du das wirklich?«, fragte ich. »Glaubst du, dass irgendeiner dieser Menschen damals nach Hause gegangen ist und anders über sein Leben gedacht hat?«

»Ein Bewusstseinswandel braucht einen Anlass und dann Zeit. Das geht nicht von einem Moment auf den anderen.«

Und dann fragte ich sie, ob sie sich eigentlich jemals das Bild richtig angesehen und bemerkt habe, wie verloren Hartmut wirke. Ich hatte das Foto in die Hand genommen und es ihr direkt vors Gesicht gehalten. »Ich bin mir sicher, dass er genau in dem Moment begriffen hat, dass er bei niemandem einen Bewusstseinswandel auslösen würde, dass er sich verrannt hat, dass er sich noch hundert Mal irgendwo anketten könnte, und es würde nichts ändern. Auch wenn du das abstreitest. Schau dir das Foto genau an, der Mann ist verzweifelt.«

»Hartmut war nicht verzweifelt. Er wusste, dass es Rückschläge geben würde, das gehört dazu. Aber er wusste auch, dass er weitermachen musste. Und das hat er.«

»Er hat sich sieben Monate später angezündet.«

Meine Mutter nahm mir das Bild aus der Hand und stellte es zurück auf den Schreibtisch. Dann blieb sie dort stehen und stützte sich mit beiden Händen auf die Schreibtischplatte. Ich weiß nicht, wohin sie blickte, jedenfalls nicht auf das Foto. Sie stand einfach da und schwieg.

Im Juni vor ihrem Tod unternahmen wir tatsächlich noch eine Reise zusammen. Meine Mutter wollte nach Freiburg, um ein Stück zu sehen, das am dortigen Theater aufgeführt wurde. Es hieß: »Die Grünen. Eine Erfolgsgeschichte«. Und irgendwie sollte es darin auch um Hartmut gehen. Es war klar, dass sie sich das nicht entgehen lassen konnte, Hartmuts Geschichte zum ersten Mal auf einer Theaterbühne, drei Monate nach Fukushima, das Jahr lief gut für Hartmut und damit auch für meine Mutter. Mir war klar, dass ich sie nicht von dieser Reise abbringen konnte, sie wäre allein in ihr Auto gestiegen. Den alten Polo mit Automatik, den sie sich vor Jahren angeschafft hatte, hatte sie längst mir überlassen, im Gegenzug musste ich sie gelegentlich irgendwohin chauffieren. Ihre Sturheit machte mich mürbe, es war jedes Mal dasselbe. Am Telefon sagte ich, dass sie wohl allein fahren müsse, da ich es irrsinnig fände, für einen Abend im Theater tausendsechshundert Kilometer zu fahren. Sie entgegnete, dass sie dann eben allein führe. »Aber du bist doch seit Jahren nicht gefahren«, sagte ich, »und du bist nicht mehr gut zu Fuß.« Ihre Antwort: Sie wolle ja auch nicht nach Freiburg laufen, sondern fahren, und dass man das Autofahren nie verlerne, das sei wie mit dem Radfahren.

Abends im Bett war ich mir sicher, dass es nicht gut ausgehen konnte. Überhaupt glich es einem Wunder, dass meine Mutter ihr Lebtag unfallfrei geblieben war, was eigentlich nur an der Umsicht der anderen Verkehrsteilnehmer gelegen haben konnte. Im Geiste sah ich meine Mutter am Steuer, wie sie trotz ihrer Überforderung immer weiter fuhr, ich hatte all die Schreckensmomente vor Augen, die ich als Mitfahrer erlebt hatte, wie sie im Kreisverkehr die Abkürzung über die Mittelinsel nahm, wie sie auf der Schnellstraße auf die Gegenspur geriet, sodass entgegenkommende Autos hupend auf den Seitenstreifen ausweichen mussten. Ich erinnerte mich an Fahrten als Kind, während derer das Gebläse auf höchster Stufe lief, weil meine Mutter sich so sehr aufs Fahren konzentrieren musste, dass sie nicht auch noch den Regler bedienen konnte, und es im Auto immer heißer und heißer wurde, bis es kaum mehr auszuhalten war. Meist kletterte ich irgendwann von der Rückbank zwischen den Sitzen nach vorne, um das Gebläse auszustellen.

Natürlich konnte ich sie nicht allein fahren lassen.

Irgendwann, kurz vor Leipzig, sagte sie: »Ich bin gespannt auf das Stück, hab ich dir erzählt, dass mich kürzlich ein Regisseur angeschrieben hat, der einen Film über Hartmut drehen will? So ein ganz junger Mann, ein Student, ich sag dir, die Zeit ist gekommen, ich wusste, dass es passieren würde. Jemand wie Hartmut lässt sich nicht totschweigen.«

»Dann hat sich dein Einsatz für dich ja gelohnt«, sagte ich.

»Es war nicht für mich, um mich geht es dabei nicht, es geht um Hartmut, sein Tod darf nicht umsonst gewesen sein. Er ist ja nicht für sich gestorben, sondern …«

»… für uns alle, ich weiß. Aber ich habe ihn nicht gebeten, sich für mich zu opfern, und ich glaube, all die anderen Menschen auch nicht.«

»Kein Mensch bittet einen anderen, sich zu opfern. Umso größer ist doch die Tat. Weißt du, dass die buddhistischen

Mönche, die sich in Vietnam angezündet haben, es als Akt des Mitgefühls empfanden?«

Ich wollte nicht wieder damit anfangen, dass ich in Hartmuts Tat eher einen Akt der Verzweiflung sah. Diese Diskussion führte zu nichts. Meine Mutter sprach von Mitgefühl, und das war eine Eigenschaft, die ich so gar nicht mit Hartmut in Verbindung brachte. Und auch nur bedingt mit meiner Mutter. Ich dachte darüber nach, wie es sein konnte, dass ich einem Menschen, der sich für andere einsetzte, das Mitgefühl absprach. War das nicht ein Paradoxon? Vielleicht lag es daran, dass ich mit Mitgefühl vor allem Zuneigung verband. Einen Menschen in Trauer in den Arm zu nehmen, jemandem zu bedeuten, dass man mit ihm fühlte. Ein mitfühlender Mensch ist in der Lage, sich in einen anderen hineinzuversetzen. Und diese Fähigkeit fehlte Hartmut oder er verbarg sie sehr gut. Ich glaube, er war viel zu sehr mit sich selbst beschäftigt, um des Mitgefühls fähig zu sein. Und meine Mutter? Aus irgendeinem Grund hatte ich immer angenommen, ich hätte nach meiner Geburt eine Zeit lang im Brutkasten gelegen. Dieses Bild hatte sich in meine Wahrnehmung geschlichen, und wenn ich versuche zu ergründen, ob es einen Auslöser dafür gab, ob mein Vater mal eine Andeutung dahingehend gemacht hatte oder sonst jemand aus der Familie, fällt mir nichts ein, und ich schließe aus, dass dieses Bild vom Brutkasten auf einer originären, von mir gemachten Erfahrung beruht, weil ich nicht glaube, dass sich ein erwachsener Mensch an eine Erfahrung kurz nach der Geburt erinnern kann. Auf der Fahrt nach Freiburg, als meine Mutter vom Mitgefühl sprach, kam mir dieses Bild wieder in den Sinn, und ich fragte sie, ob ich jemals im Brutkasten gelegen hätte. Ich rechnete sogar insgeheim damit, dass sie sich vielleicht gar nicht erinnern konnte, weil sie so selten Geschichten von mir als Kleinkind erzählt hatte. Wie ich darauf käme, wollte sie wissen. Und ich sagte, nur so, und fragte mich, ob sie wohl eine Verbindung zwischen Mitgefühl und Brutkasten zustande brachte. Ich erfuhr, dass die Geburt ohne Komplikationen verlaufen war, sechs Stunden nach den ersten Wehen war ich auf der Welt. Und zwei Tage später zu Hause.

Ich hatte sie auch nie zuvor gefragt, ob sie überhaupt Mutter werden wollte. Ich weiß nicht, was mich dazu brachte, sie auf dieser Fahrt zu fragen, zumal die Antwort ein gewisses Risiko barg.

Für meine Mutter schien die Frage nachvollziehbar zu sein. So nüchtern, wie sie von der Geburt erzählt hatte, sagte sie, dass es damals dazugehört habe, ein Kind zu bekommen. Und dass sie nicht groß darüber nachgedacht hätten. Und in der Welt meines Vaters auch klar gewesen sei, dass die Frau sich dann um Haus und Kind zu kümmern hätte. Dass ihr das als Lebensinhalt auf Dauer aber zu wenig gewesen sei.

Während der ganzen Zeit hatte sie durch die Windschutzscheibe auf die Straße geblickt, mir schien, dass sie innerlich mitfuhr, sie saß aufrecht, etwas nach vorne gebeugt, und manchmal, wenn vor uns Bremslichter aufleuchteten, stützte sie sich mit den Händen am Armaturenbrett ab. Auf einmal aber drehte sie sich zu mir. Ich spürte ihren Blick von der Seite. »Denkst du«, fragte sie, »ich hätte dich nicht gewollt? Wie kommst du darauf? Du denkst, ich war keine gute Mutter, oder? Ist es, weil ich deinen Vater verlassen habe?«

Instinktiv schloss ich die Hände fester ums Lenkrad. Ich schaute nach vorn und wünschte mir einen Stau oder einen plötzlich bremsenden Wagen, irgendetwas, das mich zum Reagieren gezwungen und um eine Antwort hätte herumkommen lassen.

»Dein Vater ist nicht damit klargekommen, dass ich einen anderen Sinn im Leben gefunden habe, jenseits der Familie. Er hat es mir übel genommen, dass ich nicht mehr nur für ihn und für dich da sein wollte. Er hatte seine Firma! Dass ich aber auch arbeiten wollte, obwohl ich ein Kind hatte, konnte er nicht verstehen. Er hat es als Privileg betrachtet, wenn eine Frau nicht arbeiten musste. Dein Vater ist so erzogen worden, er konnte nicht anders, er war ein Gefangener seiner eigenen Weltanschauung. Er brauchte eine Frau, die ihm den Rücken freihielt und ihm die Hemden herauslegte. Kannst du dir vorstellen, dass ich deinem Vater jahrelang die Hemden herausgesucht habe und die passenden Socken zu seinen Hosen?«

So wie ich sie all die Jahre wahrgenommen habe, als Mutter, die alles Mütterliche abgestreift hatte, fiel es mir sehr schwer, mir vorzustellen, wie sie meinem Vater die Kleidung herausgelegt hatte.

»Das war nicht das, was ich wollte, einem Mann die Socken heraussuchen. Irgendwann ist mir die Welt zu Hause einfach zu klein geworden, und Hartmut hat mir ein Fenster geöffnet. Aber das hatte doch alles nichts mit dir zu tun.«

»Dir war es wichtiger, an meinem Geburtstag mit Hartmut Infozettel zu verschicken. Das hatte sehr wohl etwas mit mir zu tun.«

»Das trägst du mir nach? Das war ein einziges Mal, Hanno, weil es nicht anders ging. Wäre das Atomkraftwerk in Riederich gebaut worden, hätten wir einen Meiler vor der Haustür gehabt. Riederich ist nur zwanzig Kilometer von Tübingen entfernt.«

Ich wusste nicht, was ich sagen sollte. Wir fuhren eine Weile schweigend weiter. Irgendwann nahm ich die Ausfahrt zu einer Autobahnraststätte. Ich fragte meine Mutter, ob sie aussteigen oder etwas aus der Tankstelle wolle, aber sie wollte weder das eine noch das andere. Ich tankte voll, fuhr anschließend auf den Rastplatz und vertrat mir die Beine, während meine Mutter im Auto sitzen blieb. Ich stieg auf eine kleine, mit Gras bewachsene Böschung, blickte über den Zaun hinweg, der den Rastplatz von den dahinterliegenden Wiesen trennte, drehte mich dann um und betrachtete meine Mutter auf dem Beifahrersitz. Immer noch aufrecht, es sah so aus, als würde ihr Rücken das Polster gar nicht berühren. Und ich fragte mich, wie sie das mit ihren 71 Jahren schaffte, nach fünf Stunden Fahrt.

Im Oktober 1977, kurz vor Hartmuts Tod, nahm meine Mutter mich zum letzten Mal im Namen der Sache mit. Wir fuhren nach Dortmund. In der Westfalenhalle fand eine Kundgebung statt, zu der vierzigtausend Menschen aus ganz Deutschland angereist waren. Ich war noch nie zuvor in Dortmund gewesen. Die Stadt kannte ich eigentlich nur, wie konnte es anders sein, aus meinem Fußballalbum. Es waren die mit den gelben Trikots. Willi Lippens und Manfred Burgsmüller spielten für die Borussia, Trainer war Otto Rehhagel. Damals verlor Dortmund noch Heimspiele gegen Düsseldorf. Mir hatte meine Mutter gesagt, wir führen zu einer Demo. Das war nichts Neues für mich. Was eine Demo war, wusste ich zu dem Zeitpunkt längst. Ich hatte Demos in vielen Ausprägungen erlebt: kleine Demos mit fünf bis sechs Teilnehmern, die ich alle kannte, weil sie zum Arbeitskreis Lebensschutz gehörten, aber auch deutlich größere Kundgebungen. Ich war dabei, als Hunderte von Studenten die Neckarbrücke besetzten und es Staus auf beiden Ufern gab. Und ich war mit in Grohnde, was insofern einen bleibenden Eindruck hinterlassen hat, als ich noch Wochen später Bilder von Polizisten mit Schutzschilden, Helmen und Schlagstöcken malte. Über uns knatterten die Hubschrauber, und wir standen in einer Reihe mit anderen Demonstranten, ich zwischen Hartmut und meiner Mutter. Wer die Bilder sieht, muss zwangsläufig den Eindruck bekommen, wir seien eine Familie: Vater, Mutter, Kind. Aber wer genau hinschaut, sieht auch, dass das Kind nur eine Hand hält: die seiner Mutter.

Ich weiß nicht, ob Hartmut und meiner Mutter klar war, was sie in Dortmund erwarten würde. Auf der Fahrt war es still im Auto, die meiste Zeit zumindest, es schien, als wäre jeder von uns in seiner eigenen Welt. Ich wüsste gern, was Hartmut durch den Kopf ging und ob er innerlich schon Abschied nahm. So wie ein Mensch mit einer Krebsdiagnose, vielleicht mit einem nicht operablen Hirntumor, der weiß, dass ihm nicht mehr viel Zeit bleibt, als hätte sein Leben keinen anderen Ausgang haben können, als wäre sein Tod nicht abzuwenden gewesen. Dabei hatte er allein über seinen Tod entschieden, ein Entschluss, den er jederzeit hätte revidieren können. Aber Hartmut konnte es nicht. Als hätte er sich selbst einen Tumor in den Kopf gepflanzt. Und es würde mich nicht wundern, wenn das, was wir an jenem Tag in Dortmund erlebten, diesen Tumor hatte wuchern lassen.

Der Tag in Dortmund begann auf einer Parkbank, weil ich Hunger hatte. Ich hatte auf eine Bratwurst gehofft, eine Bratwurst mit Pommes, doch dabei die Hartnäckigkeit meiner Mutter unterschätzt, mit der sie Hartmut in Fragen der Ernährung zu gefallen suchte. Wir parkten in der Nähe des Bahnhofs und hielten Ausschau nach einer Sitzgelegenheit. Dabei kamen wir sogar an einigen Wurstbuden vorbei, bis meine Mutter eine Bank entdeckte. Sie packte den Reiseproviant aus und drückte mir eine Stulle in die Hand: Vollkornbrot mit Tofu. Sie war besessen von einem Buch, das sie sich kurz zuvor gekauft hatte, ›The Book of Tofu‹, was zur Folge hatte, dass ich mit Tofu mehr zu tun bekam, als mir lieb war. Ich war kein Vielesser, bin es bis heute nicht, und habe früher in der Schule meine Stullen oft an Gustav verschenkt, der dankbar war für jede Extraportion und auch der Einzige, dem es nichts ausmachte, angebissene Brote aufzuessen. In Sport hatte er eine Fünf, weil er viel zu dick war: Im Weitsprung kam er gerade mal auf eineinhalb Meter, und für den Fünfzig-Meter-Sprint brauchte er eine halbe Minute. Gustav kommt mir in den Sinn, weil ich mich an den Tag erinnere, an dem mir meine Mutter zum ersten Mal eine Tofu-Stulle mit in die Schule gegeben und ich diese so auf meinem Tisch platziert hatte, dass Gustav gar nicht anders konnte, als mich zu fragen. Und dann sah ich, wie er hineinbiss und im Kauen innehielt, das, was er im Mund hatte, hinunterwürgte und wahnsinnig wütend wurde, weil er dachte, ich hätte ihm einen Streich gespielt. »Willst du mich verarschen?«, fragte er. »Was soll das denn sein?« Dann legte er das angebissene Brot wieder auf den Tisch, und ich ließ es beim Verlassen des Klassenraums ganz beiläufig in den Mülleimer fallen. Dieser Mülleimer wurde in den nächsten Wochen zur Tofu-Entsorgungsstelle. Zu Hause erzählte ich auf Nachfrage aber immer, dass ich die Stullen gegessen hätte, und weil ich wusste, wie unglaubwürdig es gewesen wäre zu behaupten, sie schmeckten mir vorzüglich, sagte ich, ich hätte zwar schon Dinge gegessen, die mir besser schmeckten, aber ich würde sie trotzdem essen, worüber meine Mutter sich freute, weil es nichts Gesünderes gebe als Tofu, nicht umsonst hätten die Japaner weltweit die höchste Lebenserwartung. Mein Vater sagte, meine Mutter meine es nur gut mit mir, sie glaube, ein Kind, das schon früh in den Genuss von Tofu und der Waerland-Kost käme, könne es mit Methusalem aufnehmen. Ich fand heraus, dass dieser Methusalem immerhin 969 Jahre alt geworden war. Wenn sich mein Taschenrechner nicht täuschte, hieß das: Ich könnte 242 Welt- und Europameisterschaften miterleben und 969 Bundesliga-Spielzeiten und diverse Generationen von Spielern (wie genau man das berechnete, wusste ich nicht). Wenn ich Ottmar Hitzfeld erwähnen würde, wäre das für meinen Gesprächspartner so, als würde ich von El Cid sprechen oder Wilhelm dem Eroberer, die beide im 11. Jahrhundert gelebt hatten, mit dem Unterschied, dass ich sagen konnte, ich hätte sie noch mit eigenen Augen gesehen. Das Problem war nur: Wenn ich nicht unbedingt musste, aß ich den Tofu nicht. An dem Tag in Dortmund aber musste ich, weil meine Mutter neben mir saß und ich keine Möglichkeit hatte, die Stulle verschwinden zu lassen. Dass ich beim Kauen die Wurstbude auf der gegenüberliegenden Straßenseite im Blick hatte, machte die Sache nicht einfacher. Hartmut aß keinen Tofu, stattdessen schmierte er Quark auf ein Brot, dazu trank er Wasser. Das war seit jeher seine Mahlzeit für unterwegs, weil sie alles beinhaltete, was der Körper brauchte: Proteine, Kohlenhydrate und Wasser. So gestärkt machten wir uns dann auf den Weg zur Westfalenhalle. Wir waren nicht die Einzigen. In der Nähe der Halle parkten reihenweise Busse, das kannte ich sonst nur von Auswärtsspielen. Horden von Menschen bewegten sich auf die Halle zu. Hinterher erfuhr ich von meiner Mutter, dass es vierzigtausend waren, die aus dem ganzen Land nach Dortmund gekommen waren. Vierzigtausend waren eine Menge, mehr als bei den Demos in Tübingen, viel mehr. Und eigentlich hätten sich meine Mutter und Hartmut freuen können über so viele Menschen, die wegen der Atompolitik nach Dortmund gekommen waren – und teilweise eine zehnstündige Busfahrt auf sich genommen hatten, wie mir meine Mutter am nächsten Tag erzählte. »Stell dir vor«, sagte sie, »die haben sogar von ihren Chefs frei bekommen, damit sie demonstrieren.« Auch das wäre eigentlich toll gewesen von den Chefs, genauso wie die Tatsache, dass viele der vierzigtausend nichts für die Fahrt hatten zahlen müssen und außerdem noch ein Essenspaket und 20 Mark Zehrgeld obendrauf bekommen hatten, damit sie nach Dortmund kamen. Als meine Mutter mir davon am nächsten Tag erzählte, war sie allerdings empört darüber, und ich wusste auch, warum, ich hatte es schließlich am Tag zuvor mit eigenen Augen gesehen und mich sehr gewundert. Die vierzigtausend nämlich waren – anders als Hartmut, meine Mutter und ich – nicht gegen, sondern für die Atomkraft. Sie hielten Transparente hoch, auf denen stand: »Strom = Leben. Es muss ihn auch in Zukunft geben.« Oder: »Helmut! Auch Du benützt den Trockenrasierer.« Oder: »Ohne Kernenergie sicher zurück ins Mittelalter.« Natürlich hatte ich gewusst, dass es Menschen gab, die Atomkraft gut fanden, mein Vater war schließlich einer von ihnen, aber ich hatte mir aus irgendeinem Grund nicht vorstellen können, dass diese Menschen sich auch zu Demos trafen und, das war offensichtlich, viel besser organisiert waren. Ich wusste nicht, was Hartmut und meine Mutter vorgehabt hatten, aber vermutlich dachten sie an eine Art Gegendemo oder zumindest Aufklärungsarbeit, weil im Kofferraum unseres Autos ein Tapeziertisch, eine Tasche mit Flugblättern und ein Transparent mit der Aufschrift »Arbeitskreis Lebensschutz« verstaut waren. Ich weiß nicht, was ich aus heutiger Sicht schlimmer finde: die Vorstellung, wir drei hätten inmitten dieser Massen von Atomkraftbefürwortern hinter unserem Tisch gestanden und uns vermutlich gefühlt, wie Affen im Zoo sich fühlen müssen, die mit den großen roten Wucherungen am Hintern (wenn sie denn zur Selbstreflexion fähig sind), oder die Tatsache, dass wir den Tisch im Kofferraum ließen, weil selbst Hartmut offenbar eingesehen hatte, dass er bei diesen Menschen keinen Sinneswandel würde auslösen können.

Wir standen zunächst ziemlich verloren auf dem Vorplatz herum. Ich kam mir vor, als hätten wir uns in den Gästebereich des Stadions verirrt und stünden plötzlich mitten zwischen fahnenschwenkenden und grölenden Fans, die blöderweise die falschen Trikots trugen und die falschen Lieder sangen. Ich weiß nicht, warum Hartmut auch noch in die Halle wollte, aber wir quetschten uns irgendwie durch die Menge und standen dann am Rand. Die Bühne konnte ich kaum erkennen, weil ich, wie mir schien, das einzige Kind war und Hartmut nicht auf die Idee kam, mich auf seine Schultern zu hieven, so wie es mein Vater gemacht hätte. Ich hörte, wie ein Mann von der technologischen Zukunft sprach, von einer Erfolgsgeschichte und Arbeitsplätzen. Die vierzigtausend jubelten ihm zu, und Hartmut stand da und sagte nichts. Er stand ziemlich lange so da und wir neben ihm, und dann drückte uns ein Mann schwarz-rot-goldene Aufkleber in die Hand, auf denen stand: »Sichere Energieversorgung / Kohle und Atom«. Und ich weiß noch, dass Hartmut so aussah, als hätte ihm der Mann eine schlimme Nachricht überbracht. Aber dieser Aufkleber an sich war ja schon die schlimme Nachricht. Er hätte ihn einfach fallen lassen oder dem Mann zurückgeben können – oder gleich die Annahme verweigern. Nichts dergleichen tat Hartmut. Und so hielt jeder von uns einen Aufkleber in der Hand, als wir bald darauf die Halle verließen.

Am nächsten Tag verglich meine Mutter diese Veranstaltung mit dem Nürnberger Parteitag, wobei ich mir darunter nichts vorstellen konnte beziehungsweise mir vorstellte, dass dieser Parteitag so ähnlich gewesen sein musste wie die Dortmunder

Veranstaltung. Und noch lange danach dachte ich, es hätte auch in Nürnberg mal eine solche Demo für Atomkraft gegeben. Meine Mutter war erbost über das, was wir in Dortmund erlebt hatten. Viele Jahre später sagte sie, Dortmund sei auch schuld an Hartmuts Tod – Dortmund und Helmut Schmidt. Es war nämlich kein Zufall, dass diese Kundgebung zu diesem Zeitpunkt stattgefunden hatte, sie sollte die Stimmung im Land und auf dem bevorstehenden SPD-Parteitag beeinflussen. Aus den Artikeln, die meine Mutter gesammelt hat, geht hervor, dass die Betriebsräte der Energiekonzerne für den Kurswechsel der Gewerkschaften verantwortlich waren. Sie hatten sich zusammengeschlossen, um Stimmung für die Atomkraft zu machen. Sie hatten Anzeigen schalten lassen und Energie-Seminare abgehalten. Als sich dann im Oktober 1977 tausend Betriebsräte in Dortmund trafen, um eine Großkundgebung zu planen, bekam der Gewerkschaftsbund Angst, dass sich die Kundgebung gegen seine Mitglieder und deren vorsichtige Energiepolitik richten könnte. Was zur Folge hatte, dass die Gewerkschaften Regie bei der Veranstaltung führten, während die Energieunternehmen für den An- und Abtransport der Teilnehmer sorgten. Letztlich ging es um Arbeitsplätze. Und es ist wohl nicht falsch zu sagen, dass es die Klientel der SPD war, die diese Pro-Atom-Demo organisiert hatte und Helmut Schmidt eine gute Vorlage lieferte.

Meine Mutter brauchte eine Weile, um sich von diesem Erlebnis zu erholen. Und wahrscheinlich war es sogar Hartmuts Tod, der sie wieder in die Pflicht nahm und vielleicht auch ihren Trotz heraufbeschwor. Sie nahm es fortan nicht nur mit den vierzigtausend Veranstaltungsteilnehmern auf, sondern mit den vielen Millionen Atombefürwortern im Land.

Ich wäre enttäuscht gewesen. Nicht so meine Mutter. Eineinhalb Stunden lang saßen wir im Theater, das nicht ganz ausverkauft war. Eineinhalb Stunden war es um die Grünen gegangen und ihren Aufstieg zur Regierungspartei, der Freiburger Bürgermeister wurde als Sonnengott dargestellt, die Schauspieler trommelten und sangen Rio Reisers »Keine Macht für niemand« und »Was hat dich bloß so ruiniert?« von der Band Die Sterne. Sie trugen eine große aufblasbare Erde auf ihren Schultern, und von der Decke fielen Sauerstoffmasken. Alles ziemlich chaotisch. Um Hartmut war es nur im Prolog gegangen. Ein Schauspieler hatte sich einen Benzinkanister über den Kopf gehalten und aus Hartmuts Briefen an den Herrn Bundeskanzler zitiert, bevor er von der Bühne ging und später in einer anderen Rolle wieder auftauchte. Wie gesagt, an ihrer Stelle wäre ich enttäuscht gewesen über Hartmuts Bedeutung in dem Stück. Acht Stunden hatten wir im Auto gesessen, um Hartmut als absolute Randfigur zu erleben. Meine Mutter aber verließ das Theater ganz beschwingt, soweit ihr dies mit ihrer Gehschwäche möglich war. Wir hatten den Rollator in Berlin gelassen, sie hatte ohne Hilfe gehen wollen, aber dann doch meinen Arm als Stütze akzeptiert, weil wir ein Stück vom Theater entfernt geparkt hatten. Allein dass Hartmut erwähnt worden war, zeigte ihrer Ansicht nach, welchen Stellenwert er für die Grünen hatte. Sie nannte ihn sogar einen ihrer Gründerväter, auch wenn Hartmut den Grünen vermutlich nie beigetreten wäre.

Ich lag auf meinem Bett im Hotelzimmer, während sich meine Mutter im Bad für die Nacht fertig machte. Als ich sie dann im Nachthemd sah, veränderte sich mein Blick auf sie, was seltsam klingen mag, aber ich sah sie zum ersten Mal so spärlich bekleidet im Licht oder besser Schatten ihres Alters. Dünne Beine, weiße Haut, auf den Schienbeinen ein violettes Gekräusel aus Adern, die durch die Haut schimmerten. Vor allem aber erschreckte mich die eingefallene Mundpartie, ihre dritten Zähne hatte sie im Bad gelassen. Ich sah, wie sie mit kleinen, beinah trippelnden Schritten das Zimmer durchquerte (das nicht sonderlich groß war) und Kraft aufwenden musste, um die Bettdecke zurückzuschlagen, die unter der Matratze festgesteckt war. Ich sah ihr dabei zu, wie sie sich abmühte. Dann legte sie sich hin, zog die Decke bis über die Schultern und schloss die Augen. Ich war froh, dass sie schwieg, weil ich nicht hören wollte, wie sie versuchte, zahnlos Sätze zu artikulieren.

Irgendwann schlief sie ein, ich hörte ihr leises Schnarchen. Ich lag noch lange wach und stellte mir vor, wie ich meiner Mutter half, sich auszuziehen, sich zu waschen, wie ich ihr Tee einflößte und ihr Bett neu bezog. Ich wusste, dass es mir nicht leichtfallen würde, und war froh, dass meine Mutter sich grundsätzlich schwer damit tat, Hilfe anzunehmen, überhaupt um Hilfe zu bitten. Mir wurde bewusst, dass sie mich noch nie um Hilfe gebeten hatte, um Hilfe für sich persönlich, meine ich. Sie tat es nur, wenn es um die Sache ging.

In den letzten Jahren habe ich mich davor gedrückt, ihr Arbeitszimmer zu betreten, dieses Zimmer, das zu einer Art Hartmut-Gedenkstätte geworden war. Nach ihrem Tod aber ließ es sich nicht vermeiden. Ich war der letzte verbliebene Angehörige, Geschwister hatte meine Mutter nicht, und mein Vater war längst tot. Es war an mir, die Wohnung aufzulösen. Natürlich hatte ich den Gedanken, mich von allem zu befreien, und alles, was mit Hartmut zu tun hatte, zu entsorgen. Wie gern hätte ich die Aktenordner, den Computer, die Bücher und den Benzinkanister, den sie aufgehoben hatte, zum Recyclinghof oder direkt zum Müllheizkraftwerk gebracht und sie – so malte ich es mir aus – in den Verbrennungsofen geworfen und zugesehen, wie sie Feuer fingen. Dann wäre Hartmuts Leben zum zweiten Mal in Flammen aufgegangen. Eigentlich ein durchaus konsequentes Ende, aber ich wusste, dass ich ihn so einfach nicht loswürde; es hatte schon beim ersten Mal nicht geklappt. Und die Vorstellung, alles, wofür meine Mutter gelebt hatte, den Flammen zum Fraß vorzuwerfen, ließ ihr Leben noch sinnloser erscheinen als ohnehin schon. Außer drei Zeitungsartikeln wäre nichts geblieben, und das wäre meiner Mutter nicht gerecht geworden. Sie war in der Annahme gestorben, einen Journalisten gefunden zu haben, der Hartmuts Biografie schreibt, eine Biografie, die sie gern selbst verfasst hätte, aber nicht konnte, weil ihr die Fähigkeit nicht gegeben war, ein Buch zu schreiben, jedenfalls keines, das Leser finden würde, und nicht, wie ihre anderen Bücher, im Selbstverlag erschiene, unter Ausschluss der Öffentlichkeit. Sie war so sehr darauf bedacht, ihr gesamtes Wissen über Hartmut im Text unterzubringen und diesen auch noch mit Quellenangaben zu versehen, damit ja keine Zweifel an der Wahrheit des Geschriebenen beim Leser aufkämen, dass daraus ein völlig unleserliches, mehrtausendseitiges Buch geworden wäre. Aber selbst dazu wäre es niemals gekommen, weil sie noch gar nicht den Wissensstand erreicht hatte, um ihren eigenen Ansprüchen an ein Buch über Hartmut gerecht zu werden. Ständig fiel ihr der Name eines weiteren Menschen ein, der Hartmut vielleicht begegnet oder ihn nur mal bei einem seiner zahlreichen öffentlichen Auftritte gesehen hatte. Immer wieder versuchte sie, Kontakt zu diesen Menschen aufzunehmen, schrieb Mails und Briefe in der Hoffnung, sie könnten etwas beitragen, um das Bild von Hartmut noch präziser zu zeichnen. Das alles führte dazu, dass sie nach all den Jahren nicht mehr als ein Vorwort zu Papier gebracht hatte, das sie mir bei einem meiner Besuche vorlas. Zumindest war sie einsichtig genug, um zu akzeptieren, dass es vertane Mühe war, und das, obwohl ich meine Bedenken und Kritik sehr vorsichtig geäußert hatte.

Sie hatte große Hoffnung in diesen Journalisten gesetzt, ganz aufgeregt war sie gewesen, als sie mir das erste Mal von ihm erzählt hatte. Dass er für den ›Spiegel‹ schrieb, machte sie besonders glücklich, weil es der ›Spiegel‹ war, der Hartmut damals keine einzige Zeile gewidmet hatte, obwohl das Verlagshaus in fußläufiger Nähe zum Ort des Geschehens lag und man, wie meine Mutter recherchiert hatte, die Flammen sogar von einem der Fenster in den oberen Etagen aus hätte sehen können. Sie hatte den Journalisten einweisen wollen in ihr digitales Archiv, damit er wüsste, wie er bestimmte Informationen finden könnte, aber weil er so viel zu tun hatte (oder es zumindest behauptete), hat sie dann mich angelernt, damit ich es ihm später zeigen könne. Trotz ihres Alters kam sie erstaunlich gut zurecht mit dem Computer, in mancher Hinsicht besser als ich. Sie hatte mich gebeten, ihr beim Anlegen des Archivs zu helfen. Sie wollte alles aufbewahren und ordnen, was sie von und über Hartmut zusammengetragen hatte. Sie hatte mich gefragt, wie sie das anstellen und wie man das Material nach Stichworten durchsuchen könne. Eine Aufgabe, an der ich gescheitert war, weil ich auf meinem Computer eigentlich nicht mehr als das Schreibprogramm und den Internet-Browser benutze. Ich hatte ihr die Nummer eines Freundes gegeben, der sich mit Computern gut auskannte und den sie daraufhin kontaktiert hatte, wie ich später von ihm erfuhr, eher beiläufig, aber durchaus begeistert. »Du hast aber eine ziemlich lässige Mutter«, hatte er zu meiner Verwunderung gesagt. »Ich muss sagen, sie ist ziemlich fit im Kopf.« Und dann fügte er noch hinzu: »Ich wünschte, meine Mutter wäre so aufgeschlossen.« Sie musste Wochen, wenn nicht gar Monate vor dem Bildschirm gesessen und dieses Archiv angelegt haben, auf das sie so stolz war und das sie mir gleich nach Fertigstellung vorführte. »Was willst du wissen?«, hatte sie gefragt. »Irgendwas über Hartmut. Wann er das erste Mal in Wyhl war? Du kannst mich auch fragen, wann Hartmut in der Schwäbischen Alb war zum Bergsteigen. Wusstest du überhaupt, dass er Bergsteiger war?« Ja, das wusste ich, weil ich mich daran erinnerte, wie er eines Morgens aus der Wohnung gekommen war, einen großen Rucksack auf dem Rücken. Als er mich bemerkte, sagte er, er gehe für ein paar Tage in die Berge. »Was willst du wissen? Frag, was du willst«, sagte meine Mutter. Und ich tat ihr den Gefallen und fragte, an welchem Tag er bei uns ausgezogen war. Meine Mutter sah mich an, und ich dachte, sie würde gleich eine Diskussion mit mir darüber anfangen, warum ich ausgerechnet diese Frage stellte, wo es doch tausend wirklich wichtige gab, aber dann überwog offenbar der Stolz darüber, mir das Ergebnis ihrer Programmierkunst vorzuführen, und sie tippte als Stichwörter ein: »Einzug« und »Österbergstraße«. Es öffnete sich ein Fenster mit einem Link, der zu einer Zeitleiste führte, von der abzulesen war, dass Hartmut am 24. Mai 1977 in die Österbergstraße gezogen war. Darunter stand: »Wohnung über Kellermann gefunden. Kellermann zwei Monate zuvor kennengelernt bei Vortrag in Uni Tübingen über ›Die Dialektik in der politischen Auseinandersetzung über die Atompolitik‹.« Das reichte ihr aber nicht, ich sollte noch etwas fragen. Und ich tat ihr den Gefallen und fragte andersherum, nicht nach einem Stichwort, sondern nach einem Datum, dem 16.11.1977. Sofort tippte sie das Datum in die Suchleiste, und es wurden mehrere Einträge angezeigt. »Mittags in der Petrikirche: Predigt ›Stadt ohne Angst‹« – »HGs Selbstverbrennung in der Tradition der vietnamesischen Mönche (Widerstand wachhalten)« – »14:30 Anruf vom Krankenhaus St. Georg, ob ich HG kenne« – »Aus den Asservaten: versengte Aktentasche + Flugblätter, schwarzer 5-Liter-Kanister« – »Mit Hanno Handzettel verteilt«

Es gibt wohl keinen Tag in meinem Leben, an den ich mich deutlicher erinnere als an diesen 16. November. Rückblickend war dieser Tag der Ausgangspunkt für die grundlegende Veränderung in meinem Leben. Alle Lebenslinien lassen sich von dort aus ziehen, auch wenn mir das damals natürlich nicht bewusst war. Wie auch? Für mich war Hartmut der Erste. Ich wusste nicht, dass es vor ihm schon andere gegeben hatte: Von Jan Palach in Prag oder Oskar Brüsewitz in Zeitz erzählte meine Mutter mir erst später. Hätte ich damals schon von den beiden anderen gewusst, hätte ich vielleicht auch gleich, als meine Mutter in mein Zimmer kam, um mir zu sagen, dass Hartmut sich verbrannt habe, verstanden, welche Heldentat er vollbracht hatte. So aber begann alles mit einem Missverständnis.

Als Hartmut in Hamburg zum Helden wurde, saß ich an meinem Schreibtisch und ärgerte mich über den dreifachen Hitzfeld. Ich hatte wieder mal nicht aufgepasst beim Tauschen, hatte für Hölzenbein und Höttges einen weiteren Hitzfeld bekommen, dabei hätte ich Hattenberger gebraucht. Die Nummer 80 im Album. Es lief die Saison 1977/78, am Wochenende zuvor hatte der VfB Stuttgart in Düsseldorf verloren und stand am 15. Spieltag auf dem siebten Tabellenplatz. Am kommenden Samstag würde der Tabellenführer Köln in Stuttgart spielen. Mein Vater hatte versprochen, mit mir ins Stadion zu gehen. Dass es dazu nicht kommen würde wegen der Sache mit Hartmut, konnte ich an jenem Nachmittag natürlich nicht ahnen. Das ›Bergmann-Album‹ lag aufgeschlagen vor mir, daneben der Stapel mit Doppelten und Dreifachen. Ich überlegte, wem ich die drei überschüssigen Hitzfelds andrehen könnte, als meine Mutter ins Zimmer kam. Sie stellte sich neben mich. Vielleicht hätte ich am Ton ihrer Stimme erkennen können, wie ernst das war, was sie mir sagte, aber ehrlich gesagt hatte ich nicht zugehört und ihre Stimme nicht wirklich vernommen. In meiner Erinnerung höre ich sie gedämpft, wie in meiner Kindheit, wenn sie an meinem Bett saß und ich mich unter der dicken Daunendecke verkrochen hatte.

Sie langte mit einer Hand nach der Lehne meines drehbaren zitronengelben Schreibtischstuhls, drehte mich zu sich und ging dann in die Hocke. Mit der anderen Hand hielt sie mein Kinn fest, um sicherzustellen, dass mir ja nichts entging. Mir blieb nichts anderes übrig, als sie anzusehen. Ihre großen Augen, die von einer wässrigen Farbe waren. Ich musste an meinen Malkasten denken und wie es war, wenn ich die dunkelblaue Farbe mit zu viel Wasser vermischte und dann einen Strich über das Papier zog, bis er verblasste, am Anfang war er kräftig und am Ende fast nicht mehr zu sehen. Müsste ich die Augenfarbe meiner Mutter beschreiben, würde ich sagen, sie lag irgendwo im letzten Drittel dieses Strichs.

»Hast du gehört, was ich gesagt habe?«, fragte sie. Ich nickte und hätte wissen müssen, dass sich meine Mutter nicht mit einem Nicken abspeisen ließ. »Was hast du denn gehört?«, fragte sie.

»Irgendwer hat sich verbrannt«, sagte ich.

»Nicht irgendwer«, sagte sie, »sondern Hartmut.«

Zwar hatte fast jede Mannschaft einen oder mehrere Helmuts, aber es gab nur einen Hartmut, und zwar beim VfL Bochum, Hartmut Fromm, die Nummer 310 im Album. Ich habe meiner Mutter nie erzählt, dass ich als Erstes an Hartmut Fromm dachte, der mir als Spieler nie sonderlich aufgefallen war und dessen Name mir nur dank des Albums vertraut war. Meine Mutter hätte mir das nicht verziehen.

Als ihr die Tränen in die Augen stiegen, war mir klar, dass es wohl doch nicht Hartmut Fromm war, der sich verbrannt hatte, sondern unser Hartmut, den mein Vater anfangs nur »den Gründler« und später dann »den verrückten Gründler« nannte.

»Das ist doch nicht so schlimm«, sagte ich, weil ich meine Mutter trösten wollte und dachte, Hartmut sei wahrscheinlich mit der Hand an eine glühende Herdplatte geraten. Das Zimmer, in dem er damals lebte, war voller Bücher. Auf dem Boden, an den Wänden, überall stapelten sich Bücher, er hatte sogar Regalbretter über dem Herd. Ich stellte mir vor, wie er nach einem Buch greifen wollte und sich dabei auf dem Herd abstützte, ohne daran zu denken, dass die Platte heiß war. Ich wusste, dass meine Mutter für solche Fälle eine Brandsalbe im Badezimmerschränkchen aufbewahrte.

Meine Mutter war nicht besonders gut auf mein Sammelalbum zu sprechen. Überhaupt mochte sie den Fußball nicht, und es war auch nicht das erste Mal, dass sie mir das Album wegnahm. Sie stand auf und verließ das Zimmer. Ich blieb auf meinem Schreibtischstuhl sitzen. Starrte auf die Häufchen mit Doppelten, die auf dem Tisch lagen, und wusste nicht, was ich falsch gemacht hatte.

Erst später am Nachmittag erfuhr ich, dass in Hartmuts Fall die Tube mit Brandsalbe nicht geholfen hätte, nicht mal ein ganzes Fass davon. Hartmut hatte sich mit Benzin übergossen und dann angezündet. Er hatte ein Feuerzeichen gesetzt. Aus

Protest, wie meine Mutter sagte, aus Protest gegen die Atompolitik. Und was Hartmut getan hatte, war an Größe und Heldenhaftigkeit nicht zu überbieten. Weil er es für uns getan hatte, für uns alle, damit wir in einer besseren Welt leben konnten, in der wir keine Angst mehr haben mussten vor dem Atomtod.

Später an dem Tag war meine Mutter zu mir ins Zimmer gekommen und hatte gesagt, sie brauche meine Hilfe, wir müssten noch etwas erledigen. Ich war froh, dass sie offensichtlich nicht mehr wütend auf mich war, und wollte auf keinen Fall, dass sich das wieder änderte. Es war schließlich nicht das erste Mal, dass sie meine Hilfe brauchte.

Im Auto stellte meine Mutter einen Karton mit Handzetteln neben mich auf die Rückbank. Sie musste den Text verfasst haben, nachdem sie aus meinem Zimmer geeilt war. In ihrem Zimmer hatte sie eine Schreibmaschine, an der sie oft saß, und im Zimmer meines Vaters stand ein Kopiergerät, das sie oft benutzte, wenn er nicht da war. Was auf diesen Handzetteln stand, weiß ich so genau, weil ich zwischen all den Schriften, die meine Mutter gesammelt hat, ein Exemplar gefunden habe:

»Zur Selbstverbrennung eines Lebensschützers. Die Atomenergie fordert ihre Opfer.«

Diese Überschrift ist unterstrichen. Und weiter:

»Hartmut Gründler verbrannte sich in Hamburg aus Anlass des SPD-Parteitages am Buß- und Bettag für die Wahrheit, für die Wahrheit in der Atompolitik der Bundesregierung, für die Wahrhaftigkeit zwischen Regierenden und Bürgern. Er opferte sich, damit wir nicht Opfer werden. Der Arbeitskreis für Lebensschutz achtet diesen Einsatz des konsequenten Zeugen gegen die Bedrohung des Lebens durch eine unbewältigte Technik.«

Darunter steht: Arbeitskreis Lebensschutz. Und unsere damalige Adresse in der Keplerstraße. Darunter wiederum:

»Im Sinne von Hartmut Gründler bitten wir, den Anti-Atom-Kampf durch eine Spende zu unterstützen. Kennwort: Hartmut Gründler.«

Es folgte die Angabe eines Kontos bei der Landessparkasse.

Ich bekam damals fünf Mark Taschengeld, nicht etwa einmal im Monat, sondern jeden Montag. Wenn ich zum Frühstück in die Küche kam, lag ein blankes Fünf-Mark-Stück neben meinem Teller. Das war viel mehr, als meine Freunde bekamen, und für meine Mutter ein Grund, sich über meinen Vater zu ärgern. Weil mir Geld ihrer Meinung nach einen falschen Wert vom Leben vermittelte. »Es geht nicht darum, möglichst viel Geld zu haben«, erklärte sie mir, »die wahren Tugenden sind Bescheidenheit und Verzicht. Du könntest dir ein Beispiel an Hartmut nehmen.«

Jedes Mal, wenn ich die Münze bekam, focht ich einen inneren Kampf aus. Einerseits rechnete ich mir aus, wie viele Packungen Klebebilder ich mir von den fünf Mark kaufen konnte. Andererseits wusste ich, wie froh ich meine Mutter machen konnte, wenn ich ihr die Münze hinschob und sagte: »Es gibt Wichtigeres als Geld.« Dann strich sie mir mit der Hand übers Haar und sagte: »Ich bin stolz auf dich. Und merk dir: Reich wird man erst durch Dinge, die man nicht begehrt.« Es fiel mir nicht leicht, mich von meinen fünf Mark zu trennen, und ich tat es nur, wenn mein Vater nicht mit uns am Tisch saß. Dann konnte ich abends zu ihm gehen, wenn er in seinem Arbeitszimmer am Schreibtisch saß, mich neben ihn stellen, bis er – in irgendwelche Rechnungen vertieft – aufsah, endlich mein trauriges Gesicht bemerkte, fragte, was passiert sei, und ich ihm erzählte, dass meine Mutter mir mal wieder das Taschengeld abgeschwatzt habe und jetzt damit irgendeinen Atomkrieg führe. Mein Vater ließ mich dann sein Portemonnaie holen, das meist in der Innentasche seiner Jacke steckte, die im Flur an der Garderobe hing. Er drückte mir ein Fünf-Mark-Stück in die Hand und riet mir, das Geld für mich zu behalten. So lernte ich schon als Kind, eine Schwarzgeldkasse zu führen, von der meine Mutter nie etwas erfahren hat.

»Du kannst mein Taschengeld haben«, sagte ich, nachdem wir rückwärts aus der Garage gerollt waren und meine Mutter beim Anfahren den Motor abgewürgt hatte. Sie startete den Wagen neu, ließ den Motor aufheulen, während wir schon die abschüssige Straße hinabrollten, und als sie endlich den richtigen Gang gefunden hatte, fragte sie: »Was hast du gesagt?«

»Du kannst mein Taschengeld haben.«

Entweder schien sie nicht gleich verstanden zu haben oder war in Gedanken schon mit dem Abbiegen beschäftigt, weil wir uns der Hölderlinstraße näherten.

»Ich meine, als Spende für Hartmut«, sagte ich, »auf den Zetteln steht doch, dass man spenden soll.«

Meine Mutter musste gar nicht erst über mein Angebot nachdenken. Nicht einen Moment lang schien es ihr unangemessen oder auch nur unangenehm, mein Taschengeld anzunehmen. Sie sagte: »Das freut mich, dass du uns unterstützt, Hartmut würde es auch freuen. Wir können jede Mark gebrauchen.« Sie setzte den Blinker. Nachdem wir unbeschadet in die Hölderlinstraße eingebogen waren, sagte sie: »Es ist unsere Aufgabe, den Kampf fortzuführen, gerade jetzt, nach allem, was Hartmut für uns getan hat. Das sind wir ihm schuldig.«

Natürlich bereute ich sofort meine Großzügigkeit. Mir fehlten noch hundertzehn Bilder im Album, in jeder Packung waren vier. Mein Vater, der gut rechnen konnte, sagte, der Wahrscheinlichkeit nach müsste ich die fünffache Menge an Karten kaufen. Es sei denn, ich tauschte. Aber dabei stellte ich mich einigermaßen ungeschickt an. »Du kannst mein Taschengeld haben«, hatte ich gesagt. Ich hatte aber nicht gesagt: »Du kannst mein Taschengeld auf ewig haben.« Ich überlegte, ob es nicht schlau wäre, noch mal über mein Angebot zu reden. Und kam schnell zu dem Schluss, dass es nicht schlau wäre, zumindest nicht jetzt im Auto. Schließlich war ich froh, dass mir meine Mutter nichts nachtrug und mir nicht das Gefühl gab, böse auf mich zu sein, obwohl, nein, böse war meine Mutter selten, sie war eher verletzt, sie gab mir lieber das Gefühl, enttäuscht zu sein von mir, was sie dann in der Regel auch so lange blieb, bis ich ein Einsehen hatte und mich bei ihr entschuldigte.

»Fünf Mark sind doch nicht viel«, sagte ich, »ich meine, für ein Kind wie mich schon, aber nicht für einen Erwachsenen.

Warum kann denn nicht jeder fünf Mark für Hartmut geben? Das wären doch dann …« Ich wusste, dass in Westdeutschland ungefähr sechzig Millionen Menschen lebten, sechzig Millionen mal fünf, das machte … Leider hatte ich es nicht so mit dem Rechnen, mein Vater sagte jedes Mal, wenn ich mal wieder an irgendwelchen Berechnungen scheiterte, irgendetwas müsste ich schließlich auch von meiner Mutter geerbt haben. »… auf jeden Fall mehr als dreißig Millionen Mark, dann wärt ihr doch reich und könntet den Atomkrieg gewinnen.« Zu spät war mir klar geworden, welches Stichwort ich ihr geliefert hatte und dass sie sich die Gelegenheit nicht entgehen lassen würde, mir ihre Sicht der Dinge darzulegen, die in der Regel mit Hartmuts Sicht der Dinge übereinstimmte.

Die Hölderlinstraße führte in die Innenstadt und barg wenig Gefahren, es gab keine Kurven und gefährlichen Kreuzungen, die die besondere Aufmerksamkeit meiner Mutter erfordert hätten. Während wir im Schritttempo am Botanischen Garten vorbeikrochen, sagte sie: »Leider denken aber nicht alle Menschen so wie du, was aber auch daran liegt, dass sie nicht so gut Bescheid wissen wie du.« An dieser Stelle suchte sie für einen Moment meinen Blick im Rückspiegel. »Die meisten Menschen glauben die Märchen, die Politiker erzählen. Die Märchen handeln davon, dass die Atomkraft nicht gefährlich ist. Bei Schneewittchen aber weiß jeder, dass es ein Märchen ist, bei den Märchen, die Politiker erzählen, wissen das nicht alle. Jeder Märchenerzähler braucht Zuhörer. Auf Dauer hat jedes Volk die Politiker, die es verdient. Wenn das Volk seine Politiker nicht auffordert, endlich die Wahrheit zu sagen, dann geschieht es dem Volk nur recht, wenn es die Folgen eines Tages ausbaden muss. Hartmut hat es bis zuletzt versucht, deswegen hat er sich auch verbrannt, damit die Menschen endlich begreifen, worum es geht.«

»Und wenn sie es trotzdem nicht begreifen?«, fragte ich.

Wir kamen an einer Ampel zum Stehen und meiner Mutter bot sich die Möglichkeit, sich zu mir zu drehen und mich anzusehen, während sie sprach.

»Es ist unsere Aufgabe, ihnen das begreiflich zu machen. Wir müssen ihnen erklären, warum Hartmut sich angezündet hat. Du wirst sehen, die Menschen werden es schließlich begreifen, es wird Proteste geben, und am Ende, wenn sich nichts ändert, werden alle Menschen auf die Straße gehen, dann gibt es einen Volksaufstand.«

Schon damals hatte ich meine Zweifel, weil ich aus eigener Erfahrung wusste, dass es manchmal nicht so leicht war mit dem Begreifen. Mathe war dafür ein gutes Beispiel. Wie oft hatte ich mir schon vorgenommen zu begreifen, wie man eine mehrstellige Zahl mit einer anderen addieren konnte, einen im Sinn behielt, aber unter dem Strich hätte doch immer eine andere Zahl stehen müssen als die, die ich dort stehen hatte. Wirklich begriffen hatte ich es erst mit den Jahren. Es war nicht ausgeschlossen, dass es den meisten Menschen auch so ging, und dann hätte Hartmut sich umsonst angezündet.

Die Ampel sprang auf Grün, was meine Mutter aber nicht sofort mitbekam. Wir standen länger als nötig, und wären wir nicht das einzige Auto gewesen, hätte der Fahrer hinter uns längst gehupt oder wäre vorbeigefahren und hätte meiner Mutter im Vorbeifahren vielleicht einen Vogel gezeigt, was schon vorgekommen war.

Meine Mutter hatte davon gesprochen, dass sich Hartmut geopfert hatte. Ich weiß nicht, warum ich mir so wenig Gedanken darüber machte, was es überhaupt bedeutete, sich zu opfern. Und mit welchen Schmerzen das Sich-Opfern in Hartmuts Fall verbunden war. Es mag daran gelegen haben, dass meine Mutter Schmerzen mit keinem Wort erwähnt hatte. Auch hatte sie sich entweder sehr zusammengerissen oder ihr war einfach nicht nach Weinen zumute gewesen.

Ich spürte, dass etwas passiert war im Leben meiner Familie, etwas Ungeheuerliches, aber welche Auswirkungen es haben würde, ahnte ich damals natürlich nicht. Und mit welchen Schmerzen es für jeden von uns verbunden war – seelischen Schmerzen im Gegensatz zu den körperlichen, die Hartmut ertragen haben musste. Von denen bekam ich ein paar Wochen später eine Ahnung, als mein Freund Paul vor meinen Augen eine Kerzenflamme mit Daumen und Zeigefinger ausdrückte. Er hatte seine Fingerkuppen mit Spucke befeuchtet, sie dann um den Docht gelegt, es hatte kurz gezischt und dann war die Flamme aus. Ich sollte es ihm nachmachen und zögerte, aber er sagte, ich sei ein Feigling, wenn ich es nicht versuchte. In meiner Aufregung vergaß ich, die Fingerkuppen anzufeuchten, und verbrannte mich. Ich musste ordentlich die Zähne zusammenbeißen, um nicht aufzuschreien. Aber dass mir Tränen in die Augen stiegen, ließ sich nicht vermeiden. Zum ersten Mal fragte ich mich, ob Hartmut geweint hatte, vor Schmerzen geweint. So wie er sich verbrannt hatte, nicht nur an den Fingerkuppen, sondern am ganzen Körper, musste sich das angefühlt haben wie hundert oder vielleicht sogar zweihundert Kerzenflammen auf der Haut. Ich fragte mich und frage mich bis heute, warum ein Mensch diese wohl schmerzvollste Art des Suizids wählt? Den schlimmsten Schmerz, den ich mir als

Kind ausmalte, war der, den Jesus erlitten haben musste. Bei der Vorstellung, Nägel durch den Körper geschlagen zu bekommen, wurde mir ganz flau, aber immerhin hatte Jesus sich die Nägel nicht selbst eingeschlagen. Hartmut aber hatte sich selbst mit Benzin übergossen und angezündet. Er hatte die Ärmel seines Wintermantels vorher noch mit Zeitungspapier ausgestopft, damit er besser brannte. Es gibt eine Studie über die Selbstverbrennung, aus der hervorgeht, dass sich jedes Jahr etwa hundert Menschen anzünden, von denen ein Drittel an den Verbrennungen stirbt. Wenn ein Mensch sich anzünde, gehe es um Kränkung, auf die der Mensch mit Scham reagiere, um einen letzten Rest von Selbstbestimmung, Würde und Integrität. Die Scham solle überwunden werden durch einen letzten couragierten Akt; einen Akt, der von unerbittlicher Stärke zeuge. Weil der Mensch die Angst überwinde vor der schlimmsten Qual und den unermesslichen Schmerzen, als spränge er aus eigenem Antrieb ins Fegefeuer. Die Selbstverbrennung sei, so steht da, auch immer eine öffentliche Darstellung. Der Mensch zünde sich nicht im Verborgenen an, er suche das Publikum und bekomme seine letzte absolute Aufmerksamkeit: Er glühe auf und verglühe zugleich. Wie eine Sternschnuppe. Für meine Mutter aber war Hartmut keine Sternschnuppe, sondern ein Held, von dessen Heldentod möglichst viele Menschen erfahren sollten. Deswegen waren wir an jenem Tag auch mit dem Karton voller Handzettel unterwegs.

Auf den Straßen war wenig los, was am Feiertag liegen musste. Der Tag nannte sich Buß- und Bettag, wie ich dem zuoberst liegenden Zettel entnahm. Ich hatte mich nie für die Bedeutung von Feiertagen interessiert, wichtig war allein, dass die

Schule ausfiel. Mein Vater hatte meiner Mutter zwar verboten, mich im Auto mitzunehmen, weil sie mich, wie er sagte, unnötigerweise in Gefahr bringe. Meine Mutter ließ sich von seinem Verbot aber nicht abhalten. Ich sollte allerdings meinem Vater davon nichts erzählen, weil das wiederum seiner Gesundheit nicht zuträglich sei, wie meine Mutter sagte. Ich sollte ihm sowieso nie erzählen, wenn wir Handzettel verteilten oder mit Hartmut unterwegs waren.

Dank des Feiertags war kaum etwas los auf der Straße, was meiner Mutter sehr entgegenkam. Normalerweise übernahm ich das Lotsen, weil sie damit beschäftigt war, mit dem Auto klarzukommen und sich nicht auch noch auf den Weg konzentrieren konnte. Ich hingegen hatte einen untrüglichen Orientierungssinn, den ich, wie mein Vater sagte, von ihm geerbt hätte. Wo ich einmal gewesen war, fand ich auch ein zweites Mal hin. Ich kannte verschiedene Strecken: den Weg zum Fußballplatz, zur Schule, in die Innenstadt, ins Kino, zur Uni, weil wir dort ab und an Handzettel verteilten und uns mit Studenten trafen, ins Krankenhaus, wo wir meinen Vater besuchten, als er Steine in den Nieren hatte, zu Paul, der leider am anderen Ende von Tübingen wohnte, und auch den Weg in die Österbergstraße, wo Hartmut zuletzt gewohnt hatte. Hätte sie mir gleich gesagt, wohin sie wollte, hätte ich meiner Mutter die Aufregung ersparen können, auf der Neckarbrücke wenden zu müssen.

Wir bogen in die Österbergstraße. Es ging steil hinauf, meine Mutter schaltete, und der Motor heulte auf. Ich war froh, dass dieses Mal kein Auto plötzlich vor uns anhielt, wie beim letzten Mal, als wir Hartmut besucht hatten. Meine Mutter hatte ebenfalls anhalten müssen, und dann, als sie wieder anfahren wollte, ging der Motor aus und wir rollten rückwärts die Straße hinunter und hatten Glück, dass hinter uns niemand war. Dann hatte sie mehrfach den Motor derart aufjaulen lassen, dass die Fußgänger stehen blieben und ein Mann an das Beifahrerfenster klopfte, vielleicht um ihr seine Hilfe anzubieten. Aber dann schossen wir mit einem Mal los, und er schrie uns etwas hinterher. Dieses Mal lief es reibungslos, was auch daran lag, dass wir sofort einen ausreichend großen Parkplatz vor dem Haus mit der Nummer 7 fanden, sodass meine Mutter bequem vorwärts in die Lücke hineinfahren konnte. Hartmut bewohnte ein Zimmer im zweiten Stock. Ich war nur ein einziges Mal hier gewesen, kurz nachdem er bei uns ausgezogen war.

Meine Mutter stellte den Motor ab. Aber sie stieg nicht aus, sie blieb sitzen, ließ nach einem Moment den Wagen wieder an und sagte: »Wir müssen erst noch etwas anderes erledigen.« Dieses Mal fuhren wir über die Neckarbrücke und parkten vor dem Bahnhof.

»Was machen wir hier?«, fragte ich.

»Wir werden dafür sorgen, dass Hartmuts Opfer nicht umsonst war«, sagte sie.

Dann öffnete sie die hintere Tür und nahm den Karton vom Sitz. Sie schloss das Auto ab. Von hier aus war es nicht weit bis zur Brücke, auf der wir schon oft gestanden hatten mit unseren Handzetteln. Es gab keinen besseren Ort. Wer von der einen auf die andere Flussseite wollte, musste an uns vorbei. Es gab in näherem Umkreis keinen anderen Weg, es sei denn, man sprang ins Wasser und schwamm, was aber, soweit ich wusste, noch nicht vorgekommen war.

Ich hatte mit der Zeit ein Gespür entwickelt für die Menschen, die wir ansprachen. Ich wusste meist schon vorher, wer wie reagierte. Manche Menschen machten es uns leicht, weil sie wie wir diesen Anstecker trugen, auf dem »Atomkraft? Nein danke« stand, oder lange Haare hatten. Die meisten von ihnen waren jung, einige kannte ich vom Sehen. Die fanden es gut, dass ich mithalf, obwohl ich noch ein Kind war. Sie nickten oder legten mir ihre Hand auf die Schulter, wenn ich die Sätze aufsagte, die meine Mutter mir beigebracht hatte: »Helmut Schmidt ist ein Lügner!«, »Wir fordern Wahrheit in der Energiepolitik!«, »Wir protestieren gegen die Atomlüge!« Es gab aber auch andere, meist ältere Menschen, Männer in Pullundern, wie auch mein Vater sie gern trug. Meine Mutter nannte sie Spießbürger und konnte sich sehr über sie aufregen, weil sie Menschen mit langen Haaren als »linkes Pack« bezeichneten und nicht verstehen wollten, dass sie alle von Helmut Schmidt belogen wurden und wie gefährlich die Atomkraftwerke waren. Diese Leute wollten keine Handzettel oder nahmen sie nur, um sie vor unseren Augen zu zerknüllen. Manchmal beschimpfte jemand meine Mutter, weil sie ein unschuldiges Kind zum Agitieren mitnehme, das zu Hause beim Spielen besser aufgehoben gewesen wäre. Wobei ich natürlich damals nicht wusste, was das war: agitieren. Auf jeden Fall hatten sie nicht unrecht damit, dass ich lieber zu Hause geblieben wäre. Aber das habe ich meiner Mutter nie gesagt.

Als ich sie mal fragte, warum diese Leute wollten, dass ich

zu Hause bliebe, sagte sie: »Die glauben, ich würde dich dazu zwingen, hier zu sein, als wüsstest du nicht, wie schlimm die Atomkraft ist, nur weil du ein Kind bist.« Damit lagen diese Leute natürlich falsch: Schließlich wusste ich, wie schlimm die Atomkraft war. Und ich wusste auch, dass Helmut Schmidt ein Lügner war. Das hatte mir meine Mutter mal erklärt. Sie hatte mir von diesem Helmut erzählt, der Atomkraftwerke bauen ließ, obwohl er wusste, wie gefährlich die waren. Aber er belog die Menschen. Dieser Helmut war Bundeskanzler und somit der mächtigste Mann im Land. Hartmut hatte ihm viele Briefe geschrieben. Er wollte, dass Helmut den Menschen endlich die Wahrheit sagte. Von Hartmut wusste ich, dass die Brennstäbe, aus denen die Atomkraft gewonnen wurde, nicht einfach herunterbrannten wie Holz oder Kohlen und dann zu Asche wurden, sondern einfach weiterglühten, ohne dass man sie löschen konnte. Und nicht nur Stunden oder Tage, sondern Jahrhunderte. Sie würden noch glühen, wenn die Kinder meiner Kinder meiner Kinder auf der Welt wären. Dieser Helmut aber sagte, die Regierung wüsste, wo und wie man die Stäbe sicher lagern könnte, und zwar für tausend Jahre. Aber das stimmte nicht. Hartmut hatte das herausgefunden, und er wollte den Menschen klarmachen, dass Helmut log. Darum saß er auch so oft an der Schreibmaschine und tippte Briefe und Handzettel, in denen er die Wahrheit über diesen Helmut und die Atomkraft schrieb. Helmut hielt Menschen wie uns für grüne Spinner. Und Hartmut hielt Helmut für einen Lügner. Weil es Hartmut immer um die Wahrheit ging, glaubte ich ihm.

Es war ein kalter Tag, wir hatten die Reißverschlüsse unserer Jacken bis zum Kinn hochgezogen. Auf der Brücke spürte ich den Wind, der die Finger schnell klamm werden ließ. Meine Mutter hatte sich den Karton unter den linken Arm geklemmt, sie gab mir einen Stapel Handzettel. Aus Erfahrung wusste ich, dass es besser war, wenn wir uns aufteilten. Meine Mutter ging über die Straße und postierte sich auf der gegenüberliegenden Seite. Blöderweise merkten wir bald, dass wir offensichtlich die Einzigen auf der Brücke waren, was vermutlich am Feiertag lag. Ich hielt die Zettel abwechselnd in der einen und in der anderen Hand, damit ich die freie in die Tasche stecken konnte. Ich sah hinüber zu meiner Mutter. Wie sie so dastand, allein mit ihren Handzetteln, tat sie mir ein bisschen leid. Es ging schließlich darum, dass Hartmuts Opfer nicht umsonst war. Er hatte sich angezündet, und jetzt kam niemand. Mir tat es auch ein bisschen leid für Hartmut. Warum hatte er sich ausgerechnet diesen Buß- und Bettag ausgesucht?

Als immer noch niemand in Sicht war, drehte ich mich um und lehnte mich über die Brüstung. Ich schaute auf den Neckar, der dunkel aussah und kalt. Ich stellte mir vor, was ich mir immer vorstellte, wenn ich auf einer Brücke stand, die über einen Fluss führte: wie es wäre, ins Wasser zu springen. Nicht dass ich mich getraut hätte, ich traute mich nicht mal, im Schwimmbad vom Dreier zu springen, aber ich stellte es mir gern vor, ich konnte gar nicht anders. Es war, als läge tief unten im Wasser ein großer Magnet, dessen Anziehungskraft ich spürte. Es ging darum, dieser Kraft zu widerstehen. Auch im Schwimmbad. Aber das schienen die anderen nicht zu begreifen. »Willst du versteinern?«, »Mach schon«, »Wird das noch was dieses Jahr?« – das hatten die gerufen, die hinter mir warteten. Als ich mich irgendwann umdrehte, sah ich, dass das halbe Schwimmbad anstand. Ich schob mich dann an all den Wartenden vorbei, stieg die Leiter hinunter und war ziemlich stolz, dass ich dem Sog der Tiefe widerstanden hatte. Als ich so an der Brüstung lehnte und die Kraft des Magneten spürte, stellte ich mir vor, wie ich springen würde. Wie ich mich einfach von der Brüstung fallen ließe. Wie es sich anfühlen würde zu fallen, ich flöge ja nicht wie ein Vogel, sondern fiele wie ein Stein. Und dann der Moment, wenn ich, mit den Füßen voran, aufs Wasser träfe. Eintauchte. Von der Strömung mitgerissen würde. Meine Mutter würde nichts mitbekommen. Ich würde schreien müssen. Dann sähe sie mich davontreiben. Und würde weinen. Mir war klar, dass ich nicht einfach ans Ufer schwimmen und aus dem Wasser klettern könnte, dafür war die Strömung viel zu stark und der Fluss zu kalt. Aber ich hatte mal gehört, dass einem warm würde, kurz vor dem Erfrieren. Und dass man meistens einschlief. Als ich mir gerade vorstellte, wie ich schlafend den Neckar hinuntertrieb, hörte ich meine Mutter rufen: »Hanno! Da drüben!«

Ich drehte mich um. Eine alte Frau mit Gehbock kam auf mich zu. Ich nickte. Es dauerte noch eine Weile, bis sie mich erreicht hatte, und noch länger, bis sie mich bemerkte. Sie bewegte sich in gebückter Haltung voran und blieb erst stehen, als sie mir ihren Gehbock schon fast auf die Füße gerammt hatte. Sie hob den Kopf und nickte mir zu, als hätte sie mich wiedererkannt, aber das konnte nicht sein, ich kannte sie nämlich nicht. Trotzdem dachte ich kurz nach, ob ich sie vielleicht mal bei meiner Großmutter gesehen haben könnte. Einmal in der Woche kamen ein paar andere alte Frauen zu Besuch, um Canasta mit meiner Großmutter zu spielen. Ich saß oft mit am Tisch und schielte in die Karten und schüttelte den Kopf oder nickte, wenn ich sah, dass meine Großmutter eine bestimmte Karte legen wollte, was die anderen Frauen am Tisch natürlich nicht mitbekommen durften. Meine Mutter fand es gar nicht gut, dass ich mit am Tisch saß, weil die alten Frauen Jägermeister tranken und rauchten. Meinen Vater aber amüsierte das, weil er selbst trank und rauchte. Die Frau mit dem Gehbock aber gehörte nicht zur Canasta-Runde. Ich reichte ihr einen Handzettel. Sie richtete sich mühsam auf, stützte sich mit einer Hand auf das Gestell und hielt sich mit der anderen Hand das Blatt vor die Augen.

»Es tut mir leid, Junge«, sagte sie, »die Schrift ist zu klein, ich kann das nicht lesen. Kannst du mir vorlesen, was da steht?«

Natürlich konnte ich ihr vorlesen. Anders als in Mathe war ich im Lesen einer der Besten in meiner Klasse. Ich nahm ihr den Zettel aus der Hand. Und weil ich wusste, dass alte Menschen nicht gut hörten, las ich langsam und laut: »Zur Selbstver-brennung ei-nes Le-bens-schüt-zers. Die A-tom-energie for-dert ih-re Op-fer …« Die Frau nickte. Und ich wusste nicht, ob sie nickte, weil ich laut genug las oder weil sie für richtig hielt, was sie hörte. »Hart-mut Gründ-ler ver-brann-te sich in Ham-burg aus An-lass des S-P-D-Par-tei-ta-ges am Buß- und Bet-tag für die Wahr-heit, für die Wahr-heit in der A-tom-po-li-tik der Bun-des-re-gie-rung …« Als ich fertig war, sagte sie: »Das hast du aber schön gelesen.« Dann umfasste sie mit beiden Händen ihren Gehbock und wollte weitergehen.

Damit hatte ich nicht gerechnet. Sie hatte offenbar nicht verstanden, dass es um Hartmut ging, dass er sich angezündet hatte für uns alle. Also auch für sie. Ich sah mich um. Meine Mutter stand immer noch auf der anderen Straßenseite, den Karton unter dem Arm und einen Zettel in der Hand, und sah herüber. Ich musste etwas tun. Ich sagte: »Helmut Schmidt ist ein Lügner.« Die alte Frau schüttelte den Kopf. »Helmut Schmidt ist ein guter Mann«, sagte sie. »Er ist ein Lügner«, sagte ich. »Er ist kein Willy Brandt«, sagte sie. »Willy Brandt war der Beste.« Ich hatte den Namen schon mal gehört, aber ich wusste nicht mehr, in welchem Zusammenhang. Eigentlich war es mir auch egal, wer Willy Brandt war, es ging schließlich um Hartmut. Ich sagte: »Er hat sich verbrannt.« Das zeigte Wirkung. Sie hielt inne und sah mich an. »Wer?«, fragte sie, »Willy? Brandt?« – »Nein«, sagte ich, »nicht Willy Brandt, Hartmut hat gebrannt.« – »Ich kenne keinen Hartmut«, sagte sie. »Der hat bei uns gewohnt«, sagte ich, »der Gründler, unten im Keller, er war Lebensschützer und hat auch manchmal gehungert, damit Helmut endlich die Wahrheit sagt. Er hat mir auch das mit den Brennstäben erzählt. Und dass wir alle in Gefahr sind.« – »Bist du alleine hier?«, fragte sie. »Nein«, sagte ich und zeigte auf meine Mutter. »Wir sammeln Spenden für Hartmut.« Die alte Frau sah zur anderen Straßenseite, ich wusste nicht, ob sie meine Mutter sehen konnte, wenn sie nicht mal die Buchstaben hatte erkennen können, als sie sich das Papier dicht vor die Augen hielt. Sie schien zu überlegen. Dann sagte sie: »Schau mal in die Tasche, da müsste mein Geldbeutel sein, da nimmst du dir 'ne Mark.« Die Tasche hing am Griff ihres Gehbocks. Ich zögerte, überlegte, ob ich in die Tasche einer fremden alten Frau fassen durfte. Aber sie hatte mich schließlich dazu aufgefordert. Ich öffnete die Tasche und entdeckte auch gleich ihr Portemonnaie. Es war eines mit diesen blöden Verschlüssen aus zwei Kugeln, die sich so schwer öffnen ließen. Ich fragte mich, wie die alte Frau das schaffte. Oder ließ sie sich ihr Portemonnaie immer von anderen öffnen? Ich dachte an Hartmut und sein Opfer. Ich drückte so lange und fest auf die Kugeln, bis sie auseinandersprangen. Die Kugeln hinterließen Abdrücke an den Fingerkuppen, aber ich war sofort abgelenkt von dem, was ich sah: eine Menge Geldscheine, Zehner, Fünfziger, sogar zwei Hunderter und einige Münzen. Ich musste plötzlich an Robin Hood denken und daran, dass es verschiedene Möglichkeiten gab, zum Helden zu werden. Meine Mutter hatte mir immer wieder erklärt, dass die Welt ungerecht sei, weil die einen sehr viel Geld besaßen und die anderen deswegen sehr wenig. Es gab schließlich nicht unendlich viel Geld auf der Welt, und wenn die einen viel davon hatten, dann blieb den anderen eben wenig. Das hatte mir eingeleuchtet. Diese alte Frau war offensichtlich eine von denen, die viel Geld hatten. Wenn ich schon mein Taschengeld spendete, wäre es doch nur gerecht, wenn sie einen Hunderter für den Kampf gegen die Atomgefahr spendete. Schließlich war sie genauso bedroht wie alle anderen. Es ging auch um ihr Leben.

Ich musste die alte Frau irgendwie ablenken. Einmal hatte ich meiner Großmutter einen Zehner aus dem Portemonnaie geklaut, es hatte auf der Anrichte im Flur gelegen, niemand war in der Nähe gewesen. Das hier war eine andere Situation. Die alte Frau starrte auf meine Finger, die zwischen den Münzen nach einem Markstück suchten. Ich ließ das Portemonnaie fallen. »Tut mir leid«, sagte ich, während ich die Münzen einsammelte, die herausgefallen waren. Ich tat so, als läge eine Münze weiter weg und rutschte auf Knien aus ihrem Sichtfeld, das Portemonnaie nach wie vor in der Hand. Den Hunderter schob ich in meine Jackentasche. Dann stand ich wieder auf, schloss das Portemonnaie und gab es der alten Frau zurück. »Danke«, sagte ich und zeigte ihr das Markstück. »Ich muss weiter«, sagte die alte Frau, »viel Glück, dir und diesem Hartmut Brandt.« – »Gründler«, sagte ich, »Hartmut Gründler.« Aber ich weiß nicht, ob sie es noch gehört hat.

Als sie sich entfernt hatte, kam meine Mutter über die Straße, und ich hielt ihr den Hunderter entgegen, die Mark unterschlug ich. »Für Hartmut«, sagte ich.

Meine Mutter nahm mir den Schein aus der Hand, hielt ihn in die Luft, als könne sie nicht glauben, dass er echt war. »Siehst du«, sagte sie, »es gibt sie doch, die Menschen, denen Hartmut nicht egal ist.«

Ich nickte. Meine Mutter steckte den Schein in ihre Jackentasche. »Komm«, sagte sie, »das reicht für heute«. Ich folgte ihr zurück zum Auto.

Obwohl es für eine gute Sache war, hatte ich – anders als Robin Hood – mit einem schlechten Gewissen zu kämpfen. Eine halb blinde Oma zu beklauen, geht nur schwerlich als Heldengeschichte durch. Deswegen habe ich es auch nie jemandem erzählt. Aber wenn ich darüber nachdenke, zeigt es mir, dass ich schon als Kind in dem Glauben lebte, mir das Wohlgefallen meiner Mutter verdienen zu müssen, ihre Zuwendung und letztlich auch ihre Liebe. Auch das hatte, wie so vieles andere, mit Hartmut zu tun.

»Erinnerst du dich noch an die hundert Mark?«, fragte ich sie, als wir in der Nach-Fukushima-Zeit mal wieder an ihrem Küchentisch saßen und sie von Hartmut sprach. Meine Mutter sah mich an und schien nicht zu begreifen, was ich meinte. »Die Spende, die ich eingetrieben habe, als wir auf der Brücke standen und Handzettel verteilt haben, an dem Tag, an dem er sich verbrannt hat.«

»Wir haben oft Handzettel verteilt«, sagte sie.

»Erinnerst du dich nicht mehr? Wir waren auf der Neckarbrücke, und dann kam eine alte Frau. Sie hat mir die hundert Mark nicht gegeben, ich habe sie ihr geklaut. Es war das erste und auch letzte Mal, dass ich geklaut habe. Das habe ich für dich getan.«

Meine Mutter warf mir nur einen flüchtigen Blick zu.

»Machst du dir Vorwürfe?«, fragte sie. »Es war für einen guten Zweck, und der gute Zweck heiligt die Mittel. Es ging um Hartmuts Erbe und eine bessere Welt. Es ehrt dich, dass es dich offenbar bis heute beschäftigt. Hätte Helmut Schmidt so ein Gewissen gehabt, der hätte zeitlebens kein Auge mehr zugetan. Menschen wie Helmut Schmidt sollten einem leidtun. Wahrscheinlich hatte Hartmut auch damit recht, dass man vor allem um die Menschen trauern sollte, dic kcine Gewissensbisse verspüren. Um diese Menschen sollten wir trauern, nicht um ihn – das hat er in seinem Abschiedsbrief geschrieben und damit noch mal seine ganze Größe bewiesen. Habe ich dir überhaupt jemals diesen Brief gezeigt? Er lag zwei Tage nach seiner Selbstverbrennung in unserem Briefkasten. Hartmut muss ihn in Hamburg eingeworfen haben.«

Natürlich hat meine Mutter ihn aufgehoben, er steckt, wie alle anderen von Hartmut verfassten Dokumente, in einer Klarsichthülle.

Liebe Marta,
wenn Dich der Anruf der Polizei erreicht hat, wirst Du bestürzt denken: ein schreckliches Unglück. Nein, Marta. Eine Notwendigkeit. Es liegt schwer auf mir, dass ich Euch zunächst keinerlei Not wende, sondern ganz im Gegenteil nur zusätzliche Not bereite. Für mich hat der Entschluss im Laufe der drei Wochen sich zuerst in schwachen Umrissen abzeichnen, dann nach und nach reifen können. Für Euch kommt er jäh – und anders als jäh kann ich Euch die Mitwisserschaft nicht zumuten. Verzeiht mir.
Wenn Ihr wollt … Wenn Ihr etwas daraus machen wollt, wenn Ihr über den Gefallenen hinweg den Sturm weiter vorantragen wollt, wie es sich beim moralischen Gegenstück zum Kriege gehört, dann zweierlei vorweg. Erstens: Ihr könnt Euch distanzieren, soweit es Euch nötig erscheint natürlich auch ganz und gar distanzieren. Ihr seid völlig frei dazu. Zweitens: Trauert nicht zu sehr. Und: Trauert weniger um mich als um jene, die wie Albert Einstein Tag und Nacht Gewissensbisse

verspüren, und trauert noch mehr um jene, die sogar diese Gewissensbisse nicht mehr (oder dürfen wir hoffen: noch nicht?) verspüren.
Ich bin rücksichtslos Euch gegenüber, ich weiß. Wollt Ihr mir stärkere Rücksichten zugutehalten, die mich treiben? Ich wage es zu hoffen.
Könnt Ihr es nicht so ansehen: Ich gebe Euch Trümpfe in die Hand?
Wollt Ihr etwas Gutes über mich sagen, dann vielleicht dies: Er stellte sich in den Dienst an der Notwendigkeit. Eine kleine kurze Not nahm er auf sich, um seinen Anteil zur Wende einer großen langen Not zu leisten. Ich wage zu hoffen, dass Ihr es so auffasst. Von mir so gemeint. Lebt wohl.
Hartmut

Als mir meine Mutter den Brief zeigte, offenbarte sich mir statt Hartmuts Größe vielmehr seine Gleichgültigkeit uns gegenüber. Er hatte den Brief mit Schreibmaschine geschrieben. Dabei lernt schon ein Kind, dass es per Hand schreiben soll, wenn es um etwas Persönliches geht. Getippte Worte, zumal als Abschied, bedeuteten: Wir waren ihm kein persönliches Wort wert. Mir war es egal, aber für meine Mutter tat es mir leid. Nicht einmal seinen Namen hatte er von Hand geschrieben. Ein quasi maschinell erstellter Abschiedsbrief. Mit Handlungsanweisung.

»Ein maschinengeschriebener Brief? Sonst hat er dir nichts hinterlassen?«

»Nein, sonst nichts.«

»Warst du enttäuscht?«

»Hanno, es ging nicht um mich. Das kannst du offenbar nicht verstehen. Wäre es Hartmut um einzelne Menschen gegangen, hätte er die Tat nie begehen können. Die Kraft dazu hat man nur, wenn man ans Große denkt. Er hatte die ganze Menschheit vor Augen, nicht den einzelnen Menschen.«

Ich fragte sie noch, was sie mit dem Geld gemacht habe, das wir für Hartmut gesammelt hatten. Ich erfuhr, dass sie es für eine Broschüre verwendet hatte, zum Gedenken an Hartmut.

Auf dem Rückweg fuhren wir noch einmal zu dem Haus in der Österbergstraße, und wieder hätte meine Mutter fast den Motor abgewürgt. Glücklicherweise war der Parkplatz vor dem Haus noch frei. Dieses Mal aber stiegen wir aus. Ich war überrascht, als meine Mutter zwei Schlüssel aus der Jackentasche zog, von denen einer ins Schloss passte. Ich wusste nicht, dass sie die Schlüssel zu Hartmuts Wohnung hatte. Wir stiegen die Treppen hoch in den zweiten Stock. Offenbar öffnete sie die Tür nicht zum ersten Mal. Mit der rechten Hand drehte sie den Schlüssel, während sie mit der linken an der Klinke zog und gleichzeitig mit der Schulter gegen die Tür drückte. Im ersten Moment rechnete ich damit, Hartmut zu sehen, erschrocken, weil wir nicht geklingelt hatten. Aber dann fiel mir ein, dass er ja gar nicht zu Hause sein konnte. Er war in Hamburg.

Hartmuts Wohnung. Eigentlich war es nur ein Zimmer mit einer Kochnische und einem winzigen Bad. Er hatte nicht mal eine Badewanne. Im Zimmer standen ein Bett, ein kleiner Holztisch, darauf seine Schreibmaschine, davor zwei Stühle und an der Wand ein alter Kleiderschrank. Überall stapelten sich Bücher und auf dem Boden neben dem Tisch lag haufenweise Papier. Als ich das letzte Mal hier gewesen war, hatten meine Mutter und Hartmut an dem kleinen Tisch gesessen, ohne mich zu beachten. Hartmut hatte getippt, meine Mutter saß dicht neben ihm, sie hatte immer wieder genickt und gesagt: »Hartmut, besser als du kann man es nicht auf den Punkt bringen.« Ich hatte währenddessen auf dem Bett gesessen und mir zum dritten oder vierten Mal das Buch angesehen, das Hartmut mir hingelegt hatte. Ein Buch mit lauter lustigen Zeichnungen, zumindest sollten sie lustig sein. Aber mit jedem Mal Durchblättern fand ich sie weniger lustig. Ich hatte mich gelangweilt und irgendwann Hunger bekommen, was Hartmut und meine Mutter vor ein Problem stellte, weil, wie sich zeigte, der Kühlschrank nahezu leer war. Mal abgesehen von Quark, den ich nicht mochte. Ich aß schließlich ein paar Scheiben Weißbrot und trank Leitungswasser. Und irgendwann sind meine Mutter und ich dann auch tatsächlich gefahren, nachdem sie, wie mir schien, ein ganzes Buch verfasst hatten. Dabei war es nur ein erster Entwurf gewesen für einen Aufsatz, der kurz nach seiner Selbstverbrennung erschien. Sein Titel: »Kernenergiewerbung. Die sprachliche Verpackung der Atomenergie. Aus dem Wörterbuch des Zwiedenkens«. Ich erinnere mich so gut an den Titel, weil meine Mutter mir diese Aufsatzsammlung zu Beginn meines Studiums geschenkt hat.

Als wir an jenem Tag in seinem Zimmer standen, erschien es mir unverändert. Das Bett, die Stühle, die Bücher, die Papierstapel, alles war noch da. Als wäre Hartmut nur mal kurz aus dem Haus gegangen. In der Schreibmaschine steckte sogar noch ein beschriebenes Blatt Papier. Meine Mutter blieb im Türrahmen stehen, eine ganze Weile sogar, sie blickte sich um und hatte wieder Tränen in den Augen, zum zweiten Mal an diesem Tag. Aber als sie mitbekam, dass ich sie ansah, wischte sie sich mit dem Ärmel ihrer Jacke über die Augen, ging zum Tisch und fing an, die Papierstapel zu durchsuchen. Sie zog einige Blätter heraus, auch das aus der Schreibmaschine. Auf einmal hatte sie es eilig. Sie ging in die Küche, nahm zwei Stoffbeutel, die an einem Schubladenknauf hingen, öffnete dann den Schrank und zog eine Hose, ein paar Socken, Hemden und einen Pullover heraus und stopfte alles in die Beutel. Dann steckte sie die Blätter ein, die sie herausgesucht hatte, warf einen letzten Blick ins Zimmer und sagte: »Komm. Wir fahren nach Hause.« Als sie schon im Flur war, entdeckte ich das Buch auf einem kleinen Hocker, den Hartmut offenbar als Nachttisch benutzt hatte. Ich überlegte, wie lange es her war, dass ich auf seinem Bett gesessen und mir das Buch angesehen hatte. Einige Monate. Ich nahm das Buch und lief meiner Mutter hinterher, die schon im Hausflur stand und, nachdem ich aus der Wohnung getreten war, die Tür abschloss. Auf dem Weg nach unten fragte sie: »Was hast du da?«

»Das Buch«, sagte ich.

»Welches Buch?«

Ich hielt es ihr hin.

Im Auto legte ich das Buch auf den Schoß und betrachtete den Umschlag: ›Vater und Sohn. Band 2‹. Zu sehen waren ein Vater mit rundem Glatzkopf, dichtem Schnurrbart und Pfeife im Mund, der neben seinem Sohn auf einer Schaukel saß. Gemeinsam schwangen sie durch die Luft und sahen glücklich aus. Was ich mich damals auf dem Bett nicht gefragt hatte, fragte ich mich im Auto auf dem Weg nach Hause: Warum besaß Hartmut dieses Buch? Er hatte keinen Sohn. Und auch keine Tochter. Aber seltsamerweise dieses Buch. Ich hätte meine Mutter fragen können, aber ich tat es nicht. Ich habe es vergessen, und jetzt ist es zu spät.

An jenem Tag fuhren wir schweigend nach Hause. Meine Mutter verschwand in ihrem Zimmer und ich in meinem. Das war nicht ungewöhnlich. Ich verbrachte viel Zeit in meinem Zimmer, sortierte Sammelbilder, hörte Kassetten, malte oder las. Das Buch, das ich aus Hartmuts Wohnung mitgenommen hatte, legte ich auf meinen Schreibtisch. Ich setzte mich auf den zitronengelben Stuhl und überlegte, wie ich wieder an mein Album kommen könnte. Meine Mutter mochte es nicht, wenn man sie in ihrem Zimmer störte. Da war sie anders als mein Vater, dem es nie etwas ausmachte, der aber auch die Tür zu seinem Zimmer immer offen ließ. Ich beschloss, noch ein bisschen zu warten und mir den Stapel mit den Doppelten und Dreifachen anzusehen. Ich verdeckte mit dem Daumen die Gesichter der Spieler und versuchte, sie an ihrem Haarschnitt zu erkennen. Bei manchen, wie Dieter Hoeneß oder Karlheinz Förster, war das einfach, bei anderen tat ich mich schwer. Harald Beck verwechselte ich mit Helmut Dietterle und umgekehrt. Dann versuchte ich mich an den Mündern, danach an den Nasen, aber irgendwann hatte ich alle durch. Ich stand auf und ging aus dem Zimmer. Ich stellte mich vor das Zimmer meiner Mutter und legte ein Ohr an die Tür. Es war still. Vielleicht saß sie an ihrem Schreibtisch und las. Meine Mutter war oft in ein Buch vertieft. In ihrem Zimmer hatte sie eine ganze Regalwand voller Bücher. Meiner Mutter war es immer wichtig gewesen, dass auch ich las. Eines der Bücher, die ich in jener Zeit von ihr bekommen habe, heißt ›Sadako will leben‹ und handelt von einem Mädchen aus Hiroshima, das von der Atombombe verstrahlt wird und sich vornimmt, tausend Kraniche aus Papier zu falten, weil es heißt, sie würde dadurch wieder gesund.

Ich klopfte. Aber ich bekam keine Antwort. Ich wartete, bevor ich zur Klinke griff. Meine Mutter saß nicht am Schreibtisch, sie lag auch nicht auf ihrem Schlafsofa, sondern stand am Fenster. Sie sah hinaus, zumindest ging ich davon aus, dass sie hinaussah, weil sie mir den Rücken zuwandte. »Mama«, sagte ich, aber sie rührte sich nicht. Sie stand einfach nur da, und ich weiß noch, dass ich mich fragte, ob ein Mensch, der tot war, immer lag oder ob man auch stehend tot sein konnte. »Mama?« Aber sie drehte sich immer noch nicht um. Und ich fragte mich, ob sie vielleicht doch einen Grund hatte, von mir enttäuscht zu sein. Vielleicht hätte ich der alten Frau zwei Hunderter aus der Geldbörse ziehen sollen. Oder lag es daran, dass ich gesagt hatte, das mit Hartmut sei ja nicht so schlimm? Ich hatte aber doch nicht gewusst, dass er sich mehr als nur die Hand verbrannt hatte. Am besten wäre es, zu sagen, dass es mir leidtäte, und dann zu erklären, warum. Weil Hartmut so viel Gutes getan hatte, weil es keinen anderen gab, der so viele Briefe an Helmut Schmidt geschrieben hatte, der an nichts anderes dachte als daran, wie er uns schützen konnte vor der radioaktiven Verstrahlung, weil außer ihm niemand auf die Idee gekommen war, sich anzuzünden, um uns zu retten, und weil er mir die Holztiere geschenkt hatte und den Marienkäfer aus Marzipan, und ich fragte mich, wo ich den Marienkäfer eigentlich hingelegt hatte. Während ich darüber nachdachte, wie ich mich entschuldigen könnte, vernahm ich auf einmal ihre Stimme. »Komm her«, sagte sie. Ich war überrascht, weil sie mich offenbar doch bemerkt hatte. Ich ging zu ihr, und als ich fast neben ihr stand, legte sie mir einen Arm um die Schultern und zog mich an sich. So standen wir eine Ewigkeit und schauten hinaus. Und ich wünschte, sie würde ihren Arm niemals wieder wegnehmen. Wolken zogen auf. Wir hatten hinterm Haus einen kleinen Garten: ein Rasenstück, auf dem ein Holztor mit Netz stand, das ich zusammen mit meinem Vater gebaut hatte, zwei Apfelbäume und ein kleines Gemüsebeet, das meine Mutter angelegt hatte. Ich sah das leere Tor und den Ball, der ein paar Meter davor lag. Selbst Manfred Dubski würde den reinmachen, dachte ich.

Erst später, als ich schon im Bett lag, fiel mir ein, dass ich gar nicht nach dem Album gefragt hatte.

Meine Mutter hatte an dem Abend ihr Zimmer nicht mehr verlassen. Ich war irgendwann nach unten gegangen, weil ich gehört hatte, dass mein Vater nach Hause gekommen war. Er war unterwegs gewesen. Ich wollte der Erste sein, der ihm von Hartmut erzählte. Ich lief die Treppe hinunter und folgte ihm in die Küche. »Gibt es heute kein Abendbrot?«, fragte er. Und ich sagte: »Mama ist in ihrem Zimmer, weil Hartmut sich verbrannt hat. Mit Benzin. Mama sagt, er hat es für uns getan.« Mein Vater blieb stehen, er drehte sich um, sah mich an und, was mich wirklich erstaunte, erwiderte nichts. Stattdessen ging er zur Küchenzeile, holte das Brot aus dem Brotkasten, Butter und Käse aus dem Kühlschrank, Messer und Brettchen aus der Schublade und sagte: »Du musst etwas essen.«

Wir hatten dann nicht mehr über Hartmut oder meine Mutter gesprochen. Sondern uns mit dem Abendbrot beeilt, um rechtzeitig zum Anstoß vor dem Fernseher zu sitzen. Deutschland spielte in Stuttgart gegen die Schweiz. Zu den glücklichsten Abenden meiner Kindheit gehörten jene, an denen ich zusammen mit meinem Vater vor dem Fernseher saß und Länderspiele anschaute. Nach dreizehn Minuten schon schoss der Schweizer Meyer ein Eigentor, drei Minuten später machte Heinz Flohe, genannt »Flocke«, das 2:0, und den Rest erledigte dann Klaus Fischer. In der 60. Minute hob er im Strafraum zu einem Fallrückzieher an, es wurde das Tor zum 4:1-Endstand. So ein Tor hatte ich noch nie gesehen: Der Ball flog im Bogen an den Innenpfosten und von dort ins Netz. Wir saßen einen Moment lang sprachlos vor dem Fernseher, bevor mein Vater sagte: »Der Fischer«, und den Kopf schüttelte. Nach dem Spiel schickte er mich ins Bett. Immer, wenn ich in den Jahren danach dieses Tor im Fernsehen sah, was sehr oft geschah in irgendwelchen Retrospektiven der ›Sportschau‹, musste ich an meinen Vater denken, wie er in seinem Sessel saß und »der Fischer« sagte.

Er kam in mein Zimmer, als ich schon im Bett lag. Das kam selten vor. In der Regel war es meine Mutter, die noch mal nach dem Rechten sah. Er machte kein Licht. Stand mitten im Zimmer und sah mich an. Ich konnte es durch meine zusammengekniffenen Lider sehen, weil das Licht auf sein Gesicht fiel. Er blieb eine Weile so stehen. Ich weiß nicht mehr, wieso ich so tat, als schliefe ich. Ich weiß auch nicht, warum mein Vater ins Zimmer gekommen war, ob er mir etwas sagen wollte und das dann nicht tat, weil er dachte, ich schliefe. Er ging ohne ein Wort, zog die Tür zu und ließ mich im Dunkeln zurück. Vor meinem inneren Auge wiederholte sich noch zigfach die 60. Spielminute. Immer wieder sah ich diesen Fallrückzieher und stellte mir vor, nicht der Fischer hätte ihn zustande gebracht, sondern ich, Hanno Kelsterberg. Später wachte ich noch mal auf, weil ich die Stimmen meiner Eltern hörte. Ich konnte zwar nicht verstehen, worum es ging, am Ton aber ließ sich erkennen, dass sie sich stritten. Nicht laut, sondern gedämpft. Zu jener Zeit stritten sich meine Eltern oft. Meist ging es um mich und was gut für mich war. Darin waren sie sehr unterschiedlicher Ansicht.

In jener Nacht träumte ich von Delfinen. Natürlich beschäftigte ich mich mit der Deutung des Traums erst viel später. Delfine stehen für Hoffnung und Rettung. Oder auch für Traurigkeit als Ausdruck für die Sehnsucht nach glücklichen und tiefen Gefühlen. Träume zu interpretieren, ist natürlich ein Versuch des Prophezeiens, des nachträglichen Prophezeiens, und deshalb durchaus manipulativ. Ich habe meine Kindheit nicht als unglücklich empfunden und will mir das im Rückblick auch nicht einreden. Aber dass ich ausgerechnet in jener Nacht von Delfinen träumte, also auch von Hoffnung und Rettung, ist dann schon etwas mystisch, nicht als Folge des tags zuvor Erlebten, sondern eher als Vorausblick auf den kommenden Tag, an dem Hartmut von den Toten auferstanden war, zumindest in meiner Wahrnehmung.

In der Nacht im Hotel in Freiburg, als ich nicht schlafen konnte, hatte ich schließlich den Fernseher eingeschaltet und den Ton leise gedreht. Im Sommer nach Fukushima stand in Deutschland die Fußball-Weltmeisterschaft der Frauen an, und die Medien versuchten, das Land in Stimmung zu bringen. Beim Zappen entdeckte ich eine Sendung mit den schönsten Toren aller Zeiten, und nach Jahren sah ich es wieder, dieses Jahrhunderttor von Klaus Fischer. Es kam mir so vertraut vor, als hätte ich es erst tags zuvor in Endlosschleife gesehen. Ich musste an mein Album denken. Dieses leicht zerfledderte Heft – ich habe es noch, es liegt in der untersten Schublade meines Schreibtisches. Hin und wieder schaue ich es mir an und versuche, mich an die Namen der Spieler zu erinnern. Im Album liegt noch das aus meinem damaligen Matheheft ausgerissene Blatt, in dessen Kästchen ich in sehr sauberer Schrift all die Nummern geschrieben hatte von den Bildern, die mir noch fehlten und die ich dann durchgestrichen habe, nachdem mein Vater mir die 72 Packungen gekauft hatte. Ich weiß gar nicht, was ich damals ohne dieses Album gemacht hätte. Es war mein Zufluchtsort. Und ich musste an meinen Vater denken, den ich mit zehn das letzte Mal gesehen hatte, vor fast vierunddreißig Jahren. Die Erinnerungen ziehen wie Super-8-Filme vor meinem inneren Auge vorbei. Ich bilde mir ein, sogar das Knattern der Spulen zu hören. Mein Vater hatte eine Beaulieu-Kamera mit Selbstauslöser: Ich sehe ihn am Tisch sitzen, in seinem Pullunder und mit dem säuberlich rasierten Oberlippenbart. Ich sehe mich an seiner Hand, so schmal und schmächtig, dass der ein und andere seiner Angestellten sich manchmal einen Scherz erlaubte und fragte, wer denn der Vater dieses Jungen sei. Und mein Vater schaute mich an und sagte: »Du bist meiner, Hanno, oder nicht?« Und ich nickte natürlich, weil ich stolz war auf meinen Vater, der ein schnelles Auto fuhr, mit mir zum Fußball ging und mir zum Geburtstag ein Bonanzarad geschenkt hatte mit Hirschgeweihlenker, Dreigangschaltung und Rückspiegel. Der mir erlaubte, abends ein Länderspiel im Fernsehen zu sehen, obwohl ich am nächsten Tag zur Schule musste. Und der mich auf seinem Schoß sitzen ließ während seiner Skatrunden, die er einmal im Monat in unserer Küche veranstaltete und bei denen es recht laut zuging, sodass meine Mutter sich nach oben in ihr Zimmer verzog. In den Ferien nahm er mich manchmal mit in die Firma und ließ mich auf den Baggern sitzen und an den Hebeln herumspielen, nachdem er den Zündschlüssel abgezogen hatte. Seine Angestellten mochten ihn, so schien es mir, er war ein Unternehmer vom alten Schlag, einer, der sich sorgte und jedem Angestellten zu Weihnachten einen Umschlag mit Geld überreichte. Ich glaube, er hatte gehofft, ich würde die Firma eines Tages weiterführen, die Mitarbeiter hatten mich entsprechend behandelt, jeder kannte meinen Namen und immer war jemand da, der sich um mich kümmerte, wenn mein Vater beschäftigt war. Später gehörte mir die Firma sogar formal, ich hatte sie geerbt und am Tag meiner Volljährigkeit überschrieben bekommen. Geführt wurde sie von einem langjährigen Mitarbeiter meines Vaters, mir wurden jeden Monat 1500 D-Mark ausbezahlt, was mir ein sorgenfreies Studium ermöglichte. Und gleichzeitig dazu führte, dass ich beruflich auf keinen grünen Zweig kam und mich mit unterschiedlichen Tätigkeiten über Wasser hielt: Ich las hin und wieder Korrektur, lektorierte wissenschaftliche Arbeiten oder half in der Werbeagentur eines Freundes aus. Ich glaube, mein Vater wäre über meinen Werdegang nicht glücklich gewesen: kein richtiger Beruf, keine Frau, keine Kinder. Nicht mal eine Beziehung, die länger als ein Jahr gehalten hätte. Meine Mutter hielt sich raus aus meinem Leben, es sei denn, sie brauchte mich für irgendeine Hartmut-Sache. Ich habe oft darüber nachgedacht, wie mein Leben ohne Hartmut verlaufen wäre. Kürzlich erst las ich ein Interview mit einer amerikanischen Paartherapeutin. Sie sagte, dass es die Wertvorstellungen seien, die ein Paar zusammenhielten. Und wenn die sich änderten, löse sich das gemeinsame Gefüge auf. Manche Paare könnten sich weiterhin füreinander interessieren und es aushalten, verschiedene Sichtweisen auf die Welt zu haben. Aber meist fühle sich ein Partner von den Veränderungen bedroht. Was dazu führe, dass man sich entfremde, und das lasse sich ab einem gewissen Punkt nicht mehr rückgängig machen. Wenn das stimmt, dann wäre die Ehe meiner Eltern sowieso nicht mehr zu retten gewesen. Aber mit Kindern ist es wie mit der Masse und ihrer Trägheit, sie haben ein enormes Beharrungsvermögen. Es braucht schon starke äußere Kräfte, um sie aus ihrer gewohnten Konstellation herauszureißen. Ich frage mich, ob ich nicht mitbekommen habe oder nicht mitbekommen wollte, dass meine Eltern ernsthafte Schwierigkeiten miteinander hatten. Dass sie sich stritten, kam immer wieder mal vor. Aber das gehörte zu einer Familie dazu, das weiß jedes Kind. Ich kannte Familien, in denen viel mehr und lauter gestritten wurde als in meiner. Die Eltern von Paul stritten sich sogar, wenn ich zu Besuch war, und ich habe einmal erlebt, wie

Pauls Mutter einen Teller fallen ließ, dann aus der Küche lief und die Tür hinter sich zuschlug. Meine Eltern schwiegen sich öfter an, als dass sie stritten. Dann saß meine Mutter in ihrem Lesesessel, ein Buch in den Händen, und mein Vater in seinem Fernsehsessel und starrte in die Glotze. So war es zumindest in der Zeit v. Har. gewesen. In der Zeit m. Har. fingen dann die Streitereien an. Ich kann mich besonders gut an eine Begebenheit erinnern, weil ich sowohl meinen Vater als auch meine Mutter zum ersten Mal schreien hörte. Es war an einem Spätnachmittag. Ich war bei Paul gewesen, und meine Eltern hatten offensichtlich nicht bemerkt, dass ich die Haustür aufgeschlossen hatte. Schon im Flur waren ihre Stimmen zu hören. Meine Eltern waren im oberen Stockwerk, offenbar im Schlafzimmer. Ich hörte, wie meine Mutter schrie, sie würde ausziehen, und dann hörte ich ein Poltern, und sie schrie, er solle sie loslassen. Und er schrie, sie sei immer noch seine Frau. Ich stand eine Weile im Flur und wusste nicht, was ich tun sollte, bis ich tat, was ich zuvor noch nie getan hatte: Ich ging ins Wohnzimmer und stellte den Plattenspieler an. Die Stimme von Demis Roussos erklang, und ich drehte lauter, sodass sie im ganzen Haus zu hören sein musste. Dann setzte ich mich in den Lesesessel meiner Mutter. Kurz darauf tauchte mein Vater im Wohnzimmer auf, drehte die Musik leise und fragte, seit wann ich denn zu Hause sei. Dann setzte er sich zu mir und fragte mich irgendwann, wie viele Bilder mir noch fehlten. Ich holte mein Album, wir sahen es zusammen durch, er stand auf, verließ das Zimmer, kam wieder, legte fünf Mark vor mir auf den Tisch und sagte: »Hoffen wir, dass du Glück hast und Hadewisz oder Roleder ziehst.«

Meine Mutter sah ich an jenem Tag erst beim Abendessen. Es war eigentlich wie immer, sie deckte den Tisch, mein Vater erzählte von dem Tag in der Firma und von irgendeinem Bauvorhaben. Meine Mutter sah aus, als hätte sie geweint.

Als ich am nächsten Tag aus der Schule kam, verstand ich dann auch, was sie damit gemeint hatte, als sie schrie, sie würde ausziehen. Sie schlief fortan nicht mehr im Schlafzimmer, sondern auf dem Sofa in ihrem Zimmer. Ich wusste zwar nicht, was passiert war, aber ich war froh, dass sie diese Art des Ausziehens gewählt hatte und nicht die andere.

Am Tag nach Hartmuts Tat hatte meine Mutter mich geweckt, wie jeden Morgen, an dem ich zur Schule musste, und war dann in die Küche gegangen, um das Frühstück zu machen, während ich mich wusch und anzog. Sie hatte sich krank gemeldet, wie ich später erfahren sollte. Ich trödelte wie üblich im Bad. Donnerstags hatten wir in der ersten Stunde Mathe, und ich ließ mir besonders viel Zeit mit dem Waaaschen und Kääämmen. Normalerweise forderte meine Mutter mich irgendwann auf, mich ein bisschen zu beeilen. Aber nicht an jenem Morgen. Ich überlegte, ob ich die Gelegenheit nutzen sollte, um mich zu verspäten und wenigstens einen Teil des Matheunterrichts zu verpassen, aber dann entschied ich mich doch, in die Küche zu trotten, auch weil ich wissen wollte, warum meine Mutter an diesem Donnerstag, anders als an allen anderen, nicht an die Badezimmertür klopfte und mich zur Eile antrieb. Auf dem Weg in die Küche sah ich zwei gepackte Taschen im Flur stehen. Meine Mutter saß am gedeckten Tisch und hatte sich ein Brötchen geschmiert und Kaffee eingeschenkt. Mein Vater war schon weg. »Du gehst heute nicht zur Schule«, sagte meine Mutter, nachdem ich mich zu ihr an den Tisch gesetzt hatte. Sie hatte etwas vor, das war klar. Meine Mutter nahm die Schule ernst, was vermutlich daran lag, dass sie selbst Lehrerin war. Aber hin und wieder gab es dann doch Ereignisse, die in ihren Augen wichtiger waren. Die Aktion in Köln etwa, als Hartmut sich an den Dom gekettet hatte. Oder als wir in Grohnde und Kalkar demonstrierten. Ich dachte natürlich, dass mir auch an diesem Tag etwas in der Art bevorstand, eine Demo oder ein weiterer Versuch, die Menschen auf Hartmuts Tod aufmerksam zu machen. Das nahm ich aber gern in Kauf, wenn dafür die Schule ausfiel. Ich versuchte, mir die Freude darüber nicht gleich anmerken zu lassen. Weil es natürlich um die Sache ging und nicht darum, dass die Schule ausfiel. »Du solltest ein paar Sachen packen«, sagte sie, »wir haben eine lange Reise vor uns.« Ich schmierte mein Brötchen zu Ende. Dann erst fragte ich: »Wohin fahren wir denn?«

»Nach Hamburg«, sagte sie, »zu Hartmut.«

Und das verwirrte mich. Weil ich dachte, Hartmut sei tot. Er hatte sich doch verbrannt. Ich fragte mich, ob wir uns den toten Hartmut anschauen wollten. Und was wir davon hätten. Dann fiel mir auf, dass ich nicht mal wusste, wo Hartmut überhaupt war. Wo wurden Tote hingebracht? Lag er schon irgendwo in einem Sarg?

»Aber Hartmut ist doch tot«, sagte ich.

Sie sah mich an, und es schien, als begriffe sie erst in dem Moment, was mir durch den Kopf gegangen war.

»Nein«, sagte sie, »Hartmut lebt.«

Damit hatte ich nicht gerechnet. Im ersten Augenblick fragte ich mich, ob sie das wirklich ernst meinte, doch sie würde keinen Scherz machen, wenn es um Hartmut ging. Dann überlegte ich, ob sie vielleicht eine andere Form von Leben meinte, so wie es hieß, die Menschen lebten im Himmel weiter oder ihre Seelen, aber solche Vorstellungen passten eher zu meiner Großmutter. Sie war die Einzige in unserer Familie, die an Gott glaubte. Dass Hartmut überlebt haben könnte, war mir nicht in den Sinn gekommen. Ich versuchte, mich zu erinnern, ob meine Mutter überhaupt vom Tod gesprochen hatte.

Das hatte sie nicht. Und dann fiel mir ein, dass sie ja Kleidung von ihm aus dem Schrank genommen hatte, und ich wunderte mich, dass mir das gar nicht komisch vorgekommen war.

»Wo ist er denn?«, fragte ich.

»Im Krankenhaus«, sagte sie, »er liegt auf der Intensivstation.«

»Und wie kommen wir da hin?«

»Mit dem Auto«, sagte sie, »es ist eine lange Fahrt, deswegen solltest du etwas mitnehmen, damit dir nicht langweilig wird unterwegs.«

Ich verzichtete darauf zu erwidern, dass mir nie langweilig wurde, wenn sie am Steuer saß. Schon gar nicht wenn wir auf der Autobahn fuhren. Meist auf der rechten Spur, hinter irgendwelchen Lastern her. Meine Mutter tat sich schwer mit dem Überholen und musste dafür lange Anlauf nehmen. Wenn sie dann aber mal so weit war und den Blinker setzte, hielt sie nichts mehr vom Überholen ab, nicht einmal ein laut hupender und das Fernlicht aufblendender Dreißigtonner. Da hatte ich einen Geistesblitz.

»Das Beste, um mich nicht zu langweilen«, sagte ich, »ist mein Album. Wenn du mir sagst, wo es ist, kann ich es einpacken.«

Als wir nach Hamburg fuhren, lag mein Album neben mir auf dem Rücksitz. Besser konnte ein Tag nicht beginnen: Ich durfte die Schule schwänzen, hatte mein Album wieder und Hartmut lebte. Wie hätte ich ahnen können, was der Tag noch bringen würde?

Zwischen Tübingen und Hamburg lagen siebenhundert Kilometer. Saß meine Mutter am Steuer, hielten wir nur im äußersten Notfall, das heißt, nur wenn ich ihr überzeugend klarmachte, dass ich kurz davor war, mir in die Hose zu machen. Dass es nicht mehr weit sei, pflegte sie dann zu antworten, und dass ich das kurze Stück wohl noch aushalten würde. Aus Erfahrung wusste ich, dass so ein kurzes Stück durchaus mit ein bis zwei Stunden Fahrtzeit verbunden sein konnte, was einmal auch zu einem unrühmlichen Einnässen geführt hatte. Ich musste schon schlimme Grimassen ziehen, jammern und ihr mehrfach mein Indianerehrenwort darauf geben, dass ich wirklich ganz, ganz dringend musste, bevor sie endlich eine Raststätte ansteuerte. Sie versuchte es zu vermeiden, weil sie, wenn sie einmal von der Autobahn abgefahren war, auch wieder auf die Autobahn rauf musste. Und dieses Manöver versetzte sie jedes Mal aufs Neue in Panik. Auf unserer Fahrt nach Hamburg hielt ich durch. Neun Stunden lang. Meist blickte ich auf die Straße, sah den vielen Autos hinterher, die uns überholten und kurz darauf schon außer Sichtweite waren. Mir wurde bewusst, wie anders die Perspektive war, wenn ich bei meinem Vater im Auto saß. Dann waren nämlich meist wir diejenigen, die schnell außer Sichtweite der anderen Fahrer gerieten. Meine Mutter nannte sie »verrückte Raser« oder »Umweltverschmutzer«. Mein Vater nannte diejenigen, die wir hinter uns ließen, »Sonntagsfahrer«. Lieber war ich ein verrückter Raser als ein Sonntagsfahrer. Ich fragte mich, ob mein Vater von unserer Reise nach Hamburg wusste. »Weiß Papa, dass wir nach Hamburg fahren?«

Am Steuer sah meine Mutter erstaunlicherweise größer aus, als sie in Wirklichkeit war. Was vermutlich daran lag, dass sie sehr aufrecht saß, mit durchgedrücktem Kreuz, es sah aus, als hielte sie Abstand zur Rückenlehne. In dieser Haltung umklammerte sie das Lenkrad, und erst seitdem ich selbst Auto fahre, weiß ich, wie anstrengend es für sie gewesen sein musste.

»Ja«, sagte sie. Mehr nicht. Und ich fragte auch nicht weiter nach. Es war nicht ungewöhnlich, dass ich meinem Vater morgens nicht begegnete, manchmal verließ er das Haus noch vor mir, weil er ins Büro oder sonstwohin fahren musste. Mein Vater war unter der Woche viel unterwegs.

Wir sprachen kaum während der Fahrt. Meine Mutter hatte mich unterwegs gebeten, das Radio anzumachen, was ich tat, indem ich zwischen den Sitzen nach vorne kletterte. Zur vollen Stunde wurden mit drei Piepsern die Nachrichten angekündigt. »Kannst du lauter stellen?«, fragte sie, und ich kletterte ein weiteres Mal nach vorne, weil sie sich aufs Fahren konzentrieren musste. Ein Anwalt, der Croissant hieß, was ich mir gut merken konnte, und der die Terroristen der RAF vertreten hatte, wurde von Frankreich an Deutschland ausgeliefert. In Hamburg hatte der Parteitag der SPD begonnen, Helmut Schmidt hatte in seiner Rede ein 16-Milliarden-Programm vorgestellt, mit dem neue Arbeitsplätze geschaffen werden sollten. Es wurde auch noch einmal über das Länderspiel berichtet. »Kannst wieder leiser machen«, sagte sie und schüttelte den Kopf. Eine Stunde später dann die gleiche Prozedur, dieses Mal aber sollte ich das Radio nach den Nachrichten ausschalten. »Dieser Fischer hat ein Tor geschossen, ja und?«, sagte meine Mutter. »Ein blödes Tor beim Fußball, das gehört doch dazu, und jetzt machen die ihn zum Helden. Einen Fußballer!« Ich dachte kurz darüber nach, ob ich ihr sagen sollte, dass Fischer nicht nur ein, sondern zwei Tore geschossen hatte und das zweite nicht nur irgendein Tor, sondern ein Fallrückzieher-Tor war. Aber meiner Mutter den Fußball zu erklären, hatte wenig

Sinn. Sie mochte Fußball einfach nicht. Warum sie sich aber so über das Tor von Fischer ärgerte, wurde mir erst kurz darauf klar, als sie wütend fortfuhr. »Ist es denn zu fassen? Das Tor von diesem Fischer ist denen eine Nachricht wert, auch Helmut Schmidt, Hartmut aber wird mit keinem Wort erwähnt.« Dann schüttelte sie wieder den Kopf und sagte: »Das machen die Medien absichtlich, die versuchen, den Volksaufstand zu verhindern, deswegen verschweigen sie Hartmut. Die haben alle Angst, dass die Menschen aufwachen und merken, dass ihnen all die Jahre nur Märchen erzählt wurden. Aber sie können die Menschen nicht im Dauerschlaf halten, auch Dornröschen ist irgendwann aufgewacht.«

Mir tat es leid für Hartmut und auch für meine Mutter. Ausgerechnet an dem Tag, als er sich verbrannte, schoss Fischer das Tor, das später zum Tor des Jahrhunderts gewählt wurde. Hartmut hatte sich ganz offensichtlich den falschen Tag ausgesucht.

Am frühen Abend kamen wir in Hamburg an. Meine Mutter hatte mir rechtzeitig einen Stadtplan nach hinten gereicht. Mein Vater hatte mir beigebracht, Straßenkarten zu lesen. Mir machte es Spaß, mit dem Finger den Weg nachzuzeichnen. Ich ließ mich nicht verunsichern, nicht einmal, wenn meine Mutter verzweifelt rief: »Wo lang? Wo geht's lang?« Ich behielt die Ruhe, sagte: »Links, dann die übernächste rechts, geradeaus« – so gelangten wir durch den Feierabendverkehr in die Lohmühlenstraße und parkten vor dem Krankenhaus Sankt Georg, in dem Hartmut lag. Meine Mutter beugte sich hinüber zum Beifahrersitz, klappte die Sonnenblende herunter und betrachtete sich in dem kleinen Spiegel. Mit der rechten Hand schob sie sich die Haare aus der Stirn. Für mich war das ein ungewohntes Bild, weil sie sonst einfach ausstieg. Meine Mutter war keine der Frauen, die viel Zeit im Bad verbrachten und sich ausgiebig schminkten.

Sie hatte sich ein Jahr zuvor ihre langen Haare abschneiden lassen. Als mein Vater abends nach Hause kam und ihre neue Frisur bemerkte, schreckte er zurück. Vielleicht hatte er meine Mutter im ersten Moment für eine fremde Frau gehalten, aber als sie sich ihm zuwandte, tastete er nach einem Stuhl, hielt sich an der Lehne fest und setzte sich, als sei ihm schwindelig geworden.

»Was hast du mit deinen Haaren gemacht?«, fragte er.

»Mich von ihnen befreit«, sagte sie.

Ich weiß nicht und werde es nie erfahren, ob mein Vater damals schon ahnte, dass er der Nächste sein sollte, von dem sie sich befreien würde.

Wir stiegen aus, meine Mutter holte eine Tasche aus dem Kofferraum. Am Empfang fragte sie nach Hartmut und sagte, sie habe gestern einen Anruf bekommen, dass er eingeliefert worden sei und auf der Intensivstation liege. Und dann sagte sie noch zu dem Mann hinter der Glasscheibe: »Sie haben bestimmt von ihm gehört, er ist der Mann, der sich gestern als Zeichen gegen die Atompolitik der Bundesregierung angezündet hat.« Aber den Mann schien das nicht zu interessieren. Er erklärte uns den Weg: durch das Foyer, dann ins Nebengebäude, erster Stock. Wir kamen an einer kleinen Kantine vorbei, und als ich die Schokolade in der Auslage bemerkte, fiel mir auf, wie hungrig ich war. Ich blieb stehen. Schließlich hatten wir kein Mittagessen gehabt, und die Äpfel, Möhren und

Selleriestangen, die meine Mutter für die Fahrt eingepackt hatte, hatten meinen Appetit auf Schokolade oder eine Frikadelle mit Ketchup nur größer werden lassen.

»Was ist?«, fragte meine Mutter.

»Ich habe Hunger.«

»Warum hast du nicht gegessen, was ich eingepackt habe?«, sagte sie. »Wir hatten genug dabei.«

»Ich …« Ich versuchte, ein gequältes Gesicht zu machen, was mir bei der Vorstellung von Selleriestangen nicht besonders schwerfiel: »Ich konnte das nicht essen.«

»Warum nicht? Du hast doch sonst unterwegs immer gern Möhren und Sellerie gegessen.«

»Ja«, sagte ich, »aber gerade deswegen, ich meine, das hat mich so an Hartmut erinnert, an die Fahrten mit ihm, bei jedem Bissen hätte ich an ihn denken müssen, und ich hätte nichts herunterbekommen. Und jetzt habe ich einfach großen Hunger.«

Meine Worte zeigten Wirkung. Meine Mutter musterte die Auslage.

»Es gibt hier leider nichts anderes«, sagte ich.

»Ausnahmsweise«, sagte sie, zog ihr Portemonnaie aus der Tasche und drückte mir eine Mark in die Hand. »Aber erzähl das nicht deinem Vater.«

Ich lief los und holte mir eine Frikadelle mit besonders viel Ketchup, die ich auf dem Weg zur Intensivstation aß.

Dass mir meine Mutter eine Frikadelle spendierte, zeigt mir, in welchem Ausnahmezustand sie sich damals befand, auch wenn sie sich sonst nichts anmerken ließ.

So standen wir dann vor der Station, nachdem meine Mutter geklingelt und eine Krankenschwester uns geöffnet hatte:

Ich hielt den Pappteller mit den Ketchupresten in der Hand, meine Mutter die Tasche mit Hartmuts Sachen.

»Wir wollen zu Hartmut Gründler«, sagte meine Mutter.

»Sind Sie mit ihm verwandt?«, fragte die Schwester, die ganz in Blau gekleidet war und ihre Haare zu einem Pferdeschwanz gebunden trug.

Meine Mutter zögerte. Musste sie erst überlegen? Hartmut war doch nicht mit uns verwandt, er war unser Untermieter. Warum sagte sie es nicht einfach?

Ich sah sie an, dann die Schwester, die wiederum meine Mutter fragend ansah.

»Ich nehme mal an, Sie sind nicht Frau Gründler«, sagte die Schwester.

Meine Mutter schüttelte den Kopf. »Nein«, sagte sie, »Hartmut ist nicht verheiratet. Er hat bei uns gewohnt, die letzten Jahre. Ich habe mit seinem Bruder gesprochen, er hat gestern bei Ihrem Oberarzt angerufen und geklärt, dass wir kommen können.«

Die Schwester bat uns, kurz zu warten, und verschwand hinter der Tür. Ich hielt immer noch den Pappteller und wusste nicht, wohin damit. Meine Mutter stellte die Tasche ab. Wir standen schweigend da, bis sich nach einigen Minuten die Tür wieder öffnete und die Schwester sagte, wir sollten ihr folgen. Sie führte uns in einen Warteraum und fragte meine Mutter, ob sie einen Kaffee wolle. Meine Mutter schüttelte den Kopf. Die Schwester bat uns zu warten, ein Doktor Meinhardt würde gleich kommen, um mit meiner Mutter zu reden. Dann ging sie. Ich setzte mich, meine Mutter aber machte ein paar Schritte durch den Raum, der nur spärlich eingerichtet war, ein Tisch mit vier Stühlen, noch ein paar Stühle aufgereiht an der Wand, an der Decke ein summendes Neonlicht, Linoleum auf dem Boden und eine Pflanze mit langen harten Blättern, die aus einem Kübel wuchs, der aber nicht mit Erde gefüllt war, sondern mit braunen Steinchen, zwischen denen eine Art Thermometer steckte. Mir war nicht klar gewesen, dass offenbar auch Pflanzen die Temperatur gemessen wurde. Meine Mutter durchquerte immer wieder den Raum. Ab und an machte sie einen Abstecher zur Tür und schaute hinaus auf den Flur. Ich weiß nicht, wie lange wir auf Doktor Meinhardt warteten. Als er dann endlich kam – ein großer, sehr schlanker Mann in einem blauen Kittel, der meine Mutter um mindestens zwei Köpfe überragte –, blieb sie abrupt stehen und sagte: »Können wir jetzt zu ihm?« Doktor Meinhardt blickte über sie hinweg, nickte mir zu und bat meine Mutter, sich zu setzen, was sie, so schien es, nur widerstrebend tat. Der Doktor zog einen Stuhl zu sich heran und bedeutete meiner Mutter, Platz zu nehmen. Erst dann setzte er sich ihr gegenüber an den Tisch.

»Sie wissen, wie es um Herrn Gründler steht?«, fragte er.

Meine Mutter nickte.

Und Doktor Meinhardt klärte uns über die verschiedenen Verbrennungsgrade auf. Am schlimmsten, das habe ich mir gemerkt, waren Verbrennungen dritten Grades. Die Haut wird ledrig, und die Haare lassen sich mühelos samt Wurzel herausziehen. Bei Verbrennungen vierten Grades verkohlt die Haut. Am schmerzhaftesten ist Verbrennungsgrad zwei. »Herr Gründler hat insofern Glück gehabt«, sagte Doktor Meinhardt, »als dass er mit Verbrennungen dritten und vierten Grades eingeliefert wurde. Allerdings ist seine Haut zu achtzig Prozent verbrannt. Ich erzähle Ihnen das, damit Sie eine Vorstellung von dem bekommen, was Sie erwartet. Ich meine, worauf ich hinauswill …« Er sah meine Mutter an, wartete, bis sie seinen Blick erwiderte, und sagte dann: »Ich würde Ihnen den Anblick gern ersparen.«

»Wir sind siebenhundert Kilometer gefahren, um ihn zu sehen«, sagte meine Mutter, »und wir lassen uns nicht davon abbringen.«

Der Doktor sah mich an. Und ich weiß nicht, warum, aber ich fühlte mich ertappt. Jetzt erst wurde mir wieder bewusst, dass ich immer noch den Pappteller in der Hand hielt, und ich sah mich nach einem Mülleimer um, was den Vorteil hatte, dass ich dem Blick des Arztes ausweichen konnte. Meine Mutter hatte im Plural gesprochen und mich einfach mit einbezogen, ohne mich zu fragen, ob ich mich nicht vielleicht doch davon abbringen lassen wollte, Hartmut zu sehen. Ich hatte mir ehrlich gesagt keine Gedanken darüber gemacht, wie ein Mensch aussah, der sich mit Benzin übergossen und angezündet hatte, und ich bin mir fast sicher, dass auch meine Mutter darüber nicht nachgedacht hatte. Bis heute wundere ich mich darüber, dass sie Hartmut damals Kleidung mitgebracht und noch mal einen Blick in den Spiegel geworfen hatte, bevor sie aus dem Auto gestiegen war. Ich frage mich, ob sie erwartet hatte, Hartmut bei vollem Bewusstsein anzutreffen, ob sie glaubte, er würde noch mal aus dem Krankenhaus entlassen. Oder ob sie einfach nur unter Schock gestanden hatte oder sich weigerte, den Verlust zu akzeptieren, sich nicht eingestehen wollte, dass Hartmut sterben würde. Mir zumindest war nach der Erklärung von Doktor Meinhardt nicht wohl zumute, mich ließ der Gedanke an die ledrige Haut nicht los und an die Haare, die sich mühelos samt Wurzel herausziehen ließen. Und hätte mich der Doktor gefragt, ob auch ich mich nicht davon abbringen lassen wolle, Hartmut zu sehen, hätte ich mich sehr schwergetan mit einer Antwort, weil ich einerseits zwar keinen Wert darauf legte, einen ledernen Hartmut zu sehen, andererseits aber meine Mutter nicht enttäuschen wollte. Glücklicherweise fragte mich Doktor Meinhardt nicht. Er nickte mir nur zu und wandte sich wieder an meine Mutter: »Der Junge sollte sich das nicht antun. Lassen Sie ihn hier. Es ist wirklich besser.«

Meine Mutter schien zu überlegen. Dann nickte sie. Und sagte zu mir: »Hanno, du wartest hier, ich seh mir Hartmut erst mal allein an. Ist das in Ordnung für dich?«

Ich versuchte, mir meine Erleichterung nicht anmerken zu lassen, und sagte: »Wenn du meinst, dass es besser ist, dann warte ich hier.«

»Gut«, sagte der Arzt und stand auf. Als er sah, dass meine Mutter nach der Tasche griff, sagte er: »Die brauchen Sie nicht.« Meine Mutter wirkte für einen Moment unentschlossen, ließ dann aber die Tasche neben dem Tisch stehen und verließ zusammen mit Doktor Meinhardt den Raum.

Als Erstes entsorgte ich den Pappteller. Neben dem Kübel mit der Pflanze stand ein Mülleimer. Bei der Gelegenheit sah ich mir das Thermometer genauer an und stellte fest, dass es wohl eher ein Wasserstandsanzeiger war. Ich nahm eines dieser braunen Steinchen in die Hand und war überrascht, wie leicht es war. Ich warf einen Blick in den Flur, dann setzte ich mich wieder. Irgendwann ging ich dann zu dem Bäumchen, nahm eine Handvoll Steinchen und versuchte, sie von meinem Stuhl aus in den Kübel zu werfen. Ich bereute, dass ich mein Album im Auto hatte liegen lassen, aber wie hätte ich ahnen sollen, dass ich allein würde warten müssen. Eigentlich konnte ich gut warten. Ich konnte Stunden damit verbringen, in meiner Fantasie Bundesligaspiele auszutragen, konnte dabei sogar die Perspektive einzelner Spieler einnehmen, besonders gern die des Spielers, der gerade aufs Tor schoss. Ich sah, wie sich die Zuschauer hinter dem Tor von ihren Plätzen erhoben und die Arme hochrissen, noch bevor der Ball ins Netz traf. Ich dachte an Hitzfeld, Hölzenbein, Hattenberger, aber immer wieder geriet mir Hartmut dazwischen, der von Fußball nichts verstand und in seiner Cordhose und dem karierten Jackett am Mittelkreis stand und Glück hatte, dass er nie an den Ball kam, weil er nicht gewusst hätte, in welche Richtung er ihn hätte schießen müssen. Mir fiel zum ersten Mal auf, dass ich lauter Spieler im Kopf hatte, deren Namen mit H begannen. Mit H wie Hartmut und H wie Hanno. Und ich fragte mich, ob es Zufall war. Aber irgendwann war mir das auch egal, weil ich ganz dringend musste. Ich hatte eine sehr ausdauernde Blase damals, was vielleicht auch daran lag, dass ich mich nachts im Dunkeln nicht aus dem Bett traute und so gelernt hatte, dem Druck meiner Blase standzuhalten, was mir während der Autofahrten mit meiner Mutter zugute kam. Ich trat in den Flur. Die Toilette war glücklicherweise nicht schwer zu finden, vom Warteraum aus gesehen die nächste Tür. Im Flur war niemand zu sehen. Ich weiß nicht, wie lange ich allein war, ob eine Stunde, zwei oder drei, es gab keine Uhr, kein Fenster, nichts, woran ich hätte festmachen können, wie die Zeit verging. Ich fragte mich, ob meine Mutter mich vergessen hatte, wieso sie nicht kam, um mir zu sagen, wie es weiterginge und was sie gesehen hatte. Nachdem ich mich erleichtert hatte, stand ich wieder im Flur und fühlte mich verlassen. Und, das kann ich heute zugeben: Ich war auch eifersüchtig. Sie ließ mich im Warteraum sitzen, um bei Hartmut zu sein, was schon eine gewisse Symbolik hatte. Es war beileibe nicht das erste Mal. Eigentlich hatte ich – im übertragenen Sinn – schon oft im Warteraum gesessen, weil meine Mutter mit Hartmut beschäftigt war. Ich hatte schon länger das Gefühl, dass es für sie offenbar Wichtigeres gab als mich. Nämlich für »die Sache« da zu sein, was letztlich hieß: für Hartmut da zu sein. Wenn meine Mutter von mir als Kind erzählte, dann mit Stolz davon, wie ich der Lehrerin das Lied vom Filbinger vorgesungen hatte, ein Lied übrigens, das noch nach mehr als dreißig Jahren Ohrwurmqualitäten beweist: »Ein Atomkraftwerk, das wollen wir nicht, wir sagen's dem Filbinger frech ins Gesicht, Akw nee!« Als Kind hatte ich Bilder gemalt, auf denen Atommeiler und davor eine ganze Riege von Polizisten mit Schutzschilden und Schlagstöcken zu sehen waren. Eine Zeit lang hatte ich nur mit Schwarz gemalt und nachts von Totenköpfen geträumt. Mein Vater hat schließlich darum gebeten, Plakate und Flugblätter nicht überall in der Wohnung herumliegen zu lassen. Ich kann mich an ein Flugblatt erinnern, das mit Totenköpfen gespickt war. Und an ein anderes, auf dem ein Atommeiler einem Totenkopf nachempfunden war. Ich fragte mich, ob es wirklich ein Grund zur Freude war, dass Hartmut noch lebte. Ich weiß nicht, warum mir der Gedanke in diesem leeren, einsamen Krankenhausflur kam, vielleicht weil ich spürte, dass Hartmut selbst der Tod nichts anhaben konnte, dass der Tod nichts änderte, dass er trotzdem weiterlebte, nicht nur körperlich. Am Tag zuvor hatte ich ihn für tot gehalten, aber er lebte und meine Mutter war bei ihm und ließ mich allein in einem Zimmer zurück und hatte offenbar vergessen, dass ich in diesem Zimmer auf sie wartete. Vielleicht spürte ich, dass sich daran nichts ändern würde, selbst wenn Hartmut zum zweiten Mal und dann richtig sterben würde. Ich dachte darüber nach, durch die Tür zu gehen, durch die wir gekommen waren, raus aus dem Gebäude, irgendwohin, und auf diese Weise die Aufmerksamkeit meiner Mutter zu erzwingen. Ich würde verschwinden. Spurlos. Und sie müsste nach mir suchen und sich Sorgen machen. Aber das war mir dann doch zu unheimlich. Es war längst dunkel draußen. Und kalt. Und ich kannte die Gegend nicht. Die andere Möglichkeit bestand darin, durch die andere Tür zu gehen und so auf mich aufmerksam zu machen. Irgendwo hinter der Tür müsste meine Mutter sein und auch die Schwester, die anfangs noch gekommen war, um nach mir zu sehen, die aber schon länger nicht mehr aufgetaucht war. Neben der Tür war eine Klingel. Es dauerte ein bisschen, bis durch das Milchglas eine blaue Person hindurchschimmerte und mir öffnete. Es war eine andere Schwester. Sie war jünger, hatte ebenfalls zusammengebundene blonde Haare und ein freundliches Gesicht.

»Wer bist du denn?«, fragte sie.

»Hanno«, sagte ich, »Hanno Kelsterberg.«

»Und wie kann ich dir helfen, Hanno?«

»Ich suche meine Mutter«, sagte ich.

»Wo ist denn deine Mutter?«, fragte sie.

»Sie wollte zu Hartmut«, sagte ich.

»Und wer ist Hartmut?«

»Hartmut hat bei uns gewohnt, er hat sich gestern verbrannt.«

Im Gegensatz zum Mann am Empfang schien sie gleich zu wissen, wer Hartmut war. Sie sah sich hilfesuchend um.

»Dann komm«, sagte sie, »wir schauen mal, wo deine Mutter steckt. Aber vorher musst du dich noch umziehen.« Sie führte mich in einen Raum, in einem Regal lagen jede Menge grüner Kittel. Aber offenbar hatte sie nicht bedacht, dass es keine in Kindergröße gab. Sie fuhr mit der Hand durch mehrere Stapel und gab mir dann einen, der viel zu groß war. Sie sagte, ich solle ihn wieder ausziehen und so mitkommen, ich könne sowieso nicht hinein.

Ich folgte ihr durch den Flur, wir kamen an einigen schummrigen Zimmern vorbei, deren Türen offen standen und aus denen Piepsen drang, ansonsten war es erstaunlich ruhig und friedlich. Wir bogen um eine Ecke, und da stand meine Mutter: vor einem kleinen Fenster, mit dem Rücken zu uns. Sie schien uns nicht zu bemerken. Sie stand einfach da, reglos, und ich fragte mich, ob sie die ganze Zeit schon so vor dem Fenster gestanden hatte. Die Schwester berührte sanft meine Schulter und machte eine Kopfbewegung in Richtung meiner Mutter, als wollte sie mich fragen, ob die Frau meine Mutter sei. Ich nickte. Und die Schwester räusperte sich und sagte leise: »Frau Kelsterberg.« Meine Mutter reagierte nicht. »Frau Kelsterberg, Ihr Sohn …« Jetzt drehte sich meine Mutter langsam um. Ich erschrak, als ich ihr Gesicht sah, sie wirkte so bleich, als hätte sie sich weiß geschminkt, was auch am Licht liegen mochte, aber ihre Augen waren wässriger als sonst und sie schien mich nicht gleich zu erkennen. Sie sah uns beide an, als hätte sie uns noch nie zuvor gesehen, was bei der Schwester durchaus möglich war, aber ich war ihr schließlich nicht fremd. Irgendwann erkannte sie mich offenbar doch und sagte: »Ja.«

»Ihr Sohn hat Sie gesucht«, sagte die Schwester.

Und meine Mutter sagte wieder: »Ja.«

»Frau Kelsterberg, ist Ihnen nicht gut? Sie sollten vielleicht mal raus an die frische Luft oder sich wenigstens setzen, ich hole Ihnen einen Kaffee.«

Irgendetwas geschah in diesem Moment mit meiner Mutter, als sei sie wieder zur Besinnung gekommen, sie wurde wieder größer, wie ein Ballon, der aufgepustet wurde.

»Sie müssen das abschalten«, sagte sie zur Schwester, die aber offensichtlich nicht verstand, was sie abschalten sollte.

»Abschalten?«, fragte sie.

»Ja, abschalten. Sie machen ihn zum Opfer und halten ihn gegen seinen Willen am Leben.« Meine Mutter holte einen Zettel aus ihrer Hosentasche, den sie auseinanderfaltete, einen Zettel, den sie bis zu ihrem Tod aufgehoben hat. »Es ist sein letzter Wille«, sagte sie, »und hier steht: ›Ich bitte, um der Würde des Menschen willen nach Art. 1,1 GG meinen Entschluss zu achten und mir das entwürdigende Zwischenspiel eines Klinikaufenthaltes zu ersparen.‹ Sie dürfen ihn nicht gegen seinen Willen zum Opfer machen, Sie müssen die lebenserhaltenden Maßnahmen beenden.«

Die Schwester war sichtlich irritiert.

»Darüber kann ich nicht verfügen. Haben Sie mit Doktor Meinhardt gesprochen?«

»Darüber noch nicht.«

»Ich werde ihn holen lassen, kommen Sie doch bitte mit und nehmen Sie so lange im Warteraum Platz.«

Ich fragte mich, woher meine Mutter diesen Brief hatte, und kam dann darauf, dass es wohl der sein musste, den sie aus Hartmuts Schreibmaschine gezogen hatte. Ich verstand aber nicht, warum meine Mutter auf einmal wollte, dass Hartmut sterben sollte. Sie hatte ihm doch Kleidung mitgebracht, und auf einmal wollte sie nicht mehr, dass er sie anzog. Warum? Hatte sie mit ihm gesprochen? Das konnte nicht sein, weil sie doch vor dem Fenster stand. Irgendetwas musste aber geschehen sein, irgendetwas, das mit diesem Raum zu tun hatte. Ich wollte herausfinden, was es war, und tat etwas, was ich mir im Nachhinein gern erspart hätte. Als die Schwester sich umdrehte, um uns zurück in den Warteraum zu bringen, und meine Mutter den Zettel zusammenfaltete, ihn in die Tasche steckte und im Begriff war, der Schwester zu folgen, machte ich die zwei Schritte zum Fenster, das etwas zu hoch lag, sodass ich mich mit den Fingern am Rahmen hochziehen und mich dabei auf die Fußspitzen stellen musste. Und dann sah ich Hartmut oder besser: das, was von ihm übrig geblieben war. Es hatte wenig mit dem Hartmut zu tun, den ich kannte. Durch die Scheibe konnte ich in einen kleinen Raum sehen, in dem ein einziges Bett stand, ein Bett unter einem Glaskasten, wie im Zoo, im Amphibienhaus, wo man Insekten und Spinnen in ihren Terrarien beobachtete. Hartmut war nicht zugedeckt. Er lag auf dem Rücken, die Beine angewinkelt, seine Hände ragten in die Luft. Er hatte keine Haare mehr, keine Augenlider, keine Brauen. Er hing an allen möglichen Schläuchen. Seine Haut war ziemlich braun, ich weiß nicht, war sie mit Salbe eingeschmiert oder verbrannt? Das Bett stand an der gegenüberliegenden Wand, einige Meter von der Scheibe entfernt. Sein Gesicht war nicht mehr zu erkennen. Seine rechte Hand war seltsamerweise nicht verbrannt, an den Fingern der linken Hand aber war das Fleisch vollständig weg oder verkohlt. Es gab nichts, das mich an Hartmut erinnerte. Und trotzdem konnte ich mich von dem Anblick nicht losreißen. Meine Mutter war es, die mich wegzog oder besser: wegriss. Sie tat mir weh, weil ich mit den Fingern noch am Rahmen hing und das Gleichgewicht verlor, als sie an meinem Pullover zerrte. Dabei knickten zwei Fingernägel um. Sie zog mich weg, drehte mich an den Schultern zu sich und sagte, dass ich das nicht hätte tun dürfen. Und bevor ich etwas erwidern konnte, sagte sie, das da drinnen sei nicht Hartmut. Nicht der Hartmut, den ich in Erinnerung behalten solle. Der Hartmut da drinnen sei ein Opfer der Medizin. Und Hartmut habe sich zwar geopfert, aber er sei kein Opfer. Das sei nämlich der Unterschied zwischen Opfer und Held. Ein Held sei ein Mensch, der sich selbst opfere. Deswegen müssten wir uns jetzt darum kümmern, dass sie Hartmut nicht am Leben ließen. Das sei unsere Aufgabe. Und ich müsse diesen Hartmut aus meinen Gedanken verbannen, und wenn ich in Zukunft an ihn dächte, dann immer nur an den Hartmut, den ich zuvor gekannt habe, denn das hier, sagte sie und deutete auf die Scheibe, das sei nicht Hartmut. Ob ich das verstanden habe? Ich nickte. Auch wenn ich nicht alles verstanden hatte. Aber ich spürte, dass es ihr wichtig war, und so versuchte ich mir einzureden, dass das, was ich gesehen hatte, nicht Hartmut war.

Kurz darauf saßen wir wieder Doktor Meinhardt gegenüber. Er erklärte uns, dass man einen Luftröhrenschnitt gemacht und Hartmut an einen Sauerstoffapparat gehängt habe, dass sein Herz von einem Computer beobachtet werde, ebenfalls die Gehirnströme; man hatte ihm auch einen Schlauch durch den Bauch gezogen, damit der Urin ablief. Und dass es seine Pflicht sei als Arzt, einen Menschen am Leben zu erhalten, darauf habe er einen Eid abgelegt. »Ich kann, darf und will die Apparate nicht abschalten«, sagte er.

»Es ist sein letzter Wille«, sagte meine Mutter und überreichte Doktor Meinhardt den Brief. »Sie haben kein Recht, gegen seinen Willen zu handeln. Und ihm seine Würde zu nehmen. Die Würde des Menschen ist unantastbar. Das ist ein Grundrecht, es steht über allem.«

Er las den Brief nicht, betrachtete ihn kurz und legte ihn beiseite.

»Es tut mir leid«, sagte er, »diesen Wunsch werde ich Ihnen nicht erfüllen. Und wir brauchen auch nicht weiter darüber zu diskutieren, denn das ist indiskutabel.«

»Wissen Sie, warum Hartmut sich angezündet hat?«, fragte meine Mutter.

»Man glaubt es nicht, aber viele Menschen zünden sich an«, sagte Doktor Meinhardt, »Herr Gründler ist weiß Gott nicht der Einzige. Die meisten Menschen, die sich selbst verbrennen, leiden unter psychischen Erkrankungen und Depressionen.«

Ich erinnere mich, dass meine Mutter zu Doktor Meinhardt sagte, dass er sich täusche, wenn er Hartmut unterstellen wolle, sich aus Verzweiflung oder aufgrund einer Depression angezündet zu haben.

Doktor Meinhardt schob meiner Mutter den Brief über den Tisch, stand auf und sagte: »Vielleicht hilft es Ihnen, wenn ich Ihnen sage, dass Herr Gründler keine großen Überlebenschancen hat, es ist nur eine Frage von Tagen.« Auf dem Weg zur Tür drehte er sich noch einmal um. Er sah meine Mutter an. »Die Würde des Menschen ist unantastbar, das stimmt. Aber das gilt auch für den Menschen, der sich anzündet. Es ist vor allem er selbst, der sich seiner Würde beraubt. Denken Sie mal darüber nach, Frau Kelsterberg. Wenn noch etwas sein sollte, können Sie sich gern bei mir melden.«

Für mich klang das einleuchtend, aber ich behielt meine Meinung für mich. Ich konnte die Stimmung meiner Mutter in diesem Moment nicht einschätzen. Nachdem Doktor Meinhardt den Raum verlassen hatte, saß meine Mutter am Tisch, und anders als im Auto hinterm Steuer wirkte sie nicht größer, als sie war, und aufrechter, sondern eher kleiner und in sich zusammengesunken, sie hatte beide Hände auf den Tisch gelegt und starrte auf den Brief, der vor ihr lag. Ich wusste nicht, was ich sagen sollte. Wenn ein Mensch verletzt war, wünschte man ihm, dass er gesund wurde. Meine Mutter aber wünschte, dass Hartmut starb. Und ich wusste nicht, ob ich mir nun wünschen sollte, dass er leben oder sterben sollte. Mir war nicht klar, was sich meine Mutter wirklich wünschte, obwohl sie zum Arzt gesagt hatte, dass Hartmut sterben solle. Aber das konnte ich mir nicht vorstellen. So saßen wir im Warteraum und wussten wahrscheinlich beide nicht, was wir uns wünschen sollten. Ich legte meine Hand auf die Hand meiner Mutter, weil ich mal in einem Film gesehen hatte, wie ein Junge das machte. Woraufhin die Mutter ihm ihre Hand auf seinen Kopf legte und ihn an sich drückte. Meine Mutter ließ meine Hand auf ihrer liegen, legte dann ihre auf meine, und ich überlegte kurz, ob ich wiederum meine auf ihre legen sollte, wie bei diesem Spiel, bei dem man die unterste Hand wegzieht, um sie wieder oben draufzulegen. Ich ließ es bleiben. Dann zog sie ihre Hand unter meiner hervor, stand auf, griff nach der Tasche, die immer noch neben dem Tisch auf dem Boden stand, und sagte: »Gehen wir.«

Wir verließen die Station. Als wir durch das Hauptgebäude kamen, war die Kantine schon geschlossen. Es war nach zehn

Uhr abends, das sah ich auf einer großen Uhr, die im Eingangsbereich von der Decke hing. Meine Mutter fragte den Mann am Empfang, ob es in der Nähe ein Hotel gäbe, und er beschrieb ihr den Weg. Wir bekamen ein Zimmer mit Blick auf die Alster, die sich nur erahnen ließ, weil man durchs Fenster eine große, unbeleuchtete Fläche sehen konnte. Wir machten uns gleich bettfertig, putzten Zähne und zogen unsere Schlafsachen an. Es gab nur ein Bett. Zum ersten Mal seit Jahren teilte ich mir mit meiner Mutter ein Bett. Sie drehte sich auf die Seite, während ich noch an die Wand gelehnt sitzen blieb und in meinem Album blätterte. Als ich das Licht ausmachte, lag meine Mutter mit geschlossenen Augen da. Ich legte mich auf den Rücken und zog die Decke bis zum Kinn. Einschlafen aber konnte ich nicht. Sosehr ich auch versuchte, an Hattenberger und Hitzfeld zu denken, mir kam immer Hartmut dazwischen. Und zwar blöderweise der falsche Hartmut, der nämlich, den ich zuletzt gesehen hatte. Der braune Hartmut ohne Gesicht. Ohne Haare. Und ohne Augenbrauen. Ich versuchte, an den richtigen Hartmut zu denken, und erinnerte mich an den Morgen, als er mit uns in den Naturpark Schönbuch gefahren war. Wir wanderten durch den Wald. Wir sammelten Blätter, die ich später zwischen die Seiten einiger Bücher legte, die sich in Hartmuts Wohnung stapelten. Wir suchten nach Walderdbeeren. Ich mochte diese kleinen, wilden Erdbeeren sehr, aß sie sogar, wenn sie noch weiß waren, weil ich nicht wollte, dass jemand anders später die reifen Früchte pflückte. Wir beobachteten Hirschkäfer und Tausendfüßler. Ich ließ einen Marienkäfer auf meine Hand krabbeln und wartete, bis er davonflog. Mir grauste vor Spinnen, und ich sah Hartmut misstrauisch dabei zu, wie er eine Spinne über seine Hände und den Arm hinauflaufen ließ. Wir entdeckten einen Feuersalamander und beobachteten, wie er einen Baumstamm hochsauste. Eine Gelbbauchunke sprang aus dem Gras. Wir setzten uns und lauschten den Vögeln, und Hartmut schien jeden einzelnen an seinem Zwitschern zu erkennen. Die Hohltaube, die einen glänzend grünen Hals hatte und eine zart orange Brust. Den Schwarzspecht, der größte seiner Art in Europa, mit seinem roten Scheitel. Und irgendwann erzählte er von dem Flughafen Schönbuch, der hier hätte gebaut werden sollen, und wo Wald war, wäre dann Beton gewesen, und der Salamander und die Gelbbauchunke wären tot. Aber es hatte Menschen gegeben, die gegen den Flughafen waren und die es letztlich geschafft hatten, den Bau zu verhindern. Hartmut war einer von ihnen. Er erklärte uns, dass es darum ging, Leben zu retten. Deswegen hatte er auch diesen Arbeitskreis Lebensschutz gegründet und uns an jenem Tag im Naturpark gefragt, ob wir mitmachen wollten. Ich weiß, dass ich mir vorstellte, wie ich eine gelb oder orange leuchtende Weste bekäme, auf der »Lebensretter« stünde, und dann Kröten half, von einer Straßenseite auf die andere zu kommen, oder meinen Vater davon abbrachte, an heißen Tagen mit der Fliegenklatsche durchs Haus zu laufen. Damals war es darum gegangen, Leben zu retten, und jetzt lag Hartmut ohne Haut und Haare im Krankenhaus, und meine Mutter forderte Doktor Meinhardt auf, ihn sterben zu lassen. Warum hatte Hartmut sein eigenes Leben nicht gerettet? Und warum wollte meine Mutter sein Leben nicht retten? Doktor Meinhardt schien der Einzige zu sein, der Leben retten wollte. Es war das erste Mal, dass ich mich fragte, ob Hartmut nicht doch unehrlich war, und meine Mutter auch. Meiner Erinnerung nach lag ich die ganze Nacht wach, aber vermutlich bin ich doch irgendwann eingeschlafen. Ich weiß nicht, ob ich im Halb- oder Tiefschlaf war, als meine Mutter seinen Namen sagte, Hartmut, aber nicht so, als riefe sie ihn, sondern als redete sie mit ihm, als läge er bei uns im Zimmer, vielleicht sogar in unserem Bett, als wollte sie ihm etwas erzählen. Im Fernsehen sah ich manchmal Polizisten, die jemanden fragten, an was derjenige sich erinnere, und dann wissen wollten, ob die Person sich wirklich sicher sei. Und hätte mich so ein Polizist am Morgen gefragt, ob ich sicher sei, dass meine Mutter nachts Hartmuts Namen gesagt hatte, hätte ich ehrlicherweise mit »nein« antworten müssen. Vielleicht hatte ich es doch nur geträumt. Vor allem weil dann nichts mehr kam. Ein einziges »Hartmut«, mehr nicht. Und am Morgen schien es so weit weg – am Morgen erinnerte mich meine Mutter wieder daran, dass wir eine Aufgabe hatten. Sie stand schon angezogen vor dem Bett, als ich die Augen öffnete, und sah mich an. »Hanno«, sagte sie, »aufstehen, wir haben noch was vor.«

Am meisten bewunderte ich an meiner Mutter, dass sie nie aufgesteckt hat, bis zu ihrem Tod nicht. Immer hatte sie etwas vor. Während andere Menschen in ihrem Alter ihren Platz vor dem Fernseher gefunden haben, war meine Mutter getrieben von einer Überzeugung, die sie sich über die Jahre erhalten hat. Und, das rechne ich ihr auch an, ihr lag jegliche Form von Zynismus fern, den sich gerade diejenigen Menschen zulegen, denen die Realitäten des Alltags, man könnte auch sagen: die Dummheit der Menschen, sämtliche ideellen Flausen aus dem Kopf getrieben haben. Wie mochte meine Mutter durchs Leben gekommen sein, ohne Zynismus zu entwickeln? Vielleicht weil sie nie aufgegeben hat.

Denn Zynismus ist das Eingeständnis des Scheiterns. Wem nur noch die spöttische Betrachtung bleibt, der hat kapituliert.

Ich frage mich: Wie viele Verletzte verträgt der Kampf für das Gute? Wie viele Tote lassen sich rechtfertigen? Einen habe ich gesehen, damals mit zehn, und der hat mir gereicht. Denn natürlich bekam ich das Bild von dem Hartmut, an den ich eigentlich nicht denken sollte, nicht aus dem Kopf. Dieser Hartmut ohne Haut und Haare begleitet mich durchs Leben. In meinen Träumen lebt er. Wir sitzen an seinem Bett, meine Mutter spricht mit ihm, als sähe sie nicht, dass Hartmut keine Haut hat. Wir sind im Auto unterwegs, meine Mutter fährt, ich sitze auf der Rückbank, Hartmut vor mir auf dem Beifahrersitz, die Sonne scheint, ich weiß gar nicht, wohin wir fahren, irgendwann dreht sich Hartmut zu mir und sieht mich an, und er sieht aus wie immer, nur fehlen ihm die Augenbrauen. Ich wache oft auf und weiß nicht, ob ich nur im Traum geschrien habe, liege dann mit pochendem Herzen im Bett und lausche auf Geräusche im Haus, die darüber Aufschluss geben könnten, ob meine Nachbarin mich gehört haben könnte oder der Mann aus der Wohnung unter mir. Ob es gleich an meiner Tür klopft.

Den verbrannten Hartmut zu betrachten, war das Schlimmste, was ich mir je angetan habe, und hätte ich die Möglichkeit gehabt, den Film zurückzudrehen, hätte ich nicht zu sagen gewusst, bis zu welcher Stelle ich ihn zurückgedreht hätte – bis ich meine Mutter auf der Intensivstation wiederfand, bis zum Spaziergang in Schönbuch oder bis zu dem Tag, an dem Hartmut vor unserer Tür stand. Diese Bilder konnte ich mit niemandem teilen. Meinem Vater habe ich nie davon erzählt, und meine Mutter hat nie Anstalten gemacht, mit mir über das zu reden, was wir beide gesehen hatten. Vermutlich quälten sie die Bilder genauso. Ich habe bisher überhaupt mit niemandem über den verbrannten Hartmut gesprochen, als wäre es leichter, ihn zu vergessen, wenn ich ihn für mich behielte.

Bevor wir das Hotel verließen, setzten wir uns kurz in den Frühstücksraum, ich bekam ein Brötchen mit Marmelade, meine Mutter trank einen Tee und blätterte die Zeitung durch, von vorne nach hinten und von hinten nach vorne, faltete sie zusammen und sagte: »Sie verschweigen ihn, es ist wirklich so, sie haben Angst vor dem Volksaufstand, der sich entzünden könnte gegen die verlogene Atompolitik der Regierung.« Ich konnte das natürlich nicht einschätzen, aber ein wenig wunderte ich mich schon, dass über Hartmuts Tat nichts in der Zeitung stand, weil schließlich sonst alles Mögliche drinstand: wenn eine Straße wegen Bauarbeiten gesperrt wurde oder eine Kuh ein besonders großes Kalb zur Welt brachte. Ich sah meine Mutter an und merkte, dass sie irgendwie anders aussah. Wahrscheinlich einfach nur müde. Mir schien, als lägen ihre Augen tiefer als sonst in ihren Höhlen, und sie wirkte so klein auf ihrem Stuhl. Vielleicht hatte sie die Nacht hindurch wach gelegen.

»Ich habe an Hartmut gedacht«, sagte ich.

»An den richtigen oder an den falschen?«, fragte sie.

»An den richtigen«, sagte ich, weil ich wusste, dass es meine Mutter freuen würde. »Ich habe an unseren Ausflug nach Schönbuch gedacht.«

»Das ist gut«, sagte sie, »du musst mir versprechen, immer an den richtigen zu denken. Versprichst du mir das?«

»Ja«, sagte ich.

Dann brachten wir das Gepäck zum Auto und machten uns zu Fuß auf den Weg. Schon an der nächsten Straßenecke verlor meine Mutter die Orientierung, sie sah nach rechts und links, gab dann mir die Karte und sagte: »Wir müssen zum Congress Center, das muss ganz in der Nähe sein. Kannst du uns hinbringen?« Ich fand die Ecke, an der wir standen, suchte dann systematisch die Umgebung ab und entdeckte das CCH. Ich wusste nicht, was wir dort wollten, aber ich führte uns hin. Es war kalt, der Wind blies uns so stark ins Gesicht, dass ich Schwierigkeiten hatte, Luft zu holen. Vor dem Eingang standen Polizisten, die jeden durchsuchten, der hineinwollte. Meine Mutter nahm mich bei der Hand, was mich überraschte, weil sie das so selten tat. Meine Mutter sagte, da drinnen sei der Mann, der Hartmut auf dem Gewissen habe, weil er sich der Wahrheit verweigert und die Menschen angelogen habe. Ohne dass meine Mutter seinen Namen erwähnt hatte, konnte ich mir schon denken, dass es sich um Helmut Schmidt handeln musste. Es waren viele Polizisten da, um ihn zu beschützen. Offenbar gab es einige Menschen, die ihn nicht mochten.

Vor dem Eingang hielt uns ein Polizist auf. Er fragte nach unseren Ausweisen. Meine Mutter zeigte ihm ihren. Aber das war offenbar nicht der richtige. Er fragte nach einem anderen Ausweis. Einen anderen aber hatte meine Mutter nicht. »Sie haben sicherlich vom Deutschen Herbst gehört«, sagte der Polizist, »Sie müssen verstehen, dass wir nicht jeden hereinlassen können.« Ich fragte mich, was es mit dem Herbst zu tun hatte, dass wir nicht in die Halle durften. Und ob es im Sommer anders gewesen wäre oder im Winter. Erst später erfuhr ich, dass die Terroristen gemeint waren, die in den Monaten vor dem Parteitag einen wichtigen Menschen umgebracht hatten. Ich hatte die Fotos gesehen von dem Mann, der ein Schild vor seinen Körper hielt, auf dem stand, wie lange er schon Gefangener der RAF war. Ich hatte auch Bilder gesehen von dem entführten Flugzeug und die Gesichter der Terroristen, die auf einem Plakat zu sehen waren, das in der Sparkassen-Filiale hing, in die mein Vater und ich gingen, um die Münzen aus meinem Sparschwein einzuzahlen. Offenbar hatten die Menschen mehr Angst vor diesen Terroristen als vor dem Atomtod.

Meine Mutter griff wieder nach meiner Hand und zog mich weg. »Meinst du, es gibt mehrere Eingänge?«, fragte sie. Ich sah mich um. »Keine Ahnung«, sagte ich.

»Ich kann mir nicht vorstellen, dass er hier herauskommt«, sagte sie. Wir liefen um das Congress Center herum, auf der Suche nach einem Hinterausgang, aber es war alles recht unübersichtlich. Dann stellten wir uns wieder vor den Haupteingang.

»Dann warten wir eben«, sagte meine Mutter.

»Auf wen?«, fragte ich.

»Auf Helmut Schmidt«, sagte sie.

»Und wenn er kommt, was machen wir dann?«

»Dann fordern wir ihn auf, endlich die Wahrheit zu sagen. Und fragen ihn, ob er noch mehr Menschen auf dem Gewissen haben will.«

Ich male mir aus, was passiert wäre, wenn wir Helmut Schmidt an jenem Tag begegnet wären. Vermutlich hätten die Polizisten meine Mutter schnell fortgeschafft. Ich sehe es förmlich vor mir, wie sie wild mit Händen und Füßen strampelt, um sich aus dem Griff der Polizisten zu befreien, und laut ruft: »Sie Mörder!« Ich hätte es ihr zugetraut. Ihrem Unmut über Helmut Schmidt hat sie immer wieder Ausdruck verliehen, nie hat sie ein gutes Wort über ihn verloren. Es ist Ironie des Schicksals, dass er sowohl Hartmut als auch meine Mutter überlebt hat und dass er es war, dem mit zunehmendem Alter in diesem Land die Heldenverehrung zuteilwurde. Ausgerechnet Helmut Schmidt, denke ich, der sich wie kein Zweiter in seiner Partei für die Atomkraft eingesetzt und vor dem Parteitag in Hamburg erklärt hatte, sich an keinen Beschluss gegen die Atomkraft gebunden zu fühlen. Beschlossen wurde auf dem Parteitag dann ein Antrag, in dem es hieß, ein grundsätzlicher Verzicht auf die Verwendung von Kernenergie sei gegenwärtig nicht vertretbar und dass die Option für die Kernenergie offengehalten werden müsse. Auch wenn die Stein- und Braunkohle weiterhin Vorrang genieße. Es war von Kernenergie die Rede, obwohl ich als Kind schon wusste: Wer Kernenergie sagte, versuchte die Menschen über die Gefahren hinwegzutäuschen. Deswegen hatte Hartmut das Wort auch nicht gemocht. Er hatte mir das mal erklärt. Kernenergie klinge besser, zumindest in den Ohren der Leute, die Atomkraftwerke bauten. Kern klang nach Haselnusskern, Kernobst, kernig, kerngesund, also nach etwas Gutem. Atom aber klang nach Atombombe. Was der Wahrheit auch viel näherkam. Denn Atomkraft war so gefährlich wie eine Atombombe und natürlich nicht so gesund wie Obst. Deswegen musste man von Atom- und nicht von Kernenergie sprechen.

Hartmut hatte »auf die Manipulation durch Sprache im atomaren Zeitalter hingewiesen«, das waren die Worte, mit denen Frank Schirrmacher durchaus anerkennend in seinem Artikel an Hartmut erinnert hatte. Ich hatte mir nie die Mühe gemacht, mir seinen Aufsatz zur »Kernenergiewerbung« genauer anzusehen. Dabei geht daraus hervor, dass Hartmut bei aller Verbohrtheit einen klaren, fast schon sezierenden Verstand hatte:

»*Atom* – ein Reizwort, das die Atomlobby möglichst vermeidet, da es unerwünschte, wiewohl sachlich zutreffende Assoziationen zur Atombombe weckt.

Atommüll – Müll ist fest (Müllhaufen, Müllhalde), zwar lästig, aber (für die landläufige Vorstellung) ungefährlich, kann deponiert und dann vergessen werden. Atom-»Müll« ist 1. flüssig, 2. heiß bis zu 700 Grad Celsius, 3. kontrollbedürftig auf Hunderttausende von Jahren hinaus, 4. während dieser Zeit ständig radioaktiv. Der Atommüll ist mit weitem Abstand das glanzvollste Paradebeispiel für eine erfolgreiche Gehirnwäsche.

Brennstäbe – das klingt fast nach Feuerholz im Kamin.

Energielücke – eine Lücke, im Zaun etwa, in der Beweisführung, reizt den Ordnungssinn: Sie muss geschlossen werden. Die »Energielücke« besagt: Schafft Ordnung, schließt die Lücke! Es versteht sich von selbst, dass das nur mit Atomenergie geschehen kann.

Störfälle – haben die Unfälle nahezu verdrängt – zumindest sprachlich«.

Und zu guter Letzt nimmt er Äußerungen verschiedener Menschen auseinander, wie diese von Helmut Schmidt: »Auf den Ausbau auch der Kernenergie kann nicht verzichtet werden.«

Hartmut schreibt dazu: »Hier benutzt der Kanzler 1. das Passiv, 2. ein Verbalsubstantiv (›Ausbau‹), 3. das Modalverb ›können‹. Substantiv und Passiv erspart es ihm, irgendjemanden anzugeben, der da ausbauen will und sich weigert zu verzichten, und mit dem Modalverb suggeriert er, es könne gar nicht anders sein, als dass er vielmehr Atombanken und Atomindustrie auch weiterhin freie Fahrt gebe (behalten wir den Stil bei, sparen wir die verantwortlichen Personen aus!): als dass der Ausbau der Kernenergie fortgesetzt werden müsse. Wie unangenehm deutlich klänge es, wenn der Kanzler bei solcher Gelegenheit etwa erklärte: Ich bin nicht gewillt (oder: Die Konferenz der Bilderberger ist nicht gewillt, oder: Die Atombanken sind nicht gewillt), auf Atomenergie zu verzichten.«

Einen solchen Satz hat er auch damals auf dem Parteitag vermieden, ich habe mir die Mühe gemacht, das Protokoll daraufhin zu prüfen; Schmidt sprach stets von »Kernenergie« und dass auf sie zur Deckung des Energiebedarfs nicht verzichtet werden könne.

Von Schmidts Rede bekamen meine Mutter und ich damals nichts mit, es gelang uns auch nicht, ihn selbst zur Rede zu stellen. Ich weiß nicht, wie lange wir vor der Halle auf ihn warteten, ich weiß aber noch gut, dass ich anfing zu frieren und, obwohl ich kein Wort darüber verlor, meine Mutter irgendwann sagte, dass es keinen Sinn mehr habe zu warten. Ich weiß nicht, ob Helmut Schmidt an jenem Tag von Hartmuts Selbstverbrennung erfahren hat. Zwei Redner, Erhard Eppler und Freimut Duve, erinnerten an Hartmut, allerdings ohne seinen Namen zu nennen.

Am Nachmittag zogen wir dann noch mit zwei Dutzend Menschen durch die Hamburger Innenstadt. Auch Robert Jungk war dabei. Meine Mutter erklärte mir damals, dass er ein Buch geschrieben habe, in dem er all die Lügen der Atomindustrie erwähne, und auf unserer Seite stehe. Wir blieben vor einer Kirche stehen, und ich erfuhr, dass es die Kirche war, vor der Hartmut sich angezündet hatte. An der Stelle parkte ein kleiner LKW. Dieser Robert Jungk kletterte auf die Ladefläche und sagte, was meine Mutter auch schon betont hatte: dass Hartmuts Tat Folgen haben müsse. Hinter ihm hing ein weißes Laken, auf dem stand: »Die Atomindustrie fordert ihre Opfer. Solidarität mit Hartmut Gründler.« Davon gibt es ein Foto – ebenso wie von den Flammen. Einige der Zuhörer hatten Broschüren auf einen Haufen geworfen und angezündet. Meine Mutter sagte, das seien die Lügenbroschüren der Atomindustrie. Wir standen nebeneinander und sahen auf den brennenden Haufen. Ich weiß noch, dass ich meinen Blick nicht abwenden konnte. Ich starrte ins Feuer und folgte dem Züngeln der Flammen und den Glutsprenkeln, die knisternd wegstoben. Niemand sprach. Als ginge von dem Feuer etwas Friedliches aus. Mitten hinein in diese andächtige Stille fragte ich: »Hat Hartmut so gebrannt?« Ich weiß nicht, ob meine Mutter mich gehört hat, vielleicht hatte ich zu leise gesprochen. Sie sagte nichts. Sie stand einfach neben mir und hielt meine Hand. Ich wandte meinen Blick vom Feuer ab und sah meiner Mutter ins Gesicht. Die Flammen spiegelten sich in ihren Augen. Es sah aus, als brannten die Augen meiner Mutter.

Es war schon dunkel, als wir zum Auto zurückkehrten. Meine Mutter sagte, sie wolle sich von Hartmut verabschieden. Deswegen gingen wir noch mal ins Krankenhaus. Dieses Mal hatte ich aber daran gedacht, mein Album mitzunehmen. Und während meine Mutter bei Hartmut war, saß ich im Warteraum. Aber es dauerte nicht lange. Ich war noch nicht mal bis Schalke gekommen, als meine Mutter schon wieder da war und sagte, wir führen jetzt nach Hause. »Und Hartmut?«, fragte ich.

»Hartmut bleibt hier«, sagte sie.

Dann fuhren wir los. Es war nicht nur dunkel, es regnete auch. Ich wunderte mich, dass sich meine Mutter das antat, ihr fiel das Autofahren schon bei Tag schwer. Ich lotste sie auf die Autobahn. Sie ordnete sich auf die rechte Spur ein, und so fuhren wir eine ganze Weile, meine Mutter umklammerte das Lenkrad, rückte so nah wie möglich an die Windschutzscheibe, als könnte sie so besser sehen. »Versuch zu schlafen«, sagte sie. Aber ich konnte nicht schlafen, vielleicht wegen Hartmut, vielleicht aber auch, weil ich Angst hatte im Auto, mit meiner

Mutter am Steuer. Mittlerweile platschte der Regen gegen die Windschutzscheibe, die Rücklichter der Autos vor uns verschwammen, selbst mir fiel es schwer, etwas zu erkennen. Für meine Mutter muss die Fahrt nach Hause eine einzige Tortur gewesen sein, 700 Kilometer bei Regen und Dunkelheit. »Du solltest wirklich schlafen«, sagte sie, und irgendwann legte ich mich auf die Rückbank, was ich, wenn mein Vater fuhr, oft machte, aber noch nie getan hatte, wenn meine Mutter am Steuer saß. Das Erstaunliche war, dass ich sogar einschlief und erst aufwachte, als wir kurz vor Tübingen waren.

Meine Mutter hatte eine Flasche mit billigem Sekt im Kühlschrank, sie musste schon Jahre dort gelegen haben. Lange vor Fukushima hatte ich mich einmal darüber gewundert, weil meine Mutter grundsätzlich keinen Alkohol trank. »Hast du was zu feiern?«, fragte ich. Und sie sagte, sie wolle vorbereitet sein. »Auf was?«, fragte ich. »Auf den Tag, an dem alles einen Sinn ergibt«, sagte sie.

Meine Mutter schien es für möglich zu halten, dass dieser Tag kommen würde. Dieser eine Tag, an dem etwas Unvorhergesehenes eintreten würde. Obwohl das so nicht ganz stimmt, richtig wäre: etwas Vorhergesehenes eintreten würde, das allem einen Sinn verliehe. Es musste etwas Größeres sein als ein GAU. Diesen GAU nämlich hatte es schon gegeben: in Tschernobyl. Und dann den zweiten in Fukushima. Der dritte würde schon noch kommen, der vierte auch, es war nur eine Frage der Zeit. Der Tag, an dem alles einen Sinn ergeben würde, hätte auch der Tag sein können, an dem die rot-grüne Regierung den Atomausstieg beschlossen hatte. Aber auf die Politik war kein Verlass, das hatte meine Mutter schon damals richtig erkannt – zehn Jahre nach dem Ausstieg gab es den Ausstieg aus dem Ausstieg.

Der Tag, an dem alles einen Sinn ergeben würde, musste vermutlich mit Hartmut zu tun haben, schließlich hatte ihr ganzes Leben mit Hartmut zu tun. Sollten das am Ende diese drei Artikel in überregionalen Zeitungen gewesen sein? Ein Gedanke, der mich wütend macht. Ich starre auf den Artikel aus der ›Zeit‹, den ich an die Wand über meinem Schreibtisch gehängt habe. Ich bleibe immer wieder an demselben Satz hängen. »Gründler starb nicht aus Verzweiflung«, steht da. »Es war kalkuliert, ein Akt des Mutes und der Entschlossenheit – im Bewusstsein, damit schuldig zu werden.« Ein Zitat meiner Mutter. Der Journalist hatte sie offenbar kontaktiert und mit ihr gesprochen. In dem Artikel wird sie als Zeitzeugin erwähnt, als Mitstreiterin Gründlers. War es ihr darum gegangen? In der Zeitung zu stehen? Nein, das sah meiner Mutter nicht ähnlich. Sie hatte keinen Geltungsdrang, so seltsam es klingen mag. Es ging ihr nicht um sich selbst, eigentlich nie. Vermutlich war meine Mutter der selbstloseste Mensch auf Erden.

Ich komme über den Satz nicht hinweg, den Satz mit dem Schuldigwerden, weil es das erste Mal ist, dass meine Mutter von einer Schuld Hartmuts spricht. Er machte sich schuldig, aber wessen? Dafür dass er die Menschen, die ihm nahestanden, im Stich ließ? Vor allem also meine Mutter? Oder dafür, dass er seine Maxime der Gewaltlosigkeit gebrochen hat, indem er sich selbst Gewalt antat? In Hartmuts Abschiedsbrief stand nichts von einem Schuldeingeständnis. Er schrieb von einer Notwendigkeit und dass er rücksichtslos uns gegenüber sei, aber erwähnte mit keinem Wort, dass er sich schuldig mache. Wenn meine Mutter aber mit den Worten zitiert wird, Hartmut habe sich in dem Bewusstsein verbrannt, sich mit der Tat schuldig zu machen, bedeutete das, dass sie darüber gesprochen hatten? Und wenn sie darüber gesprochen hatten, hieße das: Meine Mutter hätte von seiner Absicht, sich zu verbrennen, gewusst? Konnte das sein? Das hieße wiederum, dass sie damit gelebt haben musste, ihn nicht an seiner Tat gehindert zu haben. Und hatte sie sich womöglich aus dem Grund den

Tag, an dem der Artikel erschien, zum Feiern ausgesucht? Aus Erleichterung darüber, dass Hartmut doch noch den Weg ins Bewusstsein der Menschen fand und sein Tod nicht umsonst war? Meiner Mutter hätte dies schließlich eine Rechtfertigung dafür verschafft, ihn nicht an der Tat gehindert zu haben. Falls dem tatsächlich so war.

Hartmut ist vier Tage nach unserem Besuch gestorben, am 21. November 1977. Sein Sarg sollte nach Tübingen überführt werden, wo Hartmut die meiste Zeit seines Lebens verbracht hatte. Es sollte seine Abschiedstour werden: über Gorleben, Bremen, Hannover, Göttingen, Kassel, Marburg, Bonn, Frankfurt, Darmstadt, Heidelberg und Stuttgart. An all die Orte, an denen er Freunde und Unterstützer hatte; sie sollten sich von ihm verabschieden können. Wie genau das hätte ablaufen sollen, weiß ich bis heute nicht. Als mir meine Mutter damals von der geplanten Reise erzählte, Hartmuts letzter Fahrt, stellte ich mir vor, wie der Leichenwagen durch die Innenstädte fuhr, vielleicht klingelte oder hupte er wie der Eiswagen, der im Sommer hin und wieder in unsere Straße bog. Vielleicht hielt der Leichenwagen mit geöffneter Heckklappe auf dem Marktplatz. Ich fragte mich, ob der Leichenmann den Sarg wohl aufmachen würde, aber dann würden die Menschen den falschen Hartmut sehen, den Hartmut ohne Haut und Haare, und das wiederum konnte ich mir nicht vorstellen. Ich musste an die Wachsfiguren denken, die ich ein Jahr zuvor bei Madame Tussauds gesehen hatte, als ich mit meinem Vater für ein paar Tage nach London gereist war. Meine Mutter konnte nicht mit, weil sie an einer Bürgerversammlung teilnehmen musste. Ich dachte darüber nach, ob man aus dem richtigen Hartmut eine Wachsfigur machen sollte, damit die Menschen ihn in guter Erinnerung behielten. Aber ich konnte mir Hartmut beim besten Willen nicht zwischen Elvis, den Beatles und Pelé vorstellen.

Die Abschiedstour kam allerdings nicht zustande. Mit dem Bestatter war zwar schon alles abgesprochen. Aber dann hatte ihn jemand von der Innenbehörde angerufen und ihm gedroht: Falls er das mache, wäre er seine Zulassung los. Für meine Mutter war die Sache klar: Man versuchte, Hartmuts Tod so gut es ging zu verschweigen. Die Zeitungen hatten entweder gar nicht oder nur in wenigen Zeilen über ihn berichtet. Das einzige Ziel war es, den Volksaufstand zu verhindern, deswegen, da war sich meine Mutter sicher, wurde auch seine letzte Reise verboten.

Hartmut wurde auf dem Bergfriedhof in Tübingen beerdigt. Ich blieb zu Hause, weil mein Vater nicht wollte, dass ich dabei war. Ich denke, er wollte mich schützen. Dass ich Hartmut im Krankenhaus gesehen hatte, wusste er nicht. Ich hatte ihm nur vom Warteraum erzählt. Ich glaube, meine Mutter hat es meinem Vater verübelt, dass er mir verweigerte, Abschied von Hartmut zu nehmen. Am Morgen der Beerdigung saßen wir in der Küche, mein Vater und ich unterhielten uns über das Spiel gegen Köln, das Stuttgart 1:2 verloren hatte und das ich nicht hatte sehen dürfen, weil meine Mutter fand, dass wir nicht irgendwelche Fußballer bejubeln könnten, während Hartmut mit dem Tode rang. Mein Vater hatte schon dafür wenig Verständnis aufgebracht. Nicht anders war es an jenem Morgen, als meine Mutter, ganz in Schwarz gekleidet, zu mir sagte, ich solle nach dem Frühstück die schwarze Hose und das dunkle Hemd anziehen, die sie mir herausgelegt habe, woraufhin mein Vater mich ansah und sagte: »Der Junge wird gar nichts tun.« Die Szene habe ich noch vor Augen, und auch an die Auseinandersetzung, die folgte, meine ich mich fast wortgetreu zu erinnern.

Meine Mutter: »Hartmut hat zwei Jahre in unserem Haus gelebt, der Junge hat ein Recht darauf, sich von ihm zu verabschieden. Du willst es ihm nur verbieten, weil du ein persönliches Problem mit Hartmut hattest.«

Mein Vater: »Der Junge ist zehn, schlimm genug, was dieser Gründler ihm zugemutet hat, nachdem er zwei Jahre in diesem Haus gelebt hat. Er hat keine Rücksicht genommen, weder auf den Jungen noch auf dich. Er zündet sich an, dieser vernagelte Kerl, und denkt keine Sekunde darüber nach, was er einem Zehnjährigen damit antut. Und dann soll der Junge auch noch zum Begräbnis und sich von diesem Mann verabschieden? Auf gar keinen Fall!«

Meine Mutter: »Du weißt, dass er Hartmut gemocht hat und Hartmut ihn. Und dass Hartmut kein Selbstmörder ist und sich nicht angezündet hätte, wenn es einen anderen Weg gegeben hätte. Die Atomkraftwerke sind eine Bedrohung für uns alle. Willst du, dass dein Sohn in einer Welt aufwächst, in der es täglich zum GAU kommen kann?«

Mein Vater: »Das ist alles nur Angstmacherei, die Kernkraftwerke sind sicher, die überstehen sogar einen Flugzeugabsturz, und das weiß auch der Großteil der Menschen. Dieser Gründler aber glaubt oder glaubte, er wisse mehr als alle anderen, findest du das nicht ziemlich überheblich?«

Ich hielt mich heraus. Ich saß am Tisch und schaute mir die Fotos im Sportteil der Zeitung an.

Meine Mutter: »Es gibt immer Menschen, die der Entwicklung vorgreifen, die große Masse ist träge und einfältig. Aber Hartmuts Größe und Weitsicht werden Menschen wie du erst im Nachhinein erkennen. Und dann werden Straßen und Plätze nach ihm benannt.«

Mein Vater: »Ja, und es wird den nationalen Gründler-Gedenktag geben, ach was, den internationalen. Mensch, Marta, das kann doch nicht dein Ernst sein!«

Meine Mutter: »Es geht um unser Leben, auch um das Leben deines Sohnes. Wenn das kein Grund ist, es ernst zu nehmen, dann nenne mir bitte einen, und komm mir nicht mit Fußball …«

Mein Vater schüttelte den Kopf und stieß verächtlich die Luft aus.

Und dann kam meine Mutter auf eine irrwitzige Idee. Sie sagte: »Lass doch den Jungen selbst entscheiden, ob er zur Beerdigung will oder nicht.« Ich erschrak, ließ es mir aber nicht anmerken. Ich wusste, das konnte nicht gut gehen, wie auch immer ich mich entscheiden würde. Es gab also nur eine Möglichkeit: mich nicht zu entscheiden. Ich tat so, als hätte ich sie nicht gehört, ich starrte auf die Fotos und vergaß dabei zu atmen. Es war auf einmal still am Tisch, ich spürte, dass beide mich ansahen, aber ich tat ihnen nicht den Gefallen, in irgendeiner Weise zu reagieren, sie konnten schließlich nicht wissen, ob ich es gehört hatte oder nicht. Das ist das Gute an Ohren, anders als bei den Augen sieht man nicht, ob jemand hört. Meine Eltern waren es gewohnt, dass ich manchmal vor mich hin träumte, und ich hatte darin eine Möglichkeit erkannt, Zeit zu gewinnen und mich vor einer Entscheidung zu drücken, weil ich mich meist darauf verlassen konnte, dass mir, wenn ich nur lang genug wartete, mein Vater zur Hilfe kam.

»Das ist keine Entscheidung, die Hanno treffen kann, der Junge ist zehn, falls du das vergessen hast. Er bleibt hier. Schluss, aus.«

So kam es, dass ich von Hartmuts Beerdigung nicht mehr zu sehen bekam als das Foto, das der ›Tübinger Anzeiger‹ am nächsten Tag druckte, den Zeitungsartikel hat meine Mutter aufgehoben: ein Sarg auf einem Wagen mit Rädern, der aussieht wie ein Bollerwagen für Erwachsene. Er wird von vier Männern gezogen. Neben ihnen laufen die Sargträger, hinter dem Bollerwagen eine Menschenmenge. Ich suche meine Mutter unter ihnen und entdecke sie in der zweiten Reihe. Sie blickt zu Boden und wirkt irgendwie allein, obwohl sie umgeben ist von anderen Menschen. Der Artikel ist überschrieben mit »Ein Sokrates unserer Tage«. Da steht, dass dreihundert Umweltschützer gekommen seien und etliche Vertreter aus Politik und Wissenschaft. Und dass ein Mann namens Wolfgang Wettlaufer sagte, die atomare Wende der FDP und ein »sportpalastähnliches DGB-Treffen« der vierzigtausend in Dortmund seien dafür verantwortlich, dass sich Hartmut zum Hamburger Feuerzeichen gemacht habe. Ein anderer erzählte von Hartmuts Wohnung in der Österbergstraße, von der spartanischen Einrichtung und dem Duft nach Druckerschwärze – dem Zuhause eines Menschen, der sich seit 1970 einzig dem Umweltschutz verschrieben hatte. In seiner rigorosen Wahrheitsliebe sei er Sokrates verwandt und wie jener für seine Überzeugung in den Tod gegangen. Meine Mutter erzählte mir am Tag nach der Beerdigung, dass nicht dreihundert Menschen gekommen waren, sondern mindestens tausend. Und dass sich Hartmut ein Buch von Helmut Schmidt auf den Sarg hatte nageln lassen, es sei sein letzter Wunsch gewesen. Das Buch hieß ›Als Christ in der politischen Entscheidung‹, und es ging darum, dass Schmidt jeden von uns dazu aufforderte, laut zu rufen, wenn er das Gefühl habe, dass sich Ungerechtigkeit ausbreite, und zu handeln, wenn die Regierenden Gebot und Gesetz verletzen sollten. Meine Mutter erzählte auch von einer Frau, die sie getroffen hatte, die sich sicher war, dass man Hartmut im Institut für Rechtsmedizin das Gehirn herausgenommen hatte. Sie hätten seinen Kopf geleert und sein Hirn an Tiere verfüttert, damit sich seine Gedanken nicht weiterverbreiten könnten. Das hatte zur Folge, dass ich einige Wochen lang freiwillig auf Fleisch verzichtete, nicht mal die obligatorische Bratwurst nach einem Fußballspiel wollte ich haben. Meinem Vater war gleich klar, dass etwas nicht stimmen konnte, und er bohrte so lange nach, bis ich ihm von meiner Angst erzählte, in der Wurst könne Hartmuts Hirn sein. Mein Vater sagte nichts dazu, aber als ich am nächsten Morgen mit meiner Mutter beim Frühstück saß, sah ich ihr an, dass ich besser meinen Mund gehalten hätte. Sie starrte mich schweigend an, atmete tief ein und aus, und ich wusste, dass es mal wieder an der Zeit war, mich bei ihr zu entschuldigen.

Am Tag von Hartmuts Beerdigung hielt meine Großmutter mit mir in ihrer Wohnung eine Andacht. Wir setzten uns an den Tisch. Sie entzündete eine Kerze und las das »Hohepriesterliche Gebet« aus dem Johannes-Evangelium vor, und anschließend sprach sie davon, dass Hartmut im Diesseits zwar tot sei, im Jenseits aber noch lebe. Und dass es so herum vielleicht das Beste für uns alle sei. Immerhin lebe er an einem Ort, an dem die Bäume zwölf Mal im Jahr Früchte trugen, jeden Monat einmal, und es keine Nacht mehr gab und er weder das Licht einer Lampe noch das Licht der Sonne brauchte, denn Gott der Herr würde über ihm leuchten. Und das Los aller Feiglinge und Lügner würde ein See von brennendem Schwefel sein. Und ich fragte mich wieder, ob Hartmut nicht doch unehrlich gewesen war, wie schon in der Nacht nach dem Besuch im Krankenhaus. Neu war der Feigling. Konnte es sein, dass Hartmut ein Feigling gewesen war oder ein Lügner? Und er sich angezündet hat, weil er es lieber selbst machte, als von anderen in einen See von brennendem Schwefel gestoßen zu werden? Ein einziges Mal habe ich diesen Gedanken geäußert, ein paar Tage nach Hartmuts Tod, beim Frühstück. Wahrscheinlich war es an einem Wochenende, weil mein Vater mit am Tisch saß. Er las Zeitung und meine Mutter sah aus dem Fenster, als ich sagte: »Vielleicht hat Hartmut sich angezündet, weil er ein Lügner war.« Meine Mutter, die gerade noch mit den Gedanken weit weg zu sein schien, wandte sich mir abrupt zu. Sie hatte den Mund geöffnet und sah aus, als hätte sie sich sehr erschrocken. Mein Vater nahm erst die Zeitung aus dem Sichtfeld, faltete sie dann behutsam zusammen und sah meine Mutter erwartungsvoll an. Es schien, als müsse meine Mutter sich erst sammeln. Dann fragte sie: »Wer erzählt denn so etwas?«

»Oma hat gesagt, dass Lügner verbrannt werden.«

»Wann hat sie das gesagt?«

»Als du auf der Beerdigung warst.«

»Was habt ihr denn gemacht?«

»Eine Kerze angezündet.«

»Und dann?«

»Dann hat Oma erzählt, dass Hartmut noch lebt.«

Meine Mutter strich mir mit der rechten Hand über die Wange.

»Hartmut ist tot«, sagte sie, »und er war kein Lügner. Er war gegen die Lüge. Er hat sich nicht umgebracht, weil er gelogen hat, sondern weil die anderen gelogen haben. Das steht sogar auf seinem Grabstein: ›Ein Leben für die Wahrheit, ein Tod gegen die Lüge.‹ Hartmut war vielleicht der einzige Mensch, der nie gelogen hat.«

An dieser Stelle mischte sich mein Vater ins Gespräch und erklärte mir, dass meine Mutter in diesem Gründler einen Heiligen sehe und sie das verbinde mit diesen Weltverbesserern, die Hartmut um sich geschart habe. Wie Jünger. Da konnte man schnell den Eindruck bekommen, dass Gründler ein zweiter Jesus gewesen sei, der sich geopfert habe für die Menschheit. Der Unterschied aber sei, dass die Menschen sich noch nach zweitausend Jahren an Jesus erinnerten, von Gründler jedoch rede schon Tage nach seinem Tod keiner mehr. Er sagte, ich könne ja mal auf die Straße gehen und fragen, wer Hartmut Gründler kenne und wer Jesus.

Er führte seine Kaffeetasse zum Mund, hielt aber auf halbem Wege inne.

»Und merke dir eines: Traue keinem Menschen, der behauptet, nie zu lügen.«

Obwohl er sich an mich wandte, schien es mir, als beobachtete er aus den Augenwinkeln meine Mutter.

»Traue keinem Menschen, der behauptet, nie zu lügen« – dies war einer jener Sätze, die mir ein Leben lang im Bewusstsein blieben. Es liegt eine gewisse Ironie darin, dass ausgerechnet Hartmuts Tod gegen die Lüge in mir Zweifel an der Wahrheit weckte. Es war nicht gerade so, dass ich mich je verpflichtet gefühlt hatte, stets die Wahrheit zu sagen. Zu lügen war in manchen Situationen so viel einfacher. Ehrlich zu sein barg immer auch das Risiko, Ärger zu bekommen. Welches Kind wollte das schon? Und natürlich sagte ich weiterhin, wenn mich meine Mutter fragte, ob mein Vater mir Süßigkeiten spendiert hätte, »nein«, genauso wenn mein Vater fragte, ob ich mit meiner Mutter in Sachen Weltrettung unterwegs gewesen sei. Hartmut war tot, der Mann, der für die Wahrheit gelebt und gegen die Lüge gestorben war. Und mein Vater sagte, einem solchen Menschen sei nicht zu trauen. Heute weiß ich, dass er damit weder die Lüge noch die Wahrheit meinte. Ihm ging es um das Dogmatische. Mein Vater wollte mich vor Menschen bewahren, die ihre Art zu leben und zu denken als die einzig richtige ansahen und mit Unverständnis oder gar Verachtung auf Anderslebende und Andersdenkende reagierten. Bis heute meide ich jede Rigorosität. Was gar nicht so leicht ist, wenn es um die eigene Mutter geht. Aber es hilft, sie als Opfer zu sehen, auch wenn sie selbst das nie zugelassen hätte.

Für meine Mutter war es viel schwieriger, mit Hartmuts Tod zu leben, als für mich. Ich glaube, dass sie mit der rigorosen

Haltung, mit der sie fortan seinen Kampf weiterführte, versuchte, ihre Trauer zu verarbeiten. Eine Trauer, von der ich damals nur ein paar schlecht unterdrückte Tränen mitbekommen habe und eine Erinnerung, die sich mir eingebrannt hat. Ein paar Tage nach der Beerdigung kam ein Mann zu Besuch, der wie wir zum Arbeitskreis Lebensschutz gehörte und den ich von so einigen Treffen im Souterrain kannte. Er saß mit meiner Mutter in der Küche, sie redeten über Helmut Schmidt, der aus ihrer Sicht schuld an Hartmuts Tod war. Der Freund sagte, Helmuts Starrsinn habe Hartmut in den Tod getrieben. Ich hatte währenddessen am Tisch gesessen, ein Glas Saft getrunken und an einer Möhre geknabbert. Irgendwann fragte ich, warum Helmut Schmidt nicht ins Gefängnis musste, wenn er doch schuld war an Hartmuts Tod. Beide hielten inne, und der Freund holte tief Luft, bevor er sagte: »So ist das in diesem Land. Die Bonzen dürfen lügen und Atomkraftwerke bauen und das Leben von Millionen Menschen in Gefahr bringen, ohne dass sie bestraft werden.« Ich wunderte mich über das Wort »Bonzen«, das ich zuvor noch nie gehört hatte. Ich wusste nicht, was es bedeutete, wer damit gemeint war. Es hatte auch keine Ähnlichkeit mit anderen Wörtern, außer mit dem Namen der Dogge aus dem Nachbarhaus, die gelegentlich von einem Jungen ausgeführt wurde, den ich nicht mochte, weil er sich offenbar mächtig stark fühlte, wenn er seine Dogge an der Leine hielt. »Pass auf«, sagte er jedes Mal, wenn ich ihm begegnete, »Bonzo hat noch nicht gefrühstückt.«

Konnte es sein, dass Bonzen die Mehrzahl von Bonzo war? Ein Bonzo, viele Bonzen? Aber selbst wenn das so war, machte es keinen Sinn. Doggen konnten zwar Menschen in Gefahr bringen, aber keine Atomkraftwerke bauen, und ich bezweifelte auch, dass Doggen in der Lage waren zu lügen. Erst in den kommenden Jahren, als das Wort häufiger fiel, wurde mir klar, dass mit Bonzen »die da oben«, die Reichen und Einflussreichen, gemeint waren.

Ich erfuhr, dass Hartmut sogar Klage beim obersten Gericht eingereicht hatte, um Helmut zu zwingen, die Wahrheit zu sagen. Aber das Gericht wollte sich damit nicht beschäftigen. Später erfuhr ich, dass er auch Anzeige beim Generalbundesanwalt wegen Völkermords erstattet hatte. Ebenfalls vergebens.

Als der Freund aufbrechen wollte, begleitete meine Mutter ihn zur Tür, wo er sie – und das habe ich nur gesehen, weil ich mein Hausaufgabenheft aus dem Schulranzen holen wollte, der im Flur stand – in den Arm nahm und ihren Kopf an seine Schulter drückte, als müsste meine Mutter getröstet werden.

Es war meine Idee, von Freiburg aus nicht gleich wieder zurück nach Berlin zu fahren. Tübingen lag fast auf dem Weg. Und ich war schon viele Jahre nicht mehr dort gewesen. Nachdem wir die Firma und das Haus verkauft hatten, gab es keinen Grund mehr für mich, nach Tübingen zu fahren. Bis auf Paul hatte ich alle anderen Freunde schon im ersten Jahr nach unserem Wegzug aus den Augen verloren. Mit Paul blieb ich lose in Kontakt, all die Jahre hindurch. Beim Frühstück sagte ich meiner Mutter, dass ich gern unser Haus sehen würde, und weil ich ihrer verhaltenen Reaktion anmerkte, dass sie nicht so erpicht darauf war, fügte ich an, dass wir auch Hartmuts Grab einen Besuch abstatten könnten.

Je näher wir Tübingen kamen, desto stiller wurden wir. Ich weiß nicht, was meiner Mutter durch den Kopf ging, ich jedenfalls sah auf einmal wieder so vieles vor meinem inneren Auge: das Haus, den Garten, das Gemüsebeet, in das so häufig der Ball flog, weil das Fußballtor, das ich mit meinem Vater gebaut hatte, vor dem Beet stand. Ich sah mein Zimmer, den Schreibtisch vor dem Fenster, meinen zitronengelben Drehstuhl. Den Flokati, der vor meinem Bett lag und wie ein Staubsauger alle Krümel verschwinden ließ. Und ich sah uns in diesem Haus, zu dritt in der Küche beim Abendessen oder samstagabends vor dem Fernseher, ich neben meiner Mutter auf dem Sofa, in meine Bettdecke gekuschelt. Nur Hartmut sah ich nicht. Als wäre er nie in unserem Haus gewesen.

Die Keplerstraße führte bergauf, was meiner Mutter damals

regelmäßig Schwierigkeiten bereitet hatte, weil sie gezwungen war, die Geschwindigkeit zu reduzieren, bevor sie in unsere Einfahrt bog, und nicht den Schwung mitnehmen konnte. Das Aufheulen des Motors war bis ins Wohnzimmer zu hören und verschaffte mir die Gelegenheit, den Fernseher rechtzeitig auszuschalten.

Ich hielt vor dem Haus. Auf den ersten Blick hatte sich in all den Jahren nichts verändert. Nach dem Tod meines Vaters hatten wir das Haus vermietet und dann einem Oberarzt des Universitätsklinikums verkauft, er hatte eine Frau und zwei kleine Kinder; ob er aber noch dort wohnte, wusste ich nicht. Es schien niemand da zu sein. Meine Mutter wollte nicht einmal aussteigen. Ich ging über den Rasen des kleinen Vorgartens und an der Garage vorbei hinters Haus. Die beiden Bäume waren noch da, und auf dem Rasen standen ein Trampolin und ein kleines aufblasbares Bassin. Offenbar war mittlerweile doch eine andere Familie eingezogen, eine mit kleinen Kindern. Ich weiß nicht warum, aber auf einmal kam mir der Marienkäfer in den Sinn, den ich aus dem Fenster hatte fallen lassen. Er war aus Marzipan und sechs Jahre alt, jedenfalls seinen Punkten nach. Ich hatte ihn von Hartmut bekommen, kurz bevor mein Vater ihn aus dem Haus geworfen hatte. Ein letztes Mal stand er bei uns in der Wohnung und überreichte mir eine Margarinepackung, mit der ich erst nichts anzufangen wusste. Dann sah ich, dass er sie mit einem Büschel Gras ausgelegt hatte, und auf dem Gras saß dieser Marienkäfer. Ich glaube, meine Mutter freute sich darüber, dass er an mich gedacht hatte. Er übergab ihr den Wohnungsschlüssel, und dann sahen wir ihn in seinem alten Käfer die Keplerstraße hinabrollen. Die Margarinepackung stand einige Zeit auf meinem Fenstersims, bis ich, weil ich Marzipan nicht mochte, auf die Idee kam, den Käfer in die Freiheit zu entlassen. Ich nahm ihn aus seinem Nest, setzte ihn mir auf die Handfläche und hielt meine Hand ins Freie. Ich zählte bis drei, aber er flog nicht. Dann wendete ich meine Hand, und er plumpste auf den Rasen. Das Erstaunliche war nur, dass ich ihn dort schon einen Tag später nicht mehr finden konnte. Ich hatte ihn gesucht, war sogar auf den Knien herumgerutscht und hatte fast jeden Grashalm beiseitegeschoben. Der Käfer aber blieb unauffindbar. Natürlich konnte meine Mutter ihn entdeckt und in ihr Zimmer gerettet haben, oder eine streunende Katze oder mein Vater hatten ihn gleich an Ort und Stelle verspeist. Damals schloss ich aber nicht aus, dass er einfach in den Himmel emporgestiegen war, so wie Jesus.

Auf dem Rückweg zum Auto konnte ich mir nicht verkneifen, einen Blick in die Souterrainwohnung zu werfen. Ich musste mich bücken. Sie wurde inzwischen offensichtlich als Hobbykeller genutzt. Mitten im Raum stand eine große Platte mit einer Modelleisenbahn. Mit viel Leidenschaft hatte jemand eine Landschaft modelliert, Berge, Tunnel und Brücken gebaut, auf dem Bahnhofsvorplatz klebten Menschen im Kleinstformat, mit Koffern, eine der Figuren hatte sogar einen Hund an der Leine. Ich weiß nicht, was ich erwartet hatte: dass immer noch die Möbel von damals im Zimmer stünden? Wir hatten nach dem Tod meines Vaters nur einige Dinge mitgenommen, Bücher und Fotos, das Schlafsofa meiner Mutter, das Geschirr, die Bandmaschine. Ich bekam die Telefunken-Anlage meines Vaters, den Rest hatten wir entrümpeln und abholen lassen. Irgendwie passte es, dass dort, wo Hartmut einst gewohnt hatte, inzwischen eine Modellwelt stand. Eine friedliche Idylle aus Bergen und grüner Landschaft, eine heile Welt.

Meine Mutter war mittlerweile doch ausgestiegen, sie stand auf dem Bürgersteig und blickte auf das Haus. Was ich im Keller gesehen hätte, wollte sie wissen. Und ich sagte: »Da steht jetzt eine Modelleisenbahn.«

Hartmut hatte die wenigen Menschen, die ihn unterstützt hatten, alleingelassen. Meine Mutter war die Einzige aus dem Arbeitskreis, die sich dieser Sichtweise auf seine Tat nicht anschloss, im Gegenteil, sie wehrte sich vehement dagegen. Ich kann mich an das letzte Zusammentreffen des Arbeitskreises erinnern, ein paar Wochen nach Hartmuts Beerdigung. Die anderen am Tisch waren enttäuscht von Hartmut. Sabine sprach es als Erste aus: »Ich weiß nicht, was Hartmut sich dabei gedacht hat«, sagte sie, »irgendwie erscheint mir sein Tod sinnlos, als Lebender hätte Hartmut viel mehr bewirken können. Er hätte weitermachen können, ich glaube, sogar müssen. Auch wenn ich es nicht gern sage, aber es fühlt sich für mich an, als ob er uns im Stich gelassen hat.« Meine Mutter schwieg. Sie schwieg auch, nachdem Ulrike gesagt hatte, dass sie voller Bewunderung sei für die Konsequenz, mit der Hartmut für die Sache eingetreten sei, dass er ihnen allen darin voraus sei, sie korrigierte sich: gewesen sei. Aber in diese Bewunderung mische sich auch Verständnislosigkeit. Und dann sagte sie, dass sie sich frage, ob er auch an sie gedacht habe, an sie alle, die sie hier säßen und jetzt ohne ihn wären. Peter sagte: »Für mich ist es das Ende. Ich kann nicht weiterhin einem Arbeitskreis angehören, der sich Lebensschutz nennt und dessen Begründer sein eigenes Leben nicht geschützt, sondern sich die schlimmste Gewalt angetan hat. Ausgerechnet ein Mann, der immer für die Gewaltlosigkeit eingetreten ist. Hartmut, das muss ich leider so deutlich sagen, hat seinen eigenen unumstößlichen

Grundsatz missachtet. Und somit hat er auch seinem anderen Grundsatz einen Bärendienst erwiesen, nämlich der Glaubwürdigkeit. Wie soll ich diesem Arbeitskreis noch glaubhaft angehören? Tut mir leid, aber das geht nicht. Ich kann das nicht.« Als jeder über seine Gefühle gesprochen hatte, blickte meine Mutter in die Runde und sagte: »Wir entscheiden darüber, ob Hartmut den Stroh- oder Heldentod starb. Und ich dulde nicht, dass ein Mann wie Hartmut den Tod gestorben sein soll, den er am meisten verabscheut hat. Er hat gekämpft, und er ist gefallen, er hat Mut und Größe und Selbstlosigkeit bewiesen und uns damit beschämt, und es ist eine Möglichkeit, diese Scham zum Anlass zu nehmen, sich zu verstecken und ihn so den Strohtod sterben zu lassen. Die andere Möglichkeit ist: den Kampf weiterzuführen. Ich habe mich für Letzteres entschieden, mit aller Konsequenz.« Die anderen sahen meine Mutter etwas betreten an, wie mir schien. Und dann sagte Peter, ohne auf ihre Worte einzugehen: »Ich bin für eine Abstimmung darüber, ob der Arbeitskreis weitergeführt werden soll oder nicht. Wer dafür ist, hebe bitte die Hand.« Ich weiß noch, dass meine Mutter sofort ihre Hand hob und eine Weile allein so saß, während sich die anderen ansahen und keine Anstalten machten, ihre Hände zu heben. Und weil meine Mutter mir leidtat, hob ich meine rechte Hand. Ich saß neben ihr, und sie bemerkte es nicht gleich. Peter blickte in die Runde und sagte: »Wie ich sehe, ist das Votum eindeutig, zwei Stimmen gegen sechs, wobei eine Stimme nicht stimmberechtigt ist. Damit ist die Entscheidung gefallen, den Arbeitskreis Lebensschutz alsbald aufzulösen.« Jetzt erst sah sich meine Mutter um, offenbar auf der Suche nach der zweiten Stimme, und dann blickte sie neben sich, sah mich an und ihre Miene hellte sich auf. Schon in dem Moment hatte ich das Gefühl, sie sei stolz auf mich, und damit lag ich richtig, denn sie sagte: »Hanno, ich weiß das zu schätzen. Du hast verstanden, um was es geht. Ich bin wirklich stolz auf dich.«

Nachdem Peter das Abstimmungsergebnis verkündet hatte, versuchte meine Mutter, eine Diskussion über mein Stimmrecht anzuzetteln. Sie sah Claudia und Anke an und sagte, sie seien doch diejenigen, die stets betonten, wie wichtig es sei, einem Kind als gleichberechtigtem Partner zu begegnen, also auf Augenhöhe, es ernst zu nehmen, und wenn es dann darauf ankäme, würde die Meinung doch nicht zählen, weil es sich nur um die eines Kindes handele. Meine Mutter war die Einzige aus dem Kreis, die nie darauf bestanden hatte, dass ich sie mit ihrem Vornamen anspreche. Claudia und Anke wollten von ihren Kindern nicht Mama genannt werden. Ich aber sagte Mama zu ihr. Es war mit Sicherheit nicht leicht für meine Mutter, die einzige Mama zu sein; Mama, das klang so gar nicht emanzipiert, sondern vielmehr reduziert – auf die Mutterrolle, anders als Claudia und Anke, die als eigenständige, unabhängige Frauen wahrgenommen wurden von Kindern, die ihnen auf Augenhöhe begegneten. Ich weiß noch, wie Anke uns, also meiner Mutter und mir, einmal ins Gewissen geredet hat. Nach einem Treffen des Arbeitskreises nahm sie uns beiseite. Sagte: »Marta! Diese autoritäre Erziehung ist von vorgestern, wir leben in einer anderen Zeit. Es ist wichtig, dass Hanno mehr in dir sieht als nur deine Mutterfunktion, sonst wird er Komplexe bekommen.« Dann ging Anke vor mir in die Hocke, sodass sie mir in die Augen sehen konnte, und sagte: »Und du, Hanno, musst lernen, dass deine Mutter mehr ist als deine

Mutter, sie ist deine große Freundin, und die sprichst du auch nicht mit Freundin an, sondern mit ihrem Namen. Dafür haben wir sie ja, unsere Namen.« Ich hatte mich daraufhin wirklich bemüht – zumindest zwei Tage lang, bis mein Vater uns, also meiner Mutter und mir, ins Gewissen redete, nachdem er mitbekommen hatte, wie ich beim Abendbrot sagte: »Marta, darf ich heute etwas länger aufbleiben?« Mein Vater sah mich entgeistert an, dann meine Mutter, dann wieder mich. »Diese Frau«, sagte er und zeigte auf meine Mutter, »ist deine Mutter, falls du das vergessen haben solltest. Du hast nur diese eine Mutter, und wenn du sie lieb hast, wovon ich mal ausgehe, dann sagst du Mama zu ihr.« Dann sagte er noch, er müsse mal mit Mama reden, ich solle bitte in mein Zimmer gehen und die Tür hinter mir zumachen.

Damals, am Tag, als der Arbeitskreis aufgelöst wurde, versuchte meine Mutter, Claudia und Anke daran zu erinnern, dass man Kindern doch auf Augenhöhe begegnen sollte und ich deshalb durchaus als vollwertiges Mitglied zu betrachten sei. Sie sagte: »Es geht doch auch um Hannos Zukunft, und er ist alt genug, um über seine Zukunft mitzuentscheiden.« – »Er ist aber kein beschlussfähiges, ordentliches Mitglied«, sagte Peter. »Also darum geht es? Hängt unser aller Zukunft von einem Mitgliedsantrag ab?«, fragte meine Mutter. »Verstehe ich das richtig: Wer in diesem Land die Revolution plant, sollte erst mal einen Verein gründen und ordentliche Mitglieder heranschaffen? Das ist doch absurd.« Ich glaube, die anderen hatten keine große Lust darauf, in diese Diskussion einzusteigen. »Selbst wenn wir Hannos Stimme akzeptieren«, sagte Peter, »ist die Abstimmung trotzdem eindeutig. Ihr könnt ja gern zu zweit weitermachen, du und dein Sohn. Vielleicht kannst du ihn ja zu deinem Stellvertreter machen oder zum Kassenwart. Viel Glück!« Ich erinnere mich noch gut, dass ich mir vor allem Gedanken über den Kassenwart gemacht habe. Einerseits wusste ich zwar, dass Rechnen nicht meine Stärke war, andererseits aber sah ich mich, wie meinen Vater, an der Rechenmaschine sitzen und Bons ausdrucken, sie nebeneinander auf den Schreibtisch legen, Summen in ein großes Buch eintragen. Ich wusste, dass es eine äußerst wichtige Aufgabe war und dass mein Vater mit Sicherheit stolz auf mich wäre, wenn ich ihm darin nacheifern würde. Außerdem, und das war mein dritter Gedanke – wenn ich ehrlich sein soll, vielleicht auch schon der zweite –, könnte ich hin und wieder ein paar Mark abzweigen und in Sammelbilder investieren. Niemand würde es merken, weil schließlich ich derjenige wäre, der alles zusammenzählte. Von Belegprüfungen hatte ich damals keine Ahnung. Auf den Kassenwart hat mich meine Mutter dann nie mehr angesprochen. Aber heute frage ich mich, ob Peter letztlich derjenige war, der meiner Mutter vor Augen geführt hatte, mit wem sie für ihre Mission planen sollte und dass ihr eigentlich niemand blieb außer mir. Vielleicht hatte ich einfach zur falschen Zeit den Arm gehoben.

Der Arbeitskreis wurde also aufgelöst, und meine Mutter avancierte zur Einzelkämpferin. Sie behauptete zwar immer, es gebe noch eine Reihe von Unterstützern, meist alte Weggefährten von Hartmut, und es gelang ihr auch, zu den Mahnwachen an den Jahrestagen seiner Selbstverbrennung ein paar Leute zusammenzubringen, doch mehr als die Erinnerung schien diese Leute nicht zu bewegen. Sie bat jedes Mal einen von ihnen um eine Gedenkrede, aber meistens hielt sie selbst die längste. Es kamen Menschen, die mit Hartmut in unterschiedlichen Phasen seines Lebens zu tun gehabt hatten, einer von ihnen, ein Professor, war ihm während des Hungerstreiks in Kassel begegnet, ein anderer hatte ihn einige Male nach Wyhl gefahren, ein Dritter hatte ihm die Etikettiermaschine zur Verfügung gestellt, und ein Vierter bot ihm eine Bleibe, wenn Hartmut sich in Hamburg aufhielt. Mehr als ein Dutzend dieser aktiven Unterstützer schien es nicht zu geben. Aber meine Mutter klammerte sich an sie und sah in ihnen den Beweis, dass Hartmut kein Einzelgänger gewesen war, ohne je in Erwägung zu ziehen, dass es eigentlich egal war, ob er allein war oder sie zu zweit, zu dritt oder gar zu zwölft waren angesichts der sechzig Millionen anderen.

Es kann meiner Mutter nicht entgangen sein, dass ihre potenziellen Unterstützer eine Ansammlung von resignierten, alternden und seltsamen Geschöpfen waren, die sich, was Hartmut betraf, selbst etwas vormachten oder vielleicht auch nur ihr etwas vormachten. Einer von ihnen, Karius hieß er, hat meine Mutter vor drei oder vier Jahren in Berlin besucht. Er kam natürlich nicht extra deshalb, sondern weil er an irgendeinem Kongress teilnahm und dann einen freien Nachmittag nutzte, um meine Mutter aufzusuchen. Mir hatte sie gesagt, ich müsse ihn unbedingt kennenlernen, weil kaum einer so eine enge Verbindung zu Hartmut gehabt habe wie dieser Karius.

Sie saßen schon einige Zeit in der Küche, als ich dazukam. Aber ich hatte nicht das Gefühl, dass ich sie in ihrem Erzählfluss unterbrochen hätte, dass sie in Erinnerungen schwelgten und beide dieselbe Leidenschaft für Hartmut aufbrachten. Im Gegenteil. Mir war die Situation eher unangenehm, weil ich auf zwei Menschen traf, die sich eigentlich nichts zu sagen hatten. Hartmut war zwar ihr gemeinsamer Fixpunkt, aber ein Punkt reichte nicht für ein gemeinsames Bild. Statt über das Leben an sich, über die Kinder, die Arbeit, das Weltgeschehen, die Politik, den Alltag, Krankheiten oder auch nur die Brotpreise zu reden, schwiegen sie und sahen mich erwartungsvoll an. Ich wollte nicht unhöflich sein und fragte, wie Karius denn Hartmut kennengelernt habe. Und er erzählte von einer Rede, die Hartmut vor Studenten der Tübinger Uni gehalten hatte. Danach habe Hartmut ihn angesprochen und gefragt, ob er ihm helfen könne, ein paar Pappschachteln mit Handzetteln zum Auto zu tragen. Was er auch gemacht habe. Und am Auto habe Hartmut ihn dann gefragt, ob er ihm auch helfen könne, die Handzettel zu verteilen. Auch das habe er gemacht. Und so sei eines zum anderen gekommen. Und irgendwann durfte er für das ein oder andere Flugblatt auch Sätze formulieren. Ich fragte, wie er Hartmut erlebt habe? Was für einen Eindruck er von ihm gehabt habe? Und Karius antwortete zu meiner Überraschung: So gut habe er ihn gar nicht gekannt. Dann schwieg er wieder und machte keine Anstalten, mir ihr Verhältnis zu erläutern, und fühlte sich offenbar auch nicht genötigt, eine Nähe zu Hartmut vorzutäuschen, die es nicht gegeben hatte. Er wirkte überaus emotionslos. Was wiederum mich irritierte, weil ich schließlich all die Jahre lang erlebt hatte, mit welch emotionaler Verve meine Mutter für Hartmut und seine Belange eingetreten war. Ich fragte ihn, ob er Hartmut als Freund bezeichnen würde. Und er wiederholte: »Als Freund?« Dann betrachtete er die Tasse vor sich auf dem Tisch. »Es stellte sich heraus, dass wir eine Gemeinsamkeit hatten«, sagte er. »Hartmut hat Deutsch für Ausländer unterrichtet, so wie ich. Und wir litten beide unter der Dominanz des Lehrbuchs von Schulz/Griesbach. Wir waren beide der Meinung, dass der Student nicht nur für die Prüfung lernen sollte. Sondern dass es um eine angewandte Philologie gehen sollte, und als solche hat Hartmut auch seine politischen Aktionen verstanden.« Ohne mich anzusehen, schien er sich selbst zu befragen: »Freund? Ich erinnere mich, dass ich ihm mal eine Dokumentation besorgt habe. Ich hatte damals einen guten Draht zu unserem Bundestagsabgeordneten, und der hat mir Dokumente zur Atomdebatte zugespielt, aus dem Innenausschuss. Dann traf ich Hartmut zufällig auf der Post und erzählte ihm davon. Und er hat sich wirklich gefreut. Das war so ein emotionales Erlebnis, das uns verband. Ich weiß sogar noch, um welches Postamt es sich handelte. Es war das Hauptpostamt am Tübinger Marktplatz. Ich erinnere mich, dass Hartmut gelächelt und mir fast übermütig die Hand auf die Schulter gelegt hat. Aber Freund?« Dann sah er mich an und fragte: »Was ist für dich ein Freund?«

Ich sagte: »Jemand, der da ist, selbstlos, um des Da-Seins willen, der Freundschaft nicht an der Nützlichkeit bemisst. Der bei dir ist, einfach, weil du bist, wer du bist.«

»Freunde«, sagte er dann und blickte meine Mutter an, »sind wir wahrscheinlich erst nach seinem Tod geworden.« Und ich fragte mich, wen er mit »wir« meinte, weil er dabei so demonstrativ meine Mutter ansah, dass es mich auf den Gedanken brachte, er könne diesen Satz auch auf meine Mutter bezogen haben und vielleicht mehr über ihr Verhältnis zu Hartmut wissen als ich. Ich sah meine Mutter an, aber sie wich meinem Blick aus. Und dann schwiegen beide wieder.

Als Karius längst gegangen war, sagte ich zu meiner Mutter, wie erstaunt ich darüber sei, dass der Mann, von dem sie behauptet hatte, er sei so eng mit Hartmut gewesen wie kein anderer, nicht mal sagen konnte, ob sie Freunde gewesen waren oder nicht. Ich fragte sie, ob es damit zusammenhänge, dass für Hartmut Gefühle nicht zählten und er den Wert seines Gegenübers an dessen Nützlichkeit bemaß. Aber dann erklärte mir meine Mutter, dass Hartmut durchaus in der Lage gewesen sei, sich einem Menschen verbunden zu fühlen, und sich auch gekümmert habe. Ob ich mich nicht an die Holztiere erinnerte, die er mir mitgebracht hatte, als ich mit Röteln im Bett lag? Ich erinnerte mich gut: kleine, schlichte Tiere aus Holz, so groß wie Streichholzschachteln, ein paar Kühe, einige Schafe und eines, das Ähnlichkeit hatte mit einem Hund. Ich erinnerte mich auch daran, dass ich mit den Tieren nichts anzufangen gewusst hatte, dass ich sie meiner Mutter zuliebe auf meinen Schreibtisch stellte, damit sie dachte, ich hätte mit ihnen gespielt, und sie eine Kuh in die Hand nehmen und sagen konnte, wie nett das doch von Hartmut sei, dass er an mich gedacht habe. Am nächsten Morgen wanderten die Tiere in die unterste Schublade meines Schreibtisches und blieben dort für immer. Und aus heutiger Sicht sind mir die Tiere eher ein Beleg dafür, dass es mit Hartmuts Einfühlungsvermögen doch nicht so weit her gewesen sein konnte, sonst hätte er gewusst, dass ich komische kleine Holztiere eher als Zumutung empfinden würde. Schließlich war ich keine vier mehr. »Weißt du«, sagte meine Mutter, während ich noch mit meinen Gedanken bei den Holztieren war, »er ist mit zwei Brüdern aufgewachsen, er war der Jüngste. Der eine Bruder war im Krieg und ist versehrt nach Hause gekommen, er hatte ein Auge verloren und eine Verletzung am Arm. Und weil er das Leben nicht ertragen hat, ist er eines Tages in den Wald gegangen und hat sich dort erschossen. Hartmuts Vater war an Knochenerweichung erkrankt und auf Krücken angewiesen. Und seine Mutter, ich glaube, das kann man so sagen, litt unter Depressionen.« – »Das hat er dir erzählt?«, fragte ich.

»Nein«, sagte sie, »du weißt, Hartmut hätte über so etwas nie gesprochen. Ich habe es erst nach seinem Tod erfahren. Ein ehemaliger Klassenkamerad von Hartmut hat es mir erzählt. Er hat mir einen Brief geschrieben, nachdem er einen Leserbrief von mir gelesen hatte. Und dann haben wir uns getroffen, und er hat mir von früher erzählt und von seiner Vermutung, dass Hartmut die depressive Veranlagung seiner Mutter geerbt haben könnte. Und er hat mir von Hartmuts Elternhaus erzählt und dass es oft von einer großen Trauer erfüllt war. Wenn sie nach der Schule zu Hartmut gegangen sind, saß die Mutter nicht selten im Wohnzimmer in einem Sessel und sagte kein Wort, während Hartmut und er sich das Essen in der Küche warm machten und auch kaum sprachen, weil die Stille im Haus so bedrückend war.«

»Und sein Vater?«, fragte ich.

»Der war Pfarrer, wie du dich vielleicht erinnerst. Und offenbar hat er keinen Umgang mit der Mutter gefunden. So wie der Schulfreund das geschildert hat, lag immer eine Schwere auf der Familie.«

»Warum hast du mir nie davon erzählt?«, fragte ich.

»Ich weiß ja nicht, ob es stimmt.«

»Ich glaube schon, dass du es weißt«, sagte ich, »du hast dich immer so dagegen gewehrt, wenn jemand Hartmuts Tat als Verzweiflungstat dargestellt hat. Ich glaube, du wolltest einfach nicht wahrhaben, dass Hartmut depressiv war.«

»Vielleicht hatte er ein düsteres Gemüt, aber das war nicht der Grund für seine Tat. Dann hätte er sich auch still und leise umbringen können. Es war auch keine Verzweiflung. In seinem Brief sprach er von der Notwendigkeit. Und dass der Entschluss im Laufe von drei Wochen gereift sei, das heißt: Er hat es sich gut überlegt. Er war entschlossen.«

Ich erfuhr, dass Hartmut drei Wochen vor seinem Tod losgezogen war zu einer Wanderung ins Lauertal, allein. Er war in aller Frühe aufgebrochen und erst spätabends zurückgekehrt. Offenbar suchte er innere Ruhe. Einige Tage bevor er nach Hamburg aufbrach, hatte er zudem ein Essen bei sich veranstaltet, was sehr ungewöhnlich war. Noch nie zuvor hatte er für meine Mutter und die anderen Mitstreiter gekocht. Er hatte seinen Schreibtisch in die Mitte des Zimmers geschoben und ihn gedeckt, hatte bei den Nachbarn Geschirr und Besteck geliehen. Es gab Maultaschen, auf dem Tisch brannten zwei Kerzen. Weil nicht genügend Stühle da waren, mussten zwei Gäste auf seinem Bett sitzen. Er erzählte von einer Veranstaltung, die er in Hamburg hatte organisieren wollen und zu der er den Forschungsminister eingeladen hatte. Es sollte eine öffentliche Diskussion über die Atompolitik stattfinden. Aber dann hatte der Minister abgesagt. Hartmut wollte trotzdem nach Hamburg fahren und sich mit ein paar Unterstützern treffen, um während des Parteitags Handzettel zu verteilen. Peter, der auch dabei gewesen war, habe später von Hartmuts Abendmahl gesprochen und dass es kein Zufall gewesen sei, dass er sechs Personen eingeladen hatte, immerhin eine halbe Apostelrunde. Über sein Vorhaben hatte Hartmut an jenem Abend nicht gesprochen und auch keinen von ihnen mit einer Umarmung oder einer anderen für ihn ungewöhnlichen Geste verabschiedet.

In Hamburg kam Hartmut dann in einer Wohnung in der Rostocker Straße unter, die Hans Behling gehörte, einem Hamburger Malermeister, laut meiner Mutter ein Kapitalist voller Widersprüche. Behling erzählte später, dass er Hartmut am Vorabend des 16. November besucht habe. Sie saßen kurz bei einer Flasche Wasser zusammen. Hartmut habe abwesend gewirkt, was Behling darauf zurückführte, dass Hartmut ins Schreiben vertieft war, als er kam. In der Schreibmaschine steckte ein Blatt und weitere Bögen lagen neben ihm auf dem Tisch. Womöglich war er gerade dabei gewesen, seine letzten Briefe zu tippen. Das Nächste, was er von oder besser über Hartmut hörte, war die Nachricht von seiner Selbstverbrennung. Was meine Mutter mir aber verschwiegen hatte und ich erst nach ihrem Tod in einem Telefonat mit Behling, und zwar eher beiläufig, erfahren habe, war: Hartmut war sehr wohl verzweifelt. Als ich ihn fragte, warum er das annehme, wies er mich auf einen Brief hin, den Hartmut zwei Tage vor seiner Tat an Helmut Schmidt geschrieben hatte und den ich natürlich in einem der Ordner fand. Er ist drei Seiten lang und beginnt gleich mit einem Eingeständnis:

»Sehr geehrter Herr Bundeskanzler, seit rund 3 Wochen versuche ich, für die Fortsetzung eines Hungerstreiks gegen Ihre Selbstwidersprüche die letzten organisatorischen Voraussetzungen zu schaffen. Es gelingt mir nicht. Seit dem 30. August durfte ich mit Sicherheit annehmen, es werde mir möglich sein, noch vor dem Energieparteitag der SPD einen granitenen Leuchtturm des Protestes zu errichten. 11 Wochen später, am Vorabend dieses offensichtlich verhängnisvollen Parteitags, sehe ich mich beim Bau einer Sandburg, die mir stets aufs Neue von der Brandung fortgespült wird. Unter 60 Millionen Menschen in der Bundesrepublik finde ich nicht die Handvoll Helfer, die unentbehrlich sind. Es muss sie geben, irgendwo, geistig sind sie mir nahe, aber hier an Ort und Stelle finde ich sie nicht, auch nirgendwo anders in ausreichender Zahl beisammen. Ich bin überfordert, nachgerade chronisch, und meine Freunde überfordere ich fast noch mehr. Ich sehe darin jetzt ein Schicksal, das mir, teilweise von mir selbst verschuldet, zugeschickt wird.«

Ich lese den Absatz ein zweites und ein drittes Mal und frage mich, wie sich diese Worte anders interpretieren ließen als verzweifelt. Dieser Brief ist ein Eingeständnis an seinen größten Gegner, ein Eingeständnis des Scheiterns. Diese Zeilen vor Augen macht es mich fast wütend, dass meine Mutter ihre Bedeutung nicht verstanden hat oder nicht verstehen wollte. Es musste Hartmut große Überwindung gekostet haben, diesen Brief zu verfassen, er hat sich vielleicht zum ersten Mal tief menschlich gezeigt, und es ist, als habe meine Mutter diese Regung nicht ertragen können. Sie hat sie schlichtweg geleugnet.

»Hartmut sprach viel vom Überpersönlichen«, sagte Behling, »aber er hatte auch diese andere Seite, die zarte, die sich nach Zuneigung sehnte. Haben Sie die Briefe gelesen?«

Ich wusste nicht, welche er meinte. Es gab viele Briefe. »Seine Briefe an die Kelly«, sagte Behling, »es würde mich wundern, wenn Ihre Mutter die nicht archiviert hätte. Von diesen Briefen habe ich ihr vor ein paar Jahren erzählt und dass sie mal im Archiv der Grünen suchen solle.«

Meine Mutter hatte diese Briefe nie erwähnt. Aber es gab sie wirklich, Behling hatte recht, meine Mutter hatte sie, wie all die anderen Briefe, archiviert, ich fand sie in einem der Ordner.

Die meisten sind von Hand geschrieben. Das allein ist schon bemerkenswert, weil ich sonst nur maschinengeschriebene Briefe von Hartmut kenne. Die Buchstaben sind sehr deutlich, fast wie in Druckschrift, mit kleinen Schnörkeln und sehr gerade. Alles in allem wirkt seine Handschrift sehr ordentlich. Als Behling die Briefe erwähnte, war ich nicht darauf gekommen, wer gemeint war, der Name war im Zusammenhang mit Hartmut nie gefallen. Doch schon beim Überfliegen spürte ich, dass diese Briefe mehr waren als Worte an eine Verbündete im Kampf, auch wenn es um Proteste und Atompolitik geht. Sie unterscheiden sich in ihrem Ton von allem, was ich bis dahin von Hartmut gelesen hatte. Ein Brief beginnt so:

»Liebes Fräulein Kelly, zur Feier der Sonntagsfrühe schreibe ich seit etwa 4:00 Uhr in Gedanken einen Brief an Sie. Sie sind die Märchenprinzessin. Wenn meine eigene Rolle dabei die des Gärtnerjungen im Schlossgarten sein darf, bin ich zufrieden. Hier also ein Blumenstrauß, freilich von den Hecken und Zäunen, wie's gerade kommt, Kraut und Unkraut, kunterbunt. Das haben Sie nun von Ihrer unvorsichtigen Anteilnahme, verehrteste Prinzessin!«

In einem anderen Brief entschuldigt er sich dafür, dass er sie für eine deutsche Muttersprachlerin gehalten habe, obwohl sie ihm gegenüber offenbar ihren irischen Pflegevater erwähnt hatte. Er schreibt:

»Inzwischen ist mir an einer unauffälligen Beiläufigkeit klar geworden, dass das Deutsche, von Ihnen so selbstverständlich gesprochen wie von irgendjemand sonst zwischen Kiel und Konstanz, nicht Ihre Muttersprache ist. Wie das?, werden Sie fragen, und Sie dürfen von mir Antwort erwarten. Sie schreiben in der Briefanschrift ›Herr Gründler‹ anstelle ›Herrn Gründler‹ – niemand wird Ihnen ein so liebenswürdiges, aus dem Englischen ohne Weiteres verständliches Fehlerchen übelnehmen, aber jeder Realschüler wird es bemerken.«

Es ist der zarte Ton, der die Zeilen an das Fräulein Kelly besonders macht. Und das Wort »liebenswürdig« ist mir sofort aufgefallen, es sprang mir schon beim ersten Lesen ins Auge, als wäre es großgeschrieben, weil es so gar nicht zu dem Wortschatz passt, den ich mit Hartmut verbinde. Ein anderer Brief ist mit »Liebe Petra« überschrieben, und da wurde mir endlich klar, um wen es sich handelte, auch wenn ich nicht sonderlich viel über sie wusste. Sie hat in unserer Vergangenheit nie eine Rolle gespielt. Sie war Mitbegründerin der Grünen, aber was sie zu der Zeit gemacht hat, aus der die Briefe stammen, weiß ich nicht. Nur dass sie später tot aufgefunden wurde, erschossen von ihrem Lebenspartner, der sich daraufhin selbst tötete. Hartmut und Petra – alles, was ich weiß, muss ich mir aus seinen Briefen erschließen. Und es bleibt offen, wie nah sie sich kamen. An einer Stelle ringt Hartmut selbst mit dieser Frage:

»Liebe Petra, da wir in unseren Gesprächen und Telefongesprächen nach einem Präludium in Sie (fis-Moll) ein Andante sostenuto im Du anzuschließen pflegen (A-Dur), bietet sich das auch im Briefe an. Andererseits ist mir das Du so ganz geheuer in diesem Falle nicht. Das Sie drückt etwas zu viel Distanz aus, das Du (möglicherweise) etwas zu wenig; das Sie bekundet zu wenig Vertrauen, das Du (möglicherweise) zu viel Vertraulichkeit. Auch Du empfindest es anscheinend ähnlich. Anders ist das mehrfache Springen vom Sie zum Du und zurück innerhalb der gleichen Unterredung schwer zu erklären. Man kommt dabei in sanftem Zickzackkurs durchaus vorwärts, so wie man beim Radfahren und Gehen durch den rhythmischen Verlust des Gleichgewichtes stets wieder ins Gleichgewicht zurückfindet. Ich habe Sie, wie Du bemerkt haben wirst, den (wechselnden) Ton angeben lassen; wir können es dabei belassen.«

Und dann, und bei dem Gedanken wird mir ganz heiß, schamhaft heiß, ohne zu wissen, weshalb, schreibt er in einem Brief über mich. Zwar nicht direkt, er erwähnt meinen Namen nicht. Aber eine Aktion, die ich fast vergessen hätte und die mir auf einmal wieder so präsent ist, als hätte ich sie erst gestern erlebt. Hartmut beginnt den Brief mit den Worten, der Stuttgarter Kampftag liege hinter ihnen – mit Erfolg. Und dann beschreibt er, was am Tag zuvor geschehen ist. An einer belebten Straßenecke nahe dem Schlossplatz. Hartmut und sein Arbeitskreis hatten zwei bunte Sonnenschirme aufgespannt, darunter ihren Büchertisch aufgebaut. Und vor dem Büchertisch auf dem Bürgersteig lag eine Trage des Deutschen Roten Kreuzes, und auf dieser Trage, in eine Decke gehüllt, lag ich. Und zwar nicht einfach so, sondern in meiner Rolle als Strahlenopfer. Ein Kind, so das Kalkül, mache als Strahlenopfer mehr her und würde die Passanten, die sonst vielleicht vorübergegangen wären, dazu verleiten, stehen zu bleiben, um sich über die Gefahren der Atomkraft informieren zu lassen. Als Vorlage für meinen Hautkrebs diente ein Foto von einem Kind aus Hiroshima. Eine Frau vom Deutschen Roten Kreuz, die Hartmut kannte, war an jenem Morgen zu uns gekommen und hatte mir schwarze und dunkelbraune Flecken ins Gesicht und auf die Unterarme geschminkt. Es sah ziemlich scheußlich aus, es gab Menschen, die hatten solch große Leberflecken im Gesicht, und wenn ich so jemanden sah, wusste ich gar nicht, wohin ich schauen sollte, weil ich ihn einerseits nicht anstarren, ihm andererseits aber auch nicht das Gefühl geben wollte, ich würde mich vor ihm ekeln. Ich sah jenem Vormittag nicht gerade mit Freude entgegen, was durchaus denkbar gewesen wäre, im Sinne eines Spaßes wie zu Fasching, aber ich hatte

Fasching noch nie gemocht. Meine Mutter hatte mir am Tag zuvor von der Aktion erzählt und betont, wie wichtig es sei, das Bewusstsein der Menschen zu schärfen, und dass ich ihnen helfen könnte, nicht nur ihnen, also Hartmut und meiner Mutter, sondern auch all den anderen Menschen. Ich ließ es dann über mich ergehen, wie ich Kinderarztbesuche über mich ergehen ließ. Möglichst teilnahmslos und meine Gedanken nur darauf gerichtet, was ich hinterher tun würde. Mir eine Packung Sammelbilder kaufen oder nachmittags ›Bonanza‹ schauen. Ich weiß noch, dass mich meine Mutter beim Verlassen des Hauses an der Hand nahm, als hätte sie Sorge, ich könnte es mir anders überlegen. Im Auto sagte sie zu mir: »Du musst gar nichts machen, einfach nur daliegen. Du musst auch nichts sagen. Einfach nur liegen.« Aber es war gar nicht so leicht, einfach nur zu liegen, wenn man angestarrt wurde, vor allem wenn die Menschen direkt über einem standen. Ich wusste zum Beispiel nicht, ob ich die Augen schließen durfte, was mir die Sache wesentlich erleichtert hätte. So aber starrte ich einfach in den Himmel und versuchte, jeden Blickkontakt zu meiden, während ich hörte, wie meine Mutter die Menschen, die sich über mich beugten, über die Folgen radioaktiver Strahlung aufklärte und über die Gefahr, die von all den Reaktoren ausging. Dass es sich bei mir um ein echtes Strahlenopfer handeln könnte, auf die Idee kam natürlich niemand. Es lag auf der Hand, dass ich nur ein Strahlen-Dummy war. Mir allerdings kam irgendwann dieser ungute Gedanke, was wäre, wenn aus den künstlichen Flecken echte Flecken würden. Ich hatte mal gehört, dass man sich Krankheiten einbilden konnte und dass man sie, wenn man nur fest genug daran glaubte, dann auch bekam. Ich bemühte mich, nicht daran zu denken, aber je mehr ich es versuchte, desto fester setzte sich der Gedanke. Wie gern wäre ich aufgesprungen und hätte mir die Flecken aus dem Gesicht gewischt! Aber dafür war die Decke zu fest um mich gewickelt. Außerdem lag ich auf dem Rücken, und ich bekam immer Albträume, wenn ich auf dem Rücken lag. Das ist bis heute so, und ich frage mich, ob es etwas mit meiner Geburt zu tun hat, irgendeine Art Geburtstrauma, anders kann ich es mir nicht erklären. Sobald ich auf dem Rücken liegend einschlafe, plagen mich die schlimmsten Träume, meist werde ich gejagt und ende in einer Sackgasse vor einer nicht zu überwindenden Wand. Oder es drehen sich alle weg, denen ich begegne, in der U-Bahn, auf dem Bahnsteig, überall, wo ich hinkomme – auch das ist nicht sonderlich angenehm. An jenem Vormittag in der Stuttgarter Innenstadt lag ich also auf dem Rücken und hielt still, damit die Menschen meine Flecken betrachten konnten, schließlich ging es nicht um mich, sondern um die Flecken. Ohne die Flecken hätte sich niemand für mich interessiert. Ich weiß nicht mehr, ob ich nicht irgendwann doch eingedöst bin, weil ich mich irgendwann dazu entschlossen hatte, die Augen zu schließen. Möglich, dass ich damals nur schlecht geträumt habe, auf jeden Fall habe ich seit jenem Tag eine etwas angespannte Einstellung zu Hautkrebs, was dazu führt, dass ich bisweilen sehr lange vor dem Spiegel stehe und meine Leberflecken und Muttermale inspiziere, und zwar so genau, dass ich jederzeit eine Karte meines Körpers anfertigen könnte, auf der jeder noch so kleine dunkle Punkt verzeichnet wäre. Genau genommen könnte ich sogar eine topografische Karte meines Körpers erstellen, weil ich über jede Unebenheit und deren Ausmaße genauestens Bescheid weiß.

Hartmut und meine Mutter waren sehr zufrieden mit mir als Strahlenopfer. Am Ende hatten sich zwanzig Interessenten in die Adressliste des Arbeitskreises eingetragen. Zwanzig Menschen, denen fortan Hartmuts Infoblätter geschickt wurden. Auch das steht in dem Brief an die liebe Petra. Seltsam, aber beim erneuten Lesen fühle ich mich verraten oder genauer: meine Mutter und mich. Dabei hat Hartmut nichts Persönliches preisgegeben, er hat uns nicht einmal namentlich genannt, ihm ging es allein um die Aktion. Aber der Ton der Briefe, der so wenig zu tun hat mit dem Überpersönlichen, hinter dem er sich uns gegenüber stets verbarg, macht mir bewusst, dass es jemanden gab, dem er sich näher fühlte als uns. Es war deutlich, dass wir hinter dem Überpersönlichen zurückstecken mussten, nicht aber die liebe Petra. Und wenn ich mich schon verraten fühle, wie musste es erst meiner Mutter ergangen sein, als sie die Briefe zum ersten Mal las?

Von Hans Behling habe ich später erfahren, dass sich Hartmut und Petra Kelly in Wyhl begegnet waren. Hartmut hatte ihr von seinem Kampf gegen die Atomlobby erzählt, er hielt sie für eine gute Mitstreiterin, und sie hatten gemeinsam über eine Aktion in Frankreich nachgedacht, weil der Kampf gegen die Atomkraft ein internationaler war. Es nützte schließlich nichts, wenn es eines Tages in Deutschland keine Reaktoren mehr gab, wohl aber auf der anderen Seite der Grenze.

Ob meine Mutter damals schon von Hartmuts Verbindung zu Petra Kelly gewusst hatte, entzieht sich meiner Kenntnis. Aber spätestens mit Lektüre der Briefe musste auch ihr bewusst geworden sein, dass es einen Hartmut jenseits des Überpersönlichen gegeben hatte. Hatten diese Briefe sie verletzt? Oder war sie wirklich so selbstlos, alles Persönliche der Sache zu opfern?

Für mich waren es Liebesbriefe, auch wenn es eher zarte Annäherungsbriefe waren, die zumindest eines klarstellten: dass Hartmut nicht schwul war, obwohl selbst das ein unzulässiger Schluss war, weil es keinerlei Beleg dafür gab, wie nah sich Hartmut und die liebe Petra gekommen waren, ob sie überhaupt jenseits der platonischen Zuneigung in irgendeiner Form zueinander gefunden hatten. Und trotzdem: Angesichts dieser Briefe empfinde ich Mitleid mit meiner Mutter.

Wir ließen die Keplerstraße hinter uns und bogen in die Hölderlinstraße. Ich weiß nicht, wie oft ich als Kind diesen Weg genommen habe, es war der Weg in die Stadt, der Weg zur Schule; wo auch immer wir hinwollten, wir bogen als Erstes von der Keplerstraße in die Hölderlinstraße. Auch bei unserer Abfahrt. Es war vermutlich das einzige Mal, dass ich nicht nach vorne sah, wenn ich mit meiner Mutter im Auto unterwegs war, sondern durch die Heckscheibe blickte. Ich hoffte, meinen Vater zu sehen, der uns zum Abschied nachwinkte. Aber mein Vater stand nicht vor dem Haus, was ich ihm aus heutiger Sicht nicht verdenken kann. Es war der Sommer 1978, zu Beginn der großen Ferien. Meine Mutter hatte mir keine Gelegenheit gegeben, mich mit dem Gedanken an einen Umzug zu beschäftigen. Eines Abends war sie zu mir ins Zimmer gekommen, hatte sich an mein Bett gesetzt und mir aus ›Emil und die Detektive‹ vorgelesen. Sie hatte mir lange nicht mehr vorgelesen. Ich mochte es, mit geschlossenen Augen zuzuhören, aber ich weiß noch, dass ich mich nicht traute, weil ich Angst hatte, sie würde denken, ich sei eingeschlafen, und aufhören. Auch an den nächsten Abenden las sie mir von Emil, Gustav und Pony Hütchen vor. Sie legte sich sogar neben mich. Wahrscheinlich genoss ich die Abende deswegen so sehr. Ich liebte das Buch und zählte morgens die restlichen Seiten und dann, als sie nach zwei Wochen die letzte Seite gelesen hatte und das Buch zuschlug, wurde klar, warum sie mir vorgelesen hatte. Wir lagen eine Weile nebeneinander, und dann sagte sie:

»Du wirst bestimmt auch schnell Freunde finden, und vielleicht erlebt ihr ja auch so aufregende Abenteuer.« Ich hatte keine Ahnung, was sie meinte. Begriff den Zusammenhang nicht. Ich hatte doch Freunde, Paul, einer hieß sogar Emil. Ich hatte gerade die vierte Klasse beendet, war jeden Tag in der Schule und dort kein Außenseiter. Sie sagte: »Berlin ist eine große Stadt, da ist viel mehr los als hier. Du wirst sehen.« Eine Woche später stiegen wir in ihren Renault und fuhren nach Berlin.

Von meinem Vater hatte ich mich gar nicht richtig verabschiedet, das war vielleicht auch besser so. Er musste gewusst haben, dass es eine Trennung für immer war. Am Vorabend unserer Abreise war er in mein Zimmer gekommen. Ich lag schon im Bett, ich wusste, dass wir am nächsten Morgen losfahren würden, aber nicht, dass wir nicht wiederkommen würden. Mein Vater setzte sich vor meinem Bett auf den Boden, was er noch nie gemacht hatte. Das war für ihn gar nicht so einfach, weil er so schwer war, dass er sich festhalten musste. Ich erinnere mich, dass er sich kurz umsah, sich auf den linken Bettpfosten stützte und dann ganz langsam in die Hocke ging. Aus dieser Position heraus streckte er ein Bein aus und ließ sich auf den Hintern plumpsen. Dann saß er mit ausgestreckten Beinen vor meinem Bett. Er überragte mich im Sitzen nur ein bisschen, und als ich mein Kopfkissen zusammendrückte, sodass mein Kopf etwas höher lag, befanden wir uns auf Augenhöhe. Er betrachtete mich eine Weile. Die kleine Lampe am Regal hinter meinem Bett brannte noch, ich hatte in meinem Album geblättert. »Wie geht's dir?«, fragte mein Vater. Und ich sagte: »Gut.« Er nickte. »Endlich ist es voll«, sagte er. Die Saison 77/78 war vorbei. Der VfB Stuttgart war am Ende Vierter geworden, was kaum zu glauben war. Meister wurde der 1. FC Köln. Ich hatte ein Jahr gebraucht, um das Album zu füllen, und es hätte vermutlich noch länger gedauert, wenn mein Vater nicht so viele Packungen gekauft hätte, bis ich auch das letzte fehlende Bild hatte.

»Was machst du jetzt mit dem Album?«, fragte er.

»Ich behalte es«, sagte ich.

»Du musst es behalten«, sagte er, »versprichst du mir das?«

»Ja«, sagte ich, »natürlich.«

»Darf ich es noch mal sehen?«, fragte er.

Ich lag auf dem Rücken, hatte meine Beine angewinkelt und das Album auf dem Bauch, gegen die Bettdecke gelehnt. In der Haltung ließ es sich nicht so leicht blättern, weil die Seiten jedes Mal an der Decke rieben. Ich schob das Album ein Stück zu meinem Vater hin. Er rückte etwas näher an mein Bett heran und fing an, es durchzublättern. Er betrachtete die Spieler jeder Mannschaft und machte ab und an Bemerkungen. »Der Fischer, erinnerst du dich noch?«, oder: »Der Hitzfeld, weißt du noch, das Tor gegen Bochum?«, oder: »Der Frosch sollte mal zum Friseur.« Walter Frosch vom FC St. Pauli hatte von allen Spielern aus dem Album die längsten Haare. Mein Vater war kein Freund langer Haare. »Du siehst bald aus wie der Frosch«, sagte er und sah mich an. Meine Mutter fand, dass mir lange Haare standen, und ich fand das eigentlich auch. Bis vor Kurzem hatte mein Vater sich immer darum gekümmert, dass meine Haare kurz blieben. »Der Junge muss mal wieder zum Haareschneiden«, hatte er dann gesagt und war mit mir zu dem Friseur gegangen, zu dem auch schon sein Vater mit ihm gegangen war. Dann saßen wir nebeneinander vor dem Spiegel, ich auf einem Stapel gefalteter Handtücher, damit sich der Friseur nicht bücken musste. »Herr Beuchelt«, sagte mein Vater, »zwei Mal kurz.« Und Herr Beuchelt fing immer mit mir an, holte den elektrischen Scherer, zog seinen Kamm durch meine Haare und schnitt alles ab, was zwischen den Zinken hervorschaute. Es dauerte keine drei Minuten, und ich hatte eine Frisur, die der meines Vaters ähnelte, weil Herr Beuchelt bei ihm dieselbe Technik anwendete. Keine Ahnung, ob Herr Beuchelt jemals das Friseurhandwerk erlernt hatte, ich hatte ihn jedenfalls nie mit einer Schere in der Hand gesehen. Mein Vater trug seine Haare wie üblich kurz. Sie waren stellenweise so dünn, dass seine Kopfhaut hindurchschimmerte. Ich allerdings war in letzter Zeit nicht mehr mit zum Friseur gegangen, weil meine Mutter meinem Vater erklärt hatte, dass es nicht mehr zeitgemäß sei für einen Jungen, so kurze Haare zu tragen. Er hatte mich daraufhin angesehen, und ich glaube, er hatte meine Solidarität in der Haarfrage erwartet, weil er, als ich sagte, ich fände die langen Haare auch schöner, schwieg, sich umdrehte und hoch in sein Zimmer ging. Wenn meine Mutter meinem Vater vorwarf, er sei konservativ, dann hatte sie sicherlich recht. Für ihn war langes Haar bei Männern ein Zeichen dafür, dass sie nicht arbeiteten, weil kein Vorgesetzter einen Mann mit langen Haaren einstellen würde. Er jedenfalls, das sagte er zumindest, würde das nicht tun.

»Wie viele Tore hat der Frosch geschossen?«, fragte er.

Ich wusste zwar viel, konnte die gesamte Tor- und Vorlagenstatistik der Stuttgarter Spieler auswendig, aber für den Frosch hatte ich mich nie interessiert.

»Ich weiß nicht«, sagte ich, »ich glaube, nicht so viele.«

»Das muss an seiner Frisur liegen, ich glaube, die Haare hängen ihm ins Gesicht, und deswegen sieht er den Ball nicht kommen. Ich würde wetten, dass die Spieler, die die meisten Tore geschossen haben, kurze Haare haben.«

Darüber hatte ich mir noch nie Gedanken gemacht. Und dann schauten wir uns das Album an, wir suchten die Spieler, von denen ich wusste, dass sie die Torschützenliste anführten: Dieter und Gerd Müller, Toppmöller, Burgsmüller, Fischer, aber die meisten von ihnen hatten keine kurzen Haare, zumindest nicht so kurze wie mein Vater.

»Du hast verloren«, sagte ich.

Und er sagte: »Nein, die haben doch alle kurze Haare.«

»Deine sind kurz«, sagte ich, »die haben alle längere Haare als du.«

»Ich finde, die haben kurze Haare, sieh dir doch mal den Fischer an, wenn das keine kurzen Haare sind, dann weiß ich auch nicht.«

»Der Köhnen hat kurze Haare«, sagte ich, »aber nicht der Fischer.«

»Der Köhnen hat ja auch eine Glatze«, sagte mein Vater und legte dann seine Hand auf meinen Kopf, was er öfter gemacht hatte, als ich noch kleiner war. Wenn wir an der Wurstbude anstanden oder wenn wir Leute trafen, die er kannte und zu denen er sagte: »Das ist Hanno, mein Sohn.« Ich war vermutlich zu groß dafür geworden, zu jener Zeit reichte ich ihm bis zur Brust, vielleicht nicht ganz, irgendwo zwischen Bauchnabel und Brust hätte man den Strich ziehen müssen. »Vielleicht hast du recht«, sagte er, »vielleicht kann man auch mit langen Haaren Tore schießen.« Und dann nahm er eine meiner Haarsträhnen zwischen die Finger und zwirbelte sie, und meine Haare machten ein knisterndes Geräusch, so dicht neben meinem Ohr. Und dieses Geräusch ist für mich bis heute der Klang des

Abschieds. Er sagte, ich solle das Licht ausmachen und schlafen. Aber er blieb noch eine Weile neben meinem Bett sitzen. Als er sich mühsam erhob, indem er sich über die Seite rollte und dann hinkniete, schlief ich noch nicht, aber ich glaube, er dachte, dass ich eingeschlafen sei. Dann ging er aus dem Zimmer. Am nächsten Morgen, als meine Mutter und ich losfuhren, war er nicht da. Vermutlich hätte er es nicht ertragen zu sehen, wie wir das Haus verließen und ins Auto stiegen.

»Du hast mir nie gesagt, warum wir damals ausgezogen sind«, sagte ich. »Ich saß im Auto und hatte keine Ahnung, dass sich mein Leben für immer ändern sollte, dass ich meinen Vater nie mehr wiedersehen würde. Du hast mir nur gesagt, dass ihr euch nicht mehr versteht, Papa und du. Und ich war mir sicher, dass es an Hartmut lag. Ich habe aber nicht verstanden, warum wir ausgezogen sind, obwohl Hartmut längst tot war.«

Ich hatte gehalten, links von uns lag der Stadtpark Alter Botanischer Garten. In diesem Park habe ich als Kind viel Zeit verbracht. Es gibt Fotos von mir als Kleinkind in diesem Park, die mein Vater gemacht haben muss, weil sie mich in meiner schicken Kinderkarre zeigen, geschoben von meiner Mutter. Die Karre hatte große Reifen auf Chromfelgen und sogar Schutzbleche, die Rückenlehne ließ sich verstellen, ich saß geschützt unter einem Sonnenschirmchen.

Es sind Fotos aus der Zeit v. Har., als alles noch heil zu sein schien zwischen meinen Eltern. Oder täuscht der Eindruck? Warum guckt meine Mutter so ernst? Warum lache ich nicht? Warum habe ich kein Eis in der Hand? Wie absurd, das Glück einer Familie auf Fotos erkennen zu wollen! Als könnte es den einen Moment geben, der das Glück einfängt – und selbst wenn: Was wäre mit all den anderen Momenten?

Es war ein heißer Sommertag. Auf den Wiesen saßen und lagen jede Menge Menschen, Familien hatten große Decken ausgebreitet, Kinder tollten herum. Ich hatte, im Gegensatz zu meiner Mutter, das Fenster auf meiner Seite heruntergekurbelt.

»Hartmut war konsequent«, sagte sie, »das hat er mit seinem Tod vorgelebt. Ich war es nicht. Das ist der Widerspruch, mit dem ich gelebt habe.«

»Das verstehe ich nicht«, sagte ich, »was für einen Widerspruch meinst du?«

»Ich bin zwar aus dem Schlafzimmer ausgezogen, erinnerst du dich? Aber ich bin nicht richtig ausgezogen.«

»Natürlich, ihr wart die einzigen Eltern unter all meinen Freunden, die in getrennten Zimmern schliefen.«

»Statt konsequent zu sein und auszuziehen, habe ich auf dem Sofa geschlafen. Was das betrifft, war Hartmuts Tod für mich eine Befreiung.«

Und weil ich nicht verstand, welche Art Befreiung sie meinte, erzählte mir meine Mutter, was passiert war an jenem Tag vor mehr als dreißig Jahren, an jenem Tag, an dem ich die Musik ganz laut aufgedreht hatte. Mein Vater hatte sie bedrängt, er wollte offenbar mit ihr schlafen, gegen ihren Willen. »Er hat erst von mir abgelassen«, sagte meine Mutter, »als ich anfing zu schreien, und mir dann vorgehalten, dass ich meine ehelichen Pflichten vernachlässige. Eine Frau hat für ihren Mann da zu sein, so sah er das.«

Im Nachhinein erschrecke ich über meine Reaktion, als ich damals im Auto davon erfuhr. Mich erfüllte Wut, eine Hitze, die über die Wirbelsäule und den Nacken in den Kopf stieg. Allerdings war ich nicht wütend auf meinen Vater, sondern auf meine Mutter. »Hast du mal darüber nachgedacht«, sagte ich, »dass er sich vielleicht nach Nähe sehnte? Wie schwer es für ihn gewesen sein muss, dass du dich kaum noch für ihn interessiert hast? Dass es vielleicht sein Versuch war, dir zu zeigen, wie sehr er dich brauchte und wollte?«

Meine Mutter sah mich an, als würde sie mich nicht wiedererkennen, als müsste sie sich vergewissern, dass ich der Mensch war, für den sie mich bis gerade eben gehalten hatte, und nicht ein Doppelgänger; als müsste sie sich vergewissern, dass ich bei Sinnen war.

»Du meinst, ich war schuld, dass dein Vater sich an mir vergehen wollte?«, fragte sie.

Sex war nicht nur Spaß, sondern auch Macht, das hatte ich im Laufe meines Lebens begriffen. Dazu gehörte auch die Macht der Verweigerung, die vorwiegend von Frauen ausgeübt wurde. Aber dass ich im Auto diesen Gedanken hatte, machte mir im nächsten Moment bewusst, wie sehr ich an meiner Wahrheit hing: dass es meine Mutter war, die unsere Familie auf dem Gewissen hatte.

Durch das Fenster sah ich einen kleinen Jungen, der zusammen mit seinem Vater versuchte, einen Drachen steigen zu lassen. Der Vater hielt den Drachen, der Junge rannte quer über die Wiese. Sobald sich die Schnur spannte, ließ der Vater den Drachen los, aber er stieg nicht besonders hoch, bevor er sich schließlich mit der Spitze in die Wiese bohrte.

»Warum bist du denn dann geblieben?«, fragte ich.

»Ich habe es für uns getan, versucht, für uns als Familie einen Weg zu finden. Aber das ging nach Hartmuts Tod nicht mehr.«

Rückblickend muss ich zugeben, dass meiner Mutter der Umzug nach Berlin gutgetan hat. Sie wirkte gelöster, letztlich wohl wirklich befreit, zumindest in dem Sinn, dass sie viel selbstverständlicher und offener Hartmuts Kampf weiterführte. Es gab keine Geheimnisse mehr. Und sie sprach viel öfter von Hartmut als zuvor. Sie gründete mit ein paar anderen Frauen einen Lesezirkel für feministische Literatur. Sie trafen sich einmal im Monat bei uns und sprachen über die Bücher, die sie gelesen hatten. Meine Mutter ging sogar ab und an abends aus. Sie arbeitete wieder als Lehrerin, allerdings nicht in einer Schule. Sie unterrichtete Deutsch für Ausländer, so wie Hartmut es jahrelang getan hatte. In den ersten Wochen hatten wir in der Wohnung einer Freundin meiner Mutter gewohnt. Meine Mutter und ich mussten uns ein Zimmer teilen, wir schliefen auf einer Couch, die wir abends ausziehen mussten, und ich wünschte mir damals nichts sehnlicher als ein eigenes Zimmer. Ich bekam es, nachdem mein Vater gestorben war und uns nicht nur die Firma und das Haus hinterließ, sondern auch noch einiges an Geld, das meine Mutter aber selten anrührte. Sie kaufte davon immerhin die Wohnung, in der sie bis zu ihrem Tod lebte. Unser Einzug liegt fast 33 Jahre zurück, genau genommen: 32⅔ – und wenn ich mir diese Zahlenfolge ansehe 3-2-2-3, dann kann auch das kein Zufall sein, vor allem weil wir auch noch ins Haus mit der Nummer 10 gezogen waren, die Summe dieser Zahlen. Ich bin mir sicher, dass meine Mutter darüber nie nachgedacht hatte, und es war wohl auch besser so, weil es ihr stets gelungen ist, alles in irgendeine Verbindung zu Hartmut zu bringen.

Meine Mutter hatte sich Hartmut auch im Hinblick auf ihre Lebensweise zum Vorbild genommen. Was sie über ihn geschrieben hatte, dass er fast mönchisch lebte, traf auch auf sie zu: mönchisch und in rastloser Hingabe an ihre Aufgabe. Sie vertraute mir früh den Wohnungsschlüssel an, weil sie oft nicht da war, wenn ich aus der Schule oder vom Training kam. Immerhin stand etwas zu essen auf dem Herd, das ich mir nur warm zu machen brauchte. Ich gewöhnte mich daran, allein zu sein. Es war gar nicht so schlecht, weil ich meine Mutter dazu überredet hatte, mir einen Fernseher zu kaufen. Ich liebte die Serien ›Ein Colt für alle Fälle‹ und später dann auch ›Ein Trio mit vier Fäusten‹. Ich lag auf meinem Bett, sah fern, manchmal hatte ich einen Freund zu Besuch, dann lagen wir gemeinsam auf dem Bett und sahen fern.

Je älter ich wurde, desto mehr gefiel mir die Freiheit, die mir meine Mutter ließ. Als Gegenleistung musste ich mir ab und an einen Monolog über Hartmut anhören oder ihr mit den Infoständen helfen, die sie auf Bürgersteigen oder vor U-Bahn-Ausgängen aufbaute. Je älter ich wurde, desto peinlicher wurde es mir allerdings, eine Mutter zu haben, die sich auf die Straße stellte und Broschüren über Hartmut verteilte. Besonders peinlich war es mir, währenddessen neben ihr stehen zu müssen. Irgendwann half ich nur noch beim Aufbau des Tisches und dann gar nicht mehr. Ich musste mir einige Vorhaltungen darüber anhören, dass sie von mir mehr Verantwortung für die Umwelt und das Leben als solches erwartet hätte und dass ich Hartmut und alles, wofür er gelebt hatte und gestorben war, verriete. Eines Tages fand ich sie weinend in der Küche. Sie saß am Tisch und reagierte nicht auf mein »Hallo«, reagierte auch nicht, als ich sie fragte, warum sie nicht unterwegs sei, reagierte erst, als ich direkt vor ihr stand. Da hob sie ihr verweintes Gesicht. Meine Mutter weinte sonst nie, und ich bin mir sicher, sie wusste um die Wirkung ihrer Tränen. Sie weinte, wie sich herausstellte, um mich. Der ich mich mit dem Älterwerden so verändert hätte, dass sie sich Vorwürfe machte und sich fragte, ob es nicht doch ein Fehler gewesen sei, nach Berlin zu ziehen, ob sie vielleicht doch lieber mit dem Sofa hätte vorliebnehmen sollen, anstatt ein Leben zu leben, wie sie es sich wünschte, das ihr Sinn gebe und Halt, ein Leben, das sie davor bewahrte, sich selbst belügen zu müssen. Es mache sie traurig, dass ich offenbar nicht verstünde, worum es gehe, und wenn ich schon die Notwendigkeit nicht sähe, Hartmuts Tod einen Sinn zu geben, dann sollte ich doch zumindest ihr Leben nicht infrage stellen, indem ich mich egoistisch und ignorant gegenüber all dem verhielte, was ihr etwas bedeute. Ich solle mir vor Augen führen, dass sie bei allem immer auch an mich gedacht habe, an meine Zukunft, und sie sich wünschen würde, dass ich zumindest zu ein bisschen Selbstlosigkeit fähig und in der Lage wäre, auch mal an andere zu denken.

Daraufhin näherten meine Mutter und ich uns allmählich wieder an, was bedeutete, dass ich ihr weiterhin ab und an half, sie mich aber nur noch selten um Hilfe bat. Dass mir mein Vater fehlte, obwohl ich mich rasch an Berlin gewöhnt hatte und mir bald schon keine andere Stadt zum Leben mehr vorstellen konnte, liegt wohl auf der Hand. Welches Kind würde seinen Vater nicht vermissen? Ich warf meiner Mutter allerdings erst Jahre später vor, dass sie mir meinen Vater genommen hatte. Nach unserem Umzug war ich davon ausgegangen, dass es nur eine vorübergehende Trennung war. Wenn ich mit meinem Vater telefonierte, sagte er oft, wir würden uns bald wiedersehen. Spätestens in den Sommerferien. Dann aber hatte er diesen tragischen Unfall. Anfangs hatte ich mir eingeredet, er sei einem Tier ausgewichen. Anders habe ich mir nicht erklären können, warum er von der Straße abgekommen war. In meiner Vorstellung war ein Reh schuld, das plötzlich auf der Straße stand. Mein Vater hatte, so malte ich mir aus, das Leben eines Tieres retten wollen und dabei selbst den Tod gefunden. Der Gedanke, dass es ganz anders gewesen sein könnte, kam mir erst Jahre später bei einem Streit mit meiner Mutter. Es ging um ein Mofa, das ich mir zum sechzehnten Geburtstag wünschte. Meine Mutter fand es anmaßend, dass sich ein Jugendlicher ein Mofa für einige tausend Mark wünschte. Und ich sagte, dass mein Vater mir mit Sicherheit ein Mofa gekauft hätte. Woraufhin sie sagte, dass mein Vater aber nicht mehr da sei und gerade sein Unfall zeige, wie gefährlich es auf den Straßen sei, und sie mir auch deswegen ein Mofa verbiete. Woraufhin ich entgegnete, es sei kein Unfall gewesen, bei dem mein Vater ums Leben gekommen sei, sondern er sei absichtlich gegen einen Baum gefahren, weil er es nicht ertragen habe, dass sie ihn verlassen habe. Sie sagte: »Wie kannst du so etwas sagen?«

Ich sagte: »Wie kannst du dir so sicher sein, dass es ein Unfall war?«

Und weil sie darauf nichts mehr sagte, wurde ich den Gedanken nicht los, ich sei hinter die Wahrheit gekommen, die meine Mutter mir zu verschweigen versuchte.

Auf dem Weg zum Bergfriedhof kamen wir über die Neckarbrücke, und ich musste an den Tag denken, als ich auf dieser Brücke zu Robin Hood wurde, und an all die anderen Tage, an denen ich an der Hand meiner Mutter von hier aus durch die Innenstadt gezogen war, im Pulk mit anderen Demonstranten. Weder meine Mutter noch ich hatten uns an den Sprechchören beteiligt, wir waren immer nur schweigend mitgelaufen. Mir fällt es bis heute schwer, mich in einer Menschenmasse aufzuhalten, als Erwachsener habe ich Demos meist gemieden, ein- oder zweimal bin ich noch mit zu Anti-Atomkraft-Protestmärschen gegangen. Es waren jedes Mal viele Familien mit Kindern dabei, die selbst bemalte Transparente hochhielten und »Abschalten, abschalten!« riefen. Ich hatte das Gefühl, dass es für die meisten Kinder eine Art Happening war, was vermutlich daran lag, dass sie nicht regelmäßig verpflichtet wurden, ihren Teil im Kampf für eine bessere Welt beizutragen. Ich fühlte mich nicht wohl zwischen all den Familien. Ich fragte mich, welches dieser Kinder freiwillig an der Demo teilnahm und wie viele dabei gewesen wären, hätte man ihnen die Wahl gelassen. Und ich sah mich an der Hand meiner Mutter und dachte daran, wie ich das alles über mich hatte ergehen lassen und auch kein Luftballon etwas daran änderte, dass ich lieber zu Hause geblieben wäre.

Wir fuhren die Straße hinauf zum Friedhof. Ich war froh, dass ich am Steuer saß, weil der rechte Straßenrand fast den gesamten Weg hinauf zugeparkt war, sodass die Fahrbahn zu eng war, um ein entgegenkommendes Auto passieren zu lassen.

Einer hätte rückwärts fahren müssen, was meine Mutter eine Menge Nerven gekostet hätte. Stattdessen konnte sie in aller Ruhe den Ausblick auf Tübingen genießen.

»Hast du das alles eigentlich gern gemacht?«, fragte ich meine Mutter.

»Was meinst du?«, fragte sie.

»Alles, die Demos, das Handzettelverteilen, die Aktionen, alles.«

Ich dachte, sie würde mich verständnislos ansehen und mich fragen, wie ich darauf komme, schließlich sei es nicht entscheidend, ob man etwas gern tue, wenn man es nicht für sich tue, sondern im Dienst einer Sache. Sie aber sagte zu meinem Erstaunen: »Es macht keinen Spaß, allein oder zu zweit in der Fußgängerzone zu stehen und Menschen davon zu überzeugen, dass ihre Art zu leben falsch ist. Die meisten wollen das nicht hören. Hartmut hat das übrigens auch keinen Spaß gemacht, und man hat es ihm auch angesehen. Und weißt du, das Absurde ist, dass die Leute eine Frohnatur erwarten; wenn du schon den Weltuntergang ankündigst, dann lächelnd und guter Dinge. Hartmut war immer viel zu ernst, das haben ihm auch einige vorgeworfen, dass er ein Gesicht gezogen habe wie sieben Tage Regenwetter. Abgewiesen zu werden ist nicht schön, sondern demütigend. Aber letztlich ist es wohl das Schicksal all jener, die unbequeme Wahrheiten verkünden. Man darf eben nie vergessen, warum man das alles tut. Selbst wenn man bedroht wird.«

Wir waren inzwischen beim Friedhof angekommen, ich hatte einen Parkplatz gegenüber vom Eingang gefunden. Ich stellte den Motor ab und sah sie an.

»Bedroht?«, fragte ich.

»Ja«, sagte sie, »bedroht.«

Und sie erzählte von dem Tag, an dem sie ihren R4 rückwärts aus der Garage setzte und auf die Bremse trat, das Auto aber nicht bremste und sie über den Bordstein holperte und auf der anderen Seite der Straße zum Stehen kam. Es stellte sich später heraus, dass der Bremsschlauch durchtrennt war. Was den Täter betraf, waren sie und mein Vater allerdings unterschiedlicher Ansicht. Für meinen Vater war es die Tat eines Marders, meine Mutter war davon überzeugt, dass es die Tat eines Mörders war. Weil Hartmut zuvor Post bekommen hatte mit Drohungen. Und auch meine Mutter einen Brief erhalten hatte mit einer einzigen Zeile: »Mir ist ein AKW im Garten lieber als Langhaarige auf der Straße.« Offenbar, so die Theorie meiner Mutter, gab es Nachbarn, denen die Treffen des Arbeitskreises Lebensschutz nicht passten.

Meine Mutter nahm es meinem Vater übel, dass er zwar den Umstand des defekten Bremsschlauchs ernst nahm, aber eben nicht von Mutwilligkeit ausging beziehungsweise nur von dem Treiben eines kaum vorsätzlich handelnden Marders. »Ich fühlte mich im Stich gelassen von deinem Vater«, sagte sie. »Es war ein Anschlag auf mein Leben, auf unser Leben, du hättest mit mir im Auto sitzen können, und dein Vater wollte davon nichts hören. Es war schwer für mich, ihm das zu verzeihen.«

Ich gestehe: Auch ich hatte Zweifel an der Anschlagstheorie. Für so bedeutsam hielt ich das Engagement meiner Mutter nicht, sie war keine Galionsfigur des Widerstands. Der Name Marta Kelsterberg fand weder im Fernsehen noch in den Zeitungen Erwähnung. Dass jemand meinte, sie aus dem Weg räumen zu müssen, weil er sie als Bedrohung ansah, konnte ich nicht glauben. Aber ich wollte ihr auch nicht das Gefühl geben, das mein Vater ihr offenbar gegeben hatte. Ich weiß nicht, warum er so auf dem Marder bestanden hatte, warum er nicht wenigstens vorgab, ihre Ängste ernst zu nehmen. Es wäre vielleicht eine Möglichkeit gewesen, einen Schritt auf sie zuzugehen, ihr zu zeigen, dass er ihr zur Seite stand, wenn es ernst wurde. Aber mein Vater war zu sehr Rationalist, er hatte nichts übrig für Hirngespinste oder jegliche Art von Verschwörungstheorien. Und womöglich bewies ihm meine Mutter mit ihrer Vermutung, dass sie ihren Blick für die Realität verloren hatte und dass Hartmut drauf und dran war, meiner Mutter den Verstand zu rauben. Anders als damals mein Vater war ich vorsichtiger, wollte keinen Zweifel an ihrer Zurechnungsfähigkeit äußern. »Warum bist du so sicher, dass es sich um einen Anschlag gehandelt hat?«, wollte ich wissen. Sie sah mich von der Seite an, aber nicht vorwurfsvoll, wie so oft, wenn ich Hartmut oder ihr Tun infrage stellte, sondern eher musternd. Ich war mir fast sicher, dass sie meine Frage bewusst überhört hatte, aber dann sagte sie: »Jahrelang stand das Auto in der Garage, ohne dass sich jemals ein Marder über das Auto hergemacht hätte. Und ausgerechnet ein paar Tage nach den Briefen ist dann der Marder aus seinem Bau gekrochen und hat den Bremsschlauch durchgebissen. Das wäre schon ein unglaublicher Zufall, findest du nicht?«

»Und wer, meinst du, war für die Tat verantwortlich?«

»Die Wehrsportgruppe Hoffmann.«

Von dieser Gruppe hatte ich zu dem Zeitpunkt noch nie gehört. Wie ich später nachlas, handelte es sich um eine rechtsextreme Wehrsportgruppe, die als terroristische Vereinigung galt und 1980 verboten wurde.

»Und wie kommst du auf die?«, fragte ich.

»Die hatten damals Kontaktleute in Tübingen. Und es gab da diesen Anruf, weißt du noch? Du bist rangegangen, aber es hat sich niemand gemeldet.«

Ich erinnerte mich gut: Ich hatte »Hallo« gesagt und »Hier bei Kelsterbergs«, aber es wurde nichts erwidert. Ich wusste nicht, was das sollte, verwählt hatte sich derjenige nicht, sonst hätte er sich entschuldigt und aufgelegt. Meine Mutter kam die Treppe herunter und sah mich mit dem Hörer am Ohr. Sie fragte mich flüsternd, wer dran sei, und ich zuckte mit den Schultern. Dann nahm sie mir den Hörer aus der Hand und fragte: »Hallo? Wer ist da?« Und offenbar bekam auch sie keine Antwort. Sie legte auf. »Wer war das?«, fragte ich. »Keine Ahnung«, sagte sie, »bestimmt irgendwelche Jugendlichen, die uns einen Streich spielen wollten.« Ich weiß noch, dass ich darüber nachdachte, ob es jemand aus meiner Schule gewesen sein könnte, aber letztlich hätte es jeder sein können, unsere Nummer stand schließlich im Telefonbuch unter »Kelsterberg, Kurt u. Marta«, und so viele Kelsterbergs gab es nicht, zumindest nicht in Tübingen.

»Der Anruf war eine Drohung«, sagte meine Mutter, »das war jemand von der Wehrsportgruppe Hoffmann.«

»Aber soweit ich mich erinnere«, sagte ich, »hat sich doch niemand gemeldet. Woher willst du wissen, dass es ausgerechnet diese Hoffmann-Gruppe war?«

»Weil die damals bekannt dafür waren, andersdenkende Menschen einzuschüchtern.«

»Und wie sollten die auf dich gekommen sein?«

»Sie wussten vom Arbeitskreis Lebensschutz und dass der sich in unserem Haus befand, und sie wussten von Hartmut.«

»Bist du zur Polizei gegangen?«

»Denkst du, die Polizei damals hätte sich dafür interessiert? Und selbst wenn, was hätte sie schon tun sollen?«

Meine Mutter hat sich selbst von einem – wie sie annahm – Anschlag auf ihr Leben nicht von ihrem Weg abbringen lassen. Diese Courage beeindruckte mich einerseits; andererseits erschrak ich über ihre Opferbereitschaft, sie hatte weitergemacht, obwohl sie, folgte man ihrer Sicht auf das Ereignis, nicht nur sich selbst, sondern auch mich in Gefahr gebracht hatte. Ich bin mir sicher, dass mein Vater ihr verboten hätte weiterzumachen, wenn er ihre Anschlagstheorie ernst genommen hätte. Er hätte Hartmut aus dem Haus geworfen (was er später auch tun sollte), weil es in seinen Augen unverantwortlich gewesen wäre, die Familie einer solchen Bedrohung auszusetzen. Insofern konnte sie eigentlich froh sein, dass er ihr nicht glaubte. Vielleicht aber hätte er ihr auch nur beistehen müssen, vielleicht hätte es schon ausgereicht zu sagen, dass er ihr glaubte. Vielleicht hätte dies ein Moment der Verbundenheit zwischen meinem Vater und meiner Mutter sein können. Vielleicht war es dafür aber auch längst zu spät gewesen. Marder hin oder her.

»Hattest du keine Angst?«, fragte ich.

»Doch«, sagte sie, »du darfst Angst haben, aber du darfst dich der Angst nicht hingeben.«

»Ich meinte eigentlich Angst um mich«, sagte ich.

»Ich habe bei all dem auch an dich gedacht. Ich wollte eine bessere Welt für dich, das, was alle Eltern für ihre Kinder wollen, nur tun die wenigsten etwas dafür. Eltern haben eine Verantwortung für ihre Kinder, und dazu gehört, dass sie ihnen eine gute und sichere Welt hinterlassen.«

Vielleicht, diesen Gedanken habe ich beim Schreiben, ist die

Welt einfach nicht gleich groß für alle. Und vielleicht ist das im Grunde das Hauptproblem. Als meine Mutter von einer guten und sicheren Welt sprach, endete die Welt in meiner Wahrnehmung an unserem Gartenzaun. Und ich dachte, elterliche Verantwortung bedeute in erster Linie, sich um diese häusliche Welt zu kümmern, darum, dass sie heil und sicher ist. Aber vielleicht ließen sich die Welten nicht vereinen, vielleicht waren sie – um die Geometrie zu bemühen – lauter Kreise, die keine Schnittmenge hatten, und wer die eine Welt zum Maßstab nahm, konnte nicht auch noch die andere im Blick haben. Vielleicht war mein Radius zu klein, und vielleicht ist es genau das Problem von Kindern, dass ihr Radius zu klein ist und sie deswegen die Welt nicht verstehen.

Dass mein Vater und Hartmut auf demselben Friedhof liegen, kann man nur als Ironie bezeichnen. Hartmut liegt ein paar Schritte von Ernst Bloch entfernt im Abschnitt 5, mein Vater im Abschnitt 52. Zwischen ihnen liegen keine zweihundert Meter. Zuletzt dürften sie sich an jenem Tag gesehen haben, an dem mein Vater klarstellte, dass er Hartmuts Anwesenheit in seinem Haus nicht länger dulde. Letztlich habe ich dafür gesorgt, dass Hartmut aus seiner Wohnung flog, auch wenn es nicht meine Absicht war, zumindest nicht bewusst. Dass mein Vater einen Vorfall zum Anlass nahm, an dem ich beteiligt war, lässt sich nur damit erklären, dass er schon länger mit dem Gedanken gespielt haben musste. Ich war nur der Tropfen, der das Fass zum Überlaufen brachte. Es hätte aus Sicht meines Vaters schon vorher genügend Gründe gegeben, Hartmut den Auszug nahezulegen. Nicht zuletzt der Hungerstreik, den er bei uns machen wollte. Wenn ich darüber nachdenke, warum mein Vater ihn nicht schon damals vor die Tür gesetzt hatte, kann ich mir das nur damit erklären, dass er Sorge hatte, meine Mutter würde es ihm übel nehmen. Vielleicht hoffte er, sie würde es zu schätzen wissen, dass er Hartmut ihr zuliebe weiter bei uns wohnen ließ, obwohl er ihn für einen Spinner hielt und vermutlich auch für eine Bedrohung seiner Ehe. Vielleicht hatte er gehofft, dass sie es ihm danken würde. Ich kann mich an einen Morgen in der Küche erinnern, als mein Vater ihr klarmachte, dass es immer noch sein Haus sei, in dem dieser Gründler lebe, und meine Mutter sagte, dass es wohl das Mindeste sei, was er tun könne: einen so selbstlosen Menschen wie Hartmut unter seinem Dach wohnen zu lassen. Damit tue er etwas Gutes, wenn er sich sonst schon nicht für eine bessere Welt einsetze. Außerdem sei es ja auch nicht so, dass Hartmut auf seine Kosten wohne, er zahle schließlich Miete. Und mein Vater sagte, er habe fünfzig Angestellte, die Familien hätten und dank ihm ein sicheres Einkommen, und was meine Mutter wohl meine, was die antworten würden, wenn er sie fragte, was ihnen wichtiger sei, ihr Arbeitsplatz oder weniger Kernkraftwerke. Worauf meine Mutter nichts sagte. Und mein Vater noch nachschob: »Es wäre schön, wenn du das auch mal bedenken würdest. Es gibt einige Menschen, die dank mir ein besseres Leben haben, und ich frage mich, wer das von deinem Gründler behaupten kann.«

Aus heutiger Sicht hatte mein Vater erstaunlich viel Toleranz im Umgang mit Hartmut aufgebracht. Vielleicht hatte er die Hoffnung gehabt, der Spuk habe ein Ende, sobald meiner Mutter bewusst würde, dass Hartmut ein Spinner sei, ein Verrückter, der von niemandem ernst genommen wurde.

Der entscheidende Tropfen fiel dann Mitte Mai. Mein Vater setzte Hartmut eine Frist von einer Woche für seinen Auszug. An jenem Tag war ich wütend auf meine Mutter, weil sie mich nicht vom Training abgeholt hatte. Ich hatte mich am Fuß verletzt, nichts Schlimmes, Paul war mir im Spiel mit seinen Stollenschuhen auf den Fuß getreten, der große Zeh war ein wenig rot und tat beim Auftreten weh. Während des Spiels hatte ich die Zähne zusammengebissen, aber als ich aus der Umkleide kam und meine Mutter nicht da war (mein Vater, der mich für gewöhnlich abholte, hatte an jenem Abend einen wichtigen Termin in der Firma), fühlte ich mich alleingelassen, was ich genau genommen auch war, schließlich waren alle anderen schon weg. Ich wartete eine Weile und machte mich dann zu Fuß auf den Weg nach Hause. Auch das wäre nicht schlimm gewesen, es dauerte bloß eine halbe Stunde, aber das Alleinsein, der Weg und der Zeh vermengten sich zu einem unguten Gefühlsgemisch aus Enttäuschung, Schmerz und Wut. Vor allem als auch nach mehrmaligem Klingeln niemand kam und ich durchs Fenster im Souterrain sah, dass meine Mutter neben Hartmut an seinem kleinen Tisch an der Schreibmaschine saß. Es dauerte eine Weile, bis sie mich bemerkte, mir winkte und mir bedeutete, ich solle hereinkommen. Sie öffnete mir die Haustür und fragte gar nicht, woher ich käme, sondern sagte, sie müssten noch einen Brief an Helmut Schmidt fertig schreiben, den sie am nächsten Tag verschicken wollten, wobei sie meine Hilfe gut gebrauchen könnten. Ich bin dann allein nach oben gegangen, habe mir zwei Brote geschmiert und ein Pflaster auf den großen Zeh geklebt, damit er gleich ins Auge fiel. Als meine Mutter nach einer Weile kam, bin ich ohne Socken in mein Zimmer gehumpelt, woraufhin sie mich fragte, was passiert sei, und ich sagte, Paul sei mir im Spiel auf den Fuß getreten, und sie erwiderte, auch deswegen möge sie Fußball nicht. Zum Glück kam dann mein Vater noch rechtzeitig nach Hause, um zu sehen, wie ich nach dem Zähneputzen in mein Bett humpelte. »Sieht nach einer schweren Verletzung aus«, sagte er, und ich nickte. Er kam zu mir ins Zimmer, ließ sich den Zeh zeigen, drückte mit seinem Daumen auf den Nagel und fragte, ob es wehtue. »Geht so«, sagte ich. Dann fragte er, wie genau das passiert sei. Und ich erzählte ihm von Paul und dass ich mir nichts habe anmerken lassen und weitergespielt habe und dann sogar nach Hause gelaufen sei. Warum ich gelaufen sei, wollte er wissen. Und ich sagte, dass meine Mutter mit Hartmut einen Brief an Helmut Schmidt habe schreiben müssen und deshalb keine Zeit gehabt habe, mich abzuholen. Mein Vater strich mir über den Kopf, pustete auf den Zeh, sagte, ich solle jetzt schlafen, und schloss die Zimmertür hinter sich. Ich hörte die Stimmen meiner Eltern aus der Küche, gerade so laut, dass ich sie zwar hören, aber nicht verstehen konnte, was sie sagten.

Am nächsten Nachmittag kam meine Mutter in mein Zimmer und setzte sich aufs Bett, während ich am Schreibtisch saß und meine Sammelbilder ordnete, und sagte, Hartmut würde ausziehen. Mein Vater wolle nicht, dass er noch länger bei uns wohne. Er sei gestern Abend noch zu ihm gegangen, um es ihm zu sagen. Aber Hartmut habe viele Unterstützer, und einer von ihnen habe ihm ein neues Zimmer besorgt, gar nicht so weit weg von uns. Mir war klar, dass sein Auszug etwas mit meinem Zeh zu tun hatte, und es tat mir insofern leid, als ich nicht beabsichtigt hatte, dass er auszog. Aber ich war auch nicht sonderlich traurig darüber. Ob jetzt jemand Neues bei uns einziehen werde, fragte ich. Und meine Mutter sagte: »Erst mal nicht.«

Dann ging sie aus dem Zimmer, blieb aber an der Tür stehen, drehte sich zu mir um und sagte: »Hanno …«, woraufhin ich mich auch umdrehte. »Ich wollte dir noch sagen, dass es nicht Hartmuts Schuld war, dass ich dich nicht abgeholt habe. Ich habe einfach vergessen, dass du Training hast.«

Ich weiß noch, dass ich die Hoffnung hatte, es würde ohne Hartmut wieder so werden, wie es zuvor ohne Hartmut war. Aber es änderte sich eigentlich nichts, außer dass Hartmut nicht mehr im selben Haus wohnte. Fortan sah ich nicht nur ihn seltener, sondern auch meine Mutter.

Auf dem Weg zum Friedhof hatte ich mich gefragt, ob der Besuch mir einen Hinweis darauf geben würde, wer von beiden meiner Mutter mehr bedeutet hatte. Ich dachte, allein die Tatsache, wessen Grab sie zuerst aufsuchte und wie viel Zeit sie an welchem Grab verbrächte, müsste mir Aufschluss geben. Und fühlte mich bestätigt, weil wir zuerst zu Hartmut gingen und meine Mutter mir auftrug, die Chrysanthemen, die wir in der Friedhofsgärtnerei gekauft hatten, auf sein Grab zu legen. Ihr fiel es schwer, sich zu bücken. Es ist ein idyllischer Friedhof mit hohen Bäumen, auf dem Galgenberg gelegen, vierhundert Meter über der Stadt, hierher dringt kein Verkehrslärm. Der Friedhof ist weitläufig und erinnert an einen Waldpark. Ich hörte Wasser aus einem Hahn plätschern, irgendwer füllte offenbar seine Gießkanne, dazu das leise Knirschen von Schritten im Kies. Es war ein heißer, nahezu windstiller Tag, nur ab und an strich mir ein Hauch übers Gesicht. Meine Mutter stand neben mir, ohne dass ich sie hätte stützen müssen. Hartmuts Grabstein sah aus, als sei ein Stück herausgebrochen. Links neben dem Stein war ein Strauch gepflanzt worden, der im Laufe der Jahre gut und gern zwei Meter hoch gewachsen war. An diesem Strauch konnte man Hartmuts Grab schon von Weitem erkennen. Die Aufschrift war etwas verblasst, aber noch gut zu lesen.

»Ich weiß nicht, von wem der Satz stammt: ›Ein Leben für die Wahrheit, ein Tod gegen die Lüge‹«, sagte meine Mutter, »aber besser kann man Hartmuts Leben nicht zusammenfassen. Hartmut war konsequent, weil er glaubwürdig bleiben wollte. Er wusste, Vertrauen bedingt die Glaubwürdigkeit, und Glaubwürdigkeit bedingt die Konsequenz. Weißt du, sein Protest richtete sich weniger gegen die Atomkraft als vielmehr gegen die Lüge. Denn die Lüge ist die Ursache für Zerstörung und Selbstzerstörung.« Dann sagte sie, und ich weiß nicht, ob zu ihm oder zu mir, weil sie sich mal an mich, dann wieder an Hartmut wandte: »Ich wünschte«, sagte sie, »er hätte das noch erlebt.« Und fuhr dann, Hartmuts Grab im Blick, fort: »Dein Kampf hat sich gelohnt, dein Feuerzeichen ist gesehen worden, wer weiß schon, welche Kausalitäten hinter manchen Entscheidungen stecken, und ich würde nicht ausschließen, dass Hartmuts Tod eine Rolle gespielt hat, auch wenn du das nicht so sehen willst. Der Atomausstieg ist endlich beschlossen, fast vierunddreißig Jahre nach seinem Tod. Er hätte das erlebt, im Alter von einundachtzig Jahren, aber vielleicht hätte er es auch nicht erlebt, weil die Sache ohne seinen Tod an Dringlichkeit verloren hätte. Was wiederum beweist, dass er es für uns getan hat. Für uns bricht eine atomkraftfreie Zeit an, dank ihm. Ich weiß nicht, ob er sich jemals hat vorstellen können, dass es wirklich passiert, ob er nach allem, was er erlebt hat, noch genug Glauben an die Menschen hatte, und vor allem an die Politiker, dass sie zur Besinnung kommen und die Zeit der Atomkraft beenden würden.« Ich stelle mir vor, wie meine Mutter noch ein Jahr zuvor reagiert hätte, als nicht abzusehen war, dass die nächste Regierung den Ausstieg aus dem Ausstieg beschließen würde. Und ich frage mich, wie meine Mutter die Rolle rückwärts wiederum Hartmut erklärt hätte – vielleicht so: »Das mit dem Glauben an die Politiker und die Menschen, das war ein Fehler, ich weiß gar nicht, was ich dir sagen soll, die Atomkraft ist doch nicht an ihrem Ende, aber das hat nichts mit deinem Tod zu tun, dein Opfer wird noch Früchte tragen, nur sind die Menschen noch nicht reif. Die einzige Chance ist, die Erinnerung an dein tödliches Fanal wachzuhalten.«

Ich dachte, sie hätte meinen Vater vergessen, aber dann hakte sie sich bei mir unter und wir machten uns auf den Weg zum Grab meines Vaters. Der unebene Boden bereitete meiner Mutter Schwierigkeiten, wir gingen sehr langsam. Ich weiß nicht, ob ich den Weg gefunden hätte, mein letzter Besuch am Grab meines Vaters lag lange zurück. Meine Mutter aber musste nicht überlegen, sie führte mich hin, an der Waldkapelle vorbei, einen Kiesweg entlang. Unter einer Stieleiche, etwas abseits der anderen Gräber, ragte ein rechteckiger Stein etwas schief aus der Erde. Grau, verwittert, davor ein Kiesbett, das keiner großen Pflege bedurfte: »Kurt Kelsterberg, 3.2.1933 – 9.5.1979«. Grabsteine haben es an sich, dass sie keinen Aufschluss über die Todesursache geben. Die Verstorbenen sollen in Frieden ruhen. Auch wenn ihr Tod möglicherweise qualvoll war. Ich stellte mir vor, auf den Grabsteinen stünde ein Stichwort: Herzversagen. Krebs. Treppensturz. Ermordet. Wenn es nach meiner Mutter ginge, stünde auf dem Grab meines Vaters: Verkehrsunfall. Und vielleicht stimmte es, vielleicht lag ich doch falsch mit meiner Annahme, dass es Selbstmord war. Und ohne dass ich es ausgesprochen hätte, sagte meine Mutter: »Dein Vater hat sich nicht umgebracht, das weißt du, es war ein Unfall.«

Ich weiß, dass sie es so sah. Sie hat immer zu mir gesagt, dass es ein Unfall war. Das werfe ich ihr auch gar nicht vor, das war gut so. Wie soll ein Kind auch damit umgehen, dass sich sein Vater das Leben genommen hat? Aber ich wüsste gern, ob sie wirklich davon überzeugt war, ob sie nie Zweifel daran hatte oder ob sie sich das mit dem Unfall nur eingeredet hat, weil alles andere nicht auszuhalten gewesen wäre. Ein Unfall ist besser als ein Selbstmord, weil man nicht über die Gründe nachdenken muss.

Sie stand vor seinem Grab, hielt sich an meinem rechten Arm fest und schwieg. Meine Mutter hat nie viel über meinen Vater gesprochen, es war, als hätte sie mit ihm abgeschlossen, vielleicht wollte sie auch einfach nur nicht ständig meine Erinnerung an ihn wecken. Oder sich daran erinnern, dass sie es war, die ihn verlassen und die Familie aufgegeben hatte.

Nach unserem Wegzug habe ich meinen Vater nicht mehr wiedergesehen, und diese Tatsache spricht dann doch gegen die Selbstmordtheorie, weil ich mir nicht vorstellen kann, dass er mich nicht mehr hatte sehen wollen. Wir waren schließlich in Kontakt geblieben, er und ich. Wir telefonierten jede Woche, und ich schrieb ihm auch ab und an. Ich erzählte ihm von meinem neuen Verein, dem FSV Hansa 07, und dass ich schnell Stammspieler geworden sei. Ich erzählte ihm auch, dass ich nicht der einzige Junge sei mit langen Haaren und dass ich in fast jedem Spiel ein Tor schösse. Mindestens eines. Und ich fragte ihn, wann er uns besuchen komme, und er sagte, bald. Und dann, eines Mittwochs, es war der 9. Mai 1979, sagte meine Mutter, als ich aus der Schule kam, sie müsse mir etwas sagen, etwas Trauriges. Sie hat mir den Schulranzen abgesetzt und mir geholfen, die Jacke auszuziehen, dann hat sie mich umarmt und mich an sich gedrückt. Dann ist sie in die Hocke gegangen, so wie an dem Tag, als Hartmut sich angezündet hatte, aber weil ich dieses Mal stand, schaute sie zu mir hoch. »Deinem Vater ist etwas Schlimmes zugestoßen«, sagte sie. »Er hatte einen Unfall – mit dem Auto.« Ich konnte mir einfach nicht vorstellen, dass mein Vater einen Autounfall gehabt hatte. Es ist vielleicht ein absurder Gedanke, doch im Auto meines Vaters fühlte ich mich sicherer als irgendwo sonst. Dabei gibt es tausend Möglichkeiten, mit dem Auto zu verunglücken, ohne dass man das Unglück selbst verschuldet hat. Statistisch gesehen gibt es kein gefährlicheres Fortbewegungsmittel, auch heute sterben noch jedes Jahr viertausend Menschen bei Autounfällen. Nicht einmal im Bett fühlte ich mich sicherer, weil es dunkel war, und Dunkelheit schürte meine Ängste. Ich kann mich erinnern, dass ich manchmal wie erstarrt unter meiner Decke lag, weil ich irgendwo in der Wohnung ein Geräusch gehörte hatte, und mich kaum traute zu atmen, geschweige denn aufzustehen und nachzuschauen. Aus Erfahrung wusste ich, dass ich trotzdem irgendwann würde aufstehen müssen, weil mir die Aufregung auf die Blase schlug, die anfing zu drücken und mich vor die Entscheidung stellte, all meinen Mut zusammenzunehmen und auf die Toilette zu gehen oder es einfach laufen zu lassen. Ich war ein Meister im Zurückhalten und schaffte es manchmal bis zum Morgengrauen, aber es waren äußerst quälende Stunden. Im Auto meines Vaters hingegen war ich abgeschottet gegen jegliche Ängste. Zu schreiben, ich wusste, dass mir nichts passieren konnte, wäre falsch, weil es impliziert, dass ich darüber nachgedacht hatte, ob mir etwas passieren könnte. Und das hatte ich nie. Daher brauchte ich an jenem Nachmittag so lange, um zu verstehen, was geschehen war, so lange, dass meine Mutter die Geduld verlor, fragte: »Willst du nicht begreifen?«, sich aber im nächsten Moment wieder fing und sagte, dass sie wisse, wie schwer das zu verstehen sei. Ich hörte nur zu, und weil meine Mutter alles mehrfach wiederholte, erschloss ich mir, was passiert war. Offenbar war mein Vater mit hoher Geschwindigkeit in einer Kurve von der Straße abgekommen und gegen einen Baum geprallt. Das klingt banal. Man hat schon oft von einem derartigen Unfall gehört samt den diversen Erklärungsansätzen, wie es dazu kommen konnte. Ein Moment der Unachtsamkeit, eben den Gedanken nachgehangen oder am Radio herumgespielt. Oder die heldenhaftere Variante: einem Kind ausgewichen, das aus unerfindlichen Gründen auf die Fahrbahn geraten ist, oder einem Tier, das im Angesicht des heranrasenden Autos vor Schreck auf der Straße verharrte. Oder Kontrollverlust wegen eines zu hohen Alkoholpegels oder eines Herzinfarkts. Oder, und das schien mir irgendwann die wahrscheinlichste Erklärung: Absicht.

Vor ein paar Jahren, als ich zu Pauls vierzigstem Geburtstag nach Tübingen gekommen war, bin ich zum ersten Mal an den Ort des Geschehens gefahren und konnte letztlich nur mutmaßen, wo genau sich der Unfall zugetragen hatte, weil es auf der Strecke zwei, drei Kurven gab, keine sonderlich engen, eher Allerweltskurven, vor denen zu warnen sich nicht mal lohnte. Vielleicht hätte ich den Baum gefunden, vielleicht hätte ich nach all den Jahren noch eine Narbe am Stamm entdeckt, vielleicht auch nicht, ich weiß zu wenig über Bäume, als dass ich sagen könnte, wie lange ein Baum braucht, um die Kerbe eines Unfalls zu schließen. Ich hielt nicht an, mir graute vor dem Gedanken, dass mein Vater nur eine Kerbe in einem Baum hinterlassen hatte. Ich fragte mich vielmehr, wohin mein Vater unterwegs gewesen sein mochte. Und dabei wurde mir klar, wie wenig ich über sein Leben wusste. Wie hatte er seine Tage verbracht, wenn er nicht in der Firma war? War er einfach drauflosgefahren, um der Einsamkeit im Haus zu entgehen? Hatte er vielleicht sogar angefangen zu trinken? Mehr als nur das Glas Rotwein, das er sich an manchen Abenden einschenkte, wenn er im Wohnzimmer saß und Musik hörte? Vielleicht saß er nach unserem Auszug jeden Abend in seinem Sessel und hörte Demis Roussos? Was hätte er sonst tun sollen, allein in diesem großen Haus.

Ich bog in einen kleinen Waldweg und parkte. Ich behielt die Hände am Lenkrad, legte meine Stirn auf die Handrücken und spürte, wie sich in den Mulden zwischen den Fingern die Tränen sammelten. Ich erinnerte mich an den Kassettenrecorder in der *Déesse*, und mir kam der Gedanke, dass dieses Gerät die Todesursache aufklären könnte. Vielleicht hatte mein Vater doch etwas hinterlassen, eine letzte Aufnahme, in der er Worte fand für das, was er vorhatte, vielleicht aber auch nur Stille, die ab und an von einem Schluchzer unterbrochen wurde. Bei der Vorstellung wird mir bewusst, dass ich meinen Vater nur ein einziges Mal habe weinen sehen, und zwar nach dem Tod meiner Großmutter, die im Januar 1978 gestorben ist. Sie war die zweite Tote in meinem Leben, mein Vater der dritte. Meine Mutter hatte mir erklärt, dass es besser so sei, schließlich sei meine Großmutter mit ihren 86 Jahren sehr alt gewesen und habe in ihren letzten Monaten nicht einmal mehr die Wohnung verlassen können. Und einen schöneren Tod könne es nicht geben, als abends einzuschlafen und morgens nicht wieder aufzuwachen. Für so einen Tod würden die meisten Menschen Jahre ihres Lebens hergeben. Meine Großmutter habe sich einen solchen Tod gewünscht. Das war viel leichter zu verstehen als der Tod meines Vaters.

Ich versuchte, mehr über den Unfall herauszufinden und ob jemand den Kassettenrecorder abgehört hatte, aber es lag alles viel zu lange zurück. Das Auto war längst verschrottet, das Polizeiprotokoll vernichtet. Ich fand nur einen Artikel aus dem ›Schwäbischen Tagblatt‹, in dem von einem tragischen Unglück die Rede war, bei dem der Unternehmer Kurt Kelsterberg aus Tübingen ums Leben gekommen sei. Mit seinem Auto sei er von der Straße abgekommen und gegen einen Baum geprallt. Er sei noch an der Unfallstelle verstorben. Kurt Kelsterberg, so stand in dem Artikel, hinterlasse seine Frau und einen Sohn.

Wie sich herausstellte, hatte meine Mutter nicht gewusst, dass man mit dem Kassettenrecorder, den mein Vater damals im Auto hatte, auch aufnehmen konnte. Sie blieb bis zuletzt bei ihrer Auffassung, dass es ein Unfall war. Und ich kam nicht umhin, mich mit dieser Version abzufinden, um nicht das Andenken an meinen Vater infrage zu stellen. Ich will mir nicht vorstellen, dass er mich im Stich gelassen hat, dass ihm der eigene Tod wichtiger war als mein Leben. Wer weiß schon, was passiert war in dem Moment, in dem er von der Straße abgekommen war.

Meine Mutter war damals zur Beerdigung gefahren und hatte mich bei einem Schulfreund in Berlin zurückgelassen. Ich nahm es ihr ab, dass sie es tat, um mich zu schützen. Sie wollte nicht, dass ich den Sarg sah, sie wollte, dass ich aus der Entfernung Abschied nahm, weil – wie sie mir sagte – es so leichter sei. Aus der Entfernung nämlich könne ich ihn besser in Erinnerung behalten und hätte nicht das Bild vom Sarg vor Augen, so ein Sarg sei nämlich nicht nur ein Sarg für den toten Menschen, sondern auch ein Sarg für die Erinnerung. Weil man dann immer nur an diesen Holzkasten denken würde. Ich hatte damals auch kein Bedürfnis mitzufahren. Von Abschiednehmen in dem Sinne, dass man den Menschen noch ein letztes Mal sieht, hatte ich keine Vorstellung. Und selbst aus heutiger Sicht bin ich ganz froh darüber, dass mein letztes Bild nicht das von meinem Vater im Sarg ist, sondern von dem Vater, der neben meinem Bett saß und sich mit mir mein Album ansah. Zur Beerdigung waren viele Menschen gekommen, nicht so viele wie zu Hartmuts, aber doch an die fünfzig oder sechzig. Alte Freunde, Angestellte der Firma und einige Geschäftspartner.

Einige Zeit später, als wir nach Tübingen gefahren waren, um den Haushalt aufzulösen, besuchten wir den Friedhof. Natürlich wusste ich damals, was es mit einem Friedhof auf sich hatte, ich wusste auch, was Gräber waren, ich hatte schließlich schon am Grab meiner Oma gestanden, aber auf einmal hatte ich eine große Leere gespürt. Statt Menschen waren hier Steine, als würden Menschen am Ende ihres Lebens zu Steinen. Ich befürchtete, dass diese Leere womöglich auf mein Gedächtnis übergriffe und am Ende blieben nur diese Zahlen, und ich klammerte mich an den Gedanken, die Zahlen auf den Grabsteinen stellten eine Rechenaufgabe dar. Eine Aufgabe, die mich maßlos überforderte, und ich versuchte gar nicht erst, sie im Kopf zu lösen. Ich hatte auf einmal ein großes Verlangen nach einem Stift und einem Stück Papier und wurde ganz unruhig. Traute mich aber nicht, meine Mutter zu fragen, weil ich nicht wusste, was ich auf die Frage hätte antworten sollen, wofür ich Stift und Papier bräuchte. Um mir die Jahreszahlen zu merken? Müsste ich die nicht wissen? Die zwei wichtigsten Zahlen im Leben eines Menschen, seinen Anfangs- und Endpunkt? Ich war ganz gefangen von dem Gedanken, dass diese Rechnung eine Art magischer Rechnung war, auf die bislang noch niemand gekommen war, ein Geheimnis, das nicht weniger als die Formel des Lebens offenbarte. Ich brauchte einen Stift und ein Stück Papier. Offenbar bemerkte meine Mutter, dass ich unruhig wurde. Sie fragte, ob ich gehen wolle. Und ich sagte: Ja. Sie blieb noch einen Moment vor dem Grabstein stehen, bevor sie mir signalisierte, dass auch sie bereit war zu gehen. Im Auto konnte ich an nichts anderes denken. Ich musste die Rechnung lösen. Und zwar möglichst schnell. Ich sagte, ich hätte Hunger und ob wir nicht irgendwo anhalten könnten. Was meine Mutter in Unruhe versetzte, weil sie es nicht mochte, ungeplant anhalten zu müssen, es überforderte sie, gleichzeitig Ausschau halten zu müssen nach einem Lokal und einem Parkplatz und dabei den Verkehr im Blick zu behalten, was eigentlich immer dazu führte, dass irgendwer hupte und meine Mutter damit an ihre fahrerische Belastungsgrenze brachte. »Da drüben«, sagte ich und zeigte auf die andere Straßenseite. Ich hatte ein Café entdeckt. Mir war gar nicht nach Essen und entsprechend egal, wohin wir gingen. Glücklicherweise fand sich auf unserer Seite der Straße nach kurzer Zeit ein ausreichend großer Parkplatz. Wir parkten und gingen über die Straße und dann ins Café. Ich bestellte einen Erdbeerkuchen und eine Tasse heiße Schokolade und fragte die Kellnerin nach einem Stift und einem Blatt Papier. Ich konnte aber nicht in Gegenwart meiner Mutter rechnen, weil sie mich mit Sicherheit gefragt hätte, was ich zu rechnen hätte, weil auch sie wusste, dass Rechnen nicht gerade zu meinen Leidenschaften gehörte. Ich wartete, bis sie zur Toilette ging, und fing dann an zu subtrahieren, aber die Zahlen waren viel zu groß und die Zeit zu kurz. Wir aßen unsere Kuchen, und als wir dann wieder im Auto saßen, versuchte ich, die Rechnung zu vollenden. Ich tat mich schwer, verrechnete mich ein paar Mal, aber dann stand da eine Zahl, von der ich sicher war, dass sie stimmen musste: – 640 076 Eine Zahl, mit der ich nichts anfangen konnte (und die auch noch falsch war. Ich hatte mich verrechnet, wie sich später herausstellen sollte. Die richtige Zahl lautet: – 630 046. Aber letztlich machte das keinen Unterschied.) Ich habe noch einige Male über den tieferen Sinn dieser Zahl nachgedacht, bin aber nie auf eine schlüssige Erklärung gekommen. Vielleicht steht das Ergebnis für die Anzahl der Punkte, die sich verbinden lassen, um das Bild seines Lebens zu malen. Aus dem Matheunterricht wusste ich, dass es auch Zahlen jenseits der Null gab, die negativen Zahlen. Vielleicht stand das Minus in diesem Fall für den Tod oder das Leben im Jenseits. Vielleicht hatte mein Vater dort 630 046 Tage vor sich, das wären dann … (wieder so eine Rechenaufgabe) … 1726 Jahre. Am Ende wäre mein Vater fast doppelt so alt wie Methusalem. Und falls dieses Tor von Fischer zum Jahrtausendtor gewählt würde, könnte mein Vater sagen, er habe es mit eigenen Augen gesehen. Und ich sah ihn vor mir, wie er immer wieder den Kopf schüttelte und »der Fischer« sagte, als könne er es nicht glauben.

»Ich habe ihm immer gesagt, er soll nicht so schnell fahren«, sagte meine Mutter, als wir am Grab meines Vaters standen. »Und dann auch noch, ohne sich anzuschnallen. Wir haben uns deswegen oft gestritten. Ich wollte nicht, dass er dich in Gefahr bringt. Aber er war da so stur, dachte, ihm könne nichts passieren im Auto. Er konnte sich immer so aufregen, wenn ich ihn darum bat, vorsichtiger zu fahren. Ich bin froh, dass du nicht mit im Auto gesessen hast. Ich habe es dir nie gesagt, aber ich hatte immer schreckliche Angst, wenn ich wusste, ihr beide seid mit dem Auto unterwegs. Er hat mir immer vorgeworfen, ich sei eine Gefahr für die Straße. Aber im Gegensatz zu ihm ist mir nie etwas passiert.«

Wir standen eine Weile schweigend nebeneinander, betrachteten den Grabstein, die Sonne warf unsere Schatten aufs Kiesbett, einen großen und einen kleineren. Im ersten Moment sah ich mich an der Hand meiner Mutter, so wie früher, als hätte sich in all den Jahrzehnten nichts geändert, aber dann wurde mir bewusst, dass sich doch etwas verändert hatte, auch wenn es sich nicht so anfühlte und ich mich erst daran gewöhnen musste: Nicht ich war der kleinere Schatten. Ich fragte mich, ob meine Mutter das auch sah, ich glaube aber nicht. Sie sagte: »Lass uns gehen.« Und ich half ihr zurück zum Auto.

Zumindest für mich kam ihr Tod überraschend, weil sie mir verheimlicht hatte, dass sie an Bauchspeicheldrüsenkrebs litt. Sie selbst hatte ihn offenbar auch erst im letzten Stadium zur Kenntnis genommen. Sie müsse ein Drücken in der Magengegend gespürt, vielleicht Rückenschmerzen gehabt haben und Übelkeit, sagte mir der Arzt im Krankenhaus, und ob ich nicht bemerkt habe, dass sie abgenommen hatte? Selbst wenn, denke ich, hätte ich es kaum auf ein Pankreaskarzinom zurückgeführt. Meine Mutter hatte schließlich beinah ihr Leben lang ein seltsames Essverhalten. Es war Ende September, ich war eine Woche in Amsterdam gewesen, um einen Freund zu besuchen, und einen Tag nach meiner Rückkehr hatte mich der Anruf erreicht. Ein Dr. Schächter (er hieß wirklich so) teilte mir mit, dass meine Mutter im Krankenhaus liege.

Sie schlief, als ich in ihr Zimmer kam. Der Arzt sagte, dass er mir keine Hoffnung machen und dass es schnell gehen könne und eine Behandlung keinen Sinn mehr habe. Ich solle die verbleibende Zeit nutzen, um mich zu verabschieden, das sei das Einzige, wozu er mir raten könne. Ich setzte mich auf den Hocker neben ihrem Bett und wartete darauf, dass sie aufwachte.

Ich wusste nicht, was ich sagen sollte. Dass es mir leidtue, warum sie nichts gesagt habe, dass ich mich um alles kümmern würde, ob sie ein Testament gemacht habe, wie sie beerdigt werden wolle – all das ging mir durch den Kopf und auch was ich mal gelesen hatte über die letzten Gedanken von Sterbenden: dass sie bereuen, Dinge im Leben verpasst zu haben. Ich fragte mich, ob meine Mutter etwas bereute. Aber sie sprach nicht darüber, bei keinem meiner Besuche. Stattdessen betonte sie, wie wichtig es sei, dass der Journalist das Buch über Hartmut schreibe, und bat mich, für ihn da zu sein, wenn er Hilfe brauche. Vielleicht bekäme Hartmut am Ende doch den ihm gebührenden Platz im Haus der Geschichte. Und dann sagte sie, dass sie froh sei, das noch erlebt zu haben, die Wiedergeburt Hartmuts zeitgleich mit dem Ende der Atomkraft. Er sei der Einzige unter 60 Millionen Bundesbürgern gewesen, der die Atomfrage konsequent zu Ende gedacht habe. Ich sagte nichts dazu. Überhaupt sprachen wir nicht viel, und ich frage mich, ob es nicht eine Mär ist, dass ein Sterbender das Bedürfnis habe, sich im Angesicht des nahen Todes von der Seele zu reden, was ihn ein Leben lang belastet hat. Reinen Tisch zu machen. Sich zu entschuldigen und zu bereuen. Und wenn es gar nichts zu bereuen gab?

Die meiste Zeit saß ich einfach am Bett meiner Mutter und wir sahen fern. Ich brachte ihr Kuchen mit, den sie nicht aß, ich brachte ihr Bücher mit, die sie nicht las, und dann nach drei Wochen nahm sie meine Hand. Meine Mutter war in den letzten Wochen so sehr abgemagert, dass es mir schwerfiel, sie anzusehen, die Knochen zeichneten sich deutlich ab, eigentlich war sie nur noch ein von Haut umhülltes Gerippe. Sie legte ihre Hand auf meine und sagte so leise, dass ich mich zu ihr hinunterbeugen musste, um sie zu verstehen: »Es ist Zeit, lass mich jetzt allein.«

Als ich mich, bevor ich das Zimmer zum letzten Mal verließ, noch einmal umblickte, lag sie auf dem Rücken und hatte die Augen geschlossen.

Drei Tage später rief mich das Krankenhaus an.

Letztlich war es sein Tod, weswegen einige Zeitungen nach 33 ⅓ Jahren über Hartmut berichteten. Hätte er seinem Leben nicht so ein spektakuläres Ende bereitet, hätte sich vermutlich kein einziger Journalist an ihn erinnert. Dann hätte der Geschichte die Tragik gefehlt, die Fallhöhe. Vermutlich hatte er das im Sinn, als er in seinem Abschiedsbrief von den Trümpfen schrieb, die er uns in die Hand gegeben habe. Hartmut hatte den Plural verwendet, und nach allem, was ich mittlerweile weiß, frage ich mich, ob es unbedacht geschehen war, ob er seiner Selbstverbrennung den Wert von gleich mehreren Trümpfen gab oder ob er darin einen Vorwurf artikuliert hatte, weil er nicht nur auf einen Trumpf, sondern auf zwei gehofft hatte.

Auf der Rückfahrt von Freiburg, kurz vor Berlin, hatte mir meine Mutter erzählt, dass Hartmuts Tod für sie doch nicht überraschend gekommen sei, wovon ich immer ausgegangen war. Sie hatte gewusst, dass er mit dem Gedanken spielte, sich anzuzünden. Sie hatte es gewusst, weil er sie, zwei Tage bevor er nach Hamburg aufbrach, gefragt hatte, ob sie ihn begleiten wolle. Ich brauchte einen Moment, um zu begreifen, dass es ihm nicht darum gegangen war, nicht allein nach Hamburg zu fahren: Er wollte, dass sie sich mit ihm zusammen anzündete. Weil sich die Wirkung nicht nur verdoppelte, sondern um ein Vielfaches steigerte, wenn eine Mutter mit ihm gemeinsam zum Streichholz gegriffen hätte. In seiner Vorstellung hatte es kein größeres Opfer geben können als eine Mutter, die sich aus Protest gegen die Atomlüge mit Benzin übergoss und dann anzündete. Dagegen wären die Vorarlberger Mütter mit ihrem Hungerstreik verblasst. Und damit hatte sich auch geklärt, ob Hartmut an mich gedacht hatte. Er hatte an mich gedacht, und zwar voller Kalkül.

Mir fehlten die Worte. Ich wechselte auf die rechte Spur und fuhr eine gefühlte Ewigkeit hinter einem Lastwagen her, wurde von anderen Lastwagen überholt, aber es war die einzige Spur, auf der ich fahren konnte, ohne mich um die Autos zu scheren, die hinter oder neben mir fuhren. Mein Hirn reagierte einzig auf die roten Bremslichter des vor mir fahrenden Lastwagens, indem es Signale an meinen rechten Fuß gab; der Rest war wie betäubt.

Nachdem wir eine ganze Weile schweigend im Auto gesessen hatten, sagte meine Mutter: »Hanno, das ist alles nicht leicht für mich.« Und nach einer längeren Pause sagte sie: »Ich habe ihn im Stich gelassen, ich habe Hartmut im Stich gelassen. Aber ich hoffe, er hat verstanden, warum ich damals so reagiert habe, als er mir von seinem Plan erzählt hat. Er konnte nicht noch mal in einen Hungerstreik treten oder sich noch mal irgendwo anketten, ohne seine Glaubwürdigkeit zu verlieren. Sie hätten ihm seine Inkonsequenz ein Leben lang zum Vorwurf gemacht. Er musste ein Zeichen setzen, ein unwiderrufliches. Ein Zeichen, wie es größer nicht sein konnte. Die letzte und äußerste Form des Protestes. Die ganzen Jahre war er sich vorgekommen wie beim Bau einer Sandburg, die ihm stets aufs Neue von der Brandung fortgespült wurde. Er sprach vom Feuerzeichen und von dem vietnamesischen Mönch, der sich angezündet hatte, um gegen die Unterdrückung der Buddhisten zu protestieren. Er sprach von Oskar Brüsewitz und Jan Palach. Und da erst dämmerte mir, was in ihm vorging. Auf einmal wurde mir die Macht des Überpersönlichen, von dem er immer gesprochen hatte, vor Augen geführt und wie ohnmächtig das Persönliche dagegen war, wenn man sich wie er dem Überpersönlichen verschrieben hatte. Die ersten Worte, die mir in den Sinn kamen, waren: Tu das nicht! Das ist es nicht wert! Aber mir war im nächsten Moment auch schon klar, dass sie wirkungslos sein würden und nicht nur wirkungslos, sondern klein und in seinen Augen lächerlich, weil sie die Ebene des Zwischenmenschlichen ansprachen, die Ebene, die er längst verlassen hatte, und dass darin auch die Größe seiner Tat lag.

Ich ärgerte mich darüber, dass ich reflexhaft ans Persönliche gedacht hatte. Das zeigte mir, dass ich immer noch nicht begriffen hatte, worum es wirklich ging. Mir kam der Satz von Gandhi in den Sinn, reich werde man erst durch Dinge, die man nicht begehre. Heißt das nicht: Man muss seine menschlichen Bedürfnisse überwinden? Was in seinem Fall bedeutet hätte: das menschliche Bedürfnis, ihn am Leben zu halten und vor dem Tod zu bewahren. Er hatte einen Plan, der auch mir die Gelegenheit gäbe, das Persönliche hinter mir zu lassen. Er sah mich an und sagte, zu zweit hätte eine solche Tat doppelte Wirkung. Dann könne man nicht mehr von einem Einzelgänger sprechen. Dieses Mal habe ich gleich begriffen, was ihm vorschwebte. Mein Puls raste, alles drehte sich, und dabei sah ich ihn so deutlich wie nie zuvor, jede seiner Poren sah ich wie durch ein Vergrößerungsglas, ich sah die Härchen in seiner Nase, und gleichzeitig war mein Denken wie gelähmt, und sein folgender Satz klang wie der Hall eines Echos in einer einsamen Schlucht. ›Lass uns gemeinsam ein Zeichen setzen.‹ Ich weiß nicht, wie lange ich ihm in diesem Zustand gegenüberstand, während er von der Bedeutung der Tat sprach, ich nahm nicht viel auf, ein kurzer Schmerz für die Erlösung der Menschen, Jesus und was nicht alles mehr. Und dann verließ ich seine Wohnung, ohne etwas erwidert zu haben und schrieb ihm am Abend einen Brief. Ich wisse nicht, ob er vergessen habe, schrieb ich, dass ich ein Kind habe, oder ob es ihm egal sei oder in seinen Augen der Tat zugutekäme, weil es die Wirkung verdreifache. Vielleicht war ich eine schlechte Mutter, weil ich dachte, es sei für ein Kind wichtiger, eine Mutter zu haben, als eine sichere Welt. Vielleicht habe ich ihm damit vor Augen geführt, wie allein er war in seinem Kampf, weil alle anderen in ihren kleinen Leben und ihren Egoismen verharrten. Vielleicht, und der Gedanke ließ mich nicht mehr los, habe ich ihm den letzten Anstoß dafür geliefert, wie unausweichlich seine Tat war, als einzige Möglichkeit, uns vor Augen zu führen, wie klein wir anderen wirklich waren. Für ihn muss es sich angefühlt haben, als hätte ich die Seite gewechselt, von ihm zu denen. Und das ist die Schuld, die ich trage, die Mitschuld. Schuld ist nichts anderes als unerfüllte Verantwortung. Es macht sich schuldig, wer seiner Verantwortung nicht nachkommt. Und es ist die Pflicht des Schuldigen, alles zu tun, damit Gerechtigkeit wiederhergestellt wird, und wenigstens das habe ich getan. Ich habe es als meine Pflicht angesehen, ihm Gerechtigkeit widerfahren zu lassen.«

Ich konnte meine Mutter nicht ansehen. Meinetwegen fühlte sie sich schuldig. Letztlich war ich es, der sie daran gehindert hatte, eine Heldin zu werden, und der sie an alles erinnerte, und ich fragte mich, ob sie mich all die Jahre als Bürde begriffen hatte. Ich fragte sie, ob sie ihre Entscheidung bereue. Sie schüttelte den Kopf.